U0450654

匪迦 著

北斗星辰

BeiDou Navigation
Satellite System

浙江文艺出版社
Zhejiang Literature & Art Publishing House

图书在版编目(CIP)数据

北斗星辰 / 匪迦著. —杭州：浙江文艺出版社，2023.3
ISBN 978-7-5339-7074-1

Ⅰ.①北… Ⅱ.①匪… Ⅲ.①纪实小说—中国—当代 Ⅳ.①I247.5

中国版本图书馆 CIP 数据核字(2022)第 240887 号

图书策划	柳明晔
责任编辑	徐　旼
营销编辑	宋佳音
封面设计	仙境 WONDERLAND Book design
版式设计	吕翡翠
封面绘图	会　飞
责任印制	张丽敏

北斗星辰

匪迦 著

出版	浙江文艺出版社
地址	杭州市体育场路347号
邮编	310006
电话	0571-85176953（总编办）
	0571-85152727（市场部）
制版	浙江新华图文制作有限公司
印刷	浙江超能印业有限公司
开本	710毫米×1000毫米　1/16
字数	278千字
印张	15.5
插页	4
版次	2023年3月第1版
印次	2023年3月第1次印刷
书号	ISBN 978-7-5339-7074-1
定价	59.80元

版权所有　侵权必究

目录

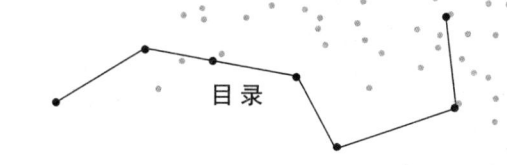

第 1 章　　001　不寻常的9楼

第 2 章　　016　春天终会到来

第 3 章　　032　破灭的希望

第 4 章　　048　夹缝中的机会

第 5 章　　064　国产载荷之路

第 6 章　　081　钱塘江口

第 7 章　　097　珠江边的风

第 8 章　　116　争分夺秒

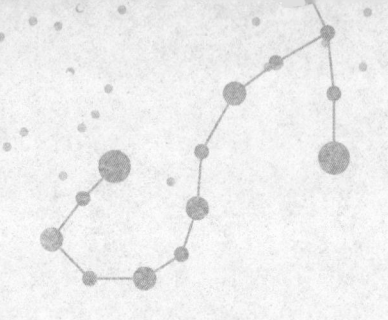

第 9 章　　129 唇枪舌剑

第 10 章　　147 奥运行动

第 11 章　　165 深渊

第 12 章　　182 新朋与旧友

第 13 章　　198 星间链路

第 14 章　　215 柳暗花明

第 15 章　　230 新的征途

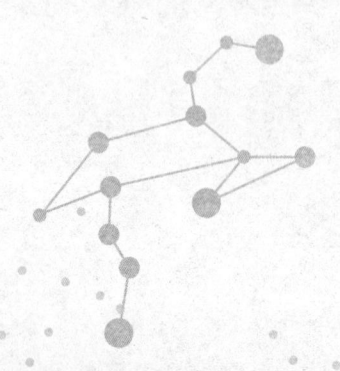

第1章
不寻常的9楼

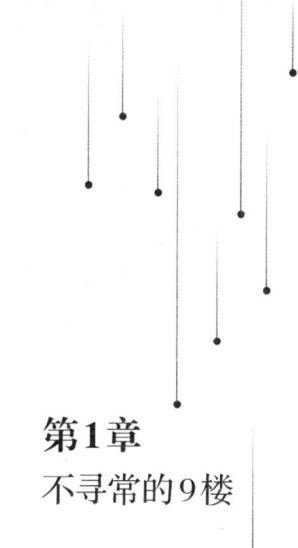

多年以后,当谢成章死活解不开氢原子钟的死结而欲往办公室的墙上一头撞去时,他将会想起面对着那三个女人的下午。

那时候的北京正是早春,沙尘暴带来的尘土味儿时不时充斥天空,即便没有沙尘暴的日子,天空也总是浮着一层雾霾。

午后的西三环,中央电视塔有半截儿被薄雾笼罩,看不清脚下的玉渊潭公园,但是,却无法忽略稍远处的一栋高耸的大楼。

大楼通体以白色为主色调,外立面棱角分明,锐气四射,即便在那样一个让人昏昏欲睡的蒙眬午后,也能轻而易举地抓住西三环上人们的眼球。它的整体造型像极了一节火箭,高耸入云,那是中宇航集团公司总部。

谢成章坐在大楼第16层角落的一间会议室里,背对着门,面朝着窗户,窗外是一片朦胧。他的对面,从左至右依次坐着三个女人。

"所以,小谢,你已经正式提出申请,想调到卫星导航事业部去?"

中间那个女人首先开口,一边问谢成章,一边用手轻轻地拾起桌上的一页文件,瞟了一眼。

她四十来岁,戴着一副眼镜,眼角已经有了细纹,长相十分普通,但整个人的气质十分出众,不怒自威,短短几句话,就让谢成章感到了一股无形的压力。

"是的,郑部长,那是我的调动申请书。"

谢成章觉得自己是从牙缝中挤出来的回答,声音在口腔里转了好几转。

几天前,在他向师父陈虹提出调动申请时,可没想到自己会被叫来与领导谈话,毕竟他认为自己仅仅是一个参加工作尚未满一年的小小设计员而已。更何况,眼前这个叫郑春的女人是他目前所在的载人航天事业部系统设计部的副部长,是他领导的领导。

"小谢,你看郑部长都亲自来挽留你了,再考虑考虑吧。你进来虽然不到一年,但表现很不错,我们都很看好你。而且你也知道,神舟五号去年秋天刚刚发射成功,国家现在最重视的就是载人航天,我们事业部很多人想进都进不来,你为什么非要去卫星导航事业部呢,这不是捡芝麻丢西瓜吗?虽然都是兄弟单位,可我跟你说实话,那儿现在状况很不好,你可要对你自己的前途负责。"

这时,郑春左手边的女人说话了,她就是谢成章的师父陈虹。她的声音比郑春更细更柔和,人也更年轻,三十岁出头,一头浓密的鬈发衬托出成熟和温婉。

"陈虹姐,谢谢您的好意,不过,就像我之前汇报过的,我已经下定决心了。其实,我觉得最对不住的就是您,自从去年我来单位,您就是我的师父,从您身上我学到不少东西……"

谢成章不太敢直视陈虹,总觉得对不住这个一直以来对自己很关照的师父。

"陈虹,我可没有挽留他,我只是过来了解一下情况。"郑春冷冷地打断了两人的对话,然后盯着谢成章:"小谢,我听说你在这一届进来的毕业生中表现得不错,陈虹也是我们这里出了名的好师父,前几年带的好几个应届生这两年都得到了重用。刚才陈虹也说了,目前国家非常重视载人航天,我们正是用人的时候,我相信年轻人大有可为,机会很多。当然,现在不是以前了,你必须百分百服从组织的安排,我们不可能强留你,只不过,我想了解一下真正的原因。"

谢成章咬了咬嘴唇:"真正的原因……其实我跟陈虹姐都汇报过了,我大学学的就是卫星导航,去卫星导航事业部也算是专业对口吧。而且,我曾经看过计势飞院士的一段专访,对他提到的'双星定位'很感兴趣,现在我们的天罡卫星导航系统恰好就是根据这个原理设计的,我很想进一步了解。我也知道,目前它跟美国的GPS相比还有很大的差距,不过也正因为如此,我们才有赶超的动力啊。"

"那你为什么毕业的时候不直接去卫星导航事业部呢?"

"去年只有载人航天事业部来我们学校招人,中宇航也一直是我想进的单位,所以就先进来了,想着之后再找机会转岗……我这么说,您不会生气吧?"谢成章小心翼翼地问道。他跟陈虹也提过,当时陈虹的反应有些惊讶:"小谢啊,你这可不是骑驴找马,而是骑马找驴啊。"

郑春右手边的女人一直默默地看着谢成章。她比谢成章大不了几岁,长相端庄,鹅蛋脸,齐刘海下是一双大眼睛,灵性十足,一看就十分聪慧。从开始到现在,她一句话也没说,只是静静地观察着谢成章的一举一动。

眼前这个小伙子还未完全褪去从学校里带出来的书卷气和那种怯生生的气质,相貌虽不难看,却也不算帅气。中等身材,两道剑眉,鼻梁挺拔,嘴唇不厚,带着倔强的神情。眼神一开始有些不自信,估计是第一次见到郑春的缘故,现在似乎已经适应了。

正当她看着谢成章时,后者的目光突然扫了过来,与她四目相对。她抿了抿嘴,给了他一个鼓励的眼神。

谢成章一愣,也抿了抿嘴,然后很快将视线移开,这次是看着陈虹。

这三个女人中,他只见过陈虹。而且平心而论,部门里给他安排的这个师父是个非常热心肠的人,除去专业技术,在生活上也会时不时关照他。如果说他还有理由留在载人航天事业部,那就是因为陈虹。

陈虹看着谢成章,微微叹了口气,再转过头去看郑春,仿佛在说:是的,他跟我说的也是这些。

"当然不会生气,我就是想听听你的真实想法。"郑春听完谢成章的话,点了点头,然后抬起右手指了指自己的头,"这是什么?"

谢成章看过去,见郑春表情依然十分严肃,动作却有点儿奇怪,一时摸不着头脑:"郑部长,我不知道您这是什么意思,但是,我今天的决定已经深思熟虑过了,并不是一时冲动,还请领导理解,也请领导尊重我的个人选择!"

陈虹和郑春右手边的姑娘微微一愣,显然都没料到谢成章会如此反应,不约而同地想:他估计会错意啦。

郑春倒是不慌不忙,微微一笑,把手放下来:"我们当然尊重年轻人的个人选择。我倒是问问你,这栋大楼是什么?"

她一边问,一边用手指了指会议室,又指向门外。

"大楼?这不就是我们中宇航的大楼吗?"

"你只能看到这一点?"

"那还有什么?"谢成章越发觉得迷糊。

"这里就是我们中国航天事业的大脑!这栋楼才能装多少人?一共25层,就算每层能坐四百人,也就一万人而已,更何况还有食堂、会议室和展览厅呢。我们中宇航全体员工一共有多少人?三十万!他们分布在全国各地,为我们的火箭、卫星、飞船、导弹提供部件、材料和服务,他们才是我们的四肢、骨骼和五官。但是,这里是大脑,所有重要的决定都从这里做出。你要感到幸运,一毕业就能进入中国航天事业的大脑工作,就算是你的同学,也没有多少人有这样的机会吧?"

郑春刻意顿了顿,见谢成章没有说话,才继续说道:"我想再说一遍,今天我过来并不是来挽留你的,我也祝你有好的发展和前途。最后我想提醒你的是,去了卫星导航事业部,就不会在我们16层工作了,得下到9层去。"

整个过程,郑春的语调都十分平静,仿佛在谈论一件不相干的事情。尽管如此,却让谢成章听得句句捶胸,尤其是最后这句话。

他刚进入这栋大楼开始工作时,就听到了这样的说法:业务部门的楼层越高,地位就越高,谁都想到10层以上去工作。郑春的话,显然是基于这样一个语境。

谢成章觉得自己的心被刺激了一下,突然就涌上了一股无名之火,这股怒火在肺腑里左冲右撞了好几次,最终还是被他压制住了,只从嘴里吐出三个字:"我明白。"

说完,他盯着郑春,郑春笑了笑,摊手耸肩:"我没什么可说的了,既然你做了决定,明天就去找李倩办手续吧,她是人事劳资处的。"

原来她右手边的姑娘就是李倩,李倩再次冲谢成章抿了抿嘴,点了点头。

"好,谢谢郑部长,谢谢李倩,谢谢陈虹姐,我不会辜负你们的期望的。"

谢成章站起身,略微鞠了个躬便转身走出了会议室。

出门之后,他长舒了一口气。

看着谢成章的背影消失在门外,陈虹转头对郑春道:"谢谢您百忙之中过来,本来我们组走个人,不应当打扰到您的。"

"好说,好说。都21世纪了,我们也应该越来越认识到人才的重要性,如果你认为他是个可塑之才,别说我了,哪怕是把我们张总叫过来挽留他,也不为过。"

"嗯,不过……您刚才那些话,是在激他吗?"

"哈哈,我老了,不懂年轻人的心思。但是,根据我儿子的情况来看,现在的年轻人,你越是求他,他越是不在乎,尤其在他认为自己已经做出决定之后。"

"唉,我也不敢打包票自己的判断是不是正确,但是,我还是挺看好他的。"

"好了,咱们再找别人吧。对了,小李,你怎么看呢?"郑春站起身,准备离开会议室之前,冲着李倩问了一句。

"郑部长,我觉得,他好像是认真的,还真是少见呢。"李倩答道。

对于她们的谈话,谢成章自然一无所知。此时的他已经走到大楼另一侧走廊尽头,那里有一扇落地窗,正对着西北方向。他往窗外望去,外面依然是灰蒙蒙的一片,但隐约间,他能看到自己的大学校园,如同海市蜃楼一般。

盛夏时节的空天大学校园是一处避暑的好去处。学校的规划带着显而易见的苏联风格,方方正正的大楼,正南正北的道路,道路两边种满了高大的梧桐树,经过几十年的生长,此时已经可以独当一面,树冠彼此交叠,把天空遮蔽得严严实实,哪怕是炎炎烈日,也被树叶的缝隙切割得毫无脾气,变成点点碎片,无力地洒落在道路上。

中心东西向的主干道上,从东边走来两个学生模样的人。一个中等个头,身材匀称,浓眉高鼻,只是嘴唇略薄,抿着嘴时便像是在置气。另一个则比他要高出半个头,身材魁梧,五官更加立体突出,十分俊朗,但肤色要略微黑一些。

两人虽然在不紧不慢地走着,动作却都十分有力,充满着青春的气息。

"顾违,你今天把东西收拾好之后有什么计划吗?直接回荥阳?"中等个头的学生问他的同伴。

"是啊,回去待几天,陪陪爸妈。"

"下个月咱们都得去中宇航上班,上班之后就没那么自由啦,不趁这段空闲到处转转吗?"

顾违苦笑了一下:"谢成章,你以为都像你啊?生在首都,长在首都,上学也在首都。我回家得先把行李、铺盖寄走,再坐上十几个小时的火车。而你呢?蚂蚁搬家,今天一点,明天一点,打个车就能到,当然可以潇洒啦。"

谢成章看了看顾违,耸了耸肩。他不是第一次听顾违发此感慨了。他们是同专业的同学,也是室友,关系不错,大三结束时,大家都开始规划毕业后的去向,顾违很羡慕谢成章:"还是你好,家就在北京,估计不用操心以后怎么办吧?"

"没啥区别,反正我高考时就是冲着空天大学来的,肯定去对口单位,多半是中宇航吧。"

"这样稳是稳,可是你不觉得待遇太低了吗?"

"薪水低一点有啥关系?咱们这个行业吧,国家现在是没什么钱,但等国家有钱了,肯定会砸钱,你要看长远。我是想好了,国家不会一直让GPS一家独大的,那么重要的战略基础设施,我们怎么可能不去建设自己的?更何况我们的天罡系统已经在天上了,进了中宇航,机会还少吗?要我说,你也跟我一起去得了。"

之后的几天,顾违一直在脑海中琢磨谢成章的话。等到校招开始,顾违当真跟着谢成章一起去了中宇航的展位,通过一系列考核,最终进入载人航天事业部。

现在,散伙饭也吃了,同学们也各奔前程了,顾违也必须得离校了。

他真心不想收拾东西,但学校不留人,宿舍要清理,等着接待新一届大一新生,他们作为学校的产品,必须得自我包装好,出售给社会了。所以,他把谢成章从家里叫来,打算兄弟二人再吃顿饭就暂时分别,下个月在中宇航见。

两人正你一言我一语地走着，突然发现前方迎面过来一个姑娘，骑着车，与他们年岁相仿，也是青春无敌，瓜子脸，大眼睛，粉腮红唇，身材窈窕，一头乌青长发在风中飘舞着。等她骑到近前，谢成章才终于看清来人："秦湘悦？"

秦湘悦此刻也发现了他俩，于是把车一刹，斜着身子，一只脚点地，停了下来。

"你们俩怎么还在学校啊？"她也很吃惊，原以为同学们都走了。

"我们还想问你呢，你怎么还在学校里溜达？"谢成章答她。

"别提了，科技部要对新人进行提前培训，过两天就开始，害得我哪也去不了，本来还想回老家好好玩玩呢。"秦湘悦噘着嘴抱怨。

如果问谢成章和顾违谁是他们系的系花，他们多半会回答——秦湘悦。这个长沙妹子是他们的同班同学，简直是泡在蜜罐里长大的，家境殷实，成长顺利。她从大三就开始准备国考了，毕业前科技部对拟录用人员进行了公示，秦湘悦赫然在列，从此进入国家公务员序列。

听完秦湘悦的抱怨，顾违有些忍不住："得了吧，要不咱俩换换，我去科技部，你去我老家玩玩？保证好山好水好风光，纯自然，原生态。"

"哈哈哈，顾违，你还是这个样子。等我有空吧，到时候去找你，你可千万别不接待啊。"秦湘悦倒没有生气。

谢成章撇了撇嘴："好了，你们俩就别来这套了。秦大美女，我和顾违还有点事，先过去了，看你骑着车风尘仆仆的，估计也有事，咱们回头再聚。"

"好啊，回头聚，祝你们前途似锦哦。"秦湘悦笑靥如花，骑上自行车走了。

顾违不由自主地看了一眼她的背影，感慨道："秦湘悦才是人生赢家，感觉什么都已经被安排得妥妥当当。"

"命运中所有的馈赠都已经被暗中标好了价格，咱们也没什么好羡慕的。"谢成章倒想得挺开。

"不说她了，说回咱俩，反正老同学能继续当同事，我是挺开心的。不过有一点我很好奇，以前也没怎么好好聊过，现在你给我说说呗，你为什么坚定不移地要进中宇航？"顾违问道。

"嗐，也没那么多弯弯绕绕的理由。高三的时候我就想好好为国家的航空航天事业尽点力了，所以报了空天大学。谁知到了大二，美国佬又把我们的飞机给撞了，还大摇大摆地降落到了陵水机场，真是把我气得够呛！就想着毕业后非去中宇航不可。"

谢成章咬牙切齿。他还清晰地记得，离高考只有两个月的时候，有一天他刚从学校放学回家，就见父亲一脸愤怒："美国佬把我们驻南斯拉夫联盟大使馆给炸了！"

"啊？会不会是误炸？"谢成章脱口而出。

"误炸？肯定是故意的！你读书把脑子都读坏了吗？当年海湾战争的时候，他们靠着GPS指哪打哪。我就不信，这么多年过去了，他们的GPS还能用过期地图去给导弹指路？"

"GPS？"

"就是全球定位系统的英文缩写。你呀，可不能再一心只读圣贤书了。不过这不怪你，谁教这些年我和你妈让你除了读书什么都不用管呢？"

那是谢成章第一次听说GPS这个名词，当时，作为军迷的父亲跟他说了很多，此后，他便偷偷地去图书馆找了GPS的介绍资料。他从未想过，靠着在天上放那么二十多颗卫星，竟然可以精确定位到地球上的任何一点，误差只有几十甚至十几米。

美国人肯定是故意的！他这才下了这个结论。而这，也直接促成了他的高考志愿填报。

两人继续交谈说笑，不知不觉间就走到了宿舍。谢成章三下五除二地帮顾违把行李打包好，扛下楼，然后不约而同地回头看着安静的宿舍。

"当初刚来的时候，总觉得这里很破，现在要离开，还真有点儿舍不得了。"谢成章感慨道。

"我可不同，我刚来的时候就觉得这里条件很好了，来之前都不敢想象。"顾违笑道，眼里却泛起了一点泪光。

"兄弟，回去好好休息休息，下个月西三环见。"谢成章抿了抿嘴，控制住自己的情绪，拍了拍顾违的肩。

两人抱在一起，树上的知了在落寞地叫着。

"喂喂！你们俩搞得那么伤感干什么？"

一个熟悉的声音从两人身后传过来，他们转过脸一看，一个身材魁梧、满脸精明的男生正站在距离他们不远的地方，手里拎着一个深绿色的大盒子。

"王兼?！你小子也还在这里？"谢成章又惊又喜。

王兼也是他们的室友，性格八面玲珑，到哪儿都吃得很开，谢成章跟他关系也不错，但顾违自认跟他不是一路人，不太爱搭理他。

"怎么，只允许你们回来最后看一眼宿舍，不准我看？"王兼笑道。

"我以为你回浙江发财去了。"谢成章回他。王兼的老家在浙江余姚。

"要发财也是在北京发财啊。我跟你们说，我找到了一个好生意，前几天刚把公司注册好。"

"你不会真准备搞天罡系统吧？"

"为什么不搞呢？我们都是科班出身，也知道天罡系统的情况，跟GPS比起来虽然弱了一点，但这个市场目前还是空白的，除了我们，谁知道我们国家还有个卫星导航系统？"

"话虽这么说，但天罡现在不是只用在军事领域吗？我总觉得它的民用市场还要很长时间才能实现。"

"GPS在20世纪70年代刚出来的时候，也是先用在军事上的，到现在都还被美国空军管着呢。但你看，现在全世界哪个角落没有GPS的应用？要把眼光放长远，等你都看清楚了，我们再进去就太晚了。"王兼一边说，一边举起手中的大盒子，"这里面就是一台天罡接收机，我从潘老师那儿借来的，研究研究。他跟我说，现在的接收机都太笨重了，没人去考虑用户体验。这就是我的机会！"

谢成章仔细看了看王兼手中的大盒子，果然，看上去挺笨重："算了，我没啥兴趣，你自己去弄吧。"

这时候，顾违插话了："说真的，你为什么不回浙江继承家业呢？其实我挺羡慕你的，我要是在老家有一摊子事情可做，哪需要拼死拼活留在北京啊。"顾违知道王兼家里是做生意的。

听到这话，王兼刚才那种轻松玩笑的神情略有收敛："我爸妈做了一辈子小家电生意，就老在我耳边念叨什么八亿件衬衫换一架飞机，让我以后一定要搞高端的。我当时一看，航空航天够高端了吧？一气之下就考这里来啦。现在，不搞点大气层以外的东西，比如卫星什么的，哪好意思回去啊？"

"哦哟，还是有点追求的嘛，中！"顾违难得夸王兼。

"顾违，谢成章他没兴趣，我也不稀罕他，但是，我还是挺看好你的，你的成绩可是咱班第一呢，以后会是难得的技术专家。"王兼又恢复了刚才那副玩笑的神情，一边跟顾违继续聊天，一边冲谢成章挤了挤眼。

"呸，我还没兴趣加入你的公司呢！我要去中宇航干大事。"谢成章不以为然。

"嘿嘿，顾违，你就表个态呗？当初你刚拿到中宇航的录用通知时我就劝过你，你没答应，我本来都以为你已经回老家了，没想到今天又碰上，这就是缘分啊，我们还是不要违背老天爷的意思嘛。"

"哦，碰上了就代表我愿意跟你一起干？你想得倒美。"顾违没好气地道。

"嘿嘿，我肯定会让你回心转意的。"王兼也不恼，语气中透露着一丝坚定。

"好啊，反正我下个月就回来了，我们慢慢聊呗。"顾违揶揄道。

"哼,说到这,你们俩都要去中宇航就算了,为什么还是载人航天事业部啊?专业明明不对口。"

"我们哪有什么选择?中宇航今年只有载人航天事业部来学校招生。不过,这块业务现在国家很重视,发展也很快,专业不对口又有什么关系?"

"没意思。"王兼觉得有点儿意兴阑珊,"好了,我先去钻研钻研这个接收机。你们还有别的事吗,晚上一起吃饭吧,喝两杯,我请客!"

"就等着你这句话呢!"谢成章笑道,"我跟顾违先去把行李寄了,一会儿校门口见。"

"对了,你的公司叫什么名字?"顾违见王兼要走,便喊了一嗓子。

"天星展讯!这名字够气派吧!"王兼转过脸回答,脚步却没有停下来。

谢成章匆匆跑进中宇航总部大楼,向站岗武警出示了工作证之后,继续一路小跑进入电梯。电梯里没几个人,他迅速扫了一眼,没有一个熟面孔,绷紧的心稍微放松了一些,按下了"16"。

当他反应过来的时候,电梯里只剩下他一个人,已经到了15层。

"糟糕!我应该去9楼的!"

16楼的电梯门打开,谢成章没有出去,而是在楼层面板上迅速按下了"9"。

"我真是脑子被电梯门夹了,今天应该去卫星导航事业部上班的!"

他看着电梯门缓缓关上,心中懊恼不已。他可不想去新事业部上班的第一天就迟到。

"等一等!"正在这时,电梯外有人跑了过来,一边喊,一边急忙去按面板上的向下按键,电梯门感应到了,便停止合拢,往两边分开而去。谢成章定睛一看来人,愣住了。

来人是个姑娘,看到谢成章也愣了愣,反应过来之后才笑着打招呼:"小谢,你今天不是应该去卫星导航事业部报到吗?怎么,还对我们这里念念不忘啊?"

谢成章的脸羞得通红,恨不得赶紧钻出电梯。

姑娘正是李倩,谢成章的调动手续就是她办的。

"是啊,我真是糊涂了,嘿嘿……"谢成章一边讪笑,一边挠头。

"哈哈,没关系,我们这里随时欢迎你回来。"

两人一起往下,到了9楼,谢成章赶紧跳出轿厢,冲着李倩匆匆道了声再见,而后转身,面对着一个大大的前台,前台后的幕墙上写着"卫星导航事业部"。

前台一个人也没有,只摆放着一台电脑、一部电话和一堆杂乱的文件。谢成章正不知道如何是好,就见幕墙后闪出一个女人,看上去有四十来岁,短发,素面朝天,穿着中宇航的工装。

"大姐您好,我是新员工,来报到的。"谢成章赶紧上前打招呼。

"报到？没听说今天有新员工来报到啊。"女人站住,上下打量着谢成章,面无表情地说道。

"严格地说,我不算新员工,我已经入职大半年了,之前在载人航天事业部,今天正式转来……"谢成章只能把详情解释了一遍。

听完谢成章的话,女人眼中透露出惊异的神情:"你是不是表现不好,他们又不想把你开除,所以才把你调到我们这里来啊？"

"不不,是我自己申请调过来的。"谢成章连忙摆手,生怕她误解。

"真的吗？小伙子,那你还真是有勇气。"女人终于露出笑脸,"好了,我刚才那样说,你别往心里去。不过,中宇航上上下下谁不知道载人航天要比我们受重视多啦,你能主动过来,我们肯定欢迎。"

"呃,那请问怎么称呼您？"

"我叫汪津,叫我汪姐吧,财务部的,以后肯定有机会打交道。"

"好的,汪姐,那……我今天过来,找谁办交接呢？"谢成章不认为自己应该跟财务去对接工作。

"你稍微等等吧,小王应该马上就回来了。她是我们这里的前台,如果你的手续都办好了,她应该能够查到,会告诉你怎么办。"

"好嘞,谢谢汪姐,您先忙您的吧。"

谢成章又等了二十分钟,终于听到电梯门开的声音,一个姑娘风尘仆仆地跑了出来,满头大汗。她压根没有看见谢成章,只顾着甩着马尾辫跑到前台后面的椅子上坐定,长长地喘了几口气。等到缓过来之后,她才注意到不远处站着的谢成章和他有些不耐烦的目光,赶紧站起来:"啊,对不起,对不起,刚才临时去了趟收发室,请问你有什么事儿吗？"

"我叫谢成章,是来这里报到的。"谢成章很想发作,但还是压住了脾气。

"哦……对对对,我知道的,不好意思,让你久等了。"前台姑娘一边念叨,一边从桌上的一堆文件中找材料。

"你们……哦,不,咱们这前台怎么就你一个人呢？"谢成章忍不住问道。16楼可是有三个的,即便其中一两个临时有事也能互相关照,绝对不会出现刚才的情况。

"嗐,别提了,我们事业部预算有限,自然不能多招人啦,一个人当两个人用。"

前台姑娘依旧低着头,说话倒是直爽。

"哦……"谢成章不知道说啥了。

"找到了!喏,这是你的调动材料,我看看,谢成章……"前台姑娘终于抬起头来,开始核对照片。她看上去跟李倩的年纪相仿,长着一张可爱的圆脸,此时脸上的红晕还未消退,可想而知刚才跑得够呛。

"行了,欢迎你来卫星导航事业部,我叫王芹,以后咱们就是同事了。"前台姑娘确认好信息,冲谢成章笑道,而后指了指右边的通道,"跟我来,我带你去见你师父。"

通道两边全是一间间半掩着门的办公室,但听上去里面没什么声音,谢成章甚至不敢确定这些屋子里是不是都有人。这样的布局与16楼截然不同,在16楼,有好几片大块的开放办公区,每个人的隔间都很近,而且挡板的高度很低,沟通很方便,他与同一组的几个同事一块,都坐在陈虹附近。

正想着,王芹带着他转了一个弯,进入另外一条空旷的走廊。这次的走廊宽度比刚才的要窄,他们刚走到一间半开着门的办公室门口,谢成章就听到里面传来一阵咒骂声:"这帮没用的废物!自己解决不了系统的设计问题,就来找我们的茬!回头我去会会他们!"

谢成章和王芹都一愣,站在了门口。

这时,里面匆匆退出来一个人,弓着腰,低着头,一副很沮丧的样子,看到门口站着的人,用眼神跟王芹打了个招呼,便快步往走廊拐角处走去。

"进去吧,涂工就这样,不用担心。"

王芹怕谢成章被里面的人吓着,指引着他走进去,一边往里走还一边招呼:"涂工,那个谢成章来报到了。"

谢成章往前走了两步,完全置身于室内,这才将整个房间尽收眼底。

他之前以为这是办公室,现在看来,这里空间很大,应该是一间会议室,只不过并未放置大的会议桌,而是摆放着七八个工位。目前这些工位上都没有人,除了最靠近里面角落的那个,它的空间更大一些,显示了其主人的地位。

此刻,那里坐着一个中年男人,头发已经半秃,方脸大眼,满脸横肉,厚嘴唇,密密的胡楂种在脸上,乍一看真有种凶神恶煞的感觉。刚才那句咒骂出自这样一个人之口,简直太匹配了。不过,在看到谢成章和王芹之后,男人的表情瞬间变得缓和与温暖,眉眼也舒展开来。这样的神情与他的长相有种十分不协调的反差,让谢成章差点笑出声。

"哎哟,小王,终于把人给我带来了。"

他站起身来，个子比谢成章要高半个头，热情地冲着王芹和谢成章走了过来："小谢，我等你好一阵啦，欢迎到我的组来。"

转眼间，他就走到了两人近前，谢成章感到一股无形的压力。

看着谢成章略有些紧张的脸，男人爽朗地笑起来："哈哈，别怕，我这人就这样，以后你跟着我，慢慢就习惯啦。我叫涂安军，你可别叫我师父或者涂老师什么的，大家都叫我老涂，注意，是老涂，不是老糊涂。只有这个丫头，总叫我涂工。"

涂安军说罢，看了看王芹，王芹忙道："您是技术专家，叫您涂工不对吗？哈哈。好了，人我给您带到了，您先跟他聊聊吧。"

然后，又冲着谢成章说道："我先回去了，不然前台又没人。等你跟涂工聊完，听听他的安排，再来找我，我再带你去人事和财务办其他手续。"

"好的，谢谢。"

王芹走后，这间偌大的办公室就只剩下谢成章和涂安军两个人。

"来，坐，不用紧张！"涂安军拍了拍谢成章的肩膀。

谢成章从善如流，静静地看着，等待着下一步的指示。

涂安军倒不紧不慢，先去工位上拿了一个小本子，再递给谢成章一瓶矿泉水："喝点水吧，回头你可以自己带一个水杯过来。"

"谢谢涂老师……哦，不，老涂。"

"嗯，很好，你很上道！难怪师妹一直跟我说她舍不得你来我这儿，哈哈哈。"

谢成章一脸疑惑地看着涂安军，不知道他在说什么。

"你在载人航天的师父陈虹是我的师妹，她跟我说，劝你你不听，非要来我们卫星导航，所以就让我关照关照你。怎么样，没后悔吧？"

谢成章恍然大悟："陈虹姐真是个好师父，我得好好谢谢她。以后也还请老涂你多多指教，有什么活儿尽管吩咐。"

"好，就是要你这句话！师妹已经跟我说过你非要来的原因了，我也就不再问。不过，我也不想向你隐瞒什么，我们卫星导航事业部目前的状态确实比不上载人航天，比不上运载火箭，但别急，我们肯定会等来属于卫星导航的那一天。"

"我也是这样想的！"谢成章激动地道，"只是老涂，我刚来，很多事情还不清楚，想问问咱组具体负责哪块业务呢？"

"我们是系统组，隶属载荷系统部，算是部里负责抓总体的吧。载荷系统部向卫星导航事业部提供各种载荷系统，我们组则为载荷系统提供总体方案。当然，是在其他兄弟组和集团公司各大下属单位的支持下完成的。"

谢成章点了点头，又问了些其他关心的问题，便出门去找王芹办后续手续了，等他再次回到涂安军的办公室时,已经快到午餐时间。

"我跟师妹约好了,一会儿咱们一起吃个午饭,先带你去见见组里其他同事。"涂安军笑道,起身走出了门。

谢成章原以为自己以后会在涂安军的眼皮子底下干活,现在才知道,前台右边通道两侧那些半掩着门的办公室才是他未来的耕耘之所。实际上,整个卫星导航事业部的办公环境都是如此:一扇没有窗户的门背后是或大或小的房间,里面都摆满了工位,人却稀稀拉拉。从涂安军那样的组长,到他的领导——载荷系统部副部长,也只能坐在摆满工位的"办公室"里,只有载荷系统部部长及以上的领导才有真正意义上带窗户的独立办公室。

下午回到办公室,谢成章跟组里另外六名同事逐一打了招呼。

祁山是这几人中最年长的,他热情地回应谢成章:"小谢,我们都听说你的背景了,很佩服你的勇气,哈哈。不过你放心,我们都是年轻人,刘清风和曹晶晶还是你的校友,有的是干劲,不愁卫星导航搞不上去!"

曹晶晶是一个戴着厚厚的眼镜、留着齐耳短发的女生,有些拘谨和内向,刚才谢成章跟她打招呼的时候,她也只是轻轻地点了点头,从嘴里挤出两个字:"你好。"

"你也好意思说自己是年轻人……"一个头发有些蓬乱的男生小声嘀咕。

"嘿!小李,能不能积点口德,我怎么就不算年轻人了?人家老涂头发都快掉光了还自称年轻人呢。"祁山笑着抗议。

"就是,别这么说祁哥嘛。大勇,关键是心态要年轻,你看祁哥,搞了快十年天罡系统,仍然雄心不减。"一个揶揄的声音从旁边传来,说话的人是一个小眼睛的男生,天然就带有几分喜感,他就是谢成章的另外那个校友刘清风。

"搞了快十年,天罡系统还是这个样儿,一动不动,我倒觉得天罡卫星更年轻,仿佛时光从未流逝过。"李大勇不服气。

"你这么说就太影响自己的士气了啊。"祁山板下脸来,"说得好像我们这些年都在做无用功似的,人家小谢刚来,不要吓他。"

"我说的可都是实话。"

"好了好了,逢人就这么说,有意思吗?"

"你要嫌天罡系统进展太慢,浪费你的宝贵青春,干吗不跳槽?老在这里发什么牢骚,还打击人家小谢的积极性。"

谢成章一看,这一前一后说话之人是张国辉和汤力。他们两人虽然不是兄弟,长相气质却十分接近,都是中等偏胖身材,圆脸方鼻,看上去十分憨厚的样子。

"这不是找不到工作嘛！在这里混了两年,感觉什么都没学到。"李大勇撇了撇嘴。

谢成章心中一紧：他们不会吵起来吧？

这时候祁山笑道："喂,我们别偏题了,现在是欢迎小谢加入我们组,别扯些有的没的。这样,下班后一起撮一顿,我请大家吃饺子！"

"这个可以有！支持！"刘清风积极表态。

"这还差不多！我都没怪你们让我废在这里,你们还怪我发牢骚,哼。"李大勇也不再继续纠结天罡系统的进度。

"好啊好啊,祁哥靠谱！"其他几人也嚷道,就连曹晶晶也抿嘴笑了笑,尽管她并没有抬头。

"没事,小谢,我们都是直率人,小李说话这风格你习惯就好。"祁山见谢成章神情有些紧张,便过来拍了拍他,"一会儿有个会,老涂跟你说了吧,你也一起参加,了解了解同事们各自负责的事情,下班后一起走。旁边拐角的地方有一家新开的饺子馆,味道可好了,去晚了就没座了。"

一顿饺子之后,谢成章感觉自己跟这几个新同事之间的距离拉近了很多。显然,大家在这个人声鼎沸的饺子馆里的谈兴要比办公室里高不少。

"小谢啊,我跟你说,你来我们这里肯定是个正确的选择！我知道我这么说他们几个肯定不同意,尤其是李大勇……"就着饺子喝了二两二锅头之后,祁山的话比在办公室里更多,"为什么我这么说呢？因为人哪,都只看到眼前的好处,一山望着一山高。其实吧,都差不多,在别的事业部,压力和挑战一点都不小,我们至少不需要送人进太空吧？你们别看天罡这些年一直没什么动静,不就恰好说明它的稳定吗？三颗卫星在那儿好好地工作,不比瞎折腾强？我们不正好可以安心地去构思下一代载荷的设计吗？"

祁山说完,直愣愣地盯着谢成章,眼神里在寻求共鸣。

谢成章正准备把一个荠菜饺子往嘴里塞,被祁山这么一问,张着嘴巴,筷子夹着饺子悬在上下牙齿之间,进也不是,退也不是,一时竟不知该如何是好。

"嗨,明明是干了多年一事无成,却被你说得这么清新脱俗,还安心地构思下一代载荷的设计,别在这里装蒜了。平时我虽然也老说自己这两年荒废在这里了,你们都当我是开玩笑,今天我就借着酒劲再说一遍。祁哥,我是对事不对人,我真觉得搞天罡没什么前途,说不定明天我就辞职……"李大勇喝了几两,此刻面孔泛红,说话也有些打战,蓬松的头发显得更加蓬松,还微微泛了点儿油光。

谢成章赶紧趁这个当口迅速把饺子吞了下去,差点噎着。

"大勇,我跟你说,你要是个男人,明天就真给我辞职,别老是光打雷不下雨,干放屁不拉屎。你以为你是明华大学毕业的就牛是吗?牛的话你倒是帮我们把载荷的难题给攻下来啊!上嘴唇碰下嘴唇发几句牢骚有谁不会?这两年弟兄们耳朵都听出茧子了!"祁山有些不依不饶,把视线从谢成章脸上挪开,盯着李大勇。

"哼,载荷难题,载荷难题,系统设计不突破,没有钱设计和支持发射更多的卫星,光从卫星载荷本身下功夫能有什么用?一颗同步卫星最多只能覆盖地球表面三分之一,你还能通过载荷设计让它覆盖地表一半不成?你能拽着自己头发把自己提到五楼去吗?别老是避重就轻,很多问题压根不是我们能解决的,你把中宇航的专家全部集中起来也不顶用!"李大勇站了起来,也顾不上旁边刘清风的劝阻,把酒杯往桌上啪地一放,转身就走出了饺子馆,头也不回,"谢谢祁哥的饺子!我现在就辞职!"

第2章
春天终会到来

　　谢成章这次没有按错电梯楼层。
　　他从9楼出来后,与王芹打了个招呼,便走进了自己的办公区域。
　　祁山等几人已经到了,唯独不见李大勇。
　　正当他犹豫要不要问时,涂安军从门外走了进来:"小谢,到我这儿来一下。"
　　"哦,好的。"谢成章向面色凝重的祁山匆忙点了点头,便跟着涂安军出去了,一前一后走进了他的办公室。
　　"来,坐。"涂安军依然是那副爽朗的劲头,一边招呼谢成章坐下,一边关上门,只是门一关上,他的表情便严肃起来,"小谢,昨晚的事情你也知道吧?"
　　"昨晚?你说的是……"谢成章一愣,马上想到了饺子馆里发生的事情,李大勇拂袖而去的场面依然历历在目,但他不确定老涂是不是在说这件事。
　　"大勇真的辞职了。"涂安军的语气十分沉重。
　　"啊?我还以为他是说的酒话呢,昨天白天他也说过好几次,我听上去感觉那是大家都已经习惯的玩笑话。"谢成章本能地回答。他潜意识中也不敢相信自己才第一天认识的同事竟然真就说走就走了。
　　"的确,最近这几个月他经常那么说,但是,我们还真没有太当真。你想,哪个真心想跳槽的会这么三番五次地说出来?不都是默默地找好下家再直接辞职吗?没想到这小子还真走了,唉,可惜,可惜!"涂安军接连叹道。
　　谢成章不知道要如何接话,是应该表态说自己不会走呢,还是应该安慰老涂?
　　不过,涂安军并没有给他说话的机会:"天罡系统的发展的确太慢了,年轻人待不住,我也理解。我今天把你叫过来,其实就是想跟你聊聊。师妹对你的评价挺高,我相信她的眼光,也佩服你主动来我们这儿的勇气,但是,我不希望大勇的离开影响你的判断。大勇在我们组主要负责改善天罡卫星载荷的性能,现在他辞职了,我希望你能接手他的工作。"

谢成章听明白了:"老涂,你放心,我既然主动要求来到这里,不可能待几天就走的。不过关于接手李大勇的工作,说实话,我心中还是有一些打鼓,毕竟我经验还不足,怕担负不起这个重任……"

"你不用担心。"涂安军打断了他,"大勇正式离职前还有30天的交接期,你利用这段时间多跟他聊聊,我相信你的学习能力。"

"好吧,谢谢老涂,我一定全力以赴。"谢成章点了点头。

"放心,我是你的师父,有什么问题你也可以随时来问我。"涂安军咧着嘴笑了笑。

谢成章怀着复杂的心情离开了涂安军的办公室,一边琢磨着他的话,一边慢慢地往自己的工位走。这时,手机响了,他一看,是那个熟悉的名字。

"哈哈哈,成章,老同学!"电话那头的顾违说话声音很大,把谢成章震了一个激灵。他又惊又喜,赶紧左顾右盼,却无法找到一个可以私密通话的地方。

"你等会儿,我马上给你拨回去!"谢成章不得已走到电梯口,乘上电梯到了楼下,然后冲出大楼,站到墙角,重新给顾违拨了回去。

"刚才在工作区域,说话不方便。你这几个月过得爽吧,电话都不打一个!"

谢成章很高兴能够跟顾违聊上,顾违过了试用期后就被安排到全国各地中宇航载人航天事业部的下属单位和企业出差轮岗,两人已经好几个月没有联系了。

"看来你需要一间自己的办公室!"顾违的声音听上去十分亢奋,背景噪音也挺大,所以他又加大了音量。

"你在哪儿? 为什么这么吵?"

"我回北京啦! 刚从北京西站出来,这不赶紧给你打个电话嘛。"

"终于回来啦? 下放基层锻炼这么久,回来给你安排了什么好位置?"

听上去,顾违的精气神非常好,谢成章推测,他一定有什么好事,大学四年都没见他用这样的方式说话。

"哪有什么好位置,我这才参加工作呢,熟悉合作单位原本就是新人培训的一部分,又恰好碰上有这样一个机会,就跟着师父跑了一圈。不过,我跟你说,出差真是让我大开眼界。"

"哦? 说来听听。"顾违的谈兴很浓,谢成章也被感染了。

"我深刻地体会到什么叫没有调查就没有发言权了！咱俩运气都算不错，一毕业就能进中宇航的总部工作，但中宇航的真正实力其实散布在全国各地，很多都是当年搞三线建设时迁过去的，在当地生根发芽，每个单位都有自己的独门绝技，我这次算是见识了。"

"对我国的航天事业更有信心了，觉得当初没选错专业？"谢成章揶揄道。

"哈哈，的确深受震撼和鼓舞。"

"说到底，我们这栋大楼只是中国航天的大脑而已，真正的四肢、躯干和五官都是散布在你去的那些地方。"

"成章，你这个比喻太妙了！就是这么回事。所以我们得经常去看看，不能老坐在办公室里，哪怕是你搞总体系统的，也应该走走。大脑与身体的其他器官没有交流了，不就被孤立了吗？"

"其实……大脑这个比喻并不是我的发明，是郑春郑部长对我说的。正好，顾违，我有件事情要跟你说。"

"这么巧？我也正好有件事要跟你说呢。"

"好吧，那还是我先说。我离开载人航天了，昨天正式加入卫星导航事业部，这个你应该不会感到意外吧？我们老早就聊过的。"

"嗯，既然是你的决定，我当然支持。载人航天受到的关注应该会更广，据说还会有火星工程、探月工程什么的。不过，卫星导航是我们的专业，你有这个执念，我也不感到奇怪。那现在感觉怎么样？"

"一言难尽……"谢成章顿了顿，"我现在在载荷系统部的系统组，昨天一来，就有个明华大学的哥们儿辞职了。我刚从新领导的办公室出来，他说那哥们儿原来负责的天罡卫星载荷改进的工作由我来接手……"

"挺好的啊，本来天罡就是卫星导航事业部的主要任务。"

"感觉现在天罡系统的问题挺多的，虽然我刚来，还没真正参与进去。"

"你要这样想，有问题，才是你的机会，如果一切都顺风顺水了，你的价值怎么体现呢？"

"顾违，真没想到，分开这才几个月，感觉你成熟了很多。"谢成章为此由衷感到高兴。

"我自己也这么觉得，这都是王兼那小子的功劳。"

"王兼？"

"对，他这几个月跟我联系了好几次，我在洛阳的时候，他还特意跑过来跟我见了一面，我们聊了很多。上大学那时候，我对他多少还是有些看法，这个你也知道,不过,现在我发现他还是有不少可取之处的。"

"哈哈,你能这么想当然好,王兼那小子还是不错的。他现在怎么样?那个什么天星展讯公司破产了吗?"

"这就是我要跟你说的事情,我已经被他说服,决定加入他的公司。所以,也准备提交辞职申请了。"

王兼不知道此时身在何处,只觉得头痛欲裂,口干舌燥,嗓子渴得要冒出火来。他费了老大劲才睁开眼睛,这才发现自己躺在一张简陋的床上,薄薄的被子看上去有些泛黄,只盖住了他半边身子,他感到一阵发冷,打了个哆嗦。

就着床头昏黄的灯光,他意识到自己正身处一间酒店房间,房间里的陈设十分简单,除了床之外,只有一个狭窄的、看上去有些脆弱的电视柜,上面正对着床摆放着一台乏善可陈的电视机,电视机旁边放着一个老旧的烧水壶和两个一次性杯子。墙壁是米黄色的,窗帘是棕色的,其下摆放着一个行李箱和一个装备箱。自己的外套此刻正斜搭在行李箱上,从它的姿势来判断,自己应该是很仓促地把它扔在那儿的。

王兼皱了皱眉,想爬起来喝点儿水,却发现浑身都没劲,头晕得厉害。他这才闻到,房间内充满了酒味。

"哎呀,又喝多了……"

王兼的记忆终于开始搅动。他想起来,昨晚喝了一晚上酒,自己跌跌撞撞回到房间,之后发生了什么就记不清楚了。

"应该就睡下了吧,连灯都没关……"他叹了一口气,觉得自己的嘴里都还是昨晚的酒菜味道。当时的佳肴,此刻闻起来竟然如此让他作呕。

不知道过了多久,他终于挣扎起身,摇摇晃晃地走到烧水壶旁,晃了晃,发现里面有半壶水,也顾不得那么多,倒在杯子里一饮而尽。

冰凉的水顺着喉咙直接进入胃里,他打了一个激灵,更加清醒了一些。

他走到窗帘边,拉开窗帘,想看看现在大致是什么时候,却愣住了。

这房间原来没有窗户。

王兼苦笑了一下,一屁股坐回床上,然后在破旧的地毯上找到了自己的手机,一看,凌晨三点。

此刻,他的大脑开始活跃起来,被酒精麻痹的神经逐渐恢复了敏感。但也正因为如此,心里的痛在这深夜毫无顾忌地涌现。

大学毕业后他就注册成立了天星展讯公司。那时候,他踌躇满志,一半来源于对自己生意头脑的自信，另一半则来自自己对于天罡卫星导航系统的了解。

"天罡卫星导航系统是我们国家自主建设的卫星导航系统，其'双星定位'原理经由计势飞院士在20世纪80年代提出后，终于在20世纪90年代初被我们实现，虽然只能覆盖我国和周边区域，却已经在我国的国防建设中发挥了重要作用。

"看看美国的GPS吧，它是20世纪70年代开始建设的，一开始也应用于军事领域，但现在已经在全球遍地开花，几乎覆盖所有的民用领域。如果天罡系统也有那么一天，你想想看，市场会有多大？

"别看现在天罡系统的接收机终端那么笨重，所以需求量不大，一旦技术上能有突破，重量能够减轻，尺寸能够变小，肯定会有很大的市场！"

王兼在下定决心创业之前，利用自己的活动能力，跟空天大学的多名教授和专家交流过，所有人都看好天罡系统的发展前景，而当他跟自己的父母和父母那帮做生意的朋友谈及卫星导航时，几乎没有人知道天罡系统的存在。

"什么？我们国家还有自己的卫星导航系统？我只知道GPS。"

这样的回答最是常见。

出于对信息的保护，他并没有再透露更多。潜意识中，他认为，这片潜在的市场不能让别人，尤其是不能让自己家乡那些嗅觉灵敏的生意人嗅探到。

他注册了公司，通过导师借到了一些常用的天罡系统接收机，招了几个人一起研究改进方案。

从那时起，甚至从更早的时候开始，王兼就坚信，只要自己能够在天罡系统接收机上尽快实现突破，就能够快速占领市场。

"军用市场已经慢慢放开，专业市场已经存在，行业的爆发期即将到来，我如果不提前布局，等那一天真正到来时，就晚了！"

起步阶段出奇地顺利，他和他的团队仅仅用了三个月，通过架构改进和芯片模组更换，就将常用的天罡接收机尺寸缩小了15%，而总成本并未增加太多。

他将这款接收机命名为天星一，在跑客户前，他自认为做了非常周密的调研。首先，他仔细地研究了天罡卫星导航系统办公室，简称"天罡办"。这是整个天罡卫星导航系统的管理方，可以说是这套系统的指挥中枢。

一个卫星导航系统，往往分为空间段、地面段和用户段三大板块。所谓空间段，就是天上运行着的卫星。地面段，则是为了支持卫星工作的地面基础设施，如地面站等。而用户段，顾名思义，就是所有的应用领域，用户通过可以接收到天罡卫星定位导航信号的接收机，来实现导航、定位、授时等多个目的，支持相关的各项应用，比如开车导航、车队监控、测绘和国土勘察、地面沉降监控等。

天罡办负责整个空间段和地面段的总体设计,并且为用户段的信号格式等技术规范制定统一标准,使得整个卫星导航系统可以实现不间断的闭环运行。

作为民营企业,他深知空间段的卫星和地面段的地面站基本是由中宇航那样的大型央企为天罡办建造提供,自己无论从资质还是能力方面来说,都不可能参与其中,想在天罡卫星导航系统市场中分一杯羹,只能从用户段入手。但哪怕只有用户段,市场也已经足够了,这也是为什么他把全部精力和资源都投入在天罡接收机之上。然后,他把用户段的客户全部列出,逐一研究需求和痛点,再按照自己能够利用的社会关系的亲疏远近,将客户按照优先级排序,排在前面的他就先跑,后面的就后跑。

可是,此后的几个月,当他真正扛着天星一接收机去敲响这些潜在客户的大门时,才发现真实的市场比他想象的要残酷得多。

他带着介绍信或者口信东奔西跑,跑遍了大江南北,屡屡吃到闭门羹。那些使用卫星导航接收机的单位和公司,要么表示完全没有需求,将他婉拒,要么就说需求已经全部被满足:"我们全部装备了GPS设备,暂时没有更换的想法。"

王兼终于想起来,自己现在身处青岛。昨天下午,他来到青岛市测绘局,带着青岛籍导师给局长的一封推荐信,希望售出自己的第一台天星一接收机,这是他优先客户名单上的最后一家了。

这位局长姓郝,在王兼表明来意后,与他谈了半小时,然后两手一摊:"王总,我跟你们刘教授是从小穿一条裤子长大的,你是他的学生,肯定也是高端人才,你来,我们欢迎。不过呢,我们现在是真的没有对天罡接收机的需求。卫星导航定位这些年才刚刚成为主要的测绘手段,以前我们有别的方式,可是,我们已经买了GPS接收机,预算又有限,没法再买几台天罡接收机作为备份——关键是,它和GPS不兼容。"

郝局长把那些个GPS设备拿出来给王兼看:"你看看这些接收机,说实话,看上去是不是比你那个天星一要高级和可靠一些? 美国进口的,贵是贵了一点,但还真挺好用的。"

王兼不是第一次接触这些GPS的竞品,他也承认,人家做得的确好,无论从工业设计、产品尺寸与重量,还是使用便利程度上来说,都比天星一要强。但他一直固执地认为GPS的接收机再好也是美国人的,而天星一是天罡系统最好的接收机。只是到了现在,他才如梦初醒:GPS的信号已经遍布全球,像阳光一样洒在地上,只要能够按照它的信号接口标准去设计,就能造出一台可以在全球任何地方使用的接收机。而天罡呢? 只能覆盖中国。除了自己,哪家设备厂商会去制造天罡接收机呢？自己一直以为卫星导航市场很大，这一点是没错的，但是，卫星导航市场不等于天罡卫星导航市场，前者已经被GPS占领，后者却还不存在！

郝局长看出了王兼的落寞，晚上便摆了一桌。席间，郝局长趁着微醺，冲着王兼说道："王总，我很佩服你的拼劲，年轻人嘛，就是要多闯闯！我也认同咱们这个天罡卫星导航市场的前景，不过，到底有多大，什么时候能兑现，你我都说不清楚啊。你看你，被老刘推荐到我这里来，他自己却安安稳稳地在你们空天大学当教授，如果真有赚头，他为什么自己不下海呢？"

王兼端着酒杯，只觉得浑身一震：是啊！如果真有赚头，那些支持我的导师为什么自己不下海呢？越来越多的细节不受控制地在王兼脑海里蹦出来，让他不堪其扰。他觉得脑袋发涨，甚至觉得这间小小的酒店房间再也无法盛下那么多的惨痛和挫折。一瞬间，他只觉得无比颓唐，百无聊赖间仔细翻看起手机来，发现了两条未读短信，来自顾违："我刚回北京，下午跟领导提了离职，你什么时候回来？我们碰碰吧。""另外，谢成章也离开载人航天事业部，去卫星导航事业部了，我觉得可以把他也叫上。"

王兼的嘴角稍微动了动，想笑，却又笑不出来。他心里是开心的，顾违终于同意加入他的公司，这是唯一一件值得开心的事情吧。

王兼最早其实并不喜欢顾违，但是，大学四年里，他却发现顾违身上有他所缺乏的那种向死而生的狠劲。更何况，顾违不是一般的聪明，而是聪明绝顶，大学四年都没见他怎么使力，就一直雄踞年级第一，平时聊起天来也总有一些惊人之语，对于卫星导航技术更是有很多独到的见解。他觉得顾违与自己有着极强的互补性，所以从大学毕业开始就一直想拉顾违入伙，却老被顾违嫌弃。但他一直没有放弃，在过去的几个月里，尽管公司一个业务都没做成，他依然相信，人才是最关键的，如果有顾违加盟，就不愁做不出更好的产品。

"顾违，你只要来，公司我们一人一半。当然，我的股份要比你稍微多一点，这个也很好理解对吧……不过，你相信我，你肯定有绝对的自主权，公司的产品和技术我全权交给你！我知道你对我有些成见，说实话，我看你也不怎么顺眼，但是，我们大学在一个寝室住了四年，还是有默契的。我相信，我们不一定要成为好朋友，但绝对是完美的搭档！"

想到这里，王兼站起身来，又去喝了一大口水，觉得自己的心略微安定了一点，整个人开始回魂，想着等天亮再给顾违打个电话，回北京后就找他。如果有顾违，他们肯定可以把天星一做进一步改进，产品肯定会更有竞争力。他还真不信这个邪，天罡系统就没有一个市场可以进入！

王兼重新回到床上躺下，这次他关掉了床头灯，头碰枕头之后，很快便睡着了。第二天，他退了房，给郝局长发了一条感谢的短信，便坐上快车直奔北京。

谢成章和顾违看到王兼的时候，已经接近半夜。他们仨约在魏公村的一处烧烤摊碰头。

"你小子自己大半夜风尘仆仆地回来，还非得把我们拽出来！"谢成章笑着抱怨。

"对啊，为什么不坐飞机？"顾违也问道。

"嘻，这不是为了节约成本嘛。这几个月，一台产品都没卖出去，压力很大呀，所以指望着顾总来帮我们进一步提高产品的竞争力。"王兼狠狠地撸了一串羊肉，他饿坏了。

"我怎么感觉我跳进了一个火坑呢？王总，我可是交了辞呈的。"顾违笑道。

"你好歹也是个成年人，要为自己的决定承担后果，知道吗？再说了，公司的情况我也跟你说得很明白，可没有说你过来后马上就能吃香的喝辣的，就是要让你来帮我力挽狂澜的，然后我们才能赚大钱，才能吃香的喝辣的。"王兼抹了抹嘴。

"好吧，现在成章也去了中宇航卫星导航事业部，咱们仨又回到卫星导航这个专业了，不到一年的时间，真是有种昨日重现的感觉。"顾违十分感慨。

"没错，我们的新起点开始了。我看好你，成章，天罡卫星的未来就靠你了！"王兼举起一杯啤酒，"别看现在载人航天很热，卫星导航不怎么受重视，但在我看来，这正是机会。听顾违说，你们组正好走了一个明华大学的高才生，你的师父为此专门找你谈话，希望你能接手那哥们儿的工作，这就说明他有意栽培你呀！"

"好，借你吉言，干一个！"谢成章十分开心。

经过与李大勇的初步交接，他发现卫星载荷上还是有不少工作可以做的。当然，挑战也很大，不过，不去放手试一试，谁知道呢？

"还是说说你们的计划吧。王兼，好久不见，你现在真是比刚毕业那会儿要老多了，看来这几个月过得十分辛苦啊。"谢成章一点都不客气。

"别提了……昨晚我还喝得一塌糊涂，感觉我就是那堂吉诃德。不过现在好了，有了顾总加盟，我觉得我要转运了。"

"昨晚喝得一塌糊涂，现在还喝？"顾违不接他茬。

"跟你们好久没聚了，不得意思意思？"

"好了，说说看吧，你们打算怎么办？"谢成章举起杯喝了一口。

"我先说吧。"王兼当仁不让，"这几个月教会了我一件事——所有人都认可卫星导航的市场很广阔,但是留给天罡系统的几乎没有。在民用市场,GPS已经形成了全方位的垄断。"

"听上去没戏啊。"谢成章点评道。

"唉……"王兼叹了一口气,喝了一口闷酒。

顾违倒是十分冷静:"我倒不这么看,要不我也不会选择加入你了。我这几个月去了不少中宇航的下属单位,发现虽然各家发展程度不一,趋势却是一致的。他们都有很强的学习热情,却苦于没有足够的国内配套企业跟他们一起前进。我个人判断,这个势头是不会改变的,而我们在其中必然会有机会。"

王兼听到这里,猛地把眼睛一睁:"你是说……把中宇航作为客户?我还真没考虑过。可是,你们中宇航都是搞大工程的,比如成章他们造卫星,或者建地面站。中宇航是系统的建设者,而不是使用者啊。"

"建设系统的过程中,要如何确认天罡卫星信号的各项指标呢?难道不需要使用终端接收信号吗?"顾违问道。

"啊,我明白了!这真是灯下黑,我研究了那么久,跑各大专业单位和企业,怎么会把中宇航给忽略掉?"

"是啊,你是瞧不起我们吗?"谢成章拍了拍他的肩膀。

"当然,也没那么容易,目前他们肯定已经有产品在使用了,不过,至少我们面临的竞争,不是GPS那样的成熟设备供应商,我们只要能够提供比他们现有的天罡接收机更好的产品就行了。"顾违补充道。

"顾违,你能够加入简直太棒了,不枉我追你追了大半年!我敢断言,天星展讯的谷底已到,马上就能触底反弹!"王兼兴奋得手舞足蹈。

"那还犹豫什么?"谢成章举杯,"干!"

北京的初夏,似乎已被迫不及待的盛夏取代,才5月间,气温就蹿到了近30摄氏度。不过,昌平郊区却依然十分凉爽。

大杨山脚下有一处开阔地带,建造着一大片低矮却坚固的建筑群,被围墙严严实实地围了起来,周围树木成荫,郁郁葱葱。

如果不是大院里像巨大锅盖一般的卫星地面站天线,没有人知道这里是干什么的。偌大一个院子,却只有南北两个大门,还都有武警站岗,但门口的风格十分朴实低调,除了单位牌匾和必要的安防栅栏之外,没有别的设施。

这里是中宇航1203研究院,此刻,园区正中央的大礼堂里座无虚席,谢成章放眼望去,有不少白发苍苍的老人,但更多的是像他一样的年轻面孔。看上去他们应该跟他一样,是第一次参加如此规格的大会,也像他一样四处打量,脸上写满兴奋与紧张。

主席台上摆着一张长桌,桌子上放置着六个麦克风和六个名牌,红底黑字。正中间靠左的名牌上写着"唐克坚"三个字,谢成章听说过他,是天罡卫星导航系统的总设计师,可以说是整个天罡系统的灵魂人物。计势飞院士虽然早在20世纪80年代就提出了"双星定位"的概念,整个天罡系统却直到20世纪末才真正建成,而其中,这位唐克坚总设计师可谓厥功至伟。

靠右的名牌上则写着"张兴明",这是中宇航集团公司的总经理。

唐克坚左边是彭君,中宇航集团公司的副总经理。

张兴明右边是冯子健,中宇航集团公司卫星导航事业部总经理。

彭君和冯子健两侧分别是刘万山和杨红梅,前者是中宇航集团公司卫星导航事业部副总经理,后者谢成章并没有听说过。

很快,礼堂里就响起了雷鸣般的掌声,谢成章扭头望去,看到五个中年人簇拥着一名老者,正沿着台阶不紧不慢地往下走,直奔主席台而去。

侧面看过去,老者的头发已经全白,但并不稀疏,脸如同刀刻一般瘦削,上面布了不少皱纹,但他的眼神却很有精神地直视前方,熠熠发光,整个身板看上去也十分硬朗,步伐稳健,下台阶毫无踉跄或迟缓之感。

这应该就是唐克坚了吧……谢成章注视着他的背影,暗自忖道:真是个精神矍铄的老人哪,看上去气质真棒!

待到六人就座,掌声也逐渐平息下来,会场里维持秩序的同事们让各自负责的区域保持安静。

这时候,谢成章才注意到,主席台的一角有一个主持台,主持人一开口就中气十足:"各位领导,各位同事,今天我们感到十分荣幸,能够邀请到集团公司张兴明总经理、彭君副总经理和我国天罡卫星导航系统总设计师唐克坚院士莅临,就我们中宇航集团公司如何攻坚卫星导航领域的工作做出重要指示,为我们指明方向,坚定信心,提出要求……"

开场白过后,主持人开始介绍主席台上的嘉宾,谢成章这才知道,主席台上唯一的女士杨红梅便是这1203院的院长。

介绍结束后,开始了正式会议议程,这下谢成章才完全明白了这次大会的目的。此前,他只能从悬挂在主席台正上方的大红条幅"中宇航卫星导航业务推进动员大会"来推测,多半是要通过全员大会的形式来促进卫星导航工作的开展。但现在,从彭君的介绍来看,这次会议的主角其实是唐克坚,彭君和张兴明都只是过来站台的。唐克坚将会做一个详细的天罡卫星导航系统介绍,包括其历史、发展现状和下一步规划,谢成章的兴致马上提了起来。

接下来的两个小时,谢成章打起了一百倍的精神,一字一句听着唐克坚的报告,并且将一些重要的信息记录下来。他越听越兴奋,而最让他佩服不已的是唐克坚的那股精气神。一个白发老人,可以连续坐在主席台上完成两个小时的报告,而且声如洪钟,气定神闲,语言通俗易懂,还不失幽默,深入浅出地把整个天罡卫星导航系统介绍得十分清楚。谢成章觉得自己在空天大学一个学期的专业课上所学到的甚至还不如这两个小时多。

"我们现在面临的问题都是发展中的问题,天罡办正在集中力量进行攻关,争取能够尽快实现更好更优化的系统设计,同时兼顾成本。天罡一代只是天罡卫星导航系统的开始,而不是终结,未来十年,我们还有天罡二代、天罡三代,我们一定可以将星座覆盖全球,为全球提供可靠的、精确的、连续的定位、导航和授时服务!"

当唐克坚这段抑扬顿挫的话在礼堂里响起的时候,更加热烈的掌声爆发,经久不息。谢成章与在场的每一个人都被唐院士折服,并且对天罡系统的前景充满信心。

最后,由张兴明做总结陈词:"进入21世纪,我们航天事业迎来了更大的发展机遇。如果说改革开放之后的二十年,我们都以经济建设为中心,国防建设为经济建设让路,那么现在,我们已经开始强调协调发展、同步发展。在这样一个波澜壮阔的历史转折点上,我们航天人要有历史责任感和紧迫感……

"卫星导航虽然只是我们中宇航的业务之一,却拥有独特的地位。正如唐院士所说,天罡卫星导航系统是我国国防体系的天眼,我们中宇航则是为这个天眼系统提供卫星的主体单位,我们不去攻关,谁去攻关?我们不去做,谁去做?"

大会结束后,谢成章意犹未尽地跟着涂安军走到他的车边,这是一辆银色的大众高尔夫,看上去有一阵没洗了。

"上车吧,我们回单位,还有活要干呢!"

上车坐定之后,涂安军熟练地启动,汇入出院的车流之中。

"老涂,谢谢你,能带我来参会。"

"好说好说,你是我们组的新人,要多学习。"

涂安军的车子终于从1203院里驶了出来,又排队经过几条小路,最后总算汇入了主干道。他熟练地操作,一踩油门,高尔夫欢快地往前奔去。

从昌平回西三环的路程原本就不近,加上是下班时分,他们开到北五环时,就开始拥堵起来。

"小谢,你对今天这个动员大会的感受怎样?"涂安军问道。

"挺受鼓舞的。说实话,这次我主动要求转岗过来,好多人都劝我再考虑考虑,包括陈虹姐。来了之后,这段时间的感受也挺奇怪的,我总觉得,我们组,乃至整个事业部似乎都士气不高,李大勇的辞职也让我心中有些打鼓。不过,多亏老涂你对我的栽培,让我有机会接手李大勇的活,挑战挺大,但这也正是我想要的。今天听完张总和唐院士的讲座,我对天罡系统的未来有了很大的信心,对咱们事业部的发展也有了更坚定的信心。"

听完谢成章的话,涂安军扭头朝他笑了笑,并没有马上回答。

谢成章注意到涂安军的笑容有些勉强,见他欲言又止,便瞪大了眼睛追问:"师父,你怎么看呢?你觉得我说的有没有道理?"

"唉……"涂安军长叹了一口气,"对,也不对。"

"哦?为什么呢?"谢成章不解。

"你对我们事业部的感受完全正确,我们目前的状态就是这样,甚至比这更糟。但是,你对天罡系统的前景和我们事业部的发展前景显然有着一些不切实际的幻想。"

"啊?不切实际?"

"嗯,你要知道,张兴明是什么级别的领导?我们集团公司的总经理,那可是省部级干部,彭副总也一样。他们同时出席的一般都是十分重大的活动,完全没必要单单为一个卫星导航业务站台,更何况,这次动员大会没有任何重要的节点目标。对于张总的发言,你要听他的弦外之音。他说了什么?'卫星导航虽然只是我们中宇航的业务之一,却拥有独特的地位。'你听出了他的重视,我则听出了他的含蓄。你想想看,如果是载人航天,或者是运载火箭,又或者是刚立项的探月工程,他会怎么说?一定会用'战略、重要、关键',甚至是'重中之重'之类的词修饰,而不会是'独特'。更何况,他还特意强调卫星导航只是中宇航的业务之一。要知道,这一切都是当着天罡系统总设计师的面讲的,当着院士讲的!一般情况下,当着人家的面,不应该给面子吗?张总肯定是给了面子的。给了面子之后,还只能用这样含蓄的方式去描述我们的卫星导航业务,这说明什么?说明我们的资源重心和投入现在压根就不在卫星导航上!不过,这有问题吗?没有。国家目前的投入重心不在卫星导航,天罡办的系统也迟迟没有改进,所以也没有项目经费。你要是张总,你会重视一个既不受国家重视,又没有足够资金来源的业务吗?"

听完涂安军的分析,谢成章只觉得脑袋嗡的一声,木在了副驾驶座上,竟不知该如何回复。他从未从这个角度去思考问题,却不得不承认,老涂说得很有道理。

见谢成章没有说话,涂安军生怕自己打击了他,便接着说:"小谢,你也不用感到受挫,我相信你来我们事业部之前已经做过很多心理建设,也有决心和信心。我只是想告诉你真实的情况,不想让你参加完这次动员大会之后,就产生否极泰来的感觉。没有什么事情会在一夜之间转变,尤其是我们这个行业,全部都是日积月累的结果。而且,你也不用担心,尽管公司现在不重视,资源投入不够,并不代表永远会这样。张总的用词还是非常准确的,天罡的地位十分独特,无可取代,所以,当天罡办的系统设计有了突破,我们的卫星设计有了突破,国家又有经费支持了,我们的春天就会到来。"

"嗯……"谢成章觉得自己刚才悬着的心稍微放下了一些,"所以,我们只能继续坚持?"

"小谢,你要不要继续坚持是你的自由。李大勇的选择一定是错的吗?未必。他很聪明,又有着明华大学的金字招牌,出去之后,肯定会找到一份很好的工作,也未必不能实现他的人生价值。不过,对于我来说,只能坚持到底了,毕竟这把年纪,在这个领域干了十几年,在中宇航这个体系里也混了十几年,出去之后会不容易适应的。我们的航天体系,支持的人说它相对安稳,各种保障都很到位,唯一的缺点是收入不高,但已经比航空要好很多了,让真正想干事情的人可以沉下来干事情。反对的人则说它一潭死水,近亲繁殖,思想僵化,不尊重技术人员。对于自己而言,我已经习惯了。"

"老涂,有你这样的师父,我肯定会坚持下去的。"谢成章拍着胸脯保证。

"哈哈,不用急着保证。"涂安军的语气到这个时候才真正恢复了谢成章熟悉的那种风格,"李大勇那小子两年前刚进组的时候也是这样说的,你们年轻人哪,都一个样。不过,有热血是好事情,我十几年前跟你们一样。如果一开始就没有热血,一副万事看穿的样子,也很可怕。"

"放心吧,师父。"谢成章再次保证。

"好啦好啦,今天你算是受了一次全面的培训,这效果比我在办公室里给你讲要强多了。唐院士的水平不是盖的,有机会听他两个小时的讲座,比什么都值!"

"是啊……说到唐院士,他是怎么看的呢?他能听出张总的弦外之音吗?"

"哈哈哈,唐院士哪是我们这般凡夫俗子,他老人家早就超脱了,现在他是为了信仰而工作。他继承了计势飞院士的衣钵,可以说把天罡系统视如己出。在他的世界里,只有天罡系统能不能干成,没有别的,张总的话,他压根就不会去注意。他能过来做讲座,根本不是因为张总出席,级别足够,而是中宇航请了他。相信我,如果咱们仅仅以卫星导航事业部的名义,由冯总出面去请他,他也一定会来。为什么呢?因为我们是他们最重要的乙方啊!他设计的系统,需要我们把卫星造出来,才能实现。"

"那……为什么张总和彭总都要出席呢?"

"因为他们要向你这样的新人传递强烈的信息,表达公司的重视啊,领导们很重要的责任就是稳定团队。"涂安军说到这里顿了顿,"好了,咱们没必要再分析来分析去了,真没必要。小谢,你可千万别把精力都放在这种事情上,而是要专注工作。我们只需要确认一点,卫星导航的发展趋势是势不可当的,天罡系统的光明前途也是毋庸置疑的,这就够了。我们要关注未来五年到十年的大趋势,而别纠结于眼前的蝇头小利。"

谢成章听完这些话,对涂安军简直是佩服得五体投地:"师父,你说得没错!那接下来我们需要干什么呢?"

涂安军笑了笑:"别急,你先好好消化消化李大勇跟你交接的那些材料,等过阵子,我要带你去跑天罡办和1203院了。他们一个是我们的甲方,另一个是我们最重要的合作伙伴。"

果然,在接下来的时间里,谢成章就成了这个昌平院落的常客。他不由得又想起郑春关于大脑的论述,更加认同顾违在外出差几个月之后的那些感悟。

在正式接过李大勇留下的那一摊子工作后,谢成章开始如饥似渴地吸收新的知识,越吸收,他就越惶恐,因为他发现,自己此前的很多认知竟然是如此粗浅。在学校里学习的知识很多都已经过时,或者过于理论化,而即便听完唐院士深入浅出的介绍,他自以为已经对天罡系统的理解进入了新的层次,才又一次发现,魔鬼都在细节中,问题总在具体的实践中涌现。

如果说他所在的卫星导航事业部是大脑,这个1203院则是强有力的左膀右臂。除去天罡卫星这样的导航卫星,中宇航几乎所有的卫星产品都由1203院具体设计、制造、测试和交付。

谢成章刚开始在西三环边的总部大楼里参与天罡卫星载荷设计时,从未想过自己有如此庞大的团队支撑,他觉得信心更足,同时也感到肩上的担子更重了。

今天是周五,如同这周的每一天一样,他又来到了位于大院东南角一栋三层小白楼二楼的小会议室。这间会议室并不大,摆设也十分简单。正中间是一张长方形的木制桌子,两边各放着三张木制椅子。桌上摆放着一台移动的投影仪,可以把PPT(幻灯片)投射到正对面的白墙上。

除此之外,会议室里没有别的物件,但窗外的风景倒是十分优美。透过两扇敞开的窗户,谢成章往外望去,是满眼的绿色。院子里的树木已经栽种了数十年,颇成规模。

这里就是他在1203院的办公地点,比他在总部那狭小的工位要舒服多了。

"小谢,久等了。"一个温柔的女声从身后响起,谢成章扭头一望,正是周慧。

周慧是1203院导航卫星中心的主任设计师,专门负责天罡卫星的设计,也是1203院指定和谢成章他们组对接的人员。

周慧看上去比谢成章要大上十来岁,身材微胖,短发圆脸,戴着眼镜,镜片下是一双专注的眼睛。她说话慢条斯理,柔和平稳,让人总有如沐春风之感。总的来说,她让谢成章想起自己进入中宇航后的第一个师父陈虹,两人虽然长相和发型不同,但给他的感觉却很相似,让他感到无比亲切。

"没事,周慧姐,知道你忙,而且,这院子也不小,不骑车的话,从你那儿过来得走一阵呢。"谢成章站起来打招呼。

"坐下,坐下,别这么见外。"周慧笑着摆摆手,然后走进房间,面朝着谢成章坐下,熟练地从背包中掏出一台厚重的笔记本电脑打开,连接上投影仪,很快,墙上就出现了他们一直在讨论的资料图像。

"小谢,我们今天把天罡卫星的载荷现状梳理一下,这周的工作就算结束了,劳烦你们下周给我们一些意见和建议,看看我们应该从什么地方入手进行改进。"

"没问题!"谢成章认真地看起来。

所谓卫星载荷,就是装载在卫星上,执行特定任务的仪器、设备或系统,其中用于直接执行任务的叫有效载荷。对于天罡卫星来说,由于它的主要用途是导航,同时兼具通信功能,所以,它的有效载荷就包括执行这些任务的星载原子钟、导航数据存储器、数据注入接收机、变频转发器以及覆盖定位通信区域点的全球波束或区域波束天线等。

谢成章所在的中宇航卫星导航事业部载荷系统部就是专门负责这些载荷的设计、优化和改进的顶层规划,然后交由1203院予以实现。

"小谢,你的热情很足啊……这样好,年轻人嘛,就是要有热情,不能整天唉声叹气发牢骚。"周慧突然点评道,似乎意有所指。谢成章这才反应过来,李大勇离职之前估计也没少来,而那小子肯定就像自己第一次在办公室里碰上时那样,也在周慧面前发过牢骚。

"这个……毛主席不是说过嘛,牢骚太盛防肠断,风物长宜放眼量。"

"哎哟,你这小年轻还懂毛主席?我们这代人都讲得少了。"周慧有些惊喜,"你能这么想,真是再好不过了。说实话,我们天罡卫星的改进的确不够快,但是,整个系统的搭建进展也很缓慢啊。唐院士上次讲座你也在对吧？我们的'双星定位'概念20世纪80年代就提出来了，可一直到20世纪90年代后期，甚至2000年，整个系统才建成。发射了两颗卫星之后，去年我们才又发射了一颗备用星，到现在为止，整个星座也只有三颗卫星。但你看看GPS，一共有三十颗呢！"

"嗯，也不知道唐院士和天罡办对于整个系统的发展有什么规划。"谢成章点点头道。

"他们肯定考虑过，毕竟目前天罡只能覆盖我国和周边地区，还远不能称为全球卫星导航系统，顶多算个区域性的。不过，天罡从建成到现在只用了四年，中途还出过一些小毛病，估计他们也不敢把步子迈得太大，大家都不容易。"

"周慧姐，我倒是觉得我们没必要为天罡办考虑那么多，还是专注于我们自己的卫星载荷本身，看看有没有可以改进的地方，假如天罡办十年八年之内都没有计划扩展系统，而我们又能够在三五年之内实现天罡卫星载荷的升级，或许可以用于替换目前的天罡卫星，从而提升系统性能。毕竟，这几颗卫星都差不多是十年前设计的了。"谢成章诚恳地说。

"你说得有道理，我们应该脚踏实地，把我们自己的事情先做好。在我看来，我们的载荷有些老旧了，应该有提升空间，这个想法也得到了宋总和胡总的认可。"

"有领导支持，就好办啦。"

周慧口中的宋总是宋帆，1203院总设计师；胡总胡双清则是她的直接领导，1203院副总设计师，专攻天罡卫星。

两人便不再闲聊，开始一页一页地认真评估周慧的资料，将目前天罡卫星上的各大载荷都仔细地分析了一遍。

不知不觉到了午饭时分，谢成章发现自己记的笔记已经有厚厚一沓。

"周慧姐，吃完饭我想先回趟总部，把这一周的材料好好整理整理，下周给你一个报告。"

"今天是周五，你们年轻人是不是有活动啊？"周慧打趣道。

"哪里，我是想先当一块海绵，把这些资料都好好吸收吸收。那周慧姐，咱们就下周见了。"

"下周见，辛苦你了，小谢。"

两人起身道别。

第3章
破灭的希望

已经到了凌晨两点多，一整天的酷热才稍微消散一些。昏黄的路灯下，还有三三两两的行人，有些已经东倒西歪，偶尔吐出几句胡言乱语。各种路边摊开始陆陆续续收摊，留下一地油渍。路边一栋老旧的写字楼一楼角落的一间房间里却依然透射出灯光。顾违紧张地盯着桌子上一台没有外壳的设备，裸露的板卡直接呈现在他眼前。顾违仿佛光着膀子的工人在吭哧吭哧地干着活，把从九天之上接收到的天罡卫星导航信号处理并传递到桌上的示波器和电脑上。

他已经在桌子前忙活了大半天，晚上吃的盒饭此时还被扔在桌角不远处，饭菜香已经开始转变成油腻的臭味，如果不是桌旁的电风扇在卖力地工作，味道肯定更加浓郁。不过顾违毫不在意，他全部的注意力都集中在示波器上的波形和电脑软件里的数据上。

在加入王兼的天星展讯公司并成为合伙人之后，经过过去几个月的改进，顾违终于将天星一的设计做了进一步优化，将这款天罡接收机的尺寸和重量进一步降低了10%。尽管成本略微有所增加，但顾违还是向王兼建议，把这款产品的定价略微下调，以挤压自己的利润空间为代价，换取打开市场的可能性。

"就叫它天星二吧！"王兼接受了顾违的建议，并且给这款顾违设计的产品取了一个新的名字。

不过，如果没有经过评测，天星二就永远只是实验室里的玩具，没法上市。而今天，顾违就开始对它进行一系列的测试。

半分钟前，他刚刚打开接收机，用于测试它在冷启动时的首次定位时间（TT-

FF)。所谓冷启动,就是接收机第一次开机,或者很长时间没有开机后第一次开机时,没有存储任何卫星的数据,必须从零开始对每个接收到的卫星测距码进行搜索,接收到后,再根据星历来确定卫星的具体位置。毫无疑问,冷启动的首次定位时间越短,说明这款接收机的性能越好,可以更快地进入工作状态。

顾违顾不上擦脸上的汗珠,目不转睛地盯着屏幕,只感觉每一分钟都过得很慢。到了第十分钟,电脑和示波器的屏幕上终于出现了波形,而且是他所预计的那一种!

"太棒了!"顾违激动得跳了起来。

"太牛了!"几乎是在同一时刻,坐在离他不远处沙发上的王兼也挥舞着双拳一跃而起。

顾违疑惑地扭过头去,恰好遇上了王兼激动的目光。

"天星二接通了!"顾违冲王兼喊道。

"刘翔夺冠了!"王兼也脱口而出,然后愣了一秒,"我天!"

他冲到顾违身边,看了一眼桌上的接收机和电脑屏幕,上面已经在连续而稳定地展示着接收到的天罡卫星信号。

"你小子行啊!我果然没看错人!"他对着顾违的胳膊重重一捶,"我明天就去联系客户!"

"别急啊!这只是首次定位时间的第一次测试,冷启动而已,还有暖启动、热启动,还要测它的灵敏度、定位精度等指标。这些完了之后,还要做电气和机械测试,那时候可不能只在我们自己这里像手工作坊似的搞了,得去专业实验室。"

"哦……这么复杂?"王兼觉得热情被泼了一盆冷水。

"不然呢?你别告诉我天星一的时候你们没做这些事情。"顾违愕然。

"这个……你也知道我在学校的成绩,哈哈,所以具体情况我并不清楚,是你手下那几个哥们儿弄的,那时候我只顾着跑客户,没有太关注。"王兼摸着脑袋,自己都不太相信自己的答案。

"不管你们以前怎么做,既然现在我来了,就得按照我的思路,不然,我们这产品即便卖出去了,也经不起市场考验,万一玩砸了,损失可不小,钱上面倒还好,关键是名声就毁啦!"

"好啦好啦,全听你的,我随时待命,你觉得什么时候可以拿样品去见客户了,尽管吩咐。"

"这你放心,我也巴不得早点出来呢。对了,你刚才说什么?谁夺冠了?"

"你过来!"王兼拉着顾违就往沙发旁跑,两人站定,只见电视里还在回放刘翔在雅典奥运会110米栏决赛夺冠的场面,解说员激动不已。

顾违瞪大了眼睛:"这个刘翔也太厉害了吧……"

"搞了半天你不知道刘翔是谁啊?他可是这次雅典奥运会我们最大的明星。"

"我这不是一直在钻研天星二嘛,为了你辛勤打工,两耳不闻窗外事,你现在居然嫌我孤陋寡闻?"

"不,不,顾总厥功至伟……"王兼笑道,"今晚熬夜真是太值了!走,出去撸串喝酒庆祝一下!"

"好!反正天星二可以放那儿运行一阵,正好看看稳定性。"

出门前,顾违又瞥了一眼电视,记住了那个坚毅的面孔:如果我们的天罡接收机能够像他一样,把那帮GPS都甩在身后,那才叫扬眉吐气呢!

接下来的一个月,顾违带着团队成员,继续对天星二进行各种测试,并且跑遍了北京的几大专业实验室。

当秋天到来的时候,有天下午,顾违终于对王兼说:"什么时候可以见客户?"

"明天。"王兼微微一笑。

"这么快?你都还没联系呢!"顾违吃惊。

"一个电话的事情。你以为我真的等你万事俱备了才去联系客户吗?那就太晚啦,兄弟。在刘翔夺冠的第二天,就是咱俩撸串喝啤酒之后,我一觉醒来就跟清单上的客户一个个联系了,尤其是中宇航的几家下属单位。他们有不少都愿意跟我们谈谈,并且随时有空。"

"好,那就说定了。你马上联系,我把产品最后测一测,好好检查检查,可不能在给客户演示的时候掉链子。"

"好,早点干完,早点休息吧。"

王兼决定先回家再联系客户,不知道为什么,他不太喜欢让顾违他们看到自己跟客户打电话时的样子。或许还是内心深处的一丝不自信,怕在自己的团队面前被客户拒绝没有面子。

回到住处,他调整调整情绪,开始寻找那几个已经锁定多日的联系人。

自他从青岛回到北京,与谢成章和顾违碰面,决定将中宇航及其下属单位作为下一步的主攻客户之后,他已经与中宇航在京的几家单位建立了初步联系,对方对他也都很客气:"等你们的天罡接收机好了,拿来给我们看看吧。"

想到这里,他嘴角露出一丝微笑,拨通了第一家单位的电话。

"喂,魏总好,我是王兼,我们前阵子见过的,上回跟您提到的天罡接收机,我们已经做出来啦!这款产品完全满足您上次提的要求,而且重量、尺寸和功耗都有所下降,可靠性、灵敏度和定位精度则有所提升,最重要的是,价格也有所下调,一定是最适合你们那个项目的……"王兼打起了十二万分的精神。

"哎哟,王总!好,好,你们的效率真高。"电话那头也十分热情和客气,"现在产品是什么状态?"

"随时可以拿来给您演示!"

"好啊,欢迎欢迎。"

"那……您看明天过来拜访如何?"第一个电话就如此顺利,王兼感到十分开心。

"没问题!"对方也十分爽快。

"对了,我想多问一句,这次您这边为了支持项目,预计需要多少台呢?上回咱们聊到了这个,但您说等我们产品出来时再说。"王兼略微犹豫了一下,还是决定问出这个问题。他思索着,对方到目前为止都很爽快,不如了解更多的信息,这样明天过去不但可以演示,一旦成功,就可以争取签单,所以,提前了解其对数量的需求有助于做好报价准备。

"这个嘛……我跟您说实话,王总,我们目前这个进展中的项目有二十台天罡接收机在用,还有三个月就结束了,上回您来的时候,我的想法是,这个项目结束时,如果您的产品出来了,我们想拿你们的产品去申请下一个项目,那个项目有三十台的量。毕竟,天罡接收机的厂家不多,那些GPS的厂家又暂时没有兴趣,我们也想找一家国内的企业来做,所以,当时我还是挺看好你们的,虽然你们规模不大。不过呢……我们前几天刚接到通知,这次这个项目做完后,下一个项目就不限于使用天罡接收机了,用GPS的也可以。这样一来,我们算了算,买GPS的成熟接收机不但更省心,价格上也更有优势……"

对方的确十分爽快,只不过,他说得越多,王兼就越感到自己的热情在不住消退:"抱歉打断您的话,您的意思是说,后续的项目机会没有了?"

"嗯……王总,基本上就是这个意思,我也不想瞒着您,咱们虽然见面次数不多,但我觉得您也是个实在人。"

"那您刚才还让我明天带样品过去?"

"这不我们目前进展中的项目还有三个月结束嘛,目前看上去还有一点余钱,可以买一两台你们的产品,如果价格和性能都合适的话。"

王兼听完这句话,如坠冰窖。只能卖一两台?那成本何时才能收得回来?

"王总,我知道您会觉得有些突然,不过,我们的项目经费和要求的确不由我们自己控制,而且,万一你们的产品好用,价格也合适,我们可以在之后的新项目中再优先考虑嘛。"对方仿佛感受到了王兼的失望,试图安慰他。

"好的,谢谢您的好意,我们明天上午九点过来拜访如何?"

"好,就这么说定了。"

王兼面无表情地挂了电话,目光呆滞地望着窗外。

秋高气爽,一行大雁正在头雁的带领下毫不犹豫地往南方飞去。

又一列直快火车离开了北京西站的站台,慢慢地往南,穿行于北京城的灯火当中。当两旁的高楼大厦逐渐减少,灯火渐疏时,列车逐渐提速,沿着铁轨驶入郊区,离开北京城,伴随着规律的哐当声,没入黑夜当中。

王兼和顾违坐在一个包厢中,此刻这里只有他们两个人,每人手上各握着一听啤酒,相对无言。

这是从北京到上海的直快列车,晚上七点半出发,睡一觉,第二天早上七点到达,夕发朝至。

王兼又猛地喝了一口,把剩余的啤酒喝光,然后用手狠狠地把易拉罐捏扁:"总之,这几天就是这么一个情况,希望我们这次去上海能够有真正的突破。"

他们刚才一上车,王兼就把这些天在北京跑客户的情况跟顾违做了一个全面的介绍。这一切,在他们踏上火车之前,顾违其实都已经清楚了,只不过,他也不想阻拦王兼再说一遍。除了对他倾诉之外,王兼还能向谁倒苦水呢?

"所以,除了那个魏总最后还是买了我们两台,其他单位最终一台都没买?"顾违皱着眉头,像是在自言自语。他并没有看向王兼,而是低头盯着自己手上的啤酒罐。

"是的,我也不想当祥林嫂,可是,我是真的想不通,为什么几个月前一个个都说得好好的,等我们的天星二出来了,却没人愿意买。"

"你都想不通,我就更想不通了。"顾违叹了一口气,"要知道,我可是花了两个月的心血才搞出这么一款产品,也自认为它已经是现在市面上天罡接收机中的翘楚了。"

"别担心,我还是做了一些分析的。"听出了顾违语气当中的沮丧,王兼赶紧安慰自己的合伙人,"我们这次的时机选得不怎么好,恰好是人家老项目结束、新项目立项的当口。"

"可是,新项目立项的当口难道不应该是最好的时机吗?等立项之后,一切都确定下来,我们哪还有机会?这次魏总买了两台不也是因为他们那个快要结题的项目预算还没花完?"顾违并不买账,不接受王兼的安慰。

"嗯……更进一步说,是新项目立项的一个大前提变了。"王兼这才不得不说出他认为的真相,"以前的项目都要求只能使用天罡接收机,而几乎所有的新项目,只要能够支持卫星导航就可以,所以GPS也可以。

"说白了,对于使用者或者使用单位来说,他们要用的就是卫星导航和定位的服务,这个服务只要好用,享受服务所使用的接收终端只要便宜稳定,他们并不关心到底是使用天罡的服务,还是GPS的服务,反正卫星信号本身都是免费的。就好像我们用手机,只要能打电话,并不是一定要选用移动或者电信,哪个信号好、价钱便宜,我们就用哪个,不是吗?"

"是啊,我们还没有完全准备好,市场就进一步放开了,狼来了啊……"顾违喃喃自语。

其实,他们并非没有认识到这一点,因为那简直就像房间里的大象一样,不可能被忽视。但是,他们都选择性地不去管它,似乎这样它就会凭空消失,而自己的天罡接收机就能相安无事似的。现在,他们不能再这样自欺欺人下去了。

在逐渐远离北京的列车上,在充满节奏感的哐当声中,他们决定直视自己的处境,尽管这处境并不乐观。

"你说,明天我们到上海会有戏吗?"顾违也一口喝光了啤酒。

"这是我们的背水一战了,如果不能在上海打开一个缺口……不,一定要打开缺口!哪怕只卖出一二十台!"王兼斩钉截铁,"这次我提前跟他们做了很多沟通,尤其是被北京那几家单位放鸽子之后。他们表示,由于用户特殊,这次他们的项目肯定不会向GPS接收机开放,所以,我们的对手依然是别的天罡接收机。"

"哦,那就好。"顾违如释重负,"只是天罡接收机的话,我相信天星二是有优势的,希望可以打一个翻身仗!"

两人终究还是在多日的困顿和有节奏的颠簸中睡去。

第二天清晨,列车准时抵达上海站。两人在下车前匆匆地洗漱了一下,打起精神,坐上地铁,往西南的莘庄方向而去。

他们的客户位于闵行区,也是中宇航的一个下属单位,系统内编号是1719所,主要业务其实是运载火箭,但也有一些配套业务,包括为政府、公共服务部门和武警部队提供一些卫星导航服务的解决方案。而王兼此次过来,就是冲着他们最新的一个项目。

接待两人的是1719所卫星导航业务的副总设计师兼技术负责人蔡杰:"王总、顾总,谢谢两位大老远跑到我们这里来,还带了样品,我相信我们的讨论会很有成效。我们很实在的,只要你们的产品好,价格合理,没有道理不选嘛!我用过很多天罡接收机,但说实话,没几款好用的,都笨重得要死,如果你们的产品真像电话里说的那样,我还是很感兴趣的。"

蔡杰是个搞技术的,开门见山,这一点很对顾违的胃口,他十分自信地回答:"蔡总,那您是找对人了,我们的天星二产品一定能让您满意。"

蔡杰把他们带到一间会议室,再叫上自己的团队,现场交流起来。蔡杰和他的团队都对技术十分关注,问了很多问题,顾违全部回答得很到位。

王兼在旁边观察着,心中暗喜:看上去顾违这次过来是对的,否则,我可没法招架这么多工程师。

蔡杰的兴致很高,后来干脆吩咐下属把测试设备直接搬到了会议室:"好了,依我看,顾总,我们也别光耍嘴皮子了,直接上设备测测吧,要是真的不错,我们买一台你们的样品,然后你们好好准备标书!"

"没问题!"顾违点了点头。

王兼此时则开始琢磨下一步应该怎么办。毫无疑问,根据此前的背景调查,蔡杰肯定是一个关键的决策者,毕竟是副总师,而中宇航这样的单位都是采用总师负责制。但是,最后招标的成败,肯定不是光蔡杰一人就能定下来的。他这次过来,还约了采供负责人张远,但张远要谨慎得多:"你们先跟蔡总聊聊吧,我那时候不一定有空,到时候再联系。"

所以,如果这次蔡杰十分满意,愿意引荐,他们多半能够见到张远,可是见到之后呢?除了给他一个好印象,似乎没法马上定下来,毕竟像1719所这样的单位,对于项目招标和采购流程的要求还是十分严格的。

不过,即便如此,也至少可以了解一下流程细节,好提前做准备。尽管自己对这样的流程算是烂熟于心,但保不准1719所有些自己的特色。

正思考着,王兼的思路被一阵惊呼打断。

"好,太好了!你们的接收机性能真是不错!"

这是蔡杰的声音。王兼循声望去,只见他眉飞色舞地跟团队人员一起围着天星二评头论足,旁边的示波器和电脑屏幕上出现了稳定而优美的信号图形。

顾违冲王兼挤了挤眼,似乎是在说搞定了。

王兼十分开心,便趁热打铁:"蔡总,怎么样?我们没有骗人吧,天星二绝对是目前最好的天罡接收机产品!"

"很好,很好!你们真是年轻有为!"蔡杰毫不吝惜自己的溢美之词。

"事实上,我们来之前还联系了张远总,之所以刚才没说,是怕我们的产品不过关,耽误您和他的宝贵时间,现在看起来,是不是可以请蔡总帮我们联系一下张总,我们一起聊一聊下一步?"王兼试探着问道。

"好说好说,他今天在所里,我这就联系他!"

蔡杰爽快地答应下来,于是,王兼和顾违终于见到了张远。

眼前的这个男人梳着大背头,戴着一副金丝眼镜,看上去十分精明。

"张总好,一直电话里沟通,今天第一次见面,很荣幸。"王兼笑着递上名片。

"王总很年轻嘛,这我真是没有想到,年轻有为,年轻有为啊!"张远的语气虽然很热情,动作却很收敛,轻轻地接过王兼的名片,却没跟他交换,"不好意思啊王总,我平时不带名片。"

王兼一愣,马上恢复了笑容:"没关系,没关系,张总是大忙人。"

顾违眉头一皱。他真心不喜欢张远这样装腔作势的人。

张远瞟了顾违一眼,轻轻一笑:"这位是?"

"这是我们的技术负责人顾违,这次我们的天星二接收机就是他的作品。"王兼连忙介绍,"顾违,这位是张总。"

"张总好。"顾违微笑着打了个招呼。

这已经是他能做到的最好的了,按照他的性格,对于张远这种一看就不是一路人的,他从来不会给什么好脸色,但现在业务在前,也不得不控制住自己。

"顾总好,也是年轻有为啊!"张远皮笑肉不笑。

寒暄过后,他们一块坐下。

张远、蔡杰和1719所卫星导航业务的其他几个工程师坐在面对会议室大门的位置,王兼和顾违则坐在他们对面。

蔡杰是个直性子,等他们坐定之后,便开口介绍:"张总,他们是北京天星展讯的,这次来是为了我们最近的那个招标项目。刚才我们团队对他们的天星二罡接收机进行了测试,效果还不错,所以想着给你也介绍介绍。"

顾违感激地看了蔡杰一眼,心里想:还是搞技术的爽快。

"嗯,不错。王总啊,谢谢你们特意从北京大老远过来,能够得到蔡总的认可,我想呢,你们的希望还是不小的。不过,我想你们也知道,我们1719所是中宇航的下属单位,有很严格的招标流程,蔡总虽然是副总师,我虽然管采购,但也不是由我们俩说了算的。"张远慢条斯理地说道。

顾违听完张远这番打太极的说辞,恨不得拍案而起。王兼敏锐地注意到他的一丝情绪波动,轻轻拍了拍他的肩膀,同时笑着应付张远:"张总,感谢您和蔡总对我们的认可。这个项目的采购量是五十台,不是一个小项目,所以,我十分理解你们会有严格的内部流程要走,这没有关系。我们今天过来呢,一方面是拜访拜访,毕竟电话交流肯定比不上面对面。另外也想给蔡总现场展示一下我们的产品,增加你们的信心。最后呢,是想了解一下你们后续的工作安排,如果需要,我们可以在上海多待几天,直到结果出来。"

"好说,好说。"张远摆了摆手,"这个项目是我们这三年以来最大的一个天罡接收机项目,所以呢,盯着的肯定不只你们一家,领导也很重视,特意嘱咐我们要严格按照招标流程行事。既然蔡总认可你们的产品,我不妨给你们答答疑,看看你们有什么问题没有。"

他又把球踢回给了王兼,王兼心中有些不快:你就不能直接介绍一下接下来的安排吗?这样我也好规划规划到底要在上海待多久啊!但他并没有表现出来,依旧和颜悦色地回答:"那敢情好啊,今天我们就多多打扰张总了。"

他决定了,要有充分的耐心,直到把下一步的安排给磨出来。

不过,既然刚才他已经提出了这个问题,而张远并没有立刻回答,王兼可以判断,张远暂时不想回答。所以,他决定问一些其他细节。

经过几轮往来,王兼心中越来越笃定,张远心中的戒备被他的耐心和真诚慢慢卸下,于是他决定抛出那个他最关注的问题了:下一步到底是怎么安排的。不过,他打算稍微采用一点策略。想到这里,他对顾违道:"顾总,刚才我跟张总聊了不少项目本身的话题,要不你再问问蔡总,看看他在技术上还有什么指示?"

顾违虽然不知道王兼的具体目的,但还是领悟了他的大致意图,所以冲着蔡杰问道:"蔡总,您看我们接下来还需要做什么测试吗?"

"不用了,我觉得今天做得挺充分了,你们觉得呢?"蔡杰转头问其他工程师。

"我们也觉得没什么要做的了,蔡总。"其他人异口同声。

"好啊。不过话说回来,张总,你下一步打算怎么安排啊?"蔡杰得到答复之后,忍不住向张远抛出这个问题。

王兼心中暗自一笑:太好了!

张远微微一笑:"蔡总,别急嘛,我原本也打算跟王总和顾总分享一下。王总,正如你掌握的,我们的邀标书已经发出,你们也收到了,再过三天就是我们项目建议书提交的截止日期,所以呢,我期待你们在那之前正式提交项目建议书。建议书中要包括技术方案、商务报价、项目团队及组织架构的详细介绍和其他邀标书中要求的支撑材料。我们收到项目建议书之后,会进行内部评标,这个阶段不能和供应商有任何接触。内部评标结束后,我们就会向最终被选定的供应商下发中标通知。所以,还是很简单的,我相信王总也不是第一次经历了。"

王兼聚精会神听完,觉得张远说得还算清楚,便追问了一句:"项目建议书你们是需要电子版还是纸质版呢?"

"哈哈,王总好问题。最好两者都有啦。"

"那好,非常感谢张总,那我们提前约好您的时间,三天后,我和顾违上门来提交项目建议书!"王兼十分坚定地向张远做出承诺。

"好啊。"张远一副胸有成竹的表情,"不过,三天后我不一定在。这样吧,到时候你们还是跟蔡总联系吧,我如果不在,也会指定一个人来接收你们的建议书。"

"我也不一定在啊……"蔡杰对于张远这番表态有些意外,按照流程,项目建议书一定得由采购部门接收才行,不过,他倒没有想太多,"没事,王总、顾总,你们到时只管联系我,张总如果不在,我帮你们牵线去找他委托的接收人。"

"好的,非常感谢蔡总的帮助!"

"那我就放心啦,靠你了,蔡总!对了,两位还有什么问题吗?"张远眨了眨眼,像是打算结束这次会议。

"再耽误您一两分钟。"王兼小心翼翼地问道,"对于商务报价,您这边有什么更加具体的指导吗?"

他原本想问得更加直接,但毕竟现场除了蔡杰,还有好几个工程师在,不方便就价格这类敏感信息问得太细。

"嗯,除了产品性能,价格也是我们非常看重的,这个我想你也能够理解。具体怎么报价,我们的邀标书中有比较详细的指导,这里我就不赘述了。总的来说,我们不希望看到价格战,同时,报价过高对于中标肯定也是不利的。"

说了等于没说嘛,这老油条!王兼心中骂道。不过他也没辙,看上去,他无法在这个会上获得更多了。不过,总体来说,他还是非常满意这次拜访的成果。

话别张远和蔡杰,离开1719所之后,王兼和顾违在所区附近的街上漫无目的地散步。

"看起来,我们得在这里住上三天了。"顾违依然皱着眉头。

"没问题,我们就在这附近找个酒店呗,把项目建议书好好打磨打磨,然后送上门去,显示显示我们的诚意!"王兼志在必得。

不过,他注意到顾违的表情,便问道:"你看上去有心事?天星二的表现不是很好吗,你还有什么顾虑?"

"不,跟天星二的表现无关,我只是不太喜欢那个张远,总感觉他端着,但愿我们没有被他给忽悠了。"

"没事。顾违,你啊,就是有时候太谨慎了。张远这种老油条,作为采购,总归是要做到滴水不漏的,更何况,我们跟他才第一次见面,他没有任何理由告诉我们超出正常范围之外的信息。事实上,他刚才的表现已经能让我满意了,至少,他没有暗示我们给他回扣。"

"哼,借他几个胆子他也不敢!当着这么多人呢!"

"好了,别想那么多了,走,吃饭去!"

明天就要上门提交项目建议书了,两人在房间里封闭了两天,王兼就建议出去呼吸一点新鲜空气。但顾违依然对于自己的技术部分不太满意:"你自己去走走吧,我还得再钻一钻。"

于是,王兼自己溜达出来,从酒店往东走了两公里多,便来到了黄浦江边。上一次见到黄浦江,还是他上中学的时候,父母来上海探望做生意的朋友,顺便带他去了趟东方明珠。当时,他是从高处俯瞰黄浦江,而现在,黄浦江就在眼前。

这一带的黄浦江十分普通,如果不是江岸两边远处可见的高楼大厦和工厂,这只不过是很多城市中都有的大河而已。

王兼看着江上的船,不禁想:这些船虽然速度很慢,但应该也装有导航设备吧,否则,当他们的速度起来之后,或者在低能见度的情况下,怎么知道彼此的位置,从而实现防撞的效果呢?这是不是天罡的市场?不对!GPS设备就已经可以满足他们的需求了……

王兼苦笑着。从他进入空天大学校园开始,就一直被灌输一句话:"卫星导航的应用领域只受到想象力的限制。"

他也一直是这样做的,每次看到应用场景,就会去想如何引入卫星导航,可是,最后的结果始终都是:GPS设备已经可以满足他们的需求了。

王兼摇了摇头,走回酒店。当他回到房间时,见顾违躺在床上一动不动,仿佛睡着了一般,屋里满是盒饭的味道。前两天一直在这里面待着没有什么感觉,现在出去呼吸了一圈新鲜空气,再回来就无法忍受这种味道了。

"你居然还能睡着?"他冲顾违吼了一声,"这屋里味道太难闻了,我们再出去吹吹风吧!"

顾违一开始没有反应,然后突然叫了一声,从床上弹跳而起:"我想到了!就这么写!"

他立刻走到小桌边,打开电脑,开始敲字,把目瞪口呆的王兼晾在了一边。

三天结束,王兼和顾违小心翼翼地把打印好的项目建议书带到了1719所。

张远果然不在,而是安排了一个戴着眼镜的小姑娘来接收项目建议书。好在蔡杰在,否则王兼真不放心把标书交给那个小姑娘。

在回北京的火车上,王兼还是给张远发了一条短信,告知他项目建议书已经准时递交,感谢他的关照和支持。

"好说,好说。"张远的回复十分简短。

回程路上,两人的心情显然要轻松许多。尤其是顾违,对自己的天星二产品和项目建议书的技术部分十分满意。

"王兼,这次我可是倾注全部心血了,再不中标,我可真要怀疑自己当时的决定是不是正确的。"

"哦,什么决定?"王兼明知故问。

"从中宇航辞职出来跟你一起干呗!"

"嘿嘿,我知道。放心吧,这次我觉得肯定能成,我最后检查了好几遍,我们的项目建议书完全无懈可击!"

回到北京后的半个月,王兼觉得每一天都过得格外缓慢,他一开始几乎天天跟张远短信或者电话联系。张远倒也十分耐心,电话必接,短信必回,但一直让王兼别急:"王总,你放心,有结果了我们肯定会第一时间通知你们的。"

"那你觉得我们希望大吗?"

"你们产品过硬,价格适中,我觉得很有竞争力。不过,还是那句话,我们评标有一个综合流程,我一个人说了不算。"

"理解!还请张总多多支持!"

其实,每次与张远联系完,王兼都会犹豫:要不要给他表示点什么呢?

他从父母及父母朋友那边知道这个社会是存在潜规则的,只不过,当他自己创办天星展讯时,却立了一个规矩:走正道。到现在为止,他也一直恪守着。

不过,这一单的重要性前所未有。一方面,项目总量大,五十台接收机,如果他们可以全部中标,那可是上百万的收入。另一方面,他和顾违都需要一场胜利来鼓舞士气。因此,接下来的几天,他终于下定决心,准备亲自去一趟上海,私下与张远见一面。

他没有告诉顾违便买了火车票,正当他收拾行李准备晚上启程时,手机响了,他一看来电的是张远,马上手忙脚乱地放下手里的衣服接了起来。

"王总啊,在忙什么呢?"

"张总,您这个电话来得真是时候,咱们还真有缘分。我正在收拾行李,准备去上海再次拜访拜访您呢,这刚准备联系您,您的电话就来了。"

"哦,这样啊……"电话那头的张远沉默了一阵,仿佛在组织语言,"王总,不用劳烦你来一趟了,我们的结果刚刚出来了……"

"啊？是吗？我们中标了？"王兼忍不住打断了张远。

"很抱歉，贵司没有中标。"张远倒没恼怒，但语气十分低沉，并且听上去有一丝丝遗憾。

"什么?!"王兼觉得一阵晴天霹雳。事实上，这些天来，他心中始终有些隐隐的不安，没想到，最后这不安变成了现实。

"张总，我明早就能到上海，能不能给我一次机会？"

"抱歉，王总，我们的决策是集体决策，也是按照流程来的，已经不可能再改变了，我建议你还是不用来了，咱们下回有机会再合作嘛。"张远依然是那种略带遗憾的腔调。

"为什么？我可以问问吗？"王兼压抑住自己的失望情绪，努力让自己的声音显得波澜不惊，但他的心却在绞痛：这可是我们几个月的心血呀！

张远沉默了一小会儿，还是做出了回答："你们的资质不够，这一点最终成了制约因素。"

"资质？什么资质？"王兼还是第一次听说。

"军工四证。你们要参与军工项目，必须要有国军标认证、许可证认证、名录认证和保密认证，这一点我想是常识吧？可惜，在你们的项目建议书中，我们没有看见。"

王兼只觉得脑袋都炸了："可是你们这个项目的用户并不是部队啊，只是公共服务部门，不是吗？而且，你们的邀标书中并没有要求这些资质！"

其实，在应标之初，甚至更早的时候，王兼就意识到了，由于天罡接收机的应用领域问题，天星展讯很可能需要去申请这些资质。但是，一方面，申请周期很长，手续繁杂，另一方面，申请的条件往往包括已有项目的中标，这样就造成了是鸡生蛋还是蛋生鸡的问题。他反复咨询了空天大学的教授和天罡办的专家，得到的答复都是："不急，以后天罡的应用领域会慢慢放开的，你们可以边做项目边申请资质。"没想到，竟然在这个项目上被卡了脖子。

"不，不，王总，保密无小事，作为中宇航的下属单位，我们对于供应商资质的认定是十分严格的，邀标书只是最低要求而已。军工四证也只是一方面，再比如，你们企业没有生产能力，没法量产你们的接收机……说实话，你和顾总都很年轻有为，但你们的企业太单薄了，如果不是空天大学引荐，我们当时都不一定会发邀标书给你们。"张远也把话说开了。

"什么?!"王兼再也抑制不住自己的情绪，"张总，我们虽然是小公司，但也是有尊严的！如果你认为我们不具备资格，就应该早点跟我们说，为什么非要我们陪太子读书呢？再说了，生产能力是可以外包的，我们已经找到了很好的合作伙伴，又为什么非要建立自己的生产线呢？这一点我们在项目建议书中也做了很充分的阐释！平心而论，你也可以去向蔡总了解了解，我们的接收机难道不比那些国企的砖头好用吗？天罡接收机和应用为什么发展不起来，难道不就是因为现在这样死水一潭吗？！"

"王总，我理解你的愤怒，但是，一切都无济于事。我也奉劝你不要到上海来，我们的项目已经完成了招标。"张远并无意继续与王兼争辩，语气也开始强硬起来。

"张总……"王兼几乎要开始骂人了，但在最后关头还是控制住了自己的情绪，深吸了一口气，"我谢谢你们的这一堂课。"

说完，他挂掉了电话。

也不知道过了多久，当他终于稍微平复下来时，才感到自己浑身无力，然后瘫软在床上那几件还未叠好的衣服当中。

谢成章满头大汗地回到家，跟父母打过招呼，一头扎进浴室，冲了个澡，顿时神清气爽。

他已经很久没运动了，这段时间，他一直在与1203院的周慧团队忙着天罡卫星载荷的改进设计工作，没日没夜地加班、算数据、写报告，尽管才二十岁出头，他也感到自己有些吃不消了。所以，今天他特意按时下班，然后去旁边的玉渊潭公园狠狠地跑了好几圈。

"今儿个怎么回来得这么早？"父亲问道。

"得稍微缓一缓，不然得过劳死了。"

"瞧你这点出息！这点工作量就过劳死了？天罡卫星导航还得靠你们呢。"父亲不以为然。

"老爸，你是不知道我们有多难。"

"多新鲜哪！领导把难活儿交给你，是器重你！"父亲一直都认为谢成章应该好好珍惜现在的机会。

"好了好了，耳朵都听起茧了。"谢成章不耐烦地回到自己的房间，把门关上，"吃饭时叫我啊！"

他躺在床上，稍微休息了一会儿，还是忍不住直起身，走到书架旁，把上面放着的一堆技术资料拿了出来，摊在写字台上。

窗外的太阳还没有落山，斜阳的余晖从窗户中射进来。可是，看了没一会儿，谢成章便开始有些走神，脑海中又回忆起今天早些时候的事情。

他白天没有去1203院，而是在中宇航总部9楼的办公室里待了一整天。同事们恰好也都在，祁山便道："哎哟，今天难得人齐啊，中午一块去吃饭吧，咱们哥几个小撮一顿！"

刘清风、张国辉和汤力也带着微笑，只有曹晶晶依旧一副事不关己的样子，埋着头在座位上看资料。

一上午大家都没什么交流，各自忙各自的事情，谢成章也可以充分梳理自己这段时间的进展，并且准备给领导的汇报材料。

在与周慧团队沟通之后，他在前几天向涂安军提交了一份报告，专门汇报了在1203院的工作进展和他们对于天罡卫星载荷系统的初步改进建议。

"小谢，你报告里的合理化建议提得很不错！"涂安军十分满意，"这样，你把报告再完善一下，我准备带你和祁山去见见许部长和曾部长，再叫上周慧，你们一起向两位领导汇报汇报！"

许庆良和曾丰分别是他们卫星导航事业部载荷系统部的正副部长，谢成章之前在1203院的动员大会上见过他们，闻言便道："好的师父，我一定好好准备。"

上午谢成章对于汇报材料有几个要点拿捏不清楚，便来找涂安军请教。两人聊完已经接近午饭时分，谢成章邀请涂安军参加中午的聚餐，涂安军摆摆手："你们去吧，我这会儿还有点事情，就不一起去了。"

"那好吧。"谢成章退出涂安军的办公室，回到自己的工位时，却发现祁山和刘清风他们都不见了，只有曹晶晶一人依然低着头坐在工位上。

"学姐，祁哥他们人呢？不是说中午一起吃饭的吗？"

"一起吃饭？"曹晶晶一边盯着资料一边回答，头都没有抬起来。

"对啊，早上他不是说中午一起去撮一顿吗？大家平时各有任务，总是东奔西跑，今天难得都在，我也挺想跟大家聊聊的，看看有什么新鲜事儿。"

"哼，能有什么新鲜事儿？"曹晶晶嘟囔了一句，"祁山的话你也当真。"

"啊？那……"谢成章愕然。

"他们已经去吃饭啦，人家就随口那么一说而已。"曹晶晶这才抬起头来，看着谢成章。

"那……我们去吃饭吧？"谢成章只能邀请曹晶晶。

"好吧。"曹晶晶倒是爽快地答应了。

"要不我们就去马路对过那家拉面馆？"谢成章突然觉得自己需要请曹晶晶吃个饭，毕竟人家是学姐，而且自己刚来这里不久，搞好同事关系总归没错。

"行啊。"曹晶晶从善如流。

两人一块下楼，穿过马路，到了拉面馆。

这家拉面馆价格实惠，味道也不错，因此午餐时分的生意总是很好。不过他们运气不错，到的时候恰好空出了角落里的两个座位。

"学姐，你们最近在忙些啥呢？"等候的间隙，谢成章试着找话题。

"看资料，做设计，搞些有的没的。"曹晶晶显然没有认真回答。

"学姐，说说嘛，我是真的挺感兴趣。"谢成章缠着她问，"不然我不知道自己现在做的到底怎么去跟你们的工作相结合，也不知道我能帮上什么忙。"

"你是不是挺想跟我们搞好关系的？"曹晶晶突然直视他，问道。

"对啊……我是新人，也没有干两天就走的想法，这些不都是应该的吗……"

"不用管这些，大家都忙得很，你做好自己手头的事情就行了。"

"学姐，这……"

"好吧，看在你是我学弟的分上，我就跟你说说咱组这几个人。"

"谢谢学姐！"谢成章连忙点头。

"我们干的是航天事业，应该说，我们每个人的基本素质都是没有问题的，大家也都想把事情干成。但是……"

谢成章自从认识曹晶晶以来，还是第一次听她说这么多话，这才发现，这个平时看上去与世无争的学姐原来这么健谈。

"好了，基本上就是这样，其他的你自己把握。"看谢成章一脸受教的表情，曹晶晶笑了笑，"不过我还是那句话，把活儿干好最重要。好好跟1203院合作吧，他们的经验非常丰富，会是你强有力的支持。当然，有需要的话，包括我在内，咱组其他人也都可以给你很多支持，专业这块，大家的目标是一致的。"

第4章
夹缝中的机会

与曹晶晶吃完拉面回到办公室,祁山他们几个还没回来。谢成章瞄了一眼时间,已经将近下午一点,他估摸着涂安军应该已经吃完饭了,就想着直接去找他,省得待会儿遇上祁山他们还觉得尴尬,便拿起笔记本电脑赶紧往涂安军办公室而去。

涂安军正斜靠在椅子上闭目养神,听到动静,睁开眼一看,马上提起精神:"小谢啊,你来得正好,我们还没聊完呢。"

"您要不要再休息一会儿?"

"不用不用。这人哪,越休息就越想休息,吃完午饭本来就容易犯困,再不找点事情做,可以昏昏沉沉到下午三四点去。"涂安军一边说一边站起身来,让谢成章坐在旁边的大办公桌边,自己也拿了笔和本子坐在他对面。

谢成章把笔记本电脑打开:"我还在纠结这次的汇报材料需不需要写得很细致。"

"说来听听。"

"经过前阵子跟周慧姐他们的交流,我们对天罡卫星的载荷优化总体目标达成了一致,就是通过协同一体化设计,使得载荷的研制工作对整个天罡卫星缩短设计周期、节约全生命周期成本和提高整体性能等方面发挥正向作用……"

"等等,你们这个目标是没问题的,但是,有定量吗?缩短设计周期,缩短多久?几个月?几年?节约全生命周期成本,节约多少?30%?50%?全生命周期成本包括采购成本和维护成本等,你们要节约全生命周期成本,具体如何分配?

提高整体性能,如何体现?功耗降低10%?"

涂安军的问题像机关枪一样,把谢成章问得哑口无言。这些数据他和周慧团队都还没有定量考虑过,他们到现在为止的所有工作都是定性分析。他感到心中一阵惭愧:"我还担心我们的细节过多,没想到……原来领导们关注的,我们都还没有做到!"

看到谢成章的脸色和表情,涂安军和颜悦色地说:"没事,不用紧张,我也理解你们目前的工作不可能做到这么细,否则,这件事情也太容易了。不过,如果你说'写得很细致'是指这些,那就必须要有,如果还没有,那我还是建议你们再做做工作,等到有了初步的数据,再去找领导汇报,否则,会被打回来的。"

谢成章松了一口气:"好的好的,我记下来了,这是我们接下来要去努力做的。不瞒您说,我们的确还没做到这一步,只是定性地做了一些分析。"

"好,这个数据是关键中的关键,你们一定要再花点功夫……"涂安军顿了顿,"你接着往下说吧。"

"关于具体的载荷优化方案,我们已经从两个角度做了全面分析,先从纯数学角度,利用模块化的理念,采用不同的组合方式,分析不同的布局和接口约束,来形成备选的几种模型。然后,我们再从工程实现的角度,在充分认识到它是复杂系统工程的大前提下,去反复验证每一种模型和其中每一个模块的可实现性。"

"听上去不错。但理论永远需要实践来验证,你们打算怎样验证数学模型呢?"这一次,涂安军并没有发表长篇大论。

对这个问题,谢成章倒是已经成竹在胸:"首先,从技术实现性角度验证,看看模型中的指标是不是在现有技术下能够实现。为了载荷的稳定性,我们不打算使用很先进或者激进的技术,而是以稳定性为首要考虑标准,从稳定的技术中去看是否能够支持模型的实现。其次,从技术获得性角度考虑,哪些技术没有受到《瓦森纳协定》的限制,可以全球寻源,又有哪些受限,受限的国内是否有替代方案,如果没有,是否得回过头去看技术实现性?总之,这一步和上一步会有一些迭代和反复。不过没办法,我们的确被限制了很多。说实话,在我真正搞天罡卫星载荷之前,没有切身体验,现在看起来,前辈们的确很不容易,突破封锁搞出来。"

"你能够有这样的感受,我很欣慰。不过也不用担心,我们中国的航天事业从一开始就是在外部封锁中发展起来的,也一定会继续往前走,别说一个《瓦森纳协定》,一百个也没法阻拦我们前进的步伐!"

"是的!"谢成章坚定地回答。

"好,这部分我觉得你们做的工作还算比较扎实了,不过,得提炼提炼,领导们不会去关注你们的数学模型,一笔带过就好,工程实现要稍微多花点篇幅……"

涂安军正准备让谢成章继续往下说,突然又想到了什么:"对了!工程实现部分之后还需要增加一个环节:实现成本。比如说,某一项技术或者产品你们可以从多个渠道获得,哪一个成本更低呢?"

"啊,是的,我们忘记考虑这个了。"谢成章连忙在笔记本电脑上记下。

"小谢,1203院更多关注技术,但你不同,你代表我们总部,需要有更广阔的视野。虽然你的工作经历不及周慧和她的团队,但是你也不用露怯,完全可以大胆地从各个角度给他们提要求。"

"师父,我知道了。"

"好,接着介绍吧。"

当谢成章从涂安军办公室出来时,下午已经过了一半。他站在走廊上,觉得身上的担子更重了,可是,让他感到开心的是,经过老涂的提点,他对于自己要做的事情有了一个飞跃般的认知,简直是醍醐灌顶。

谢成章把自己从回忆中拉回到自己卧室的书桌前,正当他准备开始专注地工作一会儿时,母亲在门外喊道:"吃饭啦!"

父亲已经正襟危坐在桌旁,看到他来,冲着桌上的二锅头努了努嘴:"来,儿子,你有好些天没有跟我们一起吃晚饭了,喝两盅。"

"好吧,真没办法。"谢成章撇了撇嘴。

不过,他的确好些天没有在家吃晚饭了,每次只要去1203院,必然会在那儿吃,否则下班高峰期回城也要堵上两个小时,还不如先吃了饭再回家。

"上回听你说你要去向领导汇报,还要去天罡办?"几杯酒下肚,父亲问道。

"嗯,是我们载荷系统部的部长和副部长。天罡办是我们的客户,甲方,我们的天罡卫星就是卖给他们,我早就想去面对面了解客户需求啦。"

"嗬,那你小子可得好好干哪,给领导和客户都留个好印象。"

"这还用您说吗?天罡卫星载荷的改进、给领导的汇报、跟客户的交流,我都会做到尽善尽美!"

从会议室出来,走了好一阵,谢成章才觉得自己的心跳恢复到了正常水平。

祁山从身后拍了拍他的肩膀:"小谢,表现不错嘛!"

谢成章冲他笑了笑:"多亏祁哥帮我撑场子,不然我肯定掉链子。"

说完,他把视线往祁山身后瞟了一眼,看到涂安军还在祁山身后两个身位左右,正在和周慧聊些什么,并没有注意到自己。

"你就别客气了,回头我们哥几个聚聚,给你庆祝庆祝,这可是一个重要的里程碑!"谢成章的话让祁山很是受用,便再次提出要一起吃饭。

"哈哈,多谢祁哥张罗,一定,一定。"谢成章也应付着。

这时候,涂安军和周慧终于聊完,快步走上来:"小谢,表现不错,你们几个到我那儿去坐一会儿,把情况稍微总结一下。"

得到了涂安军的认可后,谢成章悬着的心才真正放了下来。

在过去的一个多小时里,他们四人向许庆良和曾丰做了专题汇报,把他们对天罡卫星的载荷优化和改进方案全面地介绍了一遍。

"老涂啊,你们组干得不错!还有周慧,你们1203院从来没让我们失望过!"曾丰先表达他的感受,"天罡办一直在找我们要这样一个全面的卫星载荷改进方案,年初李大勇那小子又走了,我当时还真为你们捏了一把汗。现在看来,是我多虑啦!小谢虽然是新人,但一点也不比李大勇差!那次动员大会后,无论是兴明总还是唐院士,对我们都寄予厚望呢!天罡系统投入运营几年来,已经遇上了一些问题,我们要全力支持天罡办的后续升级改进计划。这毕竟是我们中国人自己的卫星导航系统,老话说得好,敝帚自珍,再差也是我们自己的嘛。但是,我们需要殚精竭虑,看看怎样才能够让它变得更好!您觉得呢,许部长?"曾丰说完,转头看着许庆良。

"嗯,老涂、周慧,你们怎么看?"许庆良微微点了点头,但不急于总结,而是让涂安军和周慧再谈谈看法。

"许部长、曾部长,非常感谢两位领导抽空听取我们的汇报,这次我们的确做了不少工作,不过,我和祁山其实没有操太多心,这主要是小谢和周慧团队的功劳。"涂安军十分直爽地把谢成章和周慧捧出来。

祁山略微一愣,马上又恢复了正常。

谢成章连忙表态:"两位领导,我师父太自谦了,他和祁哥其实给了我们不少指导,周慧姐他们也提供了非常大的支持,最辛苦的其实是他们,每次我去1203院,都看见他们在加班加点。"

周慧也赶快补充:"应该的应该的,总部的方向定得好,策略很明确,我们干活的自然就省心多了。"

许庆良满意地看着他们几个,这才慢慢开腔总结:"好,我们航天人就是要有这种拧成一股绳,敢打攻坚战的精神!刚才曾部长总结得很到位,我就再简单补充两句。第一,材料里面那些定量的指标需要反复确认,一定要严谨。我们说了性能提升20%,就不能只做到19%;成本下降8%,就不能满足于只减少7%!第二,赶紧约天罡办的时间,向他们汇报,争取把这件事情往前推进,让他们定下采购的时间节点。我们马上就要做明年的计划了,天罡卫星的销售可不仅仅是我们载荷系统部的指标,而是整个卫星导航事业部的,冯总和刘总也都很关注。所以,你们先上,如果需要我们上,甚至冯总、刘总上,随时呼叫。"

"小谢,怎么了?发什么呆呢?小心撞门上。"

谢成章还在回忆着刚才会上的情形,一边复盘自己的汇报是否有不足之处,一边琢磨着领导们的指示,就突然被涂安军打断了思路,他这才发现,自己已经跟着另外三人来到了涂安军办公室门口。

涂安军把门掩上,笑着招呼大家坐下,然后对周慧道:"你平时难得来,请上座!多亏了你。我知道,具体的工作其实都是你们干的。"

周慧也不客气:"老涂啊,每次来我都感觉回家了。"

四人坐定之后,涂安军便简要地把刚才的汇报总结了一下,尤其是突出许庆良和曾丰的点评:"今天的汇报挺好的,领导们也发话了,我们终于可以往前迈一步,要去找天罡办了。我们几个合计合计,要采用怎样的策略去跟他们沟通。之前的交流虽然都很顺畅,现在要让他们真金白银掏钱,恐怕就不会那么容易啰。"

"这点我同意。"祁山插话,"天罡办那帮人,平时话说得好听,可是他们自己的工作都没做好,根本下不了决心买新的卫星去替换现在天上的。明明是系统的问题,现在出一些情况,还可以往卫星身上推,说我们的工作没做好,而如果我们的卫星载荷改进了,发射上去之后,系统性能还是没有改进,那他们不是自己打自己脸吗?"

"祁山,虽然我的结论跟你一样,就是让天罡办买我们改进过载荷后的新一代天罡卫星不会容易,但我想表达的不是这个意思,你不要去猜测天罡办的动机,这样不好,毕竟他们是我们的甲方。而且我也相信,天罡办的人都是想干事的,你看看唐院士,有他在,他下面的人怎么会像你说的那样不堪呢?"涂安军皱了皱眉。

"老涂,你呀,还是这个老样子。我们都这把年纪了,你还看不清楚吗?天罡系统从计势飞院士提出'双星定位'原理,到立项,到建设,到部署上天,到今天,用了多少年?快二十年了!可是才运行了五年不到,你觉得天罡办会很快用新的载荷卫星去替换现有的卫星吗?"祁山不觉有些激动。

谢成章吃了一惊,脑筋飞速转动,试图找到老涂和祁山观点中一致的地方。看上去,两人都认为说服天罡办购买新的卫星是存在困难的,但原因不同。老涂认为,任何客户做出购买决定,肯定会经过非常充分的论证,更何况卫星可不便宜。而祁山则有诛心之嫌,认为天罡办是为了逃避自己的责任而不做出新的决策。

他又回想起李大勇辞职前在饺子馆和祁山的那次激烈争吵。那一次,祁山倒没有把这个观点表达得这么明显,只是认为优化载荷需要慢慢来,需要花时间,反倒是李大勇,认为天罡办才应该承担主要责任。

也就是说,那时候的祁山还不像现在这样愤世嫉俗,短短几个月,竟然变成这样了?难道是因为老涂明显重用自己,让他受到了刺激?越往深处想,谢成章越觉得眼前的局面有些超出他能控制的范围,急得不知道该怎么办才好。

正在这时,涂安军回应了:"如果是以前,我同意你的观点,我甚至还在办公室里骂过娘,认为天罡办没把他们的工作做好。但是,我越来越认识到,很多事情的发展不是按照线性规律来的。

"没错,天罡从最初的构思到上天,的确花了二十年,但其中的原因,你也不是不清楚。改革开放以来,国家把经济建设放在最高优先级,根本没钱搞军工。1991年海湾战争时我们才发现,原来美国佬已经这么厉害了,尤其是那个GPS,就像天上长了眼睛,让他们的导弹指哪打哪,我们才开始重视起自己的卫星导航系统来。而1999年大使馆被炸之后,一切才开始提速。

"往小了说,我们这次的天罡卫星载荷优化其实也已经做了两年了,为什么之前没什么进展,而小谢接手之后,几个月就做出来了呢?这也是因为有过去的积累。假设你之前吃了五个包子都没饱,再吃两个就饱了,也不能因为最后这两个就否定过去的五个包子没有意义吧?再者说来,小谢他有主观能动性,愿意去试,去闯,周慧他们也愿意支持、配合。所以,你犯了刻舟求剑的错误。"

整段话下来,涂安军的语气依然十分平稳,但谢成章分明看到他那半秃的头上青筋暴起,显然在极力克制自己的情绪。

"好了好了,你们俩说的都有道理,别争了,我好不容易来一次,别给我添堵啊,我们还是讨论讨论怎么去见天罡办吧。"

这时候,周慧才站起身来劝架,带着开玩笑的口吻。

谢成章也补充:"老涂、祁哥,别伤了感情,大家都是为了工作。"

涂安军没有说话,只是一个劲地深呼吸。

祁山摊了摊手:"好啊,不争,不争了。不过,天罡办我是不会去的。"

"随你!"涂安军掷出一句斩钉截铁的话。

如果不是这次专门登门拜访,谢成章压根就不知道,这个位于他上下班必经之路上的无名小院,竟然就是天罡办的所在地。

这个小院被四面高墙环绕,只有一扇小门通往宽阔的马路,门口没有悬挂任何标牌,只有一个武警站岗。在北京,这样的地方到处都是,以至于谢成章平时路过都不会看第二眼。

真是够低调的……谢成章一边想,一边下车。

这一次,许庆良亲自带着涂安军和谢成章,以及1203院的胡双清副总设计师及周慧来到天罡办。跟武警说明来意后,他们被允许进入小门,门后便是一间接待室,他们在那里登记。谢成章登记完才终于有机会扫视这神秘的院子,院内的布局有点像微缩版的1203院,也散布着两三幢低矮的楼房,都只有两层楼高,外墙已经有了岁月的痕迹,在北京灰蒙蒙的冬日天空下显得格外萧瑟。从外面望去,楼里房间的窗户还是那种20世纪的老式木框玻璃窗,深棕色的木框倒十分显眼,像是新漆过不久。

这时候,从一楼大厅走来一个人,看到他们,热情地打招呼:"许部长、胡总,好久不见!哎哟,老涂、周慧!好久不见!"

那人突然看到谢成章,一愣,谢成章赶忙自我介绍:"您好,我叫谢成章,是老涂手下的兵。"

"哈哈,你这介绍是专门为我们天罡办量身准备的吗?"那人乐了,"你好,我叫韩飞雪,跟他们都是老熟人了,欢迎欢迎。"

"飞雪,好久不见,你还是那么精神。"许庆良也打招呼。

"哈哈,许部长才是精神焕发呢,一看就知道有好事!来吧,咱们进去聊,刘总已经在会议室等你们啦。"

几人便跟着韩飞雪走进大楼。

角落的一间大会议室里坐着好几个人,正当中的中年男人留着偏分发型,但却像是有好几天没洗,油得发亮。虽然戴着一副高度近视眼镜,眼睛却炯炯有神。瘦削的脸颊两侧的胡楂也没有完全刮干净,眉头似乎永远舒展不开。

那人见到许庆良进入会议室,马上笑容满面地迎上前来握手:"许部长,好久不见!欢迎欢迎!"

"刘总,你真是一点都没变哪。"许庆良自然少不了又是一阵寒暄。

听着他们的谈话,谢成章便知道了,这位就是天罡办空间系统中心主任刘波,也是天罡系统副总设计师,刘波左右两边的韩飞雪和田长翼都是他这个团队的资深设计师。

天罡办在总设计师唐克坚之下有三个副总设计师,分别负责天罡的空间系统、地面系统和应用系统,刘波就是其中之一,今天亲自过来与中宇航的人开会,可见他的重视程度。

会议开了一上午,几人便在天罡办的食堂里吃了顿简餐。谢成章一边吃,一边在心中做总结:聊了一上午,无非就是三个大的主题。

首先,天罡办介绍了整个天罡系统空间段,也就是卫星的布局和计划。可是听上去并没有太多实际的内容,无非就是一些泛泛的描述,虽然说了下一步的计划是覆盖亚太区,最终肯定要走向全球覆盖,可是,在这样的计划中,对于卫星的星座设计和部署却没有描述。

然后,我们介绍了卫星载荷优化的方案。看得出来,天罡办还是挺感兴趣的,倒是问了不少问题,但感觉都是就事论事,并没有把卫星的改进放在整个空间段优化的大框架下去探讨,我们似乎也没有兴趣追问。

最后,我们都表示要继续讨论,继续深化合作,可是,天罡办并没有给出采购卫星的时间表,我们似乎也没有强推。许部长在我们内部汇报时的那番话,今天我完全没看到他有试图去落实的意思……

一顿饭结束,双方挥手告别,谢成章跟着出来,坐上了等候在外面的车,一言不发。

"好久没见刘总他们了,上午这会开得真不错。"许庆良满意地靠在椅背上,发了声感慨。

"是啊,我们是深受鼓舞。"胡双清和周慧也附和道。

"小谢,你的感受呢?"涂安军盯着谢成章问道,他看出来谢成章的心情似乎不太好。

"我……我不敢说。"谢成章小声回答。

"哦?小谢,你有什么想法?大胆说出来,这里都是自己人。"听到谢成章这句话,许庆良来了兴致。

"许部长,我是新人,怕说错话。"

"嗐!我们航天人,有什么就说什么!实事求是!别怕,说吧。"许庆良道。

"没事的,小谢。"涂安军也鼓励道。

"我觉得……今天上午的会议没有达到既定目标。"谢成章斟酌了一下,还是说出了这句话。他原本想说今天上午的会议开得很失败,但转念一想,不应该这么直接。

"哦,是吗?说来听听。"许庆良问道。

"我们之前汇报的时候,是希望能够让天罡办下单买我们的卫星,您上回不也说,我们明年要做计划,卫星销售是整个卫星导航事业部乃至集团公司的重要指标吗？但今天，我没有看到他们有任何明确的表示。"

"哈哈哈，你太可爱了，小谢！不过，有想法就说出来，这是好事情，我们要鼓励！"许庆良笑道，"你要知道，天罡办要下定决心购买卫星，得考虑多少钱的预算吗？这可不是一笔小数目，上亿呢！这还只是卫星本身，其他的呢？发射卫星要不要钱？火箭、运输、后勤、遥测、地面站等等，都不是小钱，动辄几千万起，哪能因为我们开一个上午的会就解决了呢？"

"许部长说得没错，我们今天最大的收获就是知道了他们的确有下一步的计划，虽然还没有时间表，但是，只要想去做，总会做成的。"涂安军也笑着补充道。

谢成章顿时语塞，满脸通红，把头一低，小声说道："哦……哦……是我考虑不够周到，原来是这样啊……"

"没事，你这样做很对。而且，今天只是一个开始，路还长着呢。今天我帮你们打个前站，往后，你们还得多来天罡办跑跑，不光跑总部这里，还要去他们的地面总站等其他地方。是应该加速推进这项工作了，我们前几个月的确有些慢。"

听完许庆良的话，谢成章使劲点头，然后抿着嘴，靠在椅背上，不再说话。他觉得自己其实并没有完全被说服，可是，他也不知道自己要怎样接着问下去。

正在这个时候，手机响了，他一看，愣了愣。

那是一个熟悉而久违的名字。

秦湘悦从处长办公室里出来，觉得浑身上下充满了兴奋，跑到院子里，找了一处没人的角落，拨通了父亲的电话。

"爸，忙吗？"她问道。父亲的工作一向很忙，她生怕他在开会。

"女儿的电话，什么时候都不忙。"手机那头传来爽朗的笑声，"怎么啦，是有什么好事要跟老爸说吗？"

"对呀！我们处长刚才找我谈话了，说由于我表现优异，可以参与接下来我们要与欧盟合作的一个有关卫星导航的重点项目了！"秦湘悦尽量压低自己的声音，但言语间无不透着兴奋之情。

"是嘛！我就说我们家女儿能行的！是金子，总会发光！恭喜你！"父亲听完十分开心。

"嘿嘿，还不是你和妈教导得好。"

"不，还是女儿悟性高。好了，希望你再接再厉，赶紧回去工作吧。"父亲虽然态度依然十分和蔼，但显然已经了解到了关键信息，也传递了关键信息，想结束这次谈话。

"好吧,那你跟妈也说一声。"秦湘悦嘟了嘟嘴,挂掉了电话。

她所在的国际合作处是科技部卫星业务中心下设的负责国际合作的处室,编制一共七人,包括处长张衿,副处长崔静,主任科员杨红英,副主任科员马小杰、汪菲,普通科员吴坚和她自己。

秦湘悦第一天上班时,就发现这里跟想象中有些不太一样——所有科员都挤在同一间办公室办公,即便是处长和副处长,也是两人共用一间。

她觉得自己的工作空间比学生寝室还小,上班时一点儿隐私都没有,接电话必须得出去,否则其他人都能听清楚手机那一端的人在说些什么。

同时,作为新人,她还需要干一些杂活,尽管她一声不吭地承担了打水、复印、打印等各种跑腿工作,心里的委屈却是越积越多,一度想辞职,却被父母阻止:"坚持下去,多少人想进还进不去呢!"

在过去的一年多时间里,她隐忍着,坚持着,逐渐找到了状态,凭借过硬的专业水平和英语能力,在好几次重要的国际合作项目中表现出色,无论对方来自外企还是国外高校,她都应对自如,沉稳程度不像一个刚走出校园的新人,于是很快便得到了张衿和崔静的赏识。

秦湘悦回到工位上坐好后,深吸了一口气,才打开邮箱查看邮件。果然,张衿刚才说的项目资料已经发给她了。

秦湘悦很快就沉浸在阅读中,当她再次抬起头来时,已经过了下班时间,放眼望去,大家倒是都还在。

资料是全英文的,版式和设计都十分讲究,标题也很是醒目:Copernicus Implementation Plan(哥白尼计划)。秦湘悦不禁回想起方才与张衿的谈话:"去年国家领导人就跟欧盟领导人达成了合作意向,我们会参与欧盟的哥白尼卫星导航计划。前不久,由我们部牵头与欧盟签署了进一步的合作协议,根据协议内容,我国会组织一些优势企业参与到计划中,这个组织工作就由我们中心牵头来做,我们处则进一步负责具体的中欧对接工作。小秦,这一年多来你的表现我们都看在眼里,而这个工作会是我们中心今后的重中之重,我希望你也能够参与进来,出一份力。这样,一会儿我把资料也发你一份,你研究研究。"

秦湘悦使劲点了点头:"谢谢您的信任,我一定好好干!"

回忆到此,秦湘悦便不再耽搁,很快就沉浸在阅读中,当她再次抬起头来时,已经过了午饭时间。她一个人坐在办公室里,想着第一步该如何做:既然要组织优势企业,那中宇航是一定要有的,一会儿联系一下老同学吧!

从天罡办回到中宇航大楼后,谢成章以要去门口的小卖部买点儿东西为借口,一个人出来,回拨了电话:"不好意思啊,老同学,刚刚不太方便接电话。"

没想到秦湘悦会给自己打电话,谢成章又惊又喜,毕竟校园一别后,他们再也没见过。

"没关系啦,你不是已经发短信解释过了嘛。老同学,好久没联系啦,最近还好吗?"那头传来一个美妙而动听的声音。

"托你的福,一切都好。你呢?是什么风把你吹得想到我了?"

"我也都不错……别这么说嘛,你在中宇航工作,平时肯定很忙,我哪敢打扰你呀。"

"少来,你肯定有什么事情。"谢成章笑着回答。

"哈哈哈,行,我们老同学就不客套了,我还真是有事情。"

"洗耳恭听。"

"我毕业后进了科技部卫星业务中心的国际合作处工作,最近有一个很重要的国际合作项目,肯定要跟你们中宇航合作。"秦湘悦说得倒也简洁明了。

"是吗?说来听听。"谢成章非常感兴趣,同时也感到有些意外。如果真是很重要的一个国际合作项目,需要中宇航参与,为什么他从未听领导们提起过呢?

"电话里一时半会儿说不明白,我今天主要是想约你当面聊聊。"

"那敢情好啊。"

"那就尽快吧,这两天我们约个时间。我们单位门口有一家咖啡馆,我们在那儿碰头如何?"秦湘悦想了想,觉得还是邀请谢成章去单位外谈更方便一点。

"行,没问题,那我们短信联系。不过,这个项目的情况能不能先简单在电话里说说呢?"既然已经约了见面,谢成章这会儿也不急着跟秦湘悦多聊,不过,他想先了解了解背景。

"可以。项目叫哥白尼计划,是欧盟启动的一个全球卫星导航系统,咱们国家刚刚与欧盟签署了合作协议,科技部来牵头,最后放在我们卫星业务中心落地,我们处则具体负责国内优势单位和欧洲卫星企业的对接,所以,我这不第一时间想到你了嘛。不过,你之前没有听说过这个计划吗?"

"这个我知道,但中宇航也要参与这事我倒是第一次听说。那我们的天罡系统怎么办呢?"谢成章像是在问秦湘悦,又像是在问自己。

"天罡的情况你还不清楚吗?我可听说了你转岗的事,还是挺佩服你的。"

"唉,也不知道是不是正确的决定呢。"谢成章的心情有些复杂。

"别想太多,老同学,不管怎么样,卫星导航这个大的领域还是有不少事情可以做的,你看,这不'哥白尼'也找上门来了嘛。"

"嗯,那倒是……"

"好了,那我们这两天随时联系,约好具体时间后见面再详聊吧!"秦湘悦准备结束这段谈话。

"没问题,回见!"谢成章也无心继续聊下去,挂掉电话后,心情十分复杂。

他前两年就听说过哥白尼计划了,自从1999年科索沃战争美国人为了让GPS充分支持军事行动,把巴尔干地区的GPS民用信号停掉之后,给欧盟的民用用户带来了诸多不便,让欧盟也十分不安,所以决心启动一个自主的全球卫星导航系统,用著名的天文学家哥白尼命名。当时谢成章还没怎么当回事,毕竟欧盟有二十多个成员国,想办一件事就没有不拖拉的,可现在竟然要直接跟中国合作了!如果国家真的要参与这个计划,势必会分散对天罡系统的关注,本来资源和资金就有限,天罡目前的发展也很难说非常顺利,再这么一分散注意力,前景就更扑朔迷离了……还有,既然秦湘悦都想到了中宇航,更高层的领导肯定早就接触了,可是,为什么许部长和老涂他们从来没提起过呢?

这样想着,谢成章就不由自主地走到了涂安军办公室门口,敲了敲门:"师父,能耽误您几分钟时间吗?"

"哦,好啊。"涂安军招呼他进来坐。

"刚才我一个在科技部的同学联系我,说中国要参与欧盟那个哥白尼计划了,科技部牵头在做这个事情,会聚集国内的优势单位,我们中宇航也在其中。这事儿……您知道吗?"谢成章忍不住一口气把问题抛了出来。

"知道啊,哥白尼计划嘛,欧盟自己的全球卫星导航系统,为了摆脱美国的GPS,就跟我们的天罡一样。至于中欧合作啊,这个我也听说了。"

"那您应该跟我们说一声的啊,我觉得这事儿对天罡的冲击会很大。"谢成章有些急。

"这件事情呢,领导们其实已经在讨论了,只不过现在还没什么定论,所以我也不想这么早把情况告诉大家,以免你们分心。现在既然你从你同学那儿听说了,那我最近会找个机会把进展跟大家说一说的。"

"那好吧……我觉得我们应该早点知道,我想其他人应该也很关切。"老涂都表态了,谢成章也不好再说什么。

"别这么紧张嘛,你可以跟你同学多聊聊,没准人家知道的比我还多呢,记得回来分享啊。"涂安军开了句玩笑。

"我们确实约了这两天面谈,我就提前请假了啊。"谢成章接下这茬,然后起身告辞。

谢成章沐浴着阳光,走进路边的咖啡馆。

店内此刻并没有多少人,谢成章一眼就看见窗边的座位上坐着一个年轻美丽的姑娘。当他的目光投过去,要确认她的身份时,她也抬起了头。

四目相对,两个人都笑了。

谢成章只觉得心扑通扑通直跳,在窗外斜射进来的阳光中,秦湘悦依然如记忆中那样美丽,并且更添了几分成熟气质。

"好久不见。"心中的万千思绪最后却只转换成这四个字从嘴里说出来。

"老同学,谢谢你过来,喝点什么?"秦湘悦站起身,笑着迎接。

"这么见外干什么?秦大美女召唤,我还敢不来?"谢成章这时候才稍微放松一点,"我们一年多没见,哪能让你请客,我来,你要喝什么?"

"不不,是我请你过来的,必须让我来,你别抢,而且,我自己刚才已经点了。"

"好,那就恭敬不如从命了,我来杯拿铁吧。"

两人坐下后,互相注视着。老同学久别重逢,都十分激动,彼此寒暄了几句后,服务员也把咖啡端了过来。

秦湘悦抿了一口她的卡布奇诺:"今天请你过来,是想详细说说前两天电话里谈的哥白尼计划的事情,也顺便请教请教你们中宇航目前在卫星导航这块是什么情况。"

"好啊,我先洗耳恭听,再知无不言言无不尽。"

"喂,你什么时候变得这么掉书袋了?"秦湘悦打趣道。

谢成章自己都不知道为什么,这一次面对秦湘悦,自己潜意识中就想表现得有文化一点。他嘿嘿一笑:"表个态嘛,你别拘泥于这些,说吧。"

"好,其实我才接到这个任务没几天,突击看了一些内部资料,不敢说自己非常了解这个计划,不过,我觉得还是有必要找老同学你聊聊的。"

"那你可找对人了。"

于是,两人一边喝咖啡,一边说开了。秦湘悦详细地把哥白尼计划的情况向谢成章做了介绍,尤其是关于中欧合作的部分。

听完秦湘悦的介绍,谢成章皱了皱眉,沉思良久,然后问道:"所以……目前科技部的想法是让包括中宇航在内的几家国内优势单位深度参与到哥白尼系统的建设中去?"

"不是我们科技部的想法,是国家的想法,这是国家大战略的一部分。"秦湘悦纠正他。

"国家大战略……就是通过国际合作来发展我们自己的卫星导航产业?"

"很明显啊。目前中欧关系良好,恰好欧盟也愿意放开,我看不到不去这样做的理由。如果你们和其他几家单位都能参与进来,比如,为哥白尼卫星设计载荷,建立哥白尼卫星的地面站,一起设计哥白尼接收机和推广哥白尼的应用,这都是深度参与,虽然我们会投入,但回报也是非常可观的。"

"投入多少?"谢成章问道。

"具体金额我也不清楚,但听说是十几亿吧。"

"欧元还是人民币?"

"人民币,欧元还得了啊。"

"哦……"谢成章又陷入了深思。

与秦湘悦不同,他心中一点儿也不激动。尽管通过哥白尼项目的国际合作,中宇航和国内的企业有机会参与全球先进的卫星导航系统的建设,从而学习到更先进的经验,但天罡系统怎么办呢?等哥白尼计划完成,天罡系统还有发展的必要吗?仅仅维持在现在的状态下,不是就够用了吗?那自己这几个月费尽心思去做的天罡卫星载荷优化设计,还有什么价值呢?

见谢成章有些兴味索然,秦湘悦关切地问道:"怎么啦?你看上去有心事。"

"哦,没什么,我只是在想,国家花了这么多钱,希望能够有好的结果。"

秦湘悦安慰道:"我是这么看的,这些钱虽然不少,但都算投资,并不是消费,可以拉动我们国家整个卫星导航产业的发展,所以,我们应该算大账。"

话虽如此,但自从她进入科技部卫星业务中心之后,其实已经听说过不少在国际合作中花冤枉钱的事了。

"嗯,还是你的站位高。对了,好不容易见个面,咱们在卫星导航领域的国际合作有哪些啊?给我介绍介绍,让我也开开眼界呗。"谢成章调整了一下自己的情绪,想再跟秦湘悦聊一会儿。

来到卫星导航事业部之后,他和身边的人一样,都只专注于天罡系统本身的发展和优化,系统也好,卫星载荷也罢,都是如此。可是,外面的世界到底是什么样,其他的全球卫星导航系统发展的情况如何,他们平时都疏于了解。如果不是这次哥白尼项目到中国来落地,谢成章的这根弦可能仍然不会绷紧。

自从前几天秦湘悦联系他之后,他就开始反思:我是不是在坐井观天呢?人家欧盟的卫星导航系统建设都直接进入中国了,我却连他们的发展情况和策略都没摸清楚。现在有了秦湘悦这层关系,他认为这是了解国际发展动态的绝佳机会。

"哟,这些信息你还需要找我打听啊,我还想着向你请教呢。我们处的一个主要职责就是促进卫星导航领域的中外合作,但合作的主体肯定不是政府,而应该是企业和高校,我们只是帮着搭桥铺路。"秦湘悦听谢成章问出这个问题,感到有些意外,不过,她对这个话题也十分感兴趣。

"你太高看我啦。说实话,中宇航别的事业部我不知道,从卫星导航事业部来看,还是相对闭塞的,我们很多时候只知道埋头干活,忽略了抬头看路。这次哥白尼计划提醒我了,如果我们方向错了,岂不是走得越快,离终点反而越远?"

"好啦,我们都没必要客气。我就简单说说吧,我们推动的国际合作还真不少,有学术合作、政府间合作和企业合作三大类。"

"哦?说来听听。"谢成章竖起耳朵。

"学术合作就是高校和科研单位之间的合作,以及学术和行业会议,很多时候,我们会在其中牵线搭桥,搭上关系之后,我们就不管了。比如明华大学和英国萨里大学之间的合作,美国导航学会开年会在国内找赞助和合作方,等等。"

"嗯,这个很好理解。政府间合作呢?"

"这个就涉及一些行业标准的落地,比如GPS的信号在国内落地。国内的厂家要生产支持GPS信号的接收机或者手持终端,需要满足行业标准,而GPS原有的行业标准只是美国标准,我们中国也要制定自己的行业标准,这就涉及政府间合作了。GPS是美国的卫星导航系统,我们在制定标准时多半会参考他们的标准并保持兼容性。"

"哦……企业呢?"

"企业就更好理解了,很多想进入中国市场的国外卫星导航接收机供应商会找到我们对接用户。当然,普通的接收机供应商我们并不会花太多精力去支持,我们更多的是帮国内对性能要求比较高的客户找到能提供对应品质产品的国外供应商,因为这部分产品国内没有能力生产提供,所以,当这样的供应商找到我们时,我们会多花一些心思去支持。不过,我们对所有的国外厂商都开放,不会因为他们提供的产品稀缺程度不够而将其拒之门外,毕竟咱们已经加入WTO了,行事都要遵守国际规则。"

谢成章认真地品味着秦湘悦的语言和其中蕴藏的含义,过了半晌才挤出一个问题:"从你们对接的情况来看,主要是跟哪些卫星导航系统相关?"

他知道自己这个问题问得有些傻,但还是忍不住想确认一下。

"嗐,还能有哪些,基本上全部都是GPS,还有少量的格洛纳斯(GLONASS),再就是最近这个哥白尼,其他就没有啦。你也知道,现在就只有两套真正的全球卫星导航系统,一个美国的GPS,在民用领域基本上处于垄断地位,另一个就是俄罗斯的格洛纳斯,但其在民用领域的市场份额少得可怜。正是因为卫星导航系统的战略地位以及民用市场的广阔,欧盟这才下决心自己搞哥白尼系统嘛。咱们自己倒是有个天罡系统,但是感觉一直在军用领域。"

"嗯,我现在就是在做天罡系统的卫星载荷。"谢成章低声回答。

"老同学,不是我打击你,除非你想参军,否则天罡系统是没有前途的,以它目前的状态,根本不可能进入军事领域之外的其他市场。GPS已经赢者通吃,哥白尼系统的性能指标和表现目前看起来比GPS更好,一旦建成,就更没天罡什么事了。我倒是建议你,利用现在哥白尼系统中欧合作的机会,争取来干哥白尼吧!"

第5章
国产载荷之路

告别了秦湘悦,谢成章坐上了去天罡办的公交车。他都忘了自己是怎么从咖啡馆门口走到公交站又坐上车的,最后这段时间,他整个大脑都是蒙的。

已经有了GPS和格洛纳斯,现在欧盟又要建设哥白尼,而且哥白尼的性能指标比GPS还要好。按照目前哥白尼的计划,2012年要完成全部三十颗卫星的发射和全球组网,实现全球覆盖。一旦哥白尼建好,就将有三套全球卫星导航系统,那么,还需要第四套吗?可是,现在到2012年,只有八年了,八年之内天罡系统能够发展成为全球导航系统吗?天罡现在只有三颗卫星在天上,而且还只能覆盖中国和周边区域。虽说从国家战略和军事安全角度考虑,天罡的存在是必要的,但如果民用领域无法突破GPS、格洛纳斯和哥白尼的封锁,天罡系统的前景肯定会大受影响,因为没有必要再花那么多的代价去建设了,只要能够满足军事用途即可。可若真走到那一步,自己目前的工作和未来的工作又有何意义?卫星数量还需要增加吗?载荷还需要持续改进升级吗?或者,需要尽快完成改进升级吗?

谢成章坐在慢悠悠开动的公交车上,忧心忡忡,刚才让他觉得温暖无比的阳光此刻竟然有些刺眼。

按照原计划,今天他与秦湘悦见过面后,就要去天罡办和韩飞雪、田长翼对接,这是前几天刘波和许庆良那次会议后拟定的行动项,原本涂安军也要去,但他临时被叫走了,只好嘱咐谢成章:"你去吧,我相信你没问题。"

谢成章倒不怕一个人去天罡办,尽管他与韩、田二人才刚刚认识。从上次的接触来看,两人虽然比他要年长几岁,却都很随和,总归还是年轻人,好打交道。

五味杂陈的是,原本他的目的是进一步了解天罡办的下一步系统和卫星升级计划,好推销自己与周慧团队花了几个月做出来的天罡卫星载荷系统升级方案,但现在跟秦湘悦聊完,他有些犹豫:这一切还有意义吗?

迷茫中,谢成章差点忘了下车。当售票员大嗓门地第三次喊到站名时,他才如梦初醒,赶紧一边招呼着司机一边小跑着下车。好在见到出来迎接他的韩飞雪时,他已经调整好了情绪,笑容满面地打招呼。

"小谢,欢迎欢迎,这么短时间内又麻烦你跑一趟。"韩飞雪很客气。

"哪里哪里,支持你们是我的分内之事,天天来都没问题。"

两人一起走进楼内,在一间小会议室与已经坐在那儿等候的田长翼碰头,三人寒暄几句后,便开始聊正事。

谢成章准备了一些更加细的问题,韩飞雪和田长翼两人也都还算配合,一一进行了回答。在谢成章看来,这些回答大多属于隔靴搔痒,不过,也聊胜于无,毕竟,之前的领导层会议才刚刚过去没几天,能有多少颠覆性的新东西呢?

想到这里,谢成章突然有了一个主意,于是,他问道:"韩哥,田哥,你们听说过欧盟的哥白尼计划吗?"

"知道,欧盟前两年开始搞的全球卫星导航系统嘛,据说比GPS的指标还好,他们的野心不小。"两人异口同声。

"哦。那……咱们天罡就没有什么压力吗?"谢成章小心翼翼地问道。

"小谢,我们天罡办可不是闭门造车,我们有自己的情报中心,一直在关注全球行业的发展和动态,要说压力嘛,怎么可能没有?即便没有哥白尼,光GPS一个,就足以让我们感到很大的压力了。不过,没有压力,哪来的动力呢?"

"可是,哥白尼似乎挺高调的,到处宣传,最近还在拉拢我们国家跟他们合作。为什么天罡系统的发展思路和计划我总感觉非常不明确呢?你们看,我们搞载荷优化改进搞得热火朝天,也提了方案,但是你们似乎总有些保留似的。"谢成章咬了咬牙,把这个问题也抛了出来。

"哈哈哈,你真是个直肠子,不过我们搞技术的就应该这样!"韩飞雪笑道,"我倒不妨给你讲讲。"说完,他看了一眼田长翼,田长翼点了点头。

"我们天罡系统现阶段是以军用为主,这一点呢,跟GPS早期是一样的。这就意味着我们做任何决定、公布任何确定的计划之前,肯定要反复进行内部推敲,因为它很敏感。这一点,你能够理解吧?"

"理解,理解……可是,如果天罡系统未来要民用呢?我相信你们肯定不会满足于让天罡只用于军事领域吧?"

"你听我说完。这就是欧盟的聪明之处,他们现在到处宣称哥白尼是纯民用的卫星导航系统,并且是欧盟独立自主的,所以,你才觉得它很高调。但是,在我看来,这样的一个系统,先天就具备军民两用性,哥白尼怎么可能做到纯民用呢?如果有军事需要,它分分钟就能变成军用系统。因为这个民用的幌子,让你觉得他们似乎风风火火地发展着,这是很好的广告效应。可是,在我们看来,他们是不可能在2012年完成全球组网并开始运营的。而我们天罡系统呢,肯定也不会只满足于军用领域,一定会全面向民用领域放开,只不过,我们走得相对低调一些。"

"哦……"谢成章似乎听明白了一些,"那为什么你们认为哥白尼2012年无法按计划实现全球组网和运营呢?"

"很简单,天罡系统要怎么发展,我们天罡办一家说了算,或者国家说了算。欧盟可是有二十多个成员国,哥白尼系统的空间段、地面段和用户段怎么建设,每家投多少钱,最后的收益如何分配,这些东西岂是一时半会儿能够谈清楚的?"

"原来如此!"谢成章恍然大悟,"韩哥,你这么一分析,真是让我醍醐灌顶。"

"别这么说,这也不是我的观点,我们都是听刘总的,他才是高人。"韩飞雪一边说,一边和田长翼相视而笑。

"不过,小谢啊,既然说到这儿,虽然我们觉得哥白尼对我们的冲击没有目前你以为的那么大,但我们的确需要好好应对。你放心,我们天罡办有计划,并不是毫无防备的。"田长翼补充道,"刚才飞雪说天罡系统的最终目标一定是全面进入民用领域,这一点你不用怀疑,也不用担心,这是唐院士和刘总一再强调的。而且,我们也刚刚成立了专门的应用系统中心,何雷担任中心主任,他年富力强,我们都很期待他能搞出点儿动静来!"

王兼颓唐地陷在椅子里,目光呆滞地望着顾违的背影,半响才站起身来。

"我实在受不了了! 抱歉,我不能再耗下去了,我要退出!"

这是顾违走之前撂下的话,最要命的是,他的团队都在场。

几个月前,他和顾违就是在这里见证了天星二接收机的第一次成功,那个凌晨,刘翔还跑出了12秒91。几个月之后,顾违却想要散伙。

散伙的理由,其实也不难理解。前段时间,他在充分消化完1719所项目失败的痛楚后,带着沉重的心情把这个消息告诉了顾违和他的团队。

那一天,也是在这里,当顾违和其他人听到他口中的"我们没中标"之后,每个人的表情都僵住了,空气也仿佛凝固了一般。

王兼用愧疚的目光看着所有团队成员,尤其是顾违。自己花了快一年时间才说服这个同学加入,然后,他们花了几个月的心血研发出了天星二,却在各处碰壁,直到1719所的项目。1719所对他们的产品表现出了强烈的兴趣,也给了他们面谈的机会,因此,当他们从上海回北京的时候,都觉得胜券在握,没想到还是失败了,而且还不是因为价格或者产品,而是因为那该死的资质!

当他把更多的细节告诉团队之后,顾违的脸都紫了,半天才憋出来一句话:"我早就看那个张远不爽,没想到最后还是被他给耍了!资质问题如果真那么重要,为什么还要我们跑一趟呢?这不是耍我们玩吗?!"

"就是就是,我们不服气!"团队成员也义愤填膺。

可是王兼知道,已经无力回天了。他请大家吃了一顿晚饭,喝了一顿酒,才勉强把整个公司的怨气平息下来。

"顾违,各位,请你们放心,我王兼绝对不会让你们白等这么久的!我们还有不少客户,未来几周,肯定会有大单进来!"

醉醺醺的王兼说着言不由衷的话,可又几个月过去了,他的那句酒后承诺依然没有兑现。于是,顾违终于摊牌了。

在他看来,当初被王兼说动,一方面是他自己多少也有些卫星导航情结,毕竟大学就学的这个,如果可以大展身手,倒是不错。更重要的是,他被王兼嘴里的"市场很大,很快就能赚大钱"的愿景吸引,毕竟对他来说,没有什么比赚钱更重要的事情了。而现在,自己辛苦这么久,除了卖出个位数的接收机,什么收获都没有。本来上次去上海他们都抱有极高的期待,1719所也的确给了他们很大的信心,让他们认为这是一次转折点,从此,他们的业务将会否极泰来。没想到,他们跌入了新的深渊。

顾违已经没有耐心再耗下去了,虽然入股天星展讯时王兼很照顾他,并没有完全按照现金对价,让他投入足额现金,而是让他主要用技术入股,可是,连续几个月都没有收入,他把自己好不容易在中宇航工作大半年攒的钱都快花光了。他不像王兼,王兼就算破产,还能回去继承家业,可他呢?

对此,王兼心里十分清楚,所以,当顾违真把这个决定告诉他的时候,他虽然感到很难受,却并不是很意外。

面对着顾违的背影,承受着团队成员再一次的复杂目光,王兼清楚,这个时候,他不能垮,也不能厌。他只要表现出一丝萎靡,这个公司,这个团队,他这一年多的心血,就真要全部付之东流了。

但是,他不甘心,他不相信自己不能在天罡导航领域做出一点事情来。于是,站起身后,王兼迅速调整了自己的情绪,对着团队成员挤出一丝笑容:"顾违这小子,上学的时候就老跟我作对,大家不用当真,不用当真。我已经约了一个客户,马上要去见一面,大家等我的好消息吧!"

说完,王兼匆匆拿起外套,走出公司。他现在一秒钟也不想在里面多待,他必须马上把顾违找回来。

冲到马路上,北京冬天的寒风已经十分凛冽,把刚从暖意融融的室内出来的王兼吹了一个哆嗦。他举目四望,不住寻找着顾违的背影,但街上的行人往来匆忙,都是陌生面孔,哪里还有顾违的影踪?

王兼仿佛行尸走肉般在大街上漫无目的地走着,游荡着。他不可能回公司去,见客户哪有这么快呢?但是,他又能去哪里呢?难道,天星展讯真的气数已尽,才成立一年多便要夭折?

王兼抬起眼皮,看着马路边、楼房下和这座城市里他视线所及的一切。公共汽车、出租车、私家车基本都在用GPS导航,楼房和桥梁的形变监测,路边的道路测绘,头顶上飞过的飞机上装的机载导航,哪个又不是在用GPS呢?

难道真的没有一丝一毫的机会了吗?

不知不觉,王兼已经走到了紫竹院公园门口,他买了票进门,看到公园的湖面上有游船摆在岸边,此时并没有游人划船。他盯着那些游船,突然想到自己去上海,在黄浦江边散步时看到的江面景象。

船!不,像这样的游船上根本没有必要装卫星导航,全部是目视距离,而黄浦江上那些大船如果要开到东海去,肯定也已经装了GPS接收机……

等等,别沮丧!如果这些船开到东海之上,船和船之间都看不见的时候,光知道自己的位置怕是不够的吧?最好还能知道别的船的位置。而如果能够有一些关于区域内紧急事件的预警,就更有用了。这些,单靠GPS怕是实现不了,而无线通信网络也覆盖不到。东海上那么多船,他们是怎么解决这些问题的呢?估计只能靠卫星吧。如果是万吨邮轮、重要船只——军舰就更不用提了,肯定有专业而昂贵的GPS导航加上卫星通信设备,可是,如果只是普通的渔船呢?他们有这样的需求,却没有配套的条件,也承担不起这样的费用,而天罡系统除了导航之外,还有一个独特的功能是GPS所没有的,那就是短报文通信功能……

王兼就这样呆呆地盯着湖面上那几条游船看,脑海里却是各种思潮翻滚。当他想到天罡系统的短报文功能和渔船时,不光脑海中掀起惊涛骇浪,身体也开始颤抖起来:如果把我们的接收机推广到渔船上去呢?

想到这儿,王兼激动万分,忍不住拨通了顾违的手机。电话响了十几声也无人接听,但王兼锲而不舍,连续拨打,到第三次的时候,电话终于接通了。

"喂……"顾违的声音听上去十分沉闷,仿佛从地狱中传来一般。不过,他的背景十分安静,应该正在室内待着。

"顾违,顾违,你听我说,我找到了一个绝佳的机会!这一次一定没错!真的,你再给我一次机会!你现在在哪里?我需要马上见到你,当面跟你聊一聊!"王兼对着电话那头吼道。

顾违并没有马上回复,但也并未挂掉,过了几秒钟才说话:"你要是这次再搞不定,我回老家的火车票都要买不起了。"

王兼和顾违很快就在顾违的出租屋里见了面,是地下室狭窄而昏暗的走廊两侧房间当中的一间,虽然逼仄,但至少便宜,因此,顾违非常满意,他觉得这里很适合他这样没钱又很少待在里面的人。但王兼从一进入地下室起,就一直觉得浑身不舒服。空气中充斥着一股不知道该怎么描述的味道,不算是恶臭,但也绝对不好闻。走廊两侧房间的房门大多紧闭着,除了一两间里面传出说话声之外,更多的是安静。现在还是上班时间,租客们都还在这座城市的某个角落为了生计奔波。

王兼知道顾违住在地下室,可从来没来过,他们每次聚会、谈事,都是在公司或者外面。他好几次想来顾违这儿看看,但顾违从未邀请,他也就不便主动提。没想到,顾违竟然住在条件这么恶劣的地方。

王兼心情十分复杂,他跟顾违一样,都是这座城市的外乡人,可是,他住处的条件比顾违可好多了,至少是一个正儿八经小区的一室一厅。

"没想到你竟然住在这里……"进入顾违的房间后,王兼动情地说。

顾违却十分淡然:"用不着你说这个,我想听的也不是这个。说吧,你这最后一次机会,到底是什么?"

王兼一愣,随即心中暗自钦佩顾违这股子劲。于是,他也顾不上去介意那让他不适的味道,把自己刚才的想法说了出来。

"这就是我们目前可以切入的最好机会,或者说唯一机会。它是一个非常封闭而小众的市场,我们创业了这么久都从未考虑过不说,渔民的需求又是那样显而易见。更重要的是,他们的支付能力决定了他们没法承担GPS导航加上卫星通信那样奢侈的组合,而天罡系统导航加上短报文通信功能完美地给他们提供了一体化的解决方案。想想看,如果我们能够切进去,全国有多少艘渔船哪!受天罡系统的覆盖范围限制,远洋的渔船我们望尘莫及,但光是内河和近海的,我想成千上万艘总归是有的。"说到最后,王兼越来越慷慨激昂。

"短报文……这么简单的东西,我们此前竟然一直把它忽略掉了。我们一想到天罡系统就想到导航,甚至还想跟GPS硬碰硬,现在看起来,得开辟其他战场了,这个战场,就要靠短报文,GPS根本没这个功能。"顾违也频频点头。

"有时候就是灯下黑,唉,这可是天罡的独特功能。顾违,你看看,研发出能够支持渔船的天罡接收机,需要多久?"

"你这个当老板的真是一点都不给人喘息的机会啊……为了实现接收天罡短报文的功能,现有的天星二上肯定要增加模块。短报文其实就是短信,本质上跟手机短信没什么区别,只不过是通过卫星播发而已,所以增加这样一个模块应该不会很复杂。另外,由于应用场景在渔船上,防震和防水的设计肯定要加强。我现在初步想到这一点,具体的,肯定还要花几天好好琢磨琢磨。不过,不管怎么样,这次的新天罡接收机肯定得命名为天星三了。"

"哼,说得好像你不是老板似的,这不是急你之所急吗?早一点搞出来,早一天赚钱,省得你又撂挑子走人。"

两人一起笑了起来。

顾违决定最后再试一次,毕竟半途而废从来不是他的风格。

"那我们回公司去吧,别让大伙儿觉得我们俩已经离心了。"见顾违已经完全接受了自己的想法,王兼趁机邀请。

"好,回去。"

"顾违,这一次干成了,我一定要让你从这里搬出来!"离开的时候,王兼冲着顾违说道。

"不,不,这事你就不用操心了,我住得挺舒坦的。"顾违笑着摆手,"我们还是专注天星三和渔业应用吧,等搞定了之后,什么都好说。"

"你说得对!"

当两人一起出现在魏公村的公司时,天星展讯的员工们都深受鼓舞,此前他们心里不免犯嘀咕:这公司难道真是要撑不下去了?

他们中大部分人都没有本科学历,只在职校学过电子,在顾违的指导下,作为技术人员完成工作是可以的,但让他们自己往下做设计开发就太强人所难了。或者说,如果不是顾违,换一个普通的技术专家,也未必能够带得动他们。顾违不光有超强的技术功底、极其敏锐的技术分解能力和技术管理天赋,还一直在激励他们持续学习。一开始跟着王兼干,利用王兼提供的一些基础资料,他们的进展很缓慢,但顾违来了之后,不光产品的开发更有章法,进展更快,顾违给他们的各种指导和参考资料就足以让他们每天都有长进。如果顾违真的离开,群龙无首,他们还真不知道要去干什么。在偌大的北京,没有本科学历的他们是很难有个像样的容身之处的。

"弟兄们,冬天到了,春天还会远吗?"

王兼在简要介绍了他们的最新想法之后,用这句话结尾。屋里响起一阵掌声,那股压抑和绝望的气氛一扫而空。

不过,王兼和顾违并没有马上让大家开工,顾违给大家简单说了一些想法之后,让他们各自回去考虑考虑。

"我和王总还要在这里谈点事情,今天你们都早点回去吧,把刚才我说的这几点好好想想,明天一早我们一起合计,每个人都必须要有你们自己的想法,不能搭便车。这一次,我们要用更快的速度把天星三做出来!"

等人走光之后,王兼看着顾违道:"我还以为你要马上就开始干活呢,怎么把人都给放走了?"

"磨刀不误砍柴工,他们今天情绪波动有点大,不适合马上开始干具体的事情。更何况,我觉得我们还得讨论一下,有一点我还没有完全想透。"

"哦?我也觉得我们有一点没有想透,说来听听,看看我们想的是否一样。"王兼饶有兴致。

"我说不出来,我是搞技术的,不过,我隐约觉得,这次我们得采用不一样的方式,去见客户之前,得做一些铺垫工作。"

"太对了!我也是这么想的!这次我决定先在北京跑跑天罡办和渔业主管部门,再去找沿海沿河的渔业客户。"

"是的!还是你的描述更加精确。"顾违羡慕王兼敏锐的商业头脑。

"我听说天罡办设立了一个应用系统中心,这就说明天罡办也意识到光建系统是不够的,还要推动系统用起来。我们之前折腾来折腾去,很多时候就是因为天罡办这个顶层设计还没有到位,现在,我觉得时机已经成熟!我要找天罡办的朋友牵线,去跟应用系统中心对接一下,争取他们的支持——他们一定会支持的。"

"天罡办的动向你倒是挺清楚嘛。"

"那当然,我就是一只八爪鱼,触角必须伸到各处。"

"好,那渔业主管部门呢?"

"这个……"王兼顿了顿,"说实话,我一个人都不认识。不过,我可以让天罡办推荐,很多对我们来说难于上青天的事情,对他们来说,或许不费吹灰之力呢。"

"王总，欢迎欢迎！同事已经跟我介绍过你们的基本情况了，我们也是希望能吸引更多像天星展讯这样年轻、有想法、有闯劲的民营企业到天罡的大体系里来。"坐在王兼对面的一个身材微胖的年轻人听完他的自我介绍，由衷地说道。

这个人看上去三十岁出头，浓眉大眼，口方鼻正，元宝耳朵，浑身上下一股正气，正是天罡办应用系统中心主任何雷。

王兼摆了摆手："哪里哪里，我这属于仅仅凭着一腔热血瞎搞，没有什么章法，所以想向您好好请教请教。"

何雷道："说实话，我虽然是应用系统中心主任，但并没有副总师的头衔，不像刘总他们，我并不是搞技术的。天罡系统要如何设计，都还是他们来定。而且我们中心也刚成立没多久，当时领导找我谈话，问我愿不愿意来，说得也很直接：'小何啊，你年轻，想法多，应用就是需要想象力，你去推吧，大胆去推。'所以啊，我就是来试错的，看看天罡的应用到底能否落地，要如何落地。"

王兼觉得春天来了："何主任，您这几句话真是说到我心坎上了。虽然我这个天星展讯公司才成立两年不到，但我在空天大学的四年其实就已经很关注天罡系统的应用了，毕业后自己下海搞这个事情也是因为看好它的前景。可是，我们推了一年多，产品都出两代了，却依然没有找到市场，直到今天我想跟您谈的渔业，这才看上去稍微靠谱一点。现在听您这么一说，说明咱们天罡办也开始重视天罡的应用推广了，这真是大好事啊。"

"不，不，王总，你能够认准天罡系统应用的前景，是对我们的认可，这一点我要感谢你们。说实话，目前在天罡这个体系里的民营企业太少了，全部都是央企、国企在关着门自己玩。当然，天罡的首要任务是为部队服务，所以从战略安全的角度来看，关键的系统、星座和地面站等肯定要控制在中国人自己手中。不过，从应用的角度来看，不应该封闭，应该敞开大门，让所有的企业和玩家都参与进来才对。而你们天星展讯就是民企的先锋，我很钦佩你们的勇气与眼光。"

"天罡办要是都像您这么想就好了。"见何雷的谈兴挺高，王兼奉承了一句。

"其实天罡办早就有推广应用的想法，至于为什么到前几个月才成立中心，正式去做这件事，是有不少考虑的，并不是说天罡办不想做。"

"哦……"王兼听完，很想接着问有什么考虑，但生怕何雷觉得他过于主动，就把话咽了回去。

不过，何雷显然不是那样的人，他接着说道："其实跟你说说也没关系。我们之所以一直不推广应用，一是怕落国际社会，尤其是西方社会口实。我们前几年才刚刚加入WTO，现在一举一动都被人家用放大镜盯着呢。你想啊，我们不光有政府背景,还有部队背景,如果我们出面去推动一件事,会被国外如何解读呢?我们的国际环境并不宽松,我们的南斯拉夫联盟大使馆被炸才过了五年多,南海撞机事件也才三年多,以美国为首的西方国家对我们各种限制和打压,这些就够领导们头疼的了,我们没有必要在这个时候出头去强推天罡应用……"

王兼恍然大悟:"原来如此!太有道理了!跟您这么一聊,我觉得我的层次都被拔高了。"

"不过,这个理由其实已经不成立了,不然,怎么解释我们为什么现在又开始成立应用中心,开始重视推广天罡应用了呢?"

"嗯,为什么?"

"主要还是要拜'9·11'事件和阿富汗战争所赐。美国和西方社会的注意力转移了,这给了我们非常宝贵的时间窗口,可以去做一些正确的事情,比如推广天罡应用。"

王兼此时才深刻理解了大学政治课上老师的话:"不要以为你不想关心政治,政治就不关心你。生活在地球上,没有人能逃得过政治的影响,哪怕你飞到火星去,也一样会被地球上的政治决定波及,除非你永远不回地球。"

见王兼听得入神,何雷补充道:"当然,这个因素其实并不是最主要的,我先说出来,是想让你理解一些外部环境,更重要的原因,还在于天罡的应用要与系统建设协同发展。天罡系统2000年前后才建好,早两年还在测试系统的稳定性,民用领域自然不可能马上放开。这两年系统的稳定性经过各种微调和优化已经好了很多,信号的精度、可用性和完好性也有了稳定的指标,加上独特的短报文功能,我们觉得,推广天罡应用的时机也到了。"

听到这儿,王兼更加佩服何雷的直率,这样的话,他是第一次从天罡办的人嘴里听到。说起来,他在天罡办还是认识一些朋友的,有时候也会一起吃饭喝酒,但他们无一例外,对天罡系统的现状和发展计划守口如瓶,尽管会给他不少应用的建议。王兼理解他们保密的需要,可是,现在从何雷嘴里说出这样的话,在他看来,根本就不是泄密,这是很多人稍微做一下逻辑推演就能得到的答案。

或者说,那些做系统的人和做应用的人本身思路就难以保持一致,前者不希望后者逼得太过,影响自己的既定计划,后者则容易抱怨前者发展不够快,影响其落地。何雷无疑属于后者。

"何主任,今天听了您的话,我真是觉得自己过去几年都白过了。"

"其实,这个情况我相信你也能够推测到,只不过在我这儿得到了证实吧。"何雷仿佛看穿了王兼的心思,笑了笑,"我们得保密啊,有些时候,重视程度不够,有些时候又太过,沦为形式主义。像这样的情况,算什么秘密呢? 美国的GPS在20世纪70年代开始投入应用,他们的发展历程有很多我们可以借鉴的地方,如何实现系统建设和应用推广的协同发展就是其中很重要的一项。所以,我们也得有点儿耐心,人家今天称霸全球也是经过了几十年的发展的。而我们的天罡呢? 在天上才五年。"

"是啊,何主任,但是我也总琢磨着,我们总归能够比他们做得更好更快吧,如果要做到跟GPS应用一样的程度也需要三十年,那我这辈子岂不是都完了?"王兼觉得不能再让何雷发散下去,得进入正题。

到目前为止,进展让他很满意,他既确认了天罡办的决心,又更加清楚了之前应用推广受阻的背景,他觉得,否极泰来的时刻已经到了。

何雷也十分聪明,听王兼这么说,便知道他想谈正事,而这其实也是他想详细了解的,于是他不再废话:"王总,就是要有你这股劲头。说说你的想法吧,再看看我能做些什么。"

王兼便把自己和顾违讨论好的整个构想向何雷前前后后地详细介绍了一遍,当他结束时,何雷沉默了一会儿才道:"这简直太妙了! 充分利用天罡系统导航和通信功能相结合的独特性,切入渔业用户对于这项应用的需求,同时又充分考虑到使用场景的特殊性和他们对于价格的敏感性……

"王总,我不管之前你们失败过多少次,这一次,我看好你们! 我们中心刚成立不久,也需要树一个典型出来。这样吧,我们一起推!"

听到这里,王兼别提多高兴了,赶紧趁热打铁:"何主任,太感谢您的支持了。可是,我们作为小企业,又是民营企业,还是有不少壁垒需要攻破的。"

"壁垒? 你们的产品存在技术问题?"

"不,我们针对渔业的产品已经是第三代了,技术方面我敢打包票,没有一点问题。"

"那你说的是什么?"

"呃,资质问题……毕竟天罡目前还是个军用系统,我们没有军工四证。还有,我们的设备想装上渔船的话,还得跟渔业主管部门打招呼吧?"王兼咬牙提出了这些敏感话题。

另一边,谢成章又一头扎进了1203院。

上回去天罡办与韩飞雪、田长翼聊了很久,两人给了他很多信息,让他一方面对天罡的信心稍微稳固了一些,不至于被秦湘悦带来的哥白尼冲击给吓倒,另一方面对中宇航,尤其是他们卫星导航事业部及载荷系统部要做的事情和面临的挑战有了更加清醒的认识。

韩飞雪和田长翼提出了一个十分深刻的问题:"你们现在的天罡卫星载荷优化改进方案中,到底有哪些部件是一定要进口的?如果要实现百分百国产化,还需要多少年?"

在之前向许庆良和曾丰做的内部汇报中,涂安军就曾经千叮咛万嘱咐,领导和客户肯定十分重视对供应链的分析,谢成章也跟周慧团队一块做了不少研究,但他们最终的方案更多是从部件采购的价格和周期等方面来考虑,涉及与《瓦森纳协定》等有关的出口管制的供应链安全问题,他们只是列出了一些可能性,根据他们的分析,这些部件的采购暂时都不受限制,所以便没有深究。但显然,这是天罡办十分关注的。

"小谢,我们必须未雨绸缪。国际形势,可能现在还风平浪静,突然来一次深海地震或者台风飓风,就立刻惊涛骇浪了,你们中宇航一定要负起责任来,跟各大单位一起好好研究研究。说实话,我们只有在看到你们有一个清晰的国产化路线图后,我们的系统演进方案才敢大胆往前推,否则,万一之后的某一天,国外突然对你们断供,我们的星座才刚刚部署一半,岂不是就夭折了吗?上一次领导们都在,他们更多地讨论了一些方向性问题,但魔鬼在细节里,今天既然你来了,我们也谈得很投机,我干脆把我们的真正顾虑告诉你,这也是唐院士和刘总在天罡办内部一直强调的。这对你们中宇航来说并不是新鲜事,你们的很多业务其实已经被封锁很多年了,但是,之前那个李大勇有点飘,你们卫星导航事业部的领导们似乎也没有完全把这件事放在心上,我们越来越认为,不能再往后拖了。"

谢成章决定与周慧团队再次联合办公一段时间,把这个事情好好探个究竟。

让他有些意外的是,涂安军这些天一直不在办公室,祁山也时不时出去,不知道在干什么。他无奈拨通涂安军的电话:"师父,我要申请去1203院再干一段时间,把供应链好好梳理梳理。"

"好事情,你做得对!去吧,这件事很有意义!"涂安军很是支持。

但当他与周慧谈及这事的时候,周慧却皱了皱眉:"小谢,不是我打击你,这件事情还是得花些功夫的。把进口器件清单梳理出来倒不难,我们之前的方案其实有不少基础,难的是找到这些进口器件的国产化替代方案以及它们的成熟时间表,这恐怕不是我的团队和你能够做的事情,甚至不是中宇航卫星导航事业部和1203院独自能做的事情,我们得联合不少单位,比如中科院等等。"

"周慧姐,那我们就去联系呗,天罡办真的很重视它,否则,我们的卫星都不一定卖得出去。"

"卖是肯定卖得出去的,他们也没有别的选择,只不过是时机问题。如果我们把这件事梳理清楚了,让他们看到一个清晰的国产化路线图和时间表,他们或许能够更加放心地采购,说不定还愿意跟我们签订周期更长、采购量更大的合同。"

"对,对,我就是这个意思!"谢成章连忙点头。

"小谢,"周慧面色凝重,"你知不知道,做这件事得花多少精力?"

"您的意思是……"谢成章一愣。自从他认识周慧以来,这个平时说话让人如沐春风的前辈还是第一次用这样的口吻说话。

"唉,你就是太认真。实话告诉你,这需要协调中宇航卫星导航事业部、1203院和其他一些下属单位,还需要协调中宇航以外的其他合作单位。别说把每一个进口器件的国产化路线图和时间表都理出来,就连凑齐所有人开个会可能都要费不少劲。而且,不是我打击你,但这件事情不是你我能够推动和左右的,就连许总、曾总和胡总,甚至到事业部冯总和我们红梅院长那一层都不够,在我看来,非得兴明总出面才行。"

"哦,那……"谢成章似懂非懂,"如果这是一件正确的事情,为什么领导不出面去推动呢?"

"你说得没错,这是一件正确的事情,可是,对于中宇航来说,对于兴明总来说,有多少重要的事情啊。"周慧苦笑了一下,"天罡办的诉求排在第几呢?运载火箭重不重要?载人航天重不重要?探月工程重不重要?"

谢成章恍然大悟,他立刻想到第一次来1203院参加兴明总和唐院士的那次动员大会之后,涂安军在回程的车上对他说的话。他心里开始嘀咕起来:还是重视程度不够啊……可是,我们认为天罡办需要先解决系统的问题,然后才有经费支持我们的卫星改进,而天罡办又认为,我们得先给他们国产化时间表,他们才能下定决心全面铺开,这到底是鸡生蛋,还是蛋生鸡呢?

看着情绪有些低落的谢成章,周慧拍了拍他的肩膀,安慰道:"小谢,别急,我们也不是一点事情都做不了。我们仔细商量商量吧,看看我们这个层面能做些什么,需要领导支持的,你我都通过各自的途径去报呗。会哭的孩子有奶吃,就像你说的,如果这是正确的事情,我们就应该持之以恒地去推动,如果我们自己都不倾尽全力,怎么能够怪别人不重视呢?"

"好的!谢谢周姐!"谢成章眼神坚定地点了点头。

谢成章自己都忘记在1203院待了多久,他每天一早过来,到那间熟悉的会议室坐下,然后开始与周慧本人或者她指定的人一项一项地探讨和研究目前他们载荷改进方案中的元器件供应商。到了春节前，他和周慧都觉得，他们能够挖的都已经挖光了，摆在他们眼前的是一份触目惊心的列表。

在天罡卫星载荷的几千个元器件中，虽然从数目上来说，国产化的比例已经超过了50%，但那些没有国产化的，却都是最关键的：中央处理器芯片、存储器、星载大功率微波开关、行波管放大器等，还有核心中的核心：原子钟。

在准备此前向许庆良汇报的材料时，他们没有做这么深入的工作，现在，越往下探，谢成章的心越凉。而且果然如周慧所说，这些进口元器件国产化替代所需要的专业单位很多都不在中宇航的业务范围内，这就意味着，他们需要广泛寻求外部合作。

"周慧姐，你辛苦了，早点回去休息吧。"谢成章道，他需要一个人好好静一静。

周慧能够感觉到谢成章的情绪，自己这段时间也的确累得够呛，便站起身："好，你也早点回，如果怕待会儿堵车，可以在院里食堂吃完晚饭再回去。你也不用沮丧，这些元器件虽然暂时还没有实现国产化，但据我所知，很多单位早就开始布局了，我们院也一直在做原子钟的研究和试验，所以……情况没那么糟。"

谢成章点了点头，目送周慧离开会议室，正觉得胸中发闷，就接到了秦湘悦的电话："上回跟你说的那个事情，你考虑得怎么样了？"

"什么事？"

"来做哥白尼项目啊！不比天罡有意思多了？"

"哦……"谢成章这才回忆起那天的情形，他此时脑海中全是天罡载荷元器件分析表。

"怎么了，还没定下来吗？我跟你说啊，这几个月这个项目几乎每天都有新的发展，我都快忙死了！刚刚接到通知，国内参加哥白尼项目合作的企业已经明确，你们中宇航毫无悬念地在里面，而且肯定会由卫星导航事业部代表中宇航参与。我听说你们已经开始在内部调动资源，组建团队来参与哥白尼项目了，所以才打来电话再提醒提醒你。"

"啊？我这段时间一直在1203院干活呢，没人跟我说啊。"谢成章大吃一惊。

"老同学啊，没人跟你说你自己就不知道主动问吗？好机会可是要自己争取的！上回我第一时间就告诉了你，现在又通知你一次，我觉得，你应该请我吃饭才对！"秦湘悦的语气有些急，带着一丝恨铁不成钢的味道。

谢成章一时竟不知道要如何接话。上回与秦湘悦聊过之后，他的确有过一个短暂的迷茫期，但很快就扎进1203院这里干活来了，根本顾不上去思考到底自己要不要申请去做哥白尼项目，只能回复秦湘悦："哎呀，最近实在太忙，有些对不住你的好意。没问题,饭我请,地方你定,找一个我在城里的日子吧!"

"好,那就这么说定了。关于哥白尼项目的事情,你真得好好考虑考虑,别只知道埋头干活,也要想想未来怎么发展。"秦湘悦听出谢成章兴致并不高,显然心中有事,便也知趣地结束了对话。

谢成章一边胡思乱想,一边心不在焉地走出会议室去食堂吃饭,等从食堂出来的时候,天色已经暗下来,院里的路灯都已经开启。灯光并不算明亮,堪堪让他看清眼前的路,更远一些的人或者物,他不使劲盯着,都无法轻易辨别。

谢成章脑海中反复交错着"哥白尼项目"和"天罡载荷元器件清单"这两组词,只觉得头脑发涨,心乱如麻。他漫无目的地在院里走来走去,迟迟不想回会议室拿自己的包和电脑,试图将此刻的糟糕情绪甩掉之后再回家。可一切都是徒劳,他越走就越觉得浑身发紧。正在这时,旁边走过两个人,边走边聊。

"载人航天他们太牛了,神舟六号据说今年也要发射了吧。"

"是啊,他们真是说到做到。羡慕啊,咱们的卫星要是能够有这样的节奏就好了……"

这段对话真真切切地传入谢成章耳朵里,音量其实并不大,却像平地惊雷一般。难道真的只能回载人航天事业部才有前途吗?这个问题在他的心中浮现。

来到卫星导航事业部的近一年时间里,他从未考虑过再回去。可是,在这个时刻,这个选择却如此自然而猝不及防地在他脑海中浮现。

谢成章紧锁双眉,低着头往前走,心中反复思量。

突然,他感觉到前方迎面走来一个人,于是赶紧抬起头,同时刹住脚步。但是由于惯性,他的整个身体还是往前一个踉跄,差点撞上来人。

这人看上去有一把年纪了,但精神矍铄,即便在昏暗的灯光中也能看出他的眼神十分透亮。

"对不起,老先生,我没注意看路。"谢成章看到是个老人,连忙道歉,并且庆幸自己反应及时,否则,要把他给撞倒了,可就麻烦大了。

"没关系,小伙子,呵呵呵。"老人摆了摆手,十分随和。

谢成章松了一口气,忍不住仔细看了老人一眼,这一看,不由愣住了:这不是上次动员大会上做讲座的那位唐克坚院士吗?

老人见眼前这个年轻人盯着自己,微微一笑:"怎么了?"

"您……您是唐院士吗?"谢成章忍不住问道。

"呵呵呵,正是,你没认错人。"唐克坚笑道。

"太好啦!我太崇拜您了,没想到今天居然能遇上您!我是中宇航的谢成章,卫星导航事业部载荷系统部的,去年您来这儿做讲座时我也在现场。"谢成章一时间把刚才的压抑和烦闷情绪抛到了一边,如同粉丝见到偶像般激动,甚至有些语无伦次。

"哪里哪里,卫星导航的未来就靠你们年轻人啦,我已经老了。"唐克坚一边谦虚地挥了挥手,一边绕过谢成章,似乎打算继续往前走。

他下午恰好受1203院杨红梅院长之邀来做技术交流,给1203院的领导班子介绍了一些天罡系统的发展规划。原本杨红梅要请他在外面吃饭的,但他不爱应酬,便坚持就在食堂解决晚饭,杨红梅拗不过他,便与院领导班子一起陪他在食堂简单吃了点。然后,他让杨红梅他们各自忙去,并且让自己的助理和司机在院外等候,打算在院里走一圈散散步再回家,没想到碰上了有些莽撞的谢成章。对于这样的年轻人,他见得多了,不过,每次他都会简单寒暄两句再走。

正当他打算离开的时候,却让谢成章截住了:"唐院士,冒昧问一句,能耽误您两分钟时间吗?"

唐克坚微微一愣,倒也不觉得被冒犯:"没问题,小谢,你有什么事吗?"

现在轮到谢成章愣住了,他没想到自己刚才简短的自我介绍竟然被唐克坚记住了。于是,他转过身,陪唐克坚往前走,一边走,一边就把心中的困惑都说了出来。他也不知道为什么要把这一切跟唐克坚说,只不过,他憋在心中实在受不了了,而且,天罡系统到底有没有前途,他想亲口问问这位总设计师。

唐克坚耐心听完他的倾诉,略微思索了片刻,停下脚步道:"小谢,你问的问题非常有意义,也很有价值。我相信,有这些困惑的年轻人不止你一个,甚至我们天罡办都有这样的人。对于天罡系统的状态和前途,我相信你平时跟刘波和他的团队打交道时一定也多少得知了,我是坚决看好的。目前,我们头顶上的天罡系统,我把它称为天罡一代,但是,我们已经在进行天罡二代系统的规划了,天罡二代系统无论是从卫星数量、信号性能指标还是覆盖面上来说,都会远超天罡一代。等到天罡二代建成之后,我们还会建设天罡三代,那将会是像GPS一样的真正的全球卫星导航系统!"

这番话一下子将谢成章心中的阴霾驱散。此前,他虽然从各个渠道多少了解过唐克坚所说的这些,但如今是本尊亲口道来,意义又不一样。

"至于国产化嘛……这是我们努力的方向,也是包括中宇航在内所有供应商和合作单位共同努力的方向。不过,没那么容易实现,所以,你感到沮丧也是可以理解的。但是,我们去做一个事业,去干一件事,不是因为它容易,而是因为它正确。至于是否困难,不是我们需要考虑的,只管去做便是了。

"哥白尼项目对卫星导航的应用推广和全球用户的使用体验是有帮助的,我们当然欢迎它,我们不能那样狭隘,是不是?天罡和GPS、格洛纳斯以及哥白尼,在未来某天一定可以实现互操作和兼容,这样,我们这四套全球卫星导航系统叠加起来,就可以一起为全人类提供最无缝的导航、定位和授时服务,这是为了人类的福祉。

"当然,我刚才说的是民用领域,如果只从军用领域来看,你更应该相信天罡的前景了,我们未来能靠哥白尼系统来帮我们定位战斗机、军舰和导弹吗?所以,不用担心哥白尼项目的国际合作会冲击天罡系统的发展,小伙子。而且,国际合作的前景受地缘政治的影响非常大,如果是我,我会把命运完全攥在自己手中。事实上,我们航天人不一直都是这样做的吗?"

说完这些之后,唐克坚给了谢成章一个鼓励的眼神,便快步往前走去,留下谢成章呆呆地站在原地,脑海中只剩下一句话:朝闻道,夕死可也!

第6章
钱塘江口

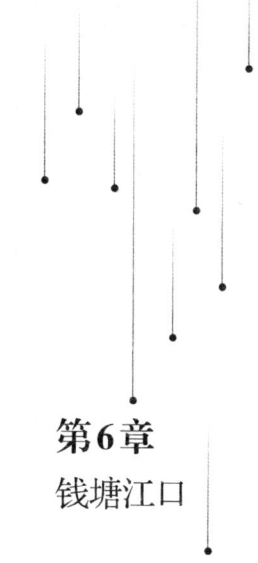

第二天一早,谢成章打算去总部找涂安军汇报自己想推动天罡卫星载荷元器件清单国产化的事情,另外也打听打听哥白尼项目的进展。谁知还没等他见到人,就先接到了一个意想不到的电话。

"喂,请问是谢成章吗?"电话那头是个年轻女人的声音。

"对,我是,您是?"谢成章觉得这个声音似曾相识,但又想不起来在哪儿听过。

"你好啊,我是李倩,还记得吗?当初你从载人航天转去卫星导航时,是我帮你办的手续。"

"哦……"谢成章张大了嘴巴,想起来了,顿时觉得自己的心咚咚直跳:我昨晚还在想要不要申请回载人航天呢,怎么这一大早他们就跟我联系了?这也太巧了吧!

"哈哈,是不是觉得很意外?"李倩听出谢成章的诧异。

"对,对的……是我之前的手续还留着什么尾巴吗?"谢成章的情绪这才稳定下来。

"不是,你的手续当时就全部办好了,没有任何遗漏项。我今天给你打电话,是因为许部长想找你谈话,今天上午九点在他办公室,你可以吗?"李倩干脆地解释,然后又补充了一句,"对了,我已经不在载人航天了,刚刚转岗到卫星导航来,算是步你的后尘吧,以后我们还少不了要打交道,多多指教哦。"

"吓我一跳,我还以为你要叫我回载人航天呢,原来是也加入我们了,欢迎欢迎。不过,同样是来卫星导航,我当时可是费了一番周折,这你也知道,不知道你过来得顺不顺利呢?"谢成章开起了玩笑。

"怕是你自己想着回载人航天吧?"李倩俏皮地回答。

这句话让谢成章打了一个激灵,一时不知道要怎么接话,好在李倩紧接着说道:"不过,如果你真这么想,我建议你上午跟许部长聊完了再决定。"

"哦?"谢成章的好奇心被吊了起来,"有什么重要的事情,还需要许部长亲自找我谈啊?"

"你去了就知道,电话里我就不多说了,九点你有问题吗?"李倩并不打算在电话里透露细节。

"没问题!我现在堵在北三环,不过,九点前应该能到。"

"那好,到了后先找我,我带你去许部长那儿。我已经搬到你们9楼的人事劳资办公室了。"

"行,待会儿见!"

挂上电话,谢成章的心中有一丝不安,又有一丝没来由的兴奋。

许庆良此前从未单独找他谈过话,而从李倩的语气来判断,不像有什么倒霉的事情,否则,她应该会向自己稍微透露透露,让自己做好准备。这样看来,是有好事?

谢成章左思右想也没个结论,便不再想了,而是好好感受着北京的早高峰。

当他赶到中宇航楼下时,距离九点只有五分钟了。他匆忙上楼,来不及去自己的办公室放包,一路小跑,从涂安军办公室门口经过时顺便扫了一眼,却发现办公室的门紧闭着。

老涂不会出什么事了吧?自己来这么长时间,还是第一次见他在工作时间把门关这么紧。

谢成章来不及细想,赶紧找到李倩,让她带自己去许庆良的办公室。

"到底怎么回事,搞得这么神秘?"路上,谢成章一边让自己的喘气声平缓下来,一边小声问李倩。

"别担心,你去了就知道了。"李倩依然不肯透露内容,只是挤了挤眼睛。

到了门口,她敲了敲门:"许部长,谢成章来了。"

"好,让他进来吧!"

李倩把门推开,示意谢成章进去。

"小李,我先跟小谢聊一会儿,回头再找你。"

"好的,许部长。"李倩便往回退了一步,留谢成章一人在门口。

"小谢,愣着干什么?进来坐吧,把门关上。"许庆良笑着跟谢成章打招呼。

"哦,好的,许部长。"

谢成章关上门,有些拘束地走到许庆良的办公桌前坐下。

他小心地看着许庆良。尽管此前一起开过会,但这种场合下的见面还是第一次,不免有些紧张。

许庆良看出来了,笑了笑:"小谢,不用紧张,今天我找你,只是随便聊聊。"

"嗯。"谢成章点了点头,感觉稍微轻松了一些。

"最近一直没在9楼见到你,是出差了吗?"许庆良一边递给谢成章一瓶矿泉水,一边漫不经心地问道。

"嗯,我跟师父打过招呼后,去1203院跟周慧姐他们一起办公了一段时间。"谢成章连忙回答,"我们在按照天罡办的要求,梳理上次提交给他们的载荷优化方案的元器件清单,看看哪些是关键部件,并且还只能靠进口。对这部分元器件,我们想弄清楚国产化替代方案需要怎么去推进,以及它们的时间表。"

"嗯……"许庆良沉吟了一下,"这是一件很重要的事情,值得去做,而且,你们的进展大伙儿都看在眼里,好样的!"

"谢谢许部长支持!"谢成章很高兴,尽管周慧已经告诫过他,这件事非得惊动中宇航集团公司的总经理张兴明不可,但在他看来,能够获得各级领导的支持,有一个算一个,总归不是坏事。

"小谢啊,你来我们载荷系统部多长时间了?"许庆良摆摆手,换了个话题。

"哦,快一年了。"

"听说你当时是主动要求从载人航天事业部转过来的?"

"对,因为我大学学的就是卫星导航专业,而且对天罡系统一直也很有兴趣,还是想干点专业对口的事情。"

"哈哈,你做了正确的选择,表现也很好。"许庆良大笑,"那你在载人航天事业部又待了多久呢?"

"大学毕业就去了,也就干了九个月左右吧,然后就来这里了。"

"所以,你从大学毕业到现在,总共也才工作了两年不到?"

"对。"

"不错不错,你的进步很快。"许庆良点了点头,若有所思。

"今天叫你来,主要是为了老涂调岗的事情。"许庆良突然收敛住表情,盯着谢成章道。

"啊?!"谢成章猝不及防。

"中宇航作为优势企业要参与中欧合作的哥白尼计划,你想必也听说了,每个部门都要抽调人手,你们系统组最终选定的人就是老涂跟祁山。"许庆良又解释了一句。

"我还有很多事情想向师父请教呢,他这一走,那我们组怎么办啊……"谢成章依然如在梦中。

"这就是我接下来要跟你说的,小谢。"许庆良正色道,"老涂被抽调的这段时间,你们系统组的工作还是要继续的,经过部里研究决定,任命你为系统组副组长,主持工作。你有没有信心?"

"这个……就算祁哥也去哥白尼了,组里还是有其他前辈的呀……"谢成章并没有正面回答这个问题。

"年轻人,不要这么扭扭捏捏的。"许庆良打断他,"我已经说过,这是部里领导班子研究决定的,我们经过了细致的讨论,也征求了老涂的意见,在留下来的人中,你是最积极也最有潜力的一个,所以你不用担心。现在,我只需要你回答,你有没有信心?"

办公室里安静了两秒钟,然后,谢成章抿了抿嘴,皱了皱眉,把头抬起来,迎着许庆良的目光,缓缓说道:"有。"

"好。"许庆良点了点头,微笑,"正式的任命还有流程要走,但是你已经可以开始考虑要如何履行你的职责了。"

从许庆良的办公室出来,谢成章许久都不能平复心情。他想起李倩的嘱咐,便朝人事劳资办公室走去,路上给涂安军打电话,涂安军却一直没有接。

说起来,自己确实有很长一段时间没见到老涂了,起初还以为是大家都忙,回过头来看,才发现一切都有迹可循。只是谢成章不明白,这么大的事,老涂为什么不提前跟大家透透口风呢?

"抱歉,小谢,这件事情我并不想提前让你们知道。"涂安军终于回了电话,带着歉意将事情的来龙去脉说了一遍。

"为什么把你们都派去了?我们的天罡难道不干了吗?"谢成章有些郁闷。哥白尼再好也是别人的,国际合作存在很多变数,而天罡,再怎么说也是我们自己的系统。

"小谢,你不用这样着急。"涂安军安慰道,"不要怀疑我们的战略,领导们也都考虑得很清楚,中欧哥白尼合作是一个千载难逢的与世界顶尖水平交流的机会,自然需要我们这些经验相对丰富一点的人去对接,无论最后是否能成,我们都会把学到的经验和知识用于我们自己的天罡系统建设。"

"那你们还会回来的,对吧?"

"肯定会的,但你不用顾及我们,好好干,一个劲地往前冲吧,我们的阵地暂时就靠你们坚守啦!"

过了春节,中宇航的人陆陆续续回来上班,9楼又慢慢开始热闹起来,只不过涂安军和祁山已经搬到专门的办公场地去了。

"大家新年好!"谢成章笑着跟大家打招呼。

"哎哟,小谢,领导,新年好啊!过年怎么安排的?"刘清风笑着回应。大家都已经听说了近期的人事变动。

"快别这么说,学长,还是跟以前一样叫我小谢就好。"谢成章还是有些不自在,"我还能怎么安排?就在本地逛逛庙会,陪老人们看看戏呗。你呢?"

"还是北京人好啊,舒舒服服就在家过年了!我们还得挤火车往返老家,时间都用在路上啦。"

谢成章正不知该如何接话,曹晶晶开口了:"也没谁拿枪逼你回老家啊,都是回老家的,说得好像谁没回过老家、挤过火车似的。"

"小曹,的确都是回老家,不过,回承德和回腾冲是完全不同的两个概念,对吧?"刘清风没想到曹晶晶会开腔,顺着她的话说了下去。

"别人说这话还好,你说这话是什么意思?"曹晶晶不依不饶,"回个保定很辛苦吗?"

刘清风败下阵来,吐了吐舌头,汤力和张国辉两人彼此一对眼神,都撇了撇嘴,没有说话。

谢成章看着眼前发生的一切,道:"大过年的,这点鸡毛蒜皮的小事有什么好争的?一会儿咱们开个会,各自把手头的活儿盘一盘。中午我请客,就去那家饺子馆!"

过年期间,他一直在思考未来要如何开展工作。老涂和祁哥的调离,尽管从经验上看,其他人获得的指导要少一些了,但又给他们这个年轻的团队带来了不少机会。既然要坚守在天罡上,就得花点心思。

现如今,天罡卫星载荷的改进方案是他们工作的重中之重,单靠他一人未免有些力不从心,势必需要更多的人手。同时,他们的工作很大程度上又需要对外打交道,向上面对作为客户的天罡办,向下则要协调统筹包括1203院在内的各下属单位和兄弟合作单位。以前是老涂带着他,今后,就由他带着组员们去见客户和合作伙伴吧,进一步加快天罡载荷的改进进程。

第二天,谢成章就带着曹晶晶、汤力和张国辉来了1203院,刘清风则负责坐镇大本营。

没想到的是，胡双清居然在，他看着谢成章便道："小谢，我听周慧说你之前就常来探讨天罡卫星载荷的改进方案，并且跟天罡办也汇报过，非常感谢！"

"胡总不用这么客气！"谢成章连连摆手，"我是新人，此前多亏周慧姐提携才勉强把方案做了出来。今天我们组三位同事也都来了，我们会继续把天罡载荷的改进、升级，尤其是国产化路线等重要工作做深、做细。"

说罢，他一一介绍了身边的曹晶晶、汤力和张国辉。

胡双清点了点头："没问题，我跟周慧已经说了，跟我们院的后勤保障部门也说了，欢迎总部的领导和专家到我们这里现场办公、指导工作，我们一定提供最好的支持。待会儿你们就可以开始讨论，之后我每天都会来现场，看看有什么需要我解决的问题。"

"谢谢胡总！"

两人又聊了几句，把接下来的工作安排好之后，胡双清先行离开，留下周慧带着几个资深设计师一起与谢成章他们继续讨论。

"周慧姐，年前多亏你的帮助，我们理出了一份天罡载荷元器件国产化的攻坚清单。我知道这是一块硬骨头，也知道我们很多时候会去等着天罡办决策，到底何时扩大系统星座部署，何时采购更多的卫星。可是，他们也同样在等着我们去给他们信心，到底我们的载荷供应链能不能做到完全自主可控，如果可以，哪些部件是卡脖子的、困难的和需要很多时间去解决的，有没有凭借我们现有的能力完全没法在短期内解决的，等等，这些信息对他们也很重要。我觉得，与其让中宇航和天罡办互相盯着，不如我们先行一步，把我们能做的先往前推进。"

"小谢，我完全赞同。年前我跟你说的那些话，你不要往心里去。难度是非常高的，之前也没有做成过，但是并不代表之后我们就做不成，对吧？而且，现在你被领导重视，我觉得很好，有你在，我们的信心也更足了。"

周慧这一番话说得谢成章有些不好意思："好了，周慧姐，我们开始干活吧！"

之后的日子，他们把春节前那份清单继续深入梳理，并且做了很多电话访谈与现场调研，走访了中科院等很多单位，终于整理出了一份干货满满的天罡卫星载荷关键元器件国产化方案。像中央处理器芯片、存储器、星载大功率微波开关、行波管放大器等细分专业的元器件，他们全部找到了中科院下属对应的单位或者研究所。让谢成章感到惊喜的是，这些单位并非一张白纸，而是已经在各自领域有了不少积淀，有的单位甚至连产品都快做出来了。而最重要的载荷，说是导航卫星的心脏也不为过的原子钟，也已经有兄弟单位取得了首次突破。不过，胡双清还是在向领导汇报之后,做了一个大胆的决定——在1203院进行工程化和产品落地。

"综观国内这些单位,除了我们之外,还能靠谁呢?我们有一定基础,但都停留在理论阶段,反正可以从国外买。但天罡办的顾虑也不是没有道理,国际形势瞬息万变,鬼知道哪一天老外就不卖给我们了呢?硬着头皮上吧,我们也是责无旁贷,我相信红梅院长和宋总都会支持我们这个决定的。"

"我明天就向许部长和曾部长汇报,他们肯定也会支持由咱们自己来干!"谢成章兴奋地表示。

"好,想想我们可以造出比瑞士手表还要精确很多倍的钟表,还是很振奋人心的。"胡双清打趣道。

"瑞士表哪能跟原子钟比。"谢成章也笑。

谢成章倒是一点没有夸张,原子钟是目前人类最精确的时间测量仪器,利用原子不受温度和压力影响而保持始终固定的频率振荡的原理制成。根据原子的类型,一般可以分为铷原子钟、铯原子钟和氢原子钟三种。

如果说一般的石英钟每三十年会差一秒时间,精度最低的铷原子钟可以把差一秒时间的间隔提高到三万年。精度最高的氢原子钟,这个间隔可以达到三千万年。所以,在对时间精度有极高要求的场合,都必须使用原子钟,最典型的便是卫星导航,其他如互联网和金融领域也应用得十分广泛。

从某种意义上来说,卫星导航系统其实就是卫星、火箭这样的航天技术和原子钟技术联姻后的产物。

等1203院的工作告一段落,谢成章回到中宇航总部大楼9楼的时候,已经是季夏时节。

"谢组长,真是难得见你回来一趟啊。"前台的王芹笑意盈盈。

"别这么叫,我还真不习惯呢。"谢成章也笑着说道。

"嘿,别谦虚嘛!"

谢成章有些不好意思,随便应付了几句便往办公室走去,打算稍微整理一下就去找曾丰汇报。路过办公区时,突然从里面冲出来一个人,他定睛一看,正是曾丰。

"曾部长,我正准备找您呢。"

"你来得正好!我也在找你,到我办公室聊聊!"曾丰二话不说,便朝自己办公室走去,谢成章急忙跟上。

曾丰招呼谢成章坐下,然后开口道:"小谢,我们长话短说。集团彭总下周要听取一次卫星导航进展的专题汇报,冯总和许部长都很重视,我们务必做好充分的准备。"

"没问题,我们最近的亮点不少。天罡载荷的优化和国产化梳理工作在稳步推进,1203院和其他几家单位对我们的支持也十分到位,系统外的合作方配合得也挺好,除了星座方面没有进展之外,天罡的状态还是不错的。当然,星座我们也控制不了,还是得听天罡办统一安排。"

"行!那你把材料好好准备准备,明天,最晚后天,先跟我和许部长过一遍。"

"明白!"

如果从上空往下俯瞰,钱塘江的入海口像极了一个大喇叭。这个大喇叭把钱塘江从苏杭带来的繁华带入东海,带着浑浊的颜色,与沿海的寒流和暖流碰撞、厮杀,最终合为一体,成为我国最大渔场的天时地利。

此时已经是傍晚时分,夕阳的余晖洒落在海面上,把浑黄平静的海水照得让人不那么生厌。

海风拂在身上十分舒服,顾违觉得十分惬意。他望着宽阔的海面,实在无法想象,这样一片温顺的海,如何在每年秋天都定期掀起波澜壮阔的浪潮。

受小时候家庭条件所限,他直到高中才有机会读到四大名著,而四大名著里他最中意的就是《水浒传》,当时学校图书馆的那本《水浒传》被他翻过无数遍,是他高考前枯燥的日复一日的学习中少有的休闲时光。

水浒一百单八将中,他最喜欢鲁智深,每次读到鲁智深圆寂时的那首偈:"平生不修善果,只爱杀人放火。忽地顿开金绳,这里扯断玉锁。咦!钱塘江上潮信来,今日方知我是我。"他都会久久陷入沉思,尽管那时候他并不完全明白这里面说了什么,可是,他隐约觉得自己能够读懂鲁智深。对他而言,争取高考考好,考出农村,考到大城市,便是他扯断命运玉锁的唯一方式。

最后,他做到了。而此刻,他觉得自己的命运又面临一个新的转折点。

终于看到钱塘江了,可惜没有潮信,鲁智深圆寂后的魂灵是否还在这江海之上飘荡呢?顾违痴痴地站在原地,盯着海水的浮沉,一时忘却了周边的一切,直到被人在肩膀上重重一拍:"喂,发什么呆呢?马上要吃晚饭了!"

顾违浑身抖了抖,回头一看,是王兼。

"喂,你下次能不能轻一点?"

"嘿嘿,怕你入定太深,把你招回来啊。"王兼嬉皮笑脸,看上去心情也好极了。

"好了,被你这么一拍,我还真是饿了。"顾违撇了撇嘴,"走吧,跟着你这本地人混吃的去。"

"休渔期刚结束,咱们正好吃点新鲜的。"

两人并肩往回走。

"顾违,说实在的,天星展讯成立两年了,现在是我觉得最放松的时刻。"

"是啊,也是我加入之后感到最轻松的时刻。"

"想想上次去上海1719所,这次过来,心境完全不同啊。"

"当然,有订单在手了,自然心中不慌。"

"我这次还特意邀请了天罡办的何雷过来见证明天我们天星展讯真正意义上的开单时刻,这也是他们推广天罡民用应用的第一个大规模案例。"

"嗯,听你上次介绍,他帮了我们很多忙?"

"是的,他真是一个很有魄力的人,此前我认识的天罡办的每个人都非常勤奋、努力,甚至拼命,但是大多数还是比较谨慎的,但何雷是真的想有所突破,毕竟还是相对年轻,有冲劲!这次如果不是有他帮忙,我们没法这么快解决资质和渔业主管部门的批文问题,我们可得好好支持他的工作。"

"是啊,现在回想起来,我们之前真是挺冲动的,小小民营企业,不知天高地厚,一头闯进这个领域。王兼,我是怎么被你给忽悠的呢?"

"不,我倒不觉得我们之前是白费功夫。"如果是以往,王兼此刻一定会回应顾违的调侃,但此刻他反而十分严肃,"你想啊,如果没有天星一和天星二两款产品的积累,我们的天星三还得从零开始,不会在短短几个月内就完成研制、升级、样机和成品的迭代,之前吃的包子还是填了肚子的。另外,我也深刻地体会到干什么都得要天时地利人和。之前我们是空有一腔热血,但时机还没到。你想啊,如果天罡办不成立这个应用系统中心,我们也遇不上何雷;没有何雷,很多关节我们得靠自己去打通,得多费多少周折?可能连门都找不到。但现在,我有一种预感,天罡民用市场的春天就要来了,至少,对于渔业应用是如此。"

"嗯,这次可是五千艘船。说实话,当时你挽留我的时候,我的真实想法是,好歹同寝室一场,总归得再给你一次机会,待个半年再走,到时候你也没脸再挽留我。没想到,我们竟然拿下了这么大一单。"

"你小子,刚才还在埋怨我忽悠你,原来你早就有计划!"

两人不知不觉走到了一家叫"环球舟山大排档"的店前,门口摆放的所有桌子都是海景餐位,毫无遮挡。

见有客人来,老板热情地出来招呼。

王兼看了看陈列的海鲜,当机立断:"就这家吧!"

两人面海而坐,放眼望去,夕阳渔港的美景尽入眼底。

王兼不由分说点了几样这一带闻名遐迩的海鲜,还特意加了半瓶自酿烧酒,约莫四两。

"咱们稍微控制点儿量,意思意思就好,明天还要上船呢。"王兼一边给顾违倒酒一边说。

"嗯,不过你放心,产品我们之前已经测过了,明天主要就是一个装船仪式。"

"你永远那么靠谱!为了照顾何雷,我们特意让他们把仪式放在下午开始,好让他上午能赶过来,这样,也有借口晚上把他留下吃顿饭,住一宿,不然他没准下午就要赶回北京。等明晚我们再放开喝。"

"你也永远考虑得这么周到!对了,明晚把小刘他们也叫上吧,大家都很辛苦。"顾违一边回敬一边提醒。

"肯定的,明晚我们一定要好好庆祝庆祝!"

两人碰过杯,便大快朵颐起来。

王兼眯着眼睛,端起酒杯,闻着酒香,望着天边的晚霞,突然觉得眼前一阵绚烂,海面上万艘渔船正在并进齐发,充满活力地往东海深处驶去,每一艘船上都装着天星三天罡接收机。

第二天下午,在何雷的见证下,他们举行了很成功的项目启动仪式。

舟山渔场很大,他们这次装船的,只是岱山岛附近一个渔场的一百来艘船而已,但对于天星展讯来说,已经是历史性的突破。而且,这次与渔场签署的框架协议中,包含了一共五千艘船的总量。只不过,这些量以五年为期,逐年释放。

对于何雷,这也是他新官上任三把火的完美体现——天罡应用往民用领域推广的第一枪就这样在他的手中打响了。

当晚,所有人都喝醉了,等到隔天一早王兼和顾违在普陀山机场送别何雷的时候,三人都还有些晕乎。

"何主任,这次你能亲自过来一趟支持我们的启动仪式,真是太感谢了。"王兼满脸堆笑,握着何雷的手。

"好说好说,你们干得很不错。"

何雷一边说一边又看了一眼顾违:"顾总,我期待你在技术上更上一层楼,做出更好的产品,只有这样,我们的应用场景才能不断扩大!"

"放心,何主任,这也是我的目标。"顾违点了点头。

二人目送何雷进了航站楼,直到他的背影消失,王兼才开口问顾违:"好了,接下来我们去哪里?"

"再去酒店休息一下,等酒醒了,就带兄弟们回北京吧,留下一两个做做售后支持就行。"

"嗯。"王兼沉吟了一下。这原本也是他的想法,但不知怎的,他总觉得除了回北京,还有更重要的事要做,却又一时不知道该如何表达出来。

就在这时,顾违接起了电话:"小刘啊,怎么了?啊?才一天就坏了?这怎么行!好,赶紧去!不不,稍微等等我,我要跟你一起去!对,这很重要!"

挂掉电话,顾违的酒便醒得差不多了:"咱们的天星三昨天才正式装船,刚才小刘就接到投诉说坏了一台!我得去一趟船上,看看是什么问题。启动用户做不好,一旦口碑做砸了,之后就难了!"

王兼也大吃一惊:"我跟你一起去!"

他深知这是一场危机,自己给予多大的重视都不为过,否则,后果会是毁灭性的。毕竟,他们与舟山渔场签署的五千套设备的合同并不是完全绑定的合同,从理论上来说,如果这一百艘船上的设备表现不好,舟山渔场完全有理由取消所有剩余的订单。

当两人从普陀山机场赶到岱山时,已经是午饭时分。小刘与当地渔场的支持人员已经在岸边等候,他们身旁停着一艘船,应该就是那艘设备出了故障。

"上船吧!"王兼二话没说就跳上了船。

"王总,到饭点了,先吃饭吧。"小刘在岸边喊道。

"不用,没时间了!小刘,你也上来!让那位渔场的弟兄先去吃饭,我们在船上看看设备,如果有必要,就直接出海!"

"好的。"小刘连忙也跟着上了船。

这艘渔船并不算小,有十几米长,船身是浅蓝色涂装,甲板上还有一个白色船舱,蓝白搭配起来还挺好看的。

"请问天罡接收机出什么问题了?"顾违一踏上船就冲着船舱里喊道。

他心急火燎。自己花了小半年,在之前产品的基础上改进的天星三,不应该这么脆弱,才装船一天就出故障。

"顾总,他们说屏幕不亮。"小刘在顾违身后小声提醒。

顾违赶紧问:"原因呢?找到了吗?"

"还没有定位原因。我给您打电话的时候,这艘船刚回来,报告说设备坏了。他们原本出海,结果开到一半就发现我们的接收机不亮,所以就返航了。刚才我已经做了一些排查,可以排除电源线的问题。"

"嗯……"顾违托着下巴陷入思考,"那是我们接收机本身的问题了?这样麻烦就大了……"

正思考着,船舱里蹿出两个身材精瘦的渔民,手上端着饭碗,一边吃饭一边盯着顾违。前头那个有些愤懑:"什么问题?你问问你们自己人!昨天非让我们装船上,也不知道到底能顶什么用,说是可以帮我们在海上定位找方向,但今天就死机了,什么破烂儿!"

"就是,耽误我们大半天打鱼。这休渔期刚结束,我们再不多打一点,下半年怎么活啊?"后头那个也毫不客气。

王兼赶紧抢步上前,一边弯腰鞠躬,一边满脸堆笑赔不是:"两位大哥,实在对不住,我们马上解决问题,解决问题……"

"你又是谁?"

"他是我们公司总经理。"小刘连忙介绍。他刚才在这里已经跟这两个渔民打过一会儿交道了,觉得自己可以稍微起点润滑剂的作用。

"这么年轻的总经理?!"那两人顾不上擦嘴,上下打量着王兼,一副不相信的样子。不过,这个头衔让他们的态度稍微有所好转。

"对,对,还有这位,是我们的副总经理,技术专家,他亲自来给你们解决问题。"小刘不失时机地把顾违也推了出来。

两个渔民又转头去看顾违,再次发出一丝惊叹:"你们这么重视,总经理和副总经理都亲自过来帮我们解决问题?"

"对,对,大哥,我们是小公司,没那么多规矩,不过,我们的产品还是过硬的,现在就来给你们解决问题。还有,我也是浙江人,余姚的。"王兼一边继续安抚两人,一边套近乎。

"哦,余姚啊,不远。好吧,那你们赶紧给我们解决问题,我们先进去吃饭了。"

"嗯,你们放心!"王兼目送两人回船舱,然后瞧了瞧顾违。

顾违冲着他竖了竖大拇指:"有一手,否则我都怀疑我们会不会被打一顿了。"

"不,这是小刘的功劳。"王兼笑了笑,又对小刘说:"干得漂亮!"

小刘连忙摆手:"王总,应该做的。"

"那我们俩一起排查故障吧。"顾违招呼小刘。

"好的,顾总。"

折腾了半个小时,顾违总算找到了问题的原因所在:这台天星三接收机的保护外壳因为两颗螺丝钉断掉,有所松动,从而渗入海水,电路板损坏。他连忙让小刘去行李箱里取来一台新的天星三接收机交给船舱里的渔民:"两位,不好意思,设备出了问题,我们给你们免费更换一台。"

两人一脸诧异,心中暗想:就这么干脆地解决啦?以前我们船上的那些个看不明白的电子设备,要真坏了,修起来换起来都挺麻烦的,这次还真是有点出乎意料……不过他们还是表现得十分淡定,甚至有些冷淡:"耽误我们大半天。算了,不跟你们计较!"

这时候,王兼凑了上来:"大哥,我们跟你们一起出海,顺便看看设备,保证给你们服务好!"

等他们返航时,一下船,顾违就双膝跪地,朝着大海,把胃里最后一点东西全部吐了出来。空气中弥漫着酒精的气息,他怀疑自己把苦胆水都吐光了,整个五官都挤作一团。

王兼站在一旁,心疼地看着这个搭档,在他背上轻拍着,又忍不住戏谑道:"嘿,顾总,你这样的醒酒方式简直太彻底了,现在完全没问题了吧?"

顾违听了,心中觉得又好气又好笑,但此刻完全没有心思和气力反驳。

尽管已经浑身无力,但他还是觉得很欣慰。刚才,他们跟着船出海,确认了那台新的天星三工作正常。只是他第一次坐船出海,晕船晕得七荤八素,一路吐到岸上。

王兼倒是完全没什么反应,趁机跟渔民们聊天套近乎,不但将他们的情绪安抚好了,还成功让他们成了天星展讯的品牌宣传者。

王兼和小刘一直等到顾违稍微缓过劲,慢慢地站起来后,才建议道:"找个地方吃饭吧,午饭没吃,又在船上晃了一下午,饿得不行了。"

他们随便找了一家小店,点了几个家常菜,坐了下来。

"小刘,你们几个再辛苦几天,在这里待着,每天走访走访岱山的渔民,了解了解他们对天星三的反馈。今天这件事出现得非常及时,如果晚个五天十天的,我们就不能及时止损了。我和顾总出面,对渔民们来说,多少还是给了他们一些受重视的感觉。想想看,如果这件事情没有在今天得到解决,再发酵两天,等渔民反映给了渔场方面甚至渔业主管部门,我们的麻烦就大了,到时候就不是换一台新的天星三能够解决的了。"王兼说道。

"明白!"小刘点了点头。

"我们得把这台故障件带回北京去仔细研究一下,螺丝钉的问题不能忽视。"顾违的脸色依旧苍白,但已经可以用微弱的声音说话了。

"嗯,得好好检查一下这一批次的螺丝钉。我们在这几个月扩张得比较迅速,内部管理要抓一抓。"王兼也意识到了问题。

天星展讯在锁定舟山渔场项目之后,王兼已经提前招兵买马,在过去几个月中新招了近二十人,除去技术人员之外,还建立了采购和供应链团队,同时加大了生产管理和品控。他还计划建立一支专门的销售与市场团队,不能每次都是他和顾违跑客户了。

而这一切,都是建立在舟山渔场这个项目能可持续性发展的基础之上,一旦有个什么闪失,天星展讯将面临轰然崩溃的险境。到那时,他会更加头疼,毕竟,养活几十人的团队不是一件容易的事情。

"那你打算什么时候回北京?"顾违问道。

"我原本是想早点回去的,不过,现在看起来,我觉得我们得在舟山多待几天。我想再去拜访一下渔场和当地渔业主管部门,用这个启动项目的成功和我们今天的售后快速响应作为案例进一步坚定他们的信心,给我们的协议上个保险。"王兼皱着眉头,略微思考之后,缓缓说出自己的想法。

"嗯,我支持你,不过,也不能停留太久,毕竟,我还是挺想赶快好好分析分析这台坏掉的天星三。"

"放心,这一点我也赞同。"

好好睡了一晚,第二天一早,王兼和顾违才觉得完全缓了过来。

他们不敢怠慢,花了大半个上午,与岱山、渔山、秀山、朱家尖等处的渔场约好了拜访时间,随口扒了几口饭,就出发了。

等他们马不停蹄跑完一圈下来,已经过去了三天。

"我简直不敢相信这三天是怎么过来的,像做梦一样……怎么着,先在外面走走,再回房休息?"两人在酒店门口下车时,王兼建议。

"好啊。"

此时的天已经黑了,酒店附近还有些灯火,几条小路上没什么人,四周一片安静,可以清楚地听到不远处的海面上传来的间歇的汽笛声。

两人并肩走着,大口呼吸着新鲜空气。

"这几天每天都是大晚上回来,可只有今天才感觉剩下的时间是自己的。"王兼感慨。

"是啊……说实话,我可紧张了,我真不擅长跟人打交道,这些天多亏你带着,否则见这么多三教九流的人,我真不知道该如何是好。而且你知道吗,到现在为止,我连他们的长相都没怎么记住。"

"哈哈,他们可不是三教九流,都是掌管着本地经济命脉的人,而且是我们的客户。"王兼纠正道。

"是,这我知道,他们都很重要,所以,我支持你的决定。而且,看起来,这几天效果还是不错的,对吧?"

"嗯,我觉得我们这步棋走对了,之前靠着何雷和天罡办帮我们打开局面,后续就得靠我们自己维护客户关系了。不深入调查,不了解客户的需求,我们肯定是做不长的。"

"这就靠你了,我只负责把产品做好。"顾违笑了笑。

"说实话,我这次的感触是喜忧参半。喜的是,舟山渔场的大单多半是稳了,只要后续我们售后做得好,不出大问题就行;忧的是,从他们的反馈来看,盯着渔业这个市场的可不是只有我们。你还记得朱家尖那个主任的话吗?他说在我们之前,其实有厂家跟他们接触过,只不过他们的产品比我们的要差,同时我们又有天罡办的支持,所以我们才中标。但是,保不齐别的厂家也去找天罡办哪。何雷虽然目前很支持我们,但他在意的是整个天罡应用民用市场的做大,而不仅仅是我们天星展讯一家。"

"那……你的想法是?"顾违问道。

"这个嘛……"王兼狡黠地眨了眨眼睛,"我们尽快回北京,看你能不能快速迭代出天星四来。与此同时,我要马上把市场和销售团队建立起来,开始全国一家一家地跑渔业单位。有了舟山渔场这个案例,我相信攻下其他渔场不成问题。天下武功,唯快不破,我们得快!"

顾违停住了脚步,盯着王兼:"说了半天,在这里等着我呢?天星三还不够用吗?再说了,我们还要找设计缺陷呢,这台故障件虽然表面上是因为螺丝钉出了问题,但不进行一番系统分析,我可不敢说没有其他问题。而且,这次是我们第一次大规模装备,这一百来艘船用上几个月,肯定能够收集到不少数据,这些数据才是宝贵的资源,基于这些数据,我们再进行设计迭代和改进,不是更合适吗?"

"你说的这些我都明白,但这些都是常规战法,不适用我们目前这种后有追兵、前有堵截的紧急情况。按照你的说法,等我们的天星四出来,怎么也得再过个一年半载,但我判断,我们的窗口期估计也就三个月,三个月后,如果没有新一代产品,同时能够打开新的市场,我们就只能守着这五千艘船过余生了。"

"但你也要尊重客观规律啊。"

"对别人,我要尊重,但是,你可是顾违啊!你是我见过的技术敏感度最高的人,有你在,天星四三个月内搞定不成问题!"王兼笑着拍了拍顾违的肩膀。

顾违露出一副无可奈何的表情盯着王兼,被路灯一照,显得格外孤立无援。

王兼则热切地盯着顾违,没有再继续说话。

"好吧,真是拿你没办法。"顾违摇了摇头,却给了王兼他想要的答案。

"太好了！我就知道你有信心,我对你从来都没有失去过信心！明天我们就回北京,不过,在那之前,为了表示对你的感谢,我打算带你去个地方。"

"什么地方？干什么？"顾违一愣,对于王兼这种天马行空的思路,他是既佩服,又无奈。

"带你去趟我老家余姚,找个依山傍水的地方休整一天,养精蓄锐,我呢,也顺便看看父母。"

"你不是说时间窗口很紧吗,还有这闲工夫？"

"劳逸结合嘛。再说了,你做了这么重要的承诺,我不得表示表示？"王兼挤了挤眼。

"好吧。"顾违彻底拿王兼没办法了。

见到儿子回家,王兼的父母自然喜出望外,在家里热情地招待了顾违,然后把晚饭安排在四明山山脚下的一座山庄。

"你们先去歇息歇息,晚饭时分我们过来,我还叫了你那几个叔叔。"

山庄三面环山,一处面朝开阔的草地,草地边有着潺潺的溪水,一派世外桃源的景象。

顾违呆住了,在他的记忆中,自己就没有来过有着如此浓郁绿色的地方。

"怎么样,不虚此行吧？"王兼十分得意。

山庄的晚饭被安排得十分有排面,海鲜山珍,荤素搭配,好酒好茶。王兼的父母对顾违格外客气,不停地劝他吃这吃那,他们那帮生意场上的朋友更是频频敬酒,不断表达对王兼公司业务的赞许。

"你们真是年轻有为！搞卫星导航,高科技,这些都是我们听都听不懂的东西。老王,你后继有人了！"

一句话把王兼全家都夸了。

在这样的场合下,王兼完全放开,一杯杯酒下肚,饭局还没结束就已经喝得酩酊大醉。顾违并未经历过这样的场合,但他一样毫无保留,把自己灌醉了。

第7章
珠江边的风

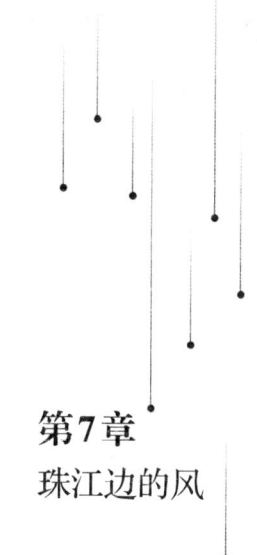

北上回京的火车开过徐州时,王兼和顾违才缓过劲来。

"天哪,这顿酒喝得……"王兼晃了晃头,觉得自己终于清醒了。

隐约间,他就记得自己和顾违被父母送到了火车站站台,父母给他们补了差价升级成软卧,两人一上车,倒头就睡。

"回北京之后,千万别再叫我喝酒了,我要专心研发天星四。"顾违眼神空洞。

"嗯,我也得缓两天,再去跑客户。"

王兼开始扫视自己的随身物品和行李,确定它们都还在才松了一口气。他又把自己的贴身包打开,那里有证件等重要物件,一切也都完好无缺。

王兼还看到了一沓纸,那是他们出差这些天来的发票。

"这是我们最长的一次出差了,希望这些投资可以四两拨千斤。"

"等我们回到北京开始搞天星四的时候,你可别跟我说这话。搞产品研发,尤其是下一代研发,可不能指望四两拨千斤,怎么着也得五百斤拨千斤,甚至八百斤拨千斤。不舍得投入,是不会有好产品出来的。"顾违听到王兼的话,提醒道。

的确,如果说从天星一到天星三的改进升级都还是一些渐进式的工作,对于投资需求不大,那现在这个新的任务——三个月内升级到天星四,对于顾违来说,他没有把握再小修小补,这两天他一直在思考,认为需要一些投入了。

听罢顾违的话,王兼陷入了沉默。

他不得不承认,顾违说的话是对的。但是,现在正是公司资金吃紧的时候,刚刚扩大规模招了不少人,舟山项目的回款也还没有拿到,注册资本金已经垫了不少,如果再拿出一大笔钱来搞天星四的研发,公司的财务状况就堪忧了。之前没有业务的时候还能够勉强度日,别现在刚有起色,就把自己给折腾死了。

"怎么啦?有难处吗?"见王兼没有马上回话,顾违追问道。

"有难处,不过,办法总比困难多!"王兼咬了咬牙,"只要你能够在三个月内搞出下一代产品天星四,我砸锅卖铁也得支持!"

"好,要的就是你这句话!"

回到北京之后,王兼就有些后悔了,因为他跟财务一合计,发现如果再拨一大笔钱去做天星四的研发,未来三个月内又没有销售回款和任何其他收入的话,公司所有的钱就都要耗尽了。

"王总,您确定要这么做吗?"

"给我两天时间再考虑考虑!"王兼不敢做出如此激进的决定,但是他又不愿意去跟顾违商量,毕竟自己承诺了要支持天星四的研发。而且,王兼自己也认为,这个工作必须得尽快开始。

于是,他决定去贷款。接下来的几天,他跑遍了北京的银行,却碰了一鼻子灰。没有银行愿意贷款给天星展讯这种注册资本不到一千万、只有几十名员工,又没有重资产作为抵押的民营企业。

王兼跑完最后一家银行回来的晚上,万念俱灰地躺在床上,觉得整个人都坠入了冰窖。可是,他不会任由自己的身躯冻僵,然后永远失去知觉,他在挣扎,在斗争,脑海中的那个念头最终成了唯一的救命稻草。

他用尽浑身气力爬起来,拨通了那个电话:"喂,乔叔叔吗?"

"哦,小王啊。"电话那头是一个成熟男人的声音,接到王兼的电话,他似乎并不太吃惊。

"有件事情我想找您帮个忙……还记得前阵子我们在四明山下吃晚饭时您说的吗?如果我需要帮助,可以找您……"王兼觉得有些难以启齿。

乔叔叔是他父母的朋友,在余姚本地拥有一些产业,同时,因为现金充沛,还做民间借贷。那天吃饭,乔叔叔也在,几杯酒下肚后,他就当着王兼父母的面表态:"如果小侄以后需要什么帮助的,随时找我!"

王兼原本对此不屑一顾,他一直觉得这种所谓的民间借贷其实就是高利贷,在打法律的擦边球,压根没去考虑过,但碍于礼貌,还是给乔叔叔敬了几杯酒,说了几句漂亮话,并且记下了他的手机号码。

没想到,这才过了几天,自己就真得去找他了。

"哈哈哈,小王,有什么忙需要帮,尽管说!我跟你爸妈都是几十年的朋友了,不用那么见外。"

"我还是很不好意思的……是想找乔叔叔借点钱,公司有急用。"王兼咬着牙直接把诉求说了出来。

"哦?没问题,要多少?"电话那头依旧十分平静,似乎别人找他借钱已经是司空见惯的事情。

"一百万……不,八十万就差不多了……"王兼有些犹豫。

"好,我借你一百五十万吧!先用着,不够再找我。"

"啊,那怎么好意思?太多了……"王兼没想到乔叔叔这么爽快。

"不,小王,我跟你说,有时候,你缺一点钱就能被憋死,没听说过一文钱难倒英雄汉吗?你既然找我开了这个口,想必也是没有别的办法了,说明你现在真的需要钱,那么,多拿一点,总归没坏处。再说了,我这是借,又不是白给,你可是要还的,还要付利息,哈哈哈。"

"好吧,那就多谢乔叔叔了……"

"别客气。另外,你要借多久?"

"差不多一年吧,可以吗?"

听到这里,电话那头稍微停顿了一下,然后才说话:"这样,小王,我建议你先借半年,能够渡过难关就可以了,如果还有问题,可以再借。你要知道,多借半年,你得多付不少利息给我呢!"

"嗯,好,就听乔叔叔的。"王兼其实觉得乔叔叔能借钱给他就已经帮了他很大忙了,而且,他也有信心半年之内还上。

"好,那你给我一个汇款信息,我这两天就安排人把钱给你打过去,然后给你寄个合同,我们也签一签,合同上会有利率等信息,你再确认确认。你放心,我不会对你坐地起价,但也不会让我自己吃亏!"

两人又寒暄了两句,挂掉电话,王兼才觉得体内的力气逐渐恢复。

真的是没钱寸步难行啊……他不禁感慨。

现在钱的问题虽然解决了,但真要做出一个天星展讯成立以来最大的一笔投资决定时,王兼又有一丝犹豫:到底是不是真要投给顾违,让他去搞出一个天星四呢?

无论从他自己的市场调研,还是跟舟山渔场的人深度交流之后得出的结论,答案是肯定的,更何况,自己已经给顾违下了命令,顾违也承诺去做了。然而,他心底深处总有一丝隐约的不安,这种不安源于临走时父亲悄悄嘱咐的一段话:"你那个搭档很聪明,有闯劲,是个不错的合伙人,可以给你非常有力的支持,但是,我觉得你们性格上虽然互补,但也有一些不兼容的东西,你还是要提防有一天他会跟你分家,毕竟防人之心不可无。"

这是宿醉的王兼在那个早上唯一记住的话。

顾违迟早要跟我分家？如果是那样的话,还值不值得为他投资呢？

王兼抓耳挠腮地思考了很久,终于在睡前下定决心：投！车到山前必有路,哪怕那一天真的会来,也到时再说吧！

钱就是完美的发动机和润滑剂,当它到位之后,天星展讯的整个研发体系开始加速运转起来。顾违一方面十分开心,另一方面也深感肩上的担子很重。

"没想到你小子还真是说到做到。放心,我一定三个月内搞出天星四,搞不出,我提头来见！"

有了顾违的这份军令状,王兼就可以集中精力去发展销售和市场团队了。在他眼中,广阔的海岸线都是他的战场,而只占领舟山渔场一处是远远不够的。

接下来的三个月,天星展讯时刻处于战时状态。由于规模扩大,魏公村原来那片租用的办公区域已经远不够用,于是他们搬到了中关村。

顾违带着研发团队没日没夜地定方案、改方案、验证方案、实施测试,发现问题再迭代,一轮又一轮。他好些时候干脆不回自己那间昏暗狭小的地下出租屋,而是直接在办公室角落放上一张行军床和铺盖凑合凑合。

"顾总好几天没洗头了吧？"

"嗯,离他稍微近一点都能闻到味儿。"

一开始,还有员工会私下议论,但时间一长,没有人再去吐槽顾违的不修边幅了,因为所有人都被他打动了。

王兼这边,则开始马不停蹄地面试每一个应聘者。

他深知,天星展讯是小公司,在名企林立的中关村根本就不值一提,很多应聘者甚至是抱着四点去面试500强,三点先到天星展讯演习一下的心态而来。所以,他根本不看学历,只看现场的交流表现和彼此的默契。

"王总,如果对简历不进行合理的把控和筛查的话,风险太高,而且会很耽误您的宝贵时间。"公司的HR(人事)提醒他。

"我知道,但不这样,我们再过半年都招不到人！如果我们用硬的条条框框去筛人,估计能筛掉70%,剩下那30%中能有1%看得上我们就不错了！我的时间不值钱,关键是招到合适的人,只要招到了,就是值得的！"

王兼相信,既然做出天星一和天星二的技术团队大多并没有很好的学历背景,现在招销售这样与人打交道的岗位,就更应该看素质和整体表现。更何况,他的父母和家乡的那些成功的生意人,哪个有光鲜亮丽的学历?不都是靠自己的拼搏和悟性吗?

在这样的指导原则下,王兼精挑细选,终于成立了五人销售和市场团队,准备开始全国各地跑市场。

"家里就拜托你们了,等我好消息!"出发之前,王兼对着顾违和其他几名骨干说道,颇有"风萧萧兮易水寒"的悲壮感。

他们从烟台、威海开始,沿着海岸线一路南下。山东和江苏的渔场相比舟山更加分散,有些时候,一些小渔场的总容量也只有几十台,可即便如此,他们还是登门拜访,使尽浑身解数。这些项目的总价都不算太高,招标流程相对比较灵活,决策也很快,很多时候当场就能拍板,反而让他们这样的贴身缠斗策略起了效果。

他们的产品策略很简单,对于对性能要求没那么高,或者感觉竞争不是那么激烈的区域,他们就主推天星三,毕竟这是一款成熟产品,供货周期比较好掌握,一旦拿到订单,只需要让供应链和生产团队去跟生产制造合作方联系就行。

从定价策略上来看,他们也愿意用比较低的利润率去销售天星三,希望它能够走量,而把利润贡献者的角色寄于天星四。

一路下来,他们的市场拓展还算顺利。有天罡办的支持,加上舟山渔场的成功案例,以及天星三本身物美价廉,还有他们的团队作战,王兼发现,当他们进入福建中部的时候,已经又签下来近两千台设备订单。

"我们在厦门歇息一天吧!"王兼决定。

他们的确需要稍微休整一下。一个多月来,他们马不停蹄,没有一个人嚷着要回北京。都是二十多岁的年纪,他们最不缺的就是干劲。

在莲花公园附近的一家本地海鲜排档里,王兼请他的销售团队吃晚餐。

"小美,这次你最辛苦,先敬你一杯!"王兼举杯冲坐在他身边的一个女孩说道。

女孩叫杜小美,是王兼新招的销售经理,毕业于一所很普通的北京高校,但整个人很有亲和力,话不多,却总能讲到点子上,加上形象也还不错,一头短发显得十分干练。加入天星展讯之前,她在汽车零部件行业做了几年销售。

"我觉得那个行业太混乱,卫星导航听上去很高科技,所以我就来应聘了。"

当被问到应聘原因时,她这么说。王兼觉得她可以一用,便招她进来了。

这一趟下来,王兼觉得很欣慰,杜小美没有让他失望,凭借她的亲和力和韧性,跟他一起攻克一个又一个渔场。

"哪里哪里,都是王总带得好,身先士卒,我们自然可以不停地赢单。"杜小美十分谦虚。

大家很快便开怀畅饮,大快朵颐起来。

酒过三巡,海鲜也吃了十来盘,所有人都觉得有些恍惚,说话也开始没调,于是王兼赶紧叫停:"别再喝了,明天还要赶路呢,回酒店休息去!"

说完,他就起身去买单,杜小美看着他的背影,心中涌起一股别样的情愫,她也分不清楚那到底是什么:王总竟然有这么强的自制力,知道见好就收,肯定很有前途,我要跟着他好好干!

继续南下,厦门的短暂停留和放松很快被紧张取代。

当他们进入汕头渔业市场时,发现这里已经有了一种由海汐导航公司研发的天罡接收机产品,叫海上司南仪。他们通过各种渠道拿到了这款竞品后,惊奇地发现其性能指标和天星三难分伯仲,就连外形都有些相似。

王兼走了一圈,好几个渔场都表示已经装了海上司南仪,暂时没有新的需求。何况海汐导航就在广州,售后支持都很方便,干吗要用一家远在北京的公司的产品呢?王兼咬咬牙,决定不要利润,低价推广天星三,却依旧无法撼动海汐导航的强势地位。

这一圈跑下来,王兼一边推销产品,一边做市场调研。他了解到,目前国内的渔场分布,广东沿岸占比很大。可以说,广东市场不拿下,相当于三分之一的天下未获得。这么大一块肥肉被别人给捞到锅里,还在不停翻炒,散发出令人难以抵御的香气,怎能不让他急得如万爪挠心?

王兼想尽办法走访了当地的渔业主管部门,把天罡办和国家渔业主管部门的支持证明拿出来,希望可以得到试点的机会。然而,对方用带着浓郁广东口音的普通话回复道:"我们怎么知道你们是不是骗子?我们这里很简单的,只认市场,不认政策。只要你们的产品物美价廉,渔民们自然会选,这就是市场经济啊。别忘了,我们这里可是改革开放的前沿!"

又徒劳无功地过了一天,晚饭时分,王兼有些沮丧,将杜小美等人叫到一块儿:"这里看来短期内攻不下来,待久了,保不齐人家地头蛇再搞点什么把戏,会不会威胁到我们的生命安全都不知道呢,我们先回北京吧。"

杜小美看着王兼有些无精打采的样子,试图安慰:"王总,其实我觉得我们应该还是有办法……"

话还没说完,王兼的手机就响了。他一看号码,马上接起来:"顾总,我希望是好消息!"这句话刚说完,他脸上的笑容就凝固了,"什么?采购拿回扣导致零部件批次有问题?"

这可不是一件小事,王兼立刻决定,全体回北京。

杜小美纵然百般不情愿,却也拗不过老板,只能跟着一起。

"说吧,具体是什么情况?"一见到顾违,王兼便迫不及待地问道。

顾违此时双眼布满血丝,胡子拉碴,头发油得可以直接当护手霜来擦了,一看就是又熬了通宵。

王兼有些不忍心:"要不你先休息休息,过会儿我们再聊吧。"

"没事,这件事很重要,直接说吧。"

顾违把王兼拉到他们俩共同的办公室里。说是办公室,其实只是一个与公司其他办公区域相对隔开的区域而已,所以,他们十分注意说话的音量。

"老朱有问题,他肯定拿了不少星超的回扣。"顾违压低了声音说道。

老朱是他们负责采购的员工,算是公司里相对年纪比较大的,此前在一家小型外企,后来觉得外企在国内越来越没前途,又号称对卫星导航格外感兴趣,所以才加入了他们。王兼其实一直没有完全想通,以老朱的背景和履历,为什么愿意选择他们这家初创企业。

"你是怎么发现的?有证据吗?"王兼也低声问道。

"还记得我们在舟山渔场第一批的天星三吗?就是第一天装船就坏了的那台。当时我们发现是螺丝钉有质量问题,回来后我特意抽空去调查了一下,发现那一批次的螺丝钉好像都有质量问题。不过,不幸中的万幸,那一批天星三只有一台流向了舟山渔场,其他的都被装在前阵子要发到舟山的批次中,被我们及时发现,没有发货,否则,我们现在不但要召回,还要承受商誉和成本上的损失。"

"听上去不仅仅是采购的问题啊,品控也有失职的嫌疑。"王兼紧皱眉头。他虽然对顾违的话深信不疑,却也十分谨慎小心。

"这个我也调查了,品控那边没有针对这一批次的螺丝钉走流程。之前我们并不是从星超买的,是从这一批开始才换成了星超,但那时候我们都不在公司,老朱说服品控不去检测,所以才导致这一切的发生。"

"好大的胆子!"王兼差点喊出来。采购可以说服品控不去检测产品质量,他不能容忍天星展讯竟然有这样的事情发生!

但他也很无奈,公司小,这些职能听上去很大,却都只有一个人负责,所谓的流程其实就是依赖于那个人的品行。

负责品控的是个年轻的小伙子,而老朱作为采购已经算是老油条,如果出现利益冲突,又没有上下级关系,老朱肯定会利用经验占据主动。

不过,短暂的情绪波动之后,王兼尽量让自己冷静下来,问道:"老朱让品控不检验是有问题的,不过,你说他拿回扣,有实锤吗?"

"肯定是有利可图啊,不然为什么要这么做呢?"顾违不解地反问。

"好,交给我吧,我去调查调查。你就专注在天星四上,都靠你了。不过,先好好休息休息,别把自己身子累垮了。"

王兼决定结束这次谈话。显然,仅仅靠顾违提供的信息,并不足以让他把老朱开除,但是他也不想打击顾违的积极性。

"嗯,你回来就好了。"顾违点了点头。

两人结束谈话后,王兼远远地看见老朱在走廊尽头抽烟,于是整理整理思路,走过去打招呼:"最近怎么样啊,老朱?"

老朱正眯着眼把烟雾不疾不徐地吐出来,一眼瞥见老板过来,连忙把烟从嘴边拿开:"哎哟,王总回来了。"

"对,有很多新业务,采购量要加大了,你得做好辛苦的准备。"王兼笑道。

"那是好事情啊,就怕没有采购量,那样的话我岂不是成多余的人了?"老朱趁机又抽了一口烟,然后把烟头摁灭。

"不可能的,你经验这么丰富,就算我们天星展讯没机会,你在社会上还不是随便找。"王兼不动声色。

"老板,你别寒碜我了,我年纪一把,现在去哪儿找工作啊?你还年轻,说句不好听的,哪怕天星展讯明天倒闭,你也能找到好去处,我可不同,没有什么公司愿意招我这样的中年人,更何况我也没什么核心竞争力,又不是技术专家,唉……"

"有本事总归会有去处,我不担心我自己,也不担心你。"王兼回应道,然后转移了话题,"话说回来,你到我们这里干了这么些时间,觉得跟你以前待的外企相比有什么需要改进的地方吗?从采购的角度,有什么建议和想法都尽管提。"

"不,不,我觉得挺好的。"老朱的眼珠子转了转,"外企的流程太烦琐僵化,我当时待的那家还不是什么500强,就是一家小型家族企业而已,却也有各种条条框框,没有效率。咱们这里一切都以业务为重,没有那些乱七八糟的流程,很灵活,很敏捷,很有活力,我不觉得有哪些方面需要向外企学习。当然,我说的是采购和供应链管理这个领域啊,别的领域我是外行。"

"哦,那你觉得我们这个行业的采购有什么特点呢?跟你之前的行业相比。"

"还真有些不同。说实话,虽然我对卫星导航还挺感兴趣,尤其是咱们自主的天罡系统,但这个市场太小了,我们的产品规模和量上不去,导致开发和维护供应商都挺困难。好不容易找到一家合适的,还得供着,否则人家凭什么陪你玩?一年采购量还不如别的客户一个月的多……"

感觉老朱对这个话题有很强的倾诉欲望,一口气说了很多。王兼听完,抿着嘴,微微点头,并没有马上回应,而是在心中飞速思考着。他觉得老朱说的有一定道理,于是决定把话题挑明:"听说近期我们有一批螺丝钉存在质量问题,你觉得要拿供应商怎么办?如果需要我出面去找他们,尽管告诉我。"

听到这个问题,老朱的眼神瞬间闪烁了一下,然后马上表情夸张地回答:"别提了!那家叫星超的供应商已经算是不错的了。老板,你想想,他们一年能卖多少颗螺丝钉给我们?我们一台接收机上只需要个位数的螺丝钉,一年就算卖一万台,也只有几万颗,而有些客户可能一周就买一万颗,你说,他们会重视谁?把一些边边角角淘汰的批次给我们,我们也得接着不是?顶多抗议抗议,靠他们的职业操守去按照合同行事,但他们要是不理我们,我们的办法真的不多。警告?无效。打官司?费时费钱。而如果要换供应商,真的很难找……恕我直言,老板,我虽然很感谢你愿意帮忙,但哪怕去上门找他们,也没啥用。"

听完这些话,王兼没有言语,反复思考着一个问题:难道是因为认命,因为知道供应商不会有什么改变?或者说,希望给这家叫星超的供应商更多一点时间来慢慢支持我们,所以才让品控别太较真?他心中没有答案。

"王总,我得先去忙了,感谢你对我工作的关照,我刚才说的你也别往心里去,供应商不好管,我也得硬着头皮去管不是?"

老朱匆忙离开,留王兼一个人站在原地。他又想了半天,从其他渠道又了解了一些情况,晚饭时找到顾违:"走,我请客,我们有一阵没一起吃饭了!"

顾违午饭后总算去睡了一觉,此刻看起来没有那么疲惫不堪了。

两人找了一家街边的家常菜馆。

"怎么样?老朱那事你打算怎么处理?"一坐下,王兼还在看菜单,顾违就忍不住问道。

"我去旁敲侧击了一下,又从不同角度摸了摸底,觉得背后的事情可能比我们想象的复杂。而且……我们并没有证据证明他拿了回扣。"王兼放下菜单,把自己的思考结果一五一十跟顾违说了。

"什么?那你的意思是?"顾违感到有些意外。如此板上钉钉的事情,都影响到产品的用户体验了,王兼却依然没有下定决心。

"我决定再观察一段时间吧,谨慎点好,毕竟我们就他一个采购,如果开掉,还要花时间招,招来的人也未必好用。关键是,没多少人愿意来我们这儿。"王兼很理解顾违的心情,耐着性子解释。

"你这是在纵容不良行为!王总,我的好兄弟,这样可不行!我们的产品从天星四再往后,改进是越来越难了,对供应链的依赖更高,要求也更苛刻,你这样的态度,会毁掉我们的前途的!"顾违吼道,双拳有些颤抖。

王兼有些惊异地盯着眼前的搭档。这是顾违第一次对他发火,他隐约觉得,一些不好的苗头已经在孕育中了。

"对不起,刚才有些冲动,最近缺乏休息,脾气的确有点儿差。"冲王兼发了一通火之后,顾违很快意识到自己的失态,低头道歉。

"没事没事,好兄弟嘛,别往心里去。"王兼虽然嘴上这么说,心中总归还是有一点芥蒂,尽管他十分理解顾违的立场。

从顾违的角度来看,钉是钉,铆是铆,是搞技术的基本素质。规则必须要清晰,要黑白分明,否则怎么实现产品的可靠性和完好性呢?但是,王兼这两年越来越领悟到,管理企业,很多时候要有容忍度,要有灰度,在不同的发展阶段保持不同的灵活度。更何况,老朱拿回扣这事的确没有确凿证据,仅仅靠推测就定性,对他这个小团队来说,会造成不好的影响,会让大家趋于保守,而他的公司,目前不需要保守。

不管怎么样,两人第一次出现了分歧,而公司正走在继续成长壮大的路上,这样的情形不会就这一次。

如果之后这样的事情越来越多,我们要怎么办呢?怀着这样的心思,王兼还是尽量把话题引向顾违更感兴趣的方向,比如,天星四的进展。毕竟,他要顾全大局,除了开掉老朱,他现在什么都可以听顾违的。

"还算正常吧,有一些细节要攻克,不过,应该不用提头来见你了。"果然,一提到天星四,顾违就恢复了那种专注,有些疲惫的眼神中闪着光芒。

"那就好,需要任何资源,尽管跟我说!"

"尽量给你省钱吧。但是,我也把丑话说在前头,目前架构和设计的潜力这一次是真的挖干净了,如果你想做天星五,恐怕我再也不能给你立军令状了,因为,我自己也不知道需要多久。"

"没关系,我对你有信心,也有耐心。"王兼坚决地回答。几年前他就看好自己的这个室友,这一点他从未改变。

"说真的,虽然我刚才发了火,但是越往后,供应链的重要性就会越凸显。就像我刚才说的,天星系列要进一步改进,必须更改架构和设计,而更改后的架构和设计对于零部件的性能要求也会相应提升,到时候,我们就得去寻找更好的供应商。"

"嗯。"王兼完全理解顾违的意思。说白了,产品要越做越好,成本自然也会越来越高,除去研发投入之外,零部件的成本也占很大的比重,毕竟一分钱一分货,买性能更好、可靠性更高的零部件,自然需要更多的钱。不过,相应地,他也可以把产品卖得更贵。

"王总,我觉得我们在某个时间,可能需要做一个决策。"顾违接着说,"到底未来我们是自己研制天星系列的一些关键零部件,还是继续找供应链采购。就像我刚才说的,以后的采购成本会越来越高,对供应链的依赖也会越来越大,自然,潜在风险也会越来越高。因此,我们需要综合评估一下,这部分多出来的支出,如果投入在自己研制一些关键零部件之上,比如芯片或者模块,是否更加值得。"

听完顾违这番话,王兼只觉得脑袋嗡的一声,仿佛打开了一扇新的大门。

他之前一直在忙于找市场、找客户、建团队,却从未考虑过这个问题,顾违这番话,显然非常有道理。

"兄弟,你说得太有道理了,我之前从未想过这个问题!"他激动地抓住了顾违的手。

"喂,你轻点儿,我只是把这个问题抛出来,怎么去解决,那是你的事情。"顾违倒是十分平静。

"对,对,你就专心搞产品和技术!"王兼直点头。

两人的晚饭很快就吃完了,王兼坚持让顾违回去睡觉,不准他再回公司加班,顾违无奈同意了。

望着顾违的背影,王兼站在街边沉思着。

这顿晚饭,现在回味起来,多少让他有点意兴阑珊。

的确,天星四的进展看上去还不错,顾违也给他提出了一个重要的投资决策问题,可是,王兼总觉得心中有一些难以描述的不安。但这种不安很快被他抛至脑后,接下来的日子,他忙得脚不沾地。

到了秋天的尾巴,天星四终于如期而至。

当顾违把第一台样机摆在王兼面前时,王兼激动地站了起来。

"简直太漂亮了!"他忍不住赞叹。

眼前的这台天星四,从外观上看,与天星三相比,已经明显是两个不同的型号。它不但体积缩小了近10%,还更具设计感,乍一看,与市面上常见的GPS接收机相比,也不再像是毛坯房和精装房之间的那种天壤之别了,尽管细节做工上依然有明显的差距。王兼一把抢过来放在手上端详着,把玩着。

"喂,你小心点儿,这可是我真正的心血。"顾违笑道。

"好啊,你小子,原来之前还有所保留呢。"

"你这没良心的,天星二调通的时候,你可是跟我一起熬通宵的!"

"哦,对,那个晚上我永远不会忘记,刘翔也是在那天夺冠的。"王兼抬起头,眼神里充满了回忆和感慨,"这才过去了一年多,咱们的天星四都出来了……顾总,兄弟,真是多亏了你!"

"行了,别搞这一套,放我和弟兄们两天假吧,让我们缓缓,然后再发点奖金,打打鸡血。"

"没问题!"王兼这才长舒了一口气,乔叔叔的贷款应该可以按时还了。

接下来的几周,顾违经过短暂的休息,带着团队完成了天星四的所有测试,王兼则带着杜小美和销售团队突击了解天星四的性能指标。除去外观,天星四在首次定位时间等关键指标上也都有了不同程度的提升。加之顾违的精心设计,尽管天星四内外都有较大的改进,成本却没有太多增长,而且增长的部分也主要来自研发费。

"现在是我们再次南下攻城略地的时候了!"王兼充满信心。

杜小美也踌躇满志:"上回我就有个想法,憋了好久,现在我得说了。"

"说!"

"这回我们别再去汕头那些地方了,海汐导航的总部在广州,我们直捣黄龙吧,去广州把份额抢过来!"

杜小美的声音清脆有力,直击王兼的内心,想着自己还真是招对了人。不过,他并没有把这种欣赏表现在脸上:"为什么?在汕头都竞争不过,为什么你有信心去他们的大本营?"

"王总,渔业系统很多关键的省级决策部门都在广州,只要拿下,下面的县市多少会跟随。而天罡办对我们的推荐,以及舟山渔场和渤海、黄海沿岸的成功案例,对于省级单位的影响会更大。基层县市天高皇帝远,利益也盘根错节,想要突破太难了,去广州,我也没有十足的把握,不过,我总觉得值得一试,若成功了,收益显然要更大。"

王兼盯着杜小美那双倔强的眼睛,点了点头:"好,不入虎穴,焉得虎子!上回我们一路南下,到了广东的时候,多少都有些疲惫,这次我们养精蓄锐,只有一个目的地,就是广州——我们一定会拿下!"

出发之前,王兼拨通了何雷的电话:"何主任,好久没联系了,最近如何?"

"很好!天罡在渔业上的应用可以说是欣欣向荣啊,王总,你们立了大功!"

"不,都是靠何主任的支持。向您汇报一下,我们马上要去广东,那边还有一大片市场,等我们拿下之后,回来向您当面汇报!"

"王总,你太客气了,前阵子刚给我带来不少好消息,希望这次从一个胜利走向另一个胜利。"

"没问题!不过……"王兼顿了顿。

"哦?有什么我可以帮上忙的吗?"何雷十分聪明。

"不瞒您说,广东有一家本地的企业,叫海汐导航,估计您也听说过。说句实在话,他们的产品跟我们的相比,差距不小,所以……"

"行,我看看可以帮上什么忙吧,不过呢,我们天罡办是希望应用市场里有更多的玩家进来,也不会采用行政手段去干预市场竞争,我们希望以企业为主体,把蛋糕一起做大。"

"这是自然,市场经济嘛,这也是当地渔业部门给我们的建议。"王兼笑道。

既然目标已经定下来,王兼带着杜小美和销售团队便出发了。

之后的两个多月,他们大部分时间都在广州泡着,时不时回趟北京。经历一场场拉锯战,到了年底,他们终于抢到了广东的第一单,一共三百台设备。

王兼在珠江边找了一家酒吧,准备犒赏团队。这时候,杜小美接了一个电话,然后立刻向他汇报:"王总,小黄过来了,他说有紧急的事情找你。"

"哦?过来哪儿了?"王兼有点儿意外。小黄叫黄韬,是他们的客服工程师,定期去舟山渔场支持现场,这时候应该在舟山才对。

"我让他来这里。"

"这个酒吧?"

"对,他说他打听到你在广州,便赶过来了。"

"啊?"王兼心中涌起一股不祥的预感。

年底的珠江边,风有些凉了。王兼用肘部支撑在江边的栏杆上,双眼望着江心热闹的游览观光船只,眉头紧锁,一言不发。

他身边站着一个小伙子,看上去比他还要年轻几岁,长得虎头虎脑的,然而此刻的表情十分焦虑。

两人都无心欣赏珠江两岸的美景。

"小黄,你是说,刘实那小子跑了?而且,不光他一个人,你们这次带去的几个人,除了你之外,全跑了?"

几分钟之前,黄韬气喘吁吁地闯进酒吧找到了他,说是有重要的事情汇报。因此,王兼让杜小美继续在那儿招呼团队,他则带着黄韬来到江边。这里人少,谈话方便。于是,黄韬语无伦次地把他来到广州的缘由说了出来。

自从拿下舟山渔场,王兼和顾违就意识到客户服务和支持的重要性,因此,他们派刘实带着几个工程师留在现场做客户支持,一段时间之后,让他们回北京调整和休息,同时派另一拨人去现场做支持。王兼和顾违是想通过这种方式,让技术人员也建立客户意识,由于刘实和黄韬属于经验相对丰富的,头脑也比较灵活,所以他们两人每次都会去。

可是,刘实跟客户混熟之后,就在两天前,竟然带着其他几个工程师跑了!当黄韬意识到他们是消失而不是出差时,他吓傻了,赶紧来找王兼汇报。

"是的,王总,他们跑了。"黄韬忧心忡忡地点了点头。

王兼心中的思绪很激烈。他和顾违其实一直还挺看好刘实的,觉得他人聪明,学东西快,态度也好,很有发展前途。可没想到,他的心思却歪了。

"有没有把我们带去的测试仪器和产品备件带走?"王兼自然要先了解损失。

"没有,我们的设备都还在。"

"所以,他们只是人跑了?"

"对。"

"你报警了没有?"王兼虽然这么问,可心里觉得,他们集体出事,或者遇上意外而失踪的可能性很低,大概率是团队离职,要么自立门户,要么另谋高就。

"这个……王总,我没有,我想到的就是第一时间向您汇报。"

"做得好,小黄。我们再观望两天,如果有必要,你可以报警。"

"嗯,我明白。"黄韬这时候的情绪才稍微稳定一些。

"既然来了,待会儿跟我们一起喝两杯吧,压压惊。我们刚刚在广东市场取得了突破,值得庆祝庆祝。"

"嗯,王总,我在舟山都听说了海汐导航,他们势头也挺猛,也想在天罡导航的渔业应用领域分一杯羹,你们能在他们老巢超越他们,真是太厉害了!"

听到这句话,王兼脑海中猛地闪过一个念头,但他下意识地摇了摇头:应该不至于吧……

两人又聊了几句,便一起回到酒吧,刚才那一丝不快很快被王兼抛至脑后。

过了几天,王兼带队回到北京,很快便得知了消息:刘实他们集体跳槽到海汐导航了,刘实被任命为华东区业务总监,正式开始抢夺天星展讯在舟山渔场的市场份额。对此,王兼只能苦笑。当时在珠江边,他脑海中曾经浮现过这种可能性。

"我们去进攻海汐导航的总部,他们则对我们釜底抽薪,好一个围魏救赵啊。"他这些天一直在跟顾违讨论。

"是啊,市场竞争就是这么残酷。不过,我想你对此的感悟比我要深很多吧,毕竟我只专注在技术上。从这个角度,我可以向你保证,我研究过他们的产品,好像叫海上司南仪吧,虽然跟我们的天星三不相伯仲,但肯定比天星四要差。"

"不相伯仲……那我们的舟山市场有点危险,我得去一趟,否则,五千台订单最后没法善终啊。"

"在那之前,其实我还有一个想法,得跟你提一下。"

"哦?尽管说!"

"跟技术和产品没有关系,但是,我觉得,你得重视起来。"顾违表情严肃。

"是什么?"王兼见顾违这个表情,不敢怠慢,赶紧问道。

"我们内部的管理得慢慢规范起来了。现在我们的团队规模已经比刚成立时,甚至比去年这个时候都扩大了不少,不能再用那种粗放的方式来管了。上回的采购和供应链问题其实已经给我们提了一个醒,这次刘实他们出走,又给我们上了一课,这一点,你不能不承认,对吧?"

听完顾违这番话,王兼觉得脸烧得厉害。他原以为顾违不会去关注这些非技术领域的事,尤其是人事方面。

为了最大限度地节约成本,王兼并没有严格遵守《劳动法》的相关规定,没有给员工交社保,甚至很多岗位的劳动合同都没有签,包括刘实在内的那些现场工程师就是如此。他以为,这样可以保持最大限度的主动权,可以给员工足够的危机感,但现在却遭到反噬,刘实他们可以毫无违约责任地离开。

见王兼面有羞赧,顾违笑了笑:"我只是负责技术和产品,其他的事情,还是你来定。"自从上次因为老朱的事跟王兼产生激烈冲突之后,顾违也在反思,那样的方式是否有效。

王兼赶紧就着台阶下:"嗯,你的建议很好,我们的内控是要规范化了,尤其是天星四做出来,我们也要开始关注技术和知识产权的保护。"

"嗯,多谢你想到这一点,我也会越来越关注这一块,放心吧。"

"好,交给你了!我再去趟舟山!"

随后的一年,王兼没少去舟山,希望将市场夺回来,然而却无力回天。

他也多次找过何雷,可天罡办的思路已经变得更加中立,希望市场蛋糕做大,让更多的企业参与进来。如此一来,天星展讯希望一统全国天罡渔业应用市场的宏伟目标宣告落空,虽然市场份额依旧排名第一,却面临海汐导航激烈的竞争,同时还有其他几家小型企业也参与了进来。

更让他们难受的是,一些GPS接收机厂商也开始觊觎这个市场,原本的蓝海瞬间变成了薄利的红海,仿佛来到了春秋战国时期。

冬去春来，元宵节刚过，北京的晚高峰又开始让人焦躁了起来，好在天罡办的院落布局隔绝了外面的一切，让里面的人可以闹中取静地安心工作。

在一间宽敞而简朴的办公室中，唐克坚端起面前的茶壶，给坐在他办公桌对面的彭君和冯子健的茶杯里添上绿茶。

"唐院士，您这办公室布置得真是简单，不过挺安静。您真是有雅兴的人，这茶闻起来也很香，看来以后我要常来您这儿拜访。"彭君端起茶杯，稍微闻了闻，点评道。

"哪里，彭总平时这么忙，能来我这儿就已经很不错啦。还有冯总，今天两位能过来，我当然得好好招待招待，让你们尝尝我自己私藏的茶叶。"唐克坚一边笑，一边把茶壶放到一边。

唐克坚很快转入正题："今天请两位领导过来，而且没在会议室，只是小范围聊聊，一来是因为两位时间都很宝贵，二来呢，也是因为这事很重要，我想低调点处理。"

"唐院士，您尽管说，需要我们做什么，我们一定去做。"彭君表态。

作为中宇航分管卫星和航天器业务的副总经理，天罡办是他最重要的客户之一，唐克坚在卫星导航领域德高望重，他本人也十分钦佩。

"应该说是一件好事情……我们的天罡二代系统马上就要正式开始部署了，下个月在西昌发第一颗星。"

唐克坚的语气十分平静，话也不多，但在彭君和冯子健耳朵里，却不啻于平地起惊雷。对于他们俩来说，这是十足的大好事。之前在中宇航内部会议上，他们也得到过消息，天罡二代在计划之中，但谁也不知道什么时候正式部署，现在从唐克坚这里亲耳听到，怎能不喜？

相比天罡一代系统，天罡二代的确有了长足的改进。首先，星座的设计和卫星数量就大有不同，不再拘泥于双星定位，而是进行了星座组合，卫星总数也从一代的三颗增加到十四颗，由五颗地球静止轨道卫星、五颗倾斜地球同步轨道卫星和四颗中圆地球轨道卫星组成。由于卫星的数量增加，整个天罡二代系统的覆盖范围也从之前的中国周边扩展到亚太区域，大大扩大了服务范围。

为了适应更多样的应用场景，天罡二代的定位体制也由一代的有源定位扩展为既可以有源定位，也可以无源定位，使得用户接收机消除了对地面站有源定位信号的依赖，只靠来自天罡卫星的信号就可以完成定位。

"大喜事啊！唐院士，我觉得您应该用酒来招待我们，而不是茶。"彭君激动地说道。

"下个月去西昌一起看发射嘛,到时候咱们再好好喝。"唐克坚不慌不忙,"两位是中宇航卫星业务上最重要的领导,你们为我们天罡系统,包括之前的一代和现在的二代,也贡献了不少卫星,上面的载荷都是经过优化和升级的,所以,我们肯定会邀请两位去西昌见证这历史性的时刻。"

"好啊,无比期待。"彭君和冯子健都端起茶杯。

"想想真是感慨,我们这一步迈得的确有些慢,但好歹是迈出来了。不过,还有不少人对我们颇有微词,说我们的步子不够大,二代还是无法支持全球覆盖。"唐克坚抿着茶,不自觉地发出感慨。

"唐院士,那帮人都是站着说话不腰疼,动辄拿我们跟GPS和格洛纳斯比,甚至还有欧洲人现在正在搞的哥白尼。这三个都是全球系统,可是,我们的起点多低啊,他们应该对我们有点耐心。"彭君又喝了一口茶。

"前阵子我去向计老汇报,他也很开心。"唐克坚点了点头,能够得到中宇航的支持,他很欣慰,"自他老人家提出双星定位以来,终于看到了天罡的进化,他鼓励我们再接再厉,争取早日把天罡二代建好,然后开始进行天罡三代的规划和建设。我们会稳扎稳打,最终一定可以实现全球覆盖的。"

"计老现在身体还好吗?"彭君关切地问道。

"挺好,还很硬朗,这也是我们航天人的福气啊。多亏上一代像计老那样的前辈给我们奠定的基础,我们现在才能取得一些成绩。当然,这些成绩目前还不足以让我们沾沾自喜。"唐克坚眼神里充满了温情。

彭君与冯子健也深受触动,他们也都是从中宇航的基层一步一步走上来的,深知航天事业的艰辛。东方红卫星、长征火箭、神舟飞船、探月计划、天罡卫星,每一个项目无疑都凝聚了几代航天人的心血。

"我现在就常常跟刘波他们说,要注意传承好上一辈的衣钵,同时也要注意培养下一代,我们都老了,未来是属于下一代的。我们天罡办前两年也专门成立了应用系统中心,推广天罡的应用,就任命了一个年轻人,叫何雷,他的表现相当不错。"唐克坚把自己的思绪从回忆中拉回来。

"哪里,您可是我们的定海神针和北斗星。"彭君连忙说道,"冯总啊,我们中宇航也要注意培养新人,要不你给唐院士汇报汇报卫星导航事业部的情况?毕竟你们事业部是天罡办和天罡系统最直接的支持者。"

"好!"冯子健点头,"唐院士、彭总,我们卫星导航事业部这几年也非常注意梯队建设和年轻人的培养,下面几个部门都提拔了一批骨干,比如载荷系统部老许那边,现在就是一个叫谢成章的年轻人在主持系统组的工作,同时还在观察他是否能接老涂的班。小谢当时是从载人航天事业部主动要求转岗到我们事业部的,空天大学科班出身,学的就是卫星导航,这两年的表现很不错。"

"说起这个谢成章,我在1203院还碰见过他一次,当时他有些迷茫,还问了我一些问题,哈哈哈……的确是个好苗子,你们可要好好培养。"唐克坚也插了一句。他的记忆力非常好,尽管经常碰到年轻人或者后辈来寻求帮助和指导,他还是对谢成章有清晰的印象。

"原来他还得到过唐院士的提点。"彭君笑道。

"我跟他也有过几次直接的接触,他身上有股难得的韧劲儿,做事情也能够看长远,没有那种特别急功近利的胜负心。"冯子健也道。

"这点很重要。我们搞航天的,必须要耐得住寂寞。"彭君点评道,"对了,你说他接老涂的班,老涂是去哥白尼了吧?"

"是啊,我们事业部和下属单位都派了不少人去。哥白尼合作也是我们的一个重要项目,国家很重视,不得不说,还是能学到不少东西的。欧洲人的野心不小,一口气就要实现卫星导航的独立,还要建成全球系统,超过GPS。"

"他们的确有这个底气啊,至少从建设地面站这个角度来说,实现全球覆盖不成问题……"

彭君说到这里,突然反应过来,赶紧对唐克坚说道:"唐院士,不好意思啊,我们聊了聊哥白尼,也的确给那个项目铺了不少人,不过,我们肯定不会影响天罡的,毕竟天罡系统才是我们自己的系统。"

"哈哈,没关系,我不是那么狭隘的人。我也鼓励我们的企业多参加国际合作,尤其是要向国际先进水平看齐。欧洲人有很多值得我们学习的地方,不说别的,就说原子钟吧,我们与他们就有不小差距。"唐克坚不以为意,"事实上,我坚信,未来我们天罡系统也一定要跟哥白尼、GPS和格洛纳斯实现兼容和互操作,这样才能最大限度地服务全人类。"

"嗯,您说得有道理。"彭君点了点头,从心底佩服唐克坚的胸襟。

"唐院士、彭总,既然说到这里了,我也汇报一下。我们和欧洲的哥白尼合作没准还有变数,前阵子科技部卫星业务中心的孙主任带着他们国际合作处的处长跟我聊了聊,说欧盟现在有些别的想法,不愿意把原来承诺的部分所有权兑现。"冯子健见状补充了几句。

"嗯,我也听说了,国际合作的事情,风险也往往在这里,有时候真是说翻脸就翻脸。"彭君感慨。

"没关系,我们天罡系统的节奏不会因为国际合作被打乱的。"唐克坚充满自信,"我现在都等不及去西昌啦。"但说完这句话,他的眼里还是闪过一丝隐隐的忧虑:在那之前,可千万别出什么问题啊。

第8章
争分夺秒

虽然依旧是春天，北京却没来由地突然热了起来。

吃过晚饭，谢成章径直来到昌平的1203院。

按照计划，今天这里要完成一颗天罡卫星的最后一次总装测试。这颗卫星已经在这里待了近一个月，被寄予厚望，将在半个月之后，在西昌卫星发射中心被送入太空。它不仅仅是天罡二代的第一颗卫星，还肩负着一项对于整个天罡系统来说都举足轻重的使命——保护频率资源。

天罡系统的卫星部署到轨道上去，要申请轨位，而天罡卫星的导航信号也是需要申请频段的，就跟手机信号一样。而根据联合国下属的国际电联规定，卫星导航信号所占用的频段属于无线电资源，按照申报顺序确定使用权，先申报，先获得，后申报者不得与先申报者产生冲突，如果出现冲突，需要协商解决。但是，卫星信号必须在申报后七年之内播发，否则申报就失效。由于美国和俄罗斯起步早，占据了比较理想的卫星导航信号频段，相对次优的频段便成了后来者的目标。

早在2000年，国家就向国际电联申请了天罡卫星导航信号的频率，不到两个月之后，欧盟也提交了频率申请，与天罡的频率存在很大程度的重叠。现在，七年之限即将到来，使用该频率的天罡卫星却还没有出现在轨道上，这颗卫星，此刻正静静地躺在1203院里。

为了赶进度，它的生产制造周期比正常节奏加快了30%。更何况，为了上装1203院自己的国产铷原子钟，设计还做了更改，确定了以国产铷原子钟为主钟，进口原子钟为备份的方案，这样万一主钟失效，还有备份可用。

尽管克服了各种困难,但能证明一切的只有结果。如果今晚的总装测试失败,基本上就意味着他们抢在到期日前将卫星发射入轨并播发信号的希望十分渺茫。

过去几年,谢成章来过1203院的卫星总装测试验证中心不少次,但这一次,他的心情是最复杂的。

"我们都到了。"张国辉过来打招呼。

"好的,大家都辛苦了,我们去看看吧。"

谢成章带着组员往总装测试中心里面走去。宽阔的大厅里已经站了一些人,所有人的注意力全部集中在中心位置的那颗天罡卫星之上。

此刻,这颗卫星已经组装完毕,但旁边还搭着一些架子,架子上有三两个穿着工作服的工作人员在上上下下地检查和操作。

谢成章看到了周慧,便挤到她的身边:"周慧姐,许部长和曾部长另有紧急的工作安排,派我先来跟进,现在情况怎么样?"

"不好说。为了赶进度,我们这次完全是超流程,昨天它的各个部件才陆续完成力学、温度、噪声、电磁等试验,还没有在载荷层面联调联试,今天就拿过来直接跟卫星平台和电池做总装测试了……"

谢成章心中一惊,暗自捏了一把汗:可千万别出什么岔子啊……

见谢成章没有说话,周慧一边眼睛依然紧盯着正在测试中的卫星,一边凑到谢成章耳边小声说道:"小谢,别的都好,我最担心的,还是咱们自己的铷原子钟。我们在测试时,其实是发现了一些隐患的。"

"啊?"谢成章惊呼。好在他也在刻意控制自己的音量,周围的人并未注意。

"你听我说,我说的隐患是指我们的测试指标刚刚达到最低要求,并不是不达标。只不过,如果是以前,我们肯定会做一两轮优化改进,让性能指标超出及格线才放心,而这一次,我们没有时间去做了。"

"我知道,我知道……"

周慧的话并没让谢成章感到好受一些。搞卫星载荷设计,一定要留一些余量,因为外太空的环境和条件完全不受控制,谁也不知道会发生怎样的变化,如果测试恰好压线通过,就意味着外界环境不能出现一丝一毫设计值之外的情况,否则,后果不堪设想。但现在,他们也没有办法。进度和风险是跷跷板的两端,进度压力越大,自然准备工作做得就越少,风险自然也就越大。反过来,如果要充分抵御风险,势必要把准备工作做足,这样进度又会往后延。显然,从目前的情况看,他们只能进度优先。

"不过，我觉得风险还是可控的。"见谢成章面色凝重，周慧继续道，"备份原子钟我们依然放的是欧洲货，只是把主钟换成我们自己的铷原子钟了。"

"哦……"谢成章才想起来这茬，"这样的话，风险倒是稍微可控一些。唉，咱们还是要加油啊，到了关键时刻，潜意识中总还是觉得进口货更靠谱。"

"是啊，这次发射完成后，我们肯定全速攻关国产钟的改进。"

两人正聊着，突然听到一声低沉的声音："不好！"

这个声音像是投入池塘的一块巨石，顿时在现场的人心中激起滔天巨浪，一种集体的不安气氛在大厅上空聚集起来，形成高压，把每个人压得喘不过气来。

"我过去看看！"周慧连忙冲了过去。

谢成章站在原地，往卫星的方向望过去，看到胡双清已经在那儿了。

或许她一直就站在卫星旁边，只是自己刚才没有注意到吧。

架子上的几个工作人员都已经下来了，正在向胡双清等人比画着什么，看上去十分焦虑。周慧也已经到他们身旁，加入了讨论。

大厅里的人开始全部往那边聚拢，谢成章也连忙跑了过去，同时招呼张国辉等人："一起去看看！"

当他们也走到卫星旁边时，胡双清已经把任务布置下来了："今天晚上，哪怕通宵，也要把故障原因查出来，查出来后，第一时间告诉我，我也会马上向红梅院长和宋总汇报，之后我们立刻分组排故。我们的时间不多了，如果这次没保住频率，我们就是历史的罪人！"

谢成章也对张国辉他们道："你们回去收拾一下衣物和洗漱用品，然后回院里来，我们这两天全部住宿舍，陪院里一起排故，跟家人说一声，请他们理解！"

回家的路上，谢成章给许庆良和曾丰汇报完情况后就一直在思考。尽管总装测试故障的根因还没收到，但根据他过去的经验，无非就是几类。他在脑海中一一过滤：与其说是推测根源，不如说是希望这根源最好落在比较好解决、容易快速解决的那几类之中，千万不要出现会导致载荷全部或部分重新设计的问题啊！

当他再次回到1203院，到达宿舍的时候，已经有不少人陆陆续续到了。

谢成章眼前一亮：好几个都是中宇航在京单位的，平时打过几次交道。

"你们怎么来了？"他走过去打招呼。

"这不领导说天罡卫星总装测试出了问题嘛……载荷的电磁兼容试验是在我们所做的。"

"我们所给1203院提供的螺丝和端子。"

"太阳能电池板是我们的。"

谢成章这才恍然大悟，就在自己回了趟家的短短两个小时之内，整个中宇航层面的动员已经开始了，这让他的信心增加了不少。

到了自己房间，谢成章觉得胸中有股热热的感觉。胡双清在总装中心那句"历史的罪人"，以及兄弟单位的同事们一个个干劲十足的样子，都让他觉得无比激动。他还记得，三年前当他刚刚到中宇航总部9楼时，整个卫星导航事业部和载荷系统部似乎都不是那样的氛围，他曾经感到迷茫，感到失望。不知道从什么时候开始，大家的士气和劲头就慢慢提了起来，直到现在的样子，为他不断注入奋斗的动力和源泉。

我们一定可以找出问题的！抱着这个念头，谢成章躺上了床。可是他怎么也睡不着，翻来覆去地回忆过去、猜测未来，天马行空，完全收不住。后来，他干脆起床，用凉水洗了把脸，开始坐在桌边处理起工作上的事情来。

排故的事，他们系统组其实帮不上太大的忙，主要还是靠胡双清团队和1203院的这些外协单位，靠他们的技术人员。中宇航经过这么多年的发展，尤其是面对西方长期的制裁和打压，已经建立了一套相当成熟的发展体系和人才培养体系，这个体系中出来的技术人员，都还是有独立自主的精神和解决问题的能力的。果不其然，到了凌晨两点半，谢成章就听说问题已经被找到，胡双清他们正在全力整改，于是越发安心了。

第二天一早，谢成章发现中宇航的领导来了不少，大家聚在会议室里，就听冯子健精神饱满地道："大家都辛苦了，通宵加班加点，总算把我们这颗天罡卫星最后一步总装测试时发现的问题定位，并且找到了根本原因，很不容易！我来之前向张总和彭总都汇报了，他们很受感动，也让我代表他们对你们表示慰问。现在呢，恐怕大家还要再辛苦一两天，既然问题已经定位，我们需要尽快解决，然后把天罡卫星交到西昌去。早一天发射，我们就有早一天的话语权，卫星频段是国际公认的重要且稀缺的战略性资源，事关重大，我们谁都承担不起失败的责任。"

许庆良接上他的话，道："冯总说到了点子上，我们非常感谢您和红梅院长的重视。事实上，胡总团队和其他单位的弟兄们都很辛苦，我也相信他们不会满足于找到问题，肯定会马不停蹄地去解决问题，我们载荷系统部在这个过程中一定全力支持，小谢他们会一直守在这里，直到问题解决、天罡卫星被送去西昌。"

"请领导们放心！"胡双清等其他人也在会场上慷慨激昂地表态。

谢成章从侧面看过去，胡双清的双眼布满了血丝。

"好，我们1203院也会提供一切保障，来确保任务完成！"坐在许庆良身旁的杨红梅也表了态，她清脆而坚定的声音在会场中响起，格外引人注目。

"好，大家的决心我们都看到了，我们也相信你们会有办法。为了节约时间，老胡，要不你向大家介绍一下问题所在，以及你们打算怎么办？"冯子健继续道。

"嗯，我尽量简单吧。目前看起来，主要问题有两个，一个是我们第一次使用的国产铷原子钟作为主钟，与备份的欧洲原子钟在主从切换机制上存在一些断层，导致联调的时候出现逻辑紊乱，这个问题我们此前已有所准备，所以应该可以通过软件层面解决，不需要改变设计。"

"没关系，大胆试，铷原子钟是1203院的功劳，也是我们卫星导航事业部的光彩，我们一定要让它上装天罡卫星。"冯子健点评道。

"嗯，谢谢冯总！"胡双清点了点头，"第二个问题则相对麻烦一点，我们太阳能电池板的爆炸螺栓和弹簧可能存在质量问题。"

"太阳能电池板有问题？"

听到胡双清的描述，整个会场顿时安静下来。所有人都知道，太阳能电池板对卫星来说意味着什么。

当卫星被火箭送入轨道，孤零零地在太空中运转时，它所依赖的主要能量来源就是太阳能，所以说，太阳能电池板简直就是卫星的生命线。

为了减小占用空间、发射阻力和电池板损坏的概率，所有的卫星在地面和放在火箭里的发射阶段，都是把太阳能电池板折叠起来，像折纸一般，与卫星的平台紧紧贴合在一起的。直到卫星与火箭分离之后，要开展真正的工作之前它才展开，实现源源不断地供电。

卫星的能量消耗主要由有效载荷贡献，如果没有太阳能电池板，就意味着卫星会在有效载荷工作的情况下迅速耗光电池里的电量，然后变成一颗毫无作用的卫星，沿着轨道在宇宙中飘荡。这样的卫星，还有另外一个说法，叫太空垃圾。

如果这一次天罡为了保住频率资源，往轨道里发射一颗太空垃圾，不但有违基本的空间使用道德，因无法发出导航信号而对保住频段毫无帮助，还会陷入十分严重的国际舆论攻讦之中。那些西方媒体还不知道会用怎样的语言来奚落、嘲讽甚至侮辱天罡卫星导航系统呢！

无论是天罡办还是中宇航，都不会允许将一颗明知太阳能电池板存在重大风险的卫星发射入轨，但如果要再花上十天半个月才能解决这个问题，那这些日子的紧赶慢赶又有什么意义呢？

冯子健铁青着脸，慢慢问道："爆炸螺栓和弹簧的问题，是质量问题？"

"我们还在分析，但目前看起来，应该是有隐患的。"

"跟它们同一批次的都查了吗？"冯子健问道。

弹簧是实现电池板压缩的重要部件,电池板同时被火工装置锁紧,锁紧装置处就有爆炸螺栓。而当电池板需要展开时,系统会引爆火工装置的爆炸螺栓,炸开锁紧装置,然后利用弹簧力的作用将电池板展开。

在这一系列动作中,爆炸螺栓和弹簧无疑是最重要的两个零部件。按理说,它们的质量问题不应该在最后的总装测试环节才查出来,唯一的解释,就是这次为了赶时间,的确没有严格按照流程行事。如果是以往,整个团队肯定要停工检查,双五归零。但这次,情况太特殊了。

"我们正在排查。"胡双清身边的一个中年男人回答。

他是中宇航下属单位91所的技术负责人,91所专门为中宇航的运载火箭、卫星等产品提供如爆炸螺栓和弹簧这样不起眼却又十分重要的零部件。

"现在是早上八点半,中午十二点之前,我希望能有一个结论。我刚才也说了,张总和彭总对这件事非常重视,91所如果需要我们的帮助,尽管提。"冯子健布置下了任务。

散会后,许庆良示意谢成章留下:"昨天辛苦你了,只是恐怕还需要你在这里待一段时间,看看有什么能配合的。有问题随时向我汇报。"

"请领导放心,我今天会全程跟进,确保万无一失!"谢成章信心满满地表态。

辞别许庆良后,谢成章回到宿舍,简单整理了一下,便奔向1203院的载荷测试中心。胡双清和他的团队正在仔细地分析和查看作为主钟的国产铷原子钟和备份的欧洲原子钟之间的接口程序。

"胡总、周慧姐,有什么我可以帮上忙的吗?"谢成章问道。

"暂时不用。目前我们还在运行程序和软件,应该能找到修复方式。"

于是谢成章就在一旁的椅子上坐了下来,对着面前的笔记本电脑开始工作,时不时还要强迫自己起身走两圈,驱赶困意。

1203院的技术人员正围绕着两台原子钟热火朝天地工作着,望着他们的背影,谢成章不禁想:在这里的都是我们中宇航卫星业务线上的顶尖技术人员,如果他们这次解决不了我们自己的铷原子钟和欧洲原子钟的接口问题,就意味着,我们之后要么只能回到两台原子钟全部采用进口货的老路,要么就发发狠,直接把进口原子钟全部替换掉!

想到这里,谢成章眼前一亮:哪怕这次接口问题得到解决,从下一颗天罡卫星开始,我们也应该干脆全部采用纯国产原子钟!虽然性能上有可能受些影响,但至少完全可以避免被卡脖子,那种滋味实在太难受了!

他马上在自己的本子上写下了"全国产原子钟"和"持续改进"这两个词。

将近中午的时候,张国辉打来了电话:"91所已经完全定位问题,爆炸螺栓和弹簧的确是批次问题!他们,不,我们已经在上午完成了整个批次的检验工作,还发现了其他类似的问题。好在还没有装机,我们还有时间去调整。"

早上会议之后,谢成章就把张国辉派到91所那边去了。听完张国辉的汇报,他的瞌睡虫彻底被赶走:"干得不错!"

"我们商量了一下,决定从其他批次调货,目前正在针对它们做装机前最后的鉴定试验,一旦通过,就发往1203院。不过,从构型管理的角度,这样做有些超流程,我们也在讨论要如何操作。"

"好,你再辛苦辛苦,在那里待着,跟91所的兄弟们一起把超流程的事情论证清楚。"

"好的。"

"另外,新的达标的爆炸螺栓和弹簧发出来的时候,也跟我说一声。"

"没问题。"

结束与张国辉的通话后,谢成章觉得精神百倍。他趁着这股劲,往胡双清他们那儿走了过去,想看看那边进展如何,结果发现每个人的表情都十分严肃,或者说凝重,眼神里满是对未知难题的探索以及疑惑。

谢成章暗叫不好,轻轻拍了拍周慧。周慧回头一看,见是谢成章,一愣,轻声说道:"小谢,你还在呢?我想着你会去宿舍稍微休息休息。"

"必须跟你们在一起啊。"谢成章也轻声说道,"方便借一步说话吗?"

"好。"周慧跟着谢成章来到了门口。

"是不是遇上了麻烦?我看大家的劲头有些受挫。"谢成章单刀直入,现在没有时间去谈虚的。

"嗯。"周慧见谢成章如此直接,忧心忡忡地点了点头,"我们一开始觉得这个问题会比较简单,包括在早上的会上,胡总也向领导汇报了。但一上午看下来,发现情况有些复杂。我们是第一次把我们自己的铷原子钟和欧洲的原子钟进行主从备份设计,感觉沟通和切换机制上还存在一些问题,有的我们可以带着往前走,但这个问题,我们不敢下这个判断。"

"那你们觉得还需要多久?刚才我从91所那边得到消息,爆炸螺栓和弹簧的质量问题已经得到解决了,他们会把合格的产品送到你们这里来。"

听到这句话,周慧觉得自己肩上的担子又重了几分,额头也渗出汗来。

午后,整个1203院都安静了下来,只有载荷测试中心的工作依旧热火朝天地进行着。宋帆快速扒了几口饭后,匆匆赶到这里。

午饭前,胡双清告诉他,马上就要发射的天罡卫星主从原子钟兼容问题并没有得到解决。而当他赶到的时候,就看到胡双清他们围在原子钟和仪器设备旁边讨论着。

谢成章也在,尽管没法参与技术讨论,还是站在一旁关注进展,因此,他也是第一个看到宋帆出现的人:"宋总好,您来了。"

"小谢,辛苦了。"宋帆冲他点了点头。来之前,宋帆跟杨红梅简单聊了聊,得知在这里的整个团队都已经是连续作战一个通宵加一个上午了。

宋帆快速走到胡双清旁边,轻轻拍了拍他:"来吧,把问题跟我说说。"

胡双清这才看到宋帆到来,又惊又喜:"宋总,您这么快就到啦?"

"嗯,让弟兄们继续按照他们的思路干着,我们俩到一边,你跟我说说目前的情况。"

"好的。"胡双清小声答应着,到一旁把情况向宋帆简要地做了介绍,宋帆听罢,皱着眉头思索着,过了一会儿问道:"两台原子钟,在交联之前,各自有没有做足测试?"

"做了,我们按照流程,每一台的测试都做足了才交联的。"

"没有为了赶进度而省环节吧?"

"这个……"胡双清眼珠转了转。

"没事,都到这个关头了,难道还有什么不能说的吗?"宋帆小声说道,语气却很坚定。

"宋总,真的没有。"胡双清斩钉截铁地回答。

"那你刚才犹豫什么?"

"我是在想,这整个过程中,我们到底有没有去省流程。"

"哦。物理接口上没有接错吧?比如把线接反了。"

"没有。"

"电气接口呢?"

"也没有,我们在交联之前都反复检查过了。"

"嗯。"宋帆点了点头,没有继续问下去。根据他多年的经验,很多时候,类似这样的问题,往往是因为一些低级错误引起的,比如接线接错,或者应该打开或关闭的开关没有打开或关闭,这样的比例估计占30%到40%。

他心里很矛盾,一方面期待眼下的问题根源也是如此,这样很快就能得到解决,但另一方面,他又不希望看到这样的局面出现,否则胡双清团队也太大意了。

胡双清紧张地盯着自己的顶头上司,脑海中飞快地回忆整个过程。他深知,宋帆虽然看上去十分随和,但要求十分严苛,而且一旦抓住问题,往往打破砂锅问到底,让他和整个技术团队又敬又怕。

直到他确定自己没有犯下低级错误,才松了一口气。而这时,宋帆的问题又来了:"这次用了我们的铷原子钟后,主从搭配的模式向此前两台都用同一型号的欧洲原子钟借鉴了吗?还是全新的搭配模式?"

"没有。宋总,我们的设计和欧洲的还是略有区别,包括接口,也是用的不同的标准,所以没法直接借鉴。"

"那在设计之初,考虑过有可能出现这样的情况吗?我是指不兼容。"

"充分考虑过了。宋总,我们虽然跟欧洲的原子钟用了不同的标准,但那也是行业通用的标准之一,并不是我们自己从头设计的标准。我们当初也意识到时间有限,所以并没有执意于完全的创新,在我们看来,把已有标准和技术进行新的组合,使之发挥出新的功用,也是一种创新,这个思路当时也向您汇报过的。"

"嗯。"宋帆面无表情地点了点头。他现在所做的,是用穷举法去找可能出现问题的环节,但胡双清显然有些防备心,生怕自己被追责。

他又继续向胡双清抛出了几个问题,同时补充道:"把你所知道的细节都告诉我,不用担心,所有的方向和思路都是我之前批准过的,你们没有责任。"

有了这句话,胡双清才进一步打开了话匣子。

不远处,谢成章一直在用余光望着1203院的总设计师和副总设计师,见他俩表情严肃地小声讨论了很长时间,直到最后,两人脸上才露出了一丝笑容,谢成章心中的石头这才落了地:看来,他们应该是找到解决方案了。

果然,宋帆和胡双清双双站起身,往团队那边走去。走到谢成章身边时,胡双清冲他点了点头,然后清了清嗓子,对团队道:"大家辛苦了!宋总刚才已经过来给我们做了会诊,我们俩已经讨论出了一个方案,接下来,请宋总给大家简要介绍一下,然后,我们立刻着手按照这个方案去行事,相信可以解决这个问题!"

所有人都转过头来,满怀期待地看着宋帆和胡双清。

宋帆并没有马上说话,而是环视大家,过了几秒钟才开腔:"大家都辛苦了,从昨晚一直忙到现在,也取得了不少进展。我和胡总商量的这个方法,我给大家简要说一说,就是还要有劳大家再辛苦大半天,时间省不了。"

"没问题!只要能解决问题,我们都不怕!"周慧答道,她的声音在这空旷的大厅里显得格外清脆。

飞机降落的时候,谢成章才从沉睡中惊醒,他这些天实在是太累了。

前几天,许庆良找到他,道:"天罡二代第一颗卫星马上就要发射了,前阵子总装测试出了问题,你也跟着熬了挺久,很是辛苦,这次发射跟我一起去现场吧。"

尽管已经安排了去一家载荷部件的供应商处调研,谢成章还是兴奋地回答:"好的,谢谢领导!"然后加班加点地把事情安排好,腾出两天来西昌。

这是他第一次来西昌。对他这样的航天人来说,西昌卫星发射中心简直是圣地一般的存在。更何况,为了这颗卫星能赶上时间节点,他和团队里的所有人,以及1203院等中宇航内外的多家兄弟单位可以说是殚精竭虑,全力以赴,才在最后关头把各项问题解决,最终将卫星顺利交付给了西昌。

明天凌晨,在距离频率保护截止日期只剩最后三天的时候,它将被长征运载火箭送入轨道。1203院的国产铷原子钟,也将第一次出现在太空。

真是意义非凡的一颗卫星!

出了机场,深呼吸着大凉山的清新空气,他无比兴奋地看着周围的青山绿树,这是在北京很难看到的地貌。

西山和香山虽美,还是缺了这里的野性。而当年,他的先辈们愣是在大凉山的峡谷深处,开辟出了一个得天独厚的卫星发射场。

鬼斧神工,还是敌不过人定胜天哪……谢成章心中无比感慨。不知为何,尽管连卫星发射场的影子都还没看见,他就觉得胸中有股热情在涌动。

从机场到卫星发射场还有几十公里,尽管一路上车开得很快,谢成章依然恨不得能够飞过去,瞬间就到。

到了发射场,他才真正惊异于这样壮观的伟大工程。

两边是层峦叠嶂的大山,这里明明应该是自然的主宰之所,可是,在这崇山峻岭之中,竟然被开辟出了如此大一片平整的场地,高耸的火箭发射架和避雷塔都达到百米,其宏伟程度一点儿也不逊色于大自然中的山峰,简直像被老天爷直接从九天之外扔下来的一样,就如此完美地嵌在了大山深处。

登记入住统一安排的酒店之后,谢成章觉得疲劳感再度袭来,倒头便睡。等他醒来的时候,已经夜幕降临。

卫星发射的时间一般都会放在晚上或者凌晨,这次天罡二代第一颗卫星的发射时间,经过精密而细致的推算后,放在了第二天凌晨四点十一分。在那之前,还有一系列的发射准备工作。谢成章虽然没有具体任务,却也不愿意错过难得的学习机会。

可以想象,此刻整个西昌卫星发射中心都处在紧锣密鼓的最后发射准备之中,火箭的检查、卫星的检查、发射架的检查,每一颗螺丝、每一处轨道,全部都要确保万无一失,他们中宇航的人此时反而更像看客。

谢成章下了床,刚接了一手掌清水打算往脸上拍,手机就响了。他连忙关了水龙头,擦干手,冲过去一看,是韩飞雪打来的电话。

"小谢,听说你在西昌?"韩飞雪直截了当。

"没错,我在呢,你呢?"

"我也在啊,要不要出来聚聚?"

"聚聚?明天凌晨发射,你们不需要准备吗?"

"那都是发射中心和其他部门的事情,我们设计的活儿已经干完啦,这次过来算是领导给的福利吧,让我们看看自己的成果。"韩飞雪呵呵一笑。

"巧了,我也是。"谢成章道,"不过,晚上你们内部没有聚餐吗?"

"我们唐院士和刘总自然有安排啦,跟你们的彭总、冯总、许部长、曾部长还有好些其他单位的领导有小范围会议和聚餐,不过,应该都只是简餐而已,也轮不到我们。正好,我们哥几个聚聚,还图个自在!"

"嗯,那我们就过十分钟在酒店大堂见吧,你们也住发射中心安排的酒店对吧?"

"好,这里只有一家酒店,倒也挺方便。我们这边就我和田长翼,你那边除了你,也可以叫上别人哟。"

"就我一个,待会儿见!"

他们的晚饭就在基地附近的一家小饭馆解决,由于不知道发射准备过程中会不会出现突发状况,他们也不敢吃得太放松,更别提喝酒了。可是,当饭菜都端上来之后,田长翼来了一句:"要不……我们仨稍微整一点?"

"这样不太好吧?"韩飞雪咽了一口口水。

"少喝点,定量!"田长翼说着,又转头问谢成章,"你没问题吧?"

"听客户的安排。"谢成章笑道。

二两白酒下肚,田长翼的话明显多了起来。他是三人之中年纪最长的,参与天罡项目的时间也最久。

"老弟们哪,你们是不知道我们当年有多苦,各种被人瞧不起,不待见,好不容易把天罡一代搞上天,又被说成是落后的产品,没什么大用处,这些年我们憋着劲呢!现在可好,二代终于按照当初的计划启动部署了,我心中这口气终于可以好好出出了!飞雪,你都没法完全体会我此刻的激动心情……"他一边说,一边冲着韩飞雪举杯,谢成章看过去,发现他的眼眶中竟然泛出了点点泪光。

韩飞雪也像是要哭出来了,两人酒杯相碰,各自一饮而尽。

谢成章深受触动，觉得自己的鼻子也一酸，眼泪差点就要掉下来。

"小谢啊，老弟……你们中宇航还是要继续加把劲，要跟上我们天罡系统的前进步伐呀……说起来，你们本来人就不够，还要去搞那帮欧洲人的哥白尼，真是稀里糊涂！我说老弟呀，你可要好好支持我们的天罡系统呀！"田长翼刚跟韩飞雪喝完，便又转过头来跟谢成章喝，谢成章拼命点头，毫不含糊地干掉自己的那一杯。

"好了，差不多了，我们回去休整一下就去发射大厅吧，想敞开喝，就等发射成功了，明天晚上不醉不归！"韩飞雪依然保持着足够的理智。

三人各自回房，谢成章去刷了个牙，用冷水洗了把脸，让自己保持清醒，再换了一身衣服，定了定神，往发射中心走去。

大厅里已经满是翘首以待的人，前排的操作位上座无虚席，后排的观察位上也坐得满满当当，包括谢成章在内的许多人都只能在更后面的区域站着。但是，每个人的脸上都散发着憧憬和兴奋的光芒。

他觉得之后的这个把小时过得十分漫长，直到熟悉的倒计时声响起。他连忙如现场的所有人一样死死盯着火箭发射架。

伴随着巨大的轰鸣声，火箭底部火光四起，将那股炙热传遍了整个发射场。随后，火箭如腾云驾雾一般，缓慢而坚定地往夜空奔去，带着所有人的希望。

从西昌回到北京后，谢成章时不时就会沉浸在发射那晚的回忆中。火箭的轰鸣声，全场爆发出的雷鸣般的掌声，人们狂喜的表情和脸上挂着的泪光，全部深刻地定格在他的脑海里，他觉得自己一辈子都不会忘记。

"许部长，非常感谢您这次让我去参观发射。"一起去天罡办的路上，谢成章对许庆良说道。

"去体验一下对你有帮助。"许庆良道。

"嗯，非常壮观，非常难忘，我觉得所有与天罡系统相关的人都会深受鼓舞，至少我是如此，现在我真是觉得浑身充满干劲，未来五年还要发射十几颗卫星呢，这些卫星上可都有咱们的心血！"

"没错。不过，年轻人要志存高远，这天罡二代才实现亚太覆盖，距离实现全球覆盖还是有不少路要走，我希望你们可以以天罡三代为目标去奋斗！"许庆良鼓励谢成章。

"请您放心！我想，今天天罡办召集咱们开会，估计也是讨论下一步的发展吧。"

两人聊着，不知不觉就到了天罡办门口。

办理好手续，跟几个老朋友打过招呼，许庆良便带着载荷系统部各组的骨干进了会议室。

刘波等人已经在会议室等候了,一见许庆良就打趣:"许部长啊,现在天罡二代开始部署,你们以后可别嫌活儿太多干不完啊。"

"刘总说笑了,现在局面打开了,大家都看到了希望,自然是干劲十足。不信你问小谢,这次西昌他也去了。"许庆良回应。

"是啊刘总,哪能嫌呢？恨不得活儿越多越好,一定全力支持天罡办的工作。我们年轻人别的没有,就是耐造！"

"哈哈哈,小谢之前确实没少来我们这儿,相信之后我们的合作会更加紧密的。"

众人又寒暄了几句,会议便进入正题。

一上午的会开完,谢成章只觉得浑身乏力。他还是第一次与刘波这个层面的客户领导开会,多少有些紧张,如此一来,精力耗得更快。

"小谢,你们先回去吧,我还有点事情要跟刘总单独聊聊。"许庆良示意谢成章他们先走。

"好的。"

在回办公室的路上,谢成章的思绪依旧活跃,脑海中还在回顾会上的关键细节。的确如刘波所言,天罡二代首颗卫星的成功发射,让天罡办扬眉吐气,一扫过去十年的阴霾。这次一口气计划了十几颗卫星,的确雄心勃勃,虽然与GPS、格洛纳斯和哥白尼依旧存在差距,毕竟后三者都是全球卫星导航系统。但除去中国,这个世界上也没有其他国家或组织能够一次性规划十几颗卫星的发射和星座的部署了。

"如果一定要指出瑕疵,那就是你们的国产化节奏还不够快。"谢成章耳边又响起刘波的话,"我们从你们这采购的天罡二代卫星,价格上依然没有什么优势。说实话,如果不是因为这是国家战略资产,必须从你们中宇航买,我们完全可以有更多的选择。但是,即便是你们制造的卫星,载荷方面依然有不少关键部件是进口的,光一台原子钟就价格不菲。所以你们还是要加快国产化的步伐啊,我想唐院士也有同样的期待。"

"另外,可靠性方面也有待加强。当然,这跟你们这次尝试了一些国产部件有关。而之所以关键部件还需要用进口的,也是从保证可靠性的角度考虑,这我都理解,国产化也不能牺牲可靠性,这个平衡得靠你们把握。"

第9章
唇枪舌剑

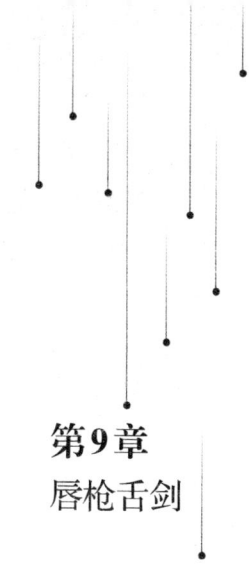

转眼又要过年了，这是谢成章转岗到卫星导航事业部后将要度过的第四个春节。在刚刚结束的年终总结会上，许庆良宣布了新一届的人事任命，谢成章因在主持系统组工作期间表现优异，被正式提拔为组长。

"小谢，好好干！我很看好你！"许庆良对他说。

三年来，谢成章带着组员对关键器件部件国产化的工作进行了深度分析和研究，对应的关键器件部件都已经找到了攻关合作单位，要么是如1203院那样的中宇航下属单位，要么是中科院等其他优势单位，而且取得了不少突破。就拿铷原子钟来说，不但兄弟单位已经研制出来，他们1203院也已经把第一台国产钟装上了天罡二代的第一颗卫星，这可是个了不起的成就。

等到更多单位把国产化方案拿出来之后，如何将整个天罡卫星的载荷进行由点及面的国产化升级替代，会是十分重要的课题。

不管如何，能够得到认可，谢成章还是很开心的。他也深知，这与哥白尼项目有着直接关系。如果不是因为事业部为哥白尼项目派去了不少有经验的前辈，他恐怕没法这么快站在舞台的聚光灯下。

"秦大美女，还是你们哥白尼项目有魅力啊，我们的骨干全部被挖过去了，导致我现在是猴子称大王……"谢成章拨通了老同学秦湘悦的电话，开着玩笑。

过去三年，他们时不时通个电话，互相介绍两边项目的进展。谢成章明显感觉到，哥白尼项目的进展要比天罡快多了。而几乎每一次，秦湘悦都会一如既往地试图说服他加入中欧合作的大势中去。

"恭喜恭喜啊,谢大组长,以后可别看不起我这个小小的副主任科员呀。"

听谢成章说完近况,秦湘悦为老同学感到开心。她自己也因三年考评均为优秀,正式升为副主任科员。

"你这说的是哪里话!"谢成章知道她也是在开玩笑。

两人又闲聊了几句,谢成章笑着问道:"你今天怎么不游说我加入哥白尼了?"

"唉……"秦湘悦叹了口气,沉默了。

谢成章感到有些意外。这些年来,他从未感到秦湘悦情绪低落过,无论是在学校,还是工作之后,他一直都觉得秦湘悦的人生道路是一条铺满锦缎的大道。

"算了,跟你说说吧。"秦湘悦仿佛下了很大的决心才说出这番话,"现在哥白尼项目的前景有些变数,所以,我才没再怂恿你过来,更何况,你在中宇航发展得也挺好啊,在这样的情况下我还继续忽悠你来哥白尼,岂不是害了你?"

这倒是谢成章始料未及的:"怎么会呢?如果真的前景堪忧,我们就不应该再继续投入人力物力财力了吧?"

"嘻,我刚才说的只是我的个人感受,不承担任何责任。"秦湘悦的语气恢复了谢成章熟悉的俏皮,"再说,只是变数而已,并不是已经黄了。"

"哦,那你为什么会有这种感觉啊?难道仅仅是基于女人的第六感?"谢成章也将气氛继续朝着轻快的方向推。

"国际合作嘛,受国际形势的影响很大。前几年中欧就哥白尼计划达成合作协议的时候,欧盟那几个主要国家的领导人都还是比较亲华的,这几年新人上台,似乎打算采取不同的外交政策,尤其是对华政策,目前看起来,到底会走向何方,我也说不好,毕竟这是外交部的事情,他们才有专业判断,我只是纯粹从日常工作中感觉到我们的合作不如前两年那么亲密无间了……"

"所以,你的意思是,如果继续这样发展下去,迟早会对哥白尼项目的中欧合作造成影响?"

"是的,我们科技部可是投了钱的,欧盟也给过非常明确的承诺,我们可以拥有哥白尼系统的全部使用权和部分所有权。但是,如果最后他们实现不了这个承诺,对我们来说,似乎也不可能当冤大头吧?"

"我觉得,全部使用权比较好说,毕竟系统建成后,会是全球覆盖的卫星导航系统,他们还能不让咱们用不成?但这个部分所有权要怎么解读呢?"谢成章有些不解。

"包括你们中宇航在内,我们组织了一批专家投入到哥白尼系统的一些具体工作中,这些都是与欧盟经过艰难的谈判之后得到的工作份额,用我们科技部投入的经费支持的。比如,为哥白尼卫星设计载荷,在我国境内建立哥白尼卫星的地面站,一起设计哥白尼接收机和推广哥白尼的应用,等等。说白了,这些工作,或者项目,全都是哥白尼计划,或者说哥白尼卫星导航系统建设的一部分,如果没有中国的参与,欧盟也需要做这些事,只不过他们要自己掏钱。现在,中国愿意掏钱,但这部分工作得由中国的企业负责,欧盟考虑来考虑去,也算同意了。所以,这些事一旦做完,成果自然就属于这些企业,属于中国,我们也就拥有部分所有权。"

听完秦湘悦的描述,谢成章彻底明白了。应该说,这样的合作机制对于国内包括中宇航在内的单位来说,还是非常有吸引力的。首先,有经费支持,不用自己掏钱;其次,可以为世界先进的哥白尼系统提供真正的子系统、设备或产品,这就意味着可以通过这些项目大幅提高自身能力,满足国际要求。

"在想什么呢,是我说得还不够清楚吗?"没听见谢成章的回应,秦湘悦问道。

"不,不,你说得非常清楚了,说得我茅塞顿开啊。"谢成章连忙笑着回答。

"那就好。对了,我跟你说的这些话你千万别说出去啊,毕竟都是我个人的判断……还不是为了给你一点风险提示,否则,我才不说这么多呢。"

"谢谢秦大美女,改天我请你吃饭。不过,我也算是个另类了……"谢成章自嘲,"哥白尼项目这么大的诱惑力,我居然还坚持在天罡干。"

"不,不,说实话,我还是挺佩服你的,被我说了那么多次都没说动,真是铁石心肠,哈哈哈。"

听完秦湘悦这句话,谢成章不知为什么,脸一红,好在身旁没人看见。

秦湘悦决定不回家过年了。整个南方地区都遭受了严重的雪灾,她的老家湖南尤其如此,航班取消,铁路停运,没完没了的冻雨和冻雪把大片地区锁在冷酷无情的零下世界,春运受到了前所未有的影响。

当然,她工作上棘手的事情也相当多。

"最近欧盟那边的动作有些频繁。你们看看,他们又发来一些材料,说咱们提供的设备有问题,他们不愿意装到哥白尼卫星上去,想以保证项目进度为借口,说服咱们让他们自己的企业来干这部分工作。欧洲人不过年,他们倒是很有劲头,只是咱们得辛苦辛苦了。"

放假前,张衿召集国际合作处的同事开了个会,介绍哥白尼项目的最新进展。

"您是说,欧盟想用我们的经费资助他们的企业干活?"秦湘悦问道。

"你看问题看得很准!被他们那一堆邮件和材料掩盖的真实意图,我想也是如此。"

"这怎么可能?！这不是动摇合作根基了吗？部分所有权是我们的！如果不让我们的企业供货,所有权从何而来呢？"

"小秦,我理解你的心情,但是,我们是政府部门,要非常公正客观地去看待这个问题,除非我们能够证明我们的企业的确能够满足欧盟和哥白尼系统的要求,否则,我们在反驳欧盟,说他们的诉求不合理之前,就没有底气。毕竟,系统按照设计指标建成,能够可靠、安全地为全球提供服务才是最重要的。"

听到这里,秦湘悦稍微冷静了一点。到底中宇航及其他企业是否能够按照欧盟的标准和要求提供合格的产品和设备,她的确没有十足的把握。倒不是说她对国内企业的产品没有信心,而是我国的航天系统一直都是在封锁中成长,沿着自己摸索出来的道路前进。这条道路应该是行之有效的,但是否能满足欧盟的要求,她不得而知。毕竟,系统的顶层设计和定义是人家定的。

散会后,秦湘悦回到办公室,看着从地球另一侧发来的各种材料,越来越觉得自己前不久的预感不仅仅是预感,这让她的心情有些低落。她站起来,离开办公桌,在屋里走来走去,这股情绪却始终无从消解,于是她拨通了一个电话。

"喂,秦大美女,给你拜个早年!"电话那头的声音十分轻松。

"我也给你拜个早年。"秦湘悦笑了笑。

"准备什么时候回老家呀？"

"不回了。"

"啊？"谢成章感到一丝意外,不过马上反应过来,"是不是因为雪灾回不去？"

"是,也不是。还记得前不久我们电话里说的事情吗？我觉得我当时的预感可能要成真了。"

"预感成真……"谢成章把眼珠转了几圈才回想起来,"哦！你说的是哥白尼计划要黄？"

"哥白尼计划不会黄,我说的是,中欧在哥白尼计划上的合作可能要黄。"秦湘悦纠正他。

"好了,不管怎样,马上就要过年了,你就别太发愁啦!"谢成章心中有了一个主意,但是却犹豫要不要说出口,急得在电话那头直挠头。

"反正也不回老家了,正好有时间好好梳理梳理工作上的事情。"

"嗯……这个……那个……我……我在想,要不……过年期间请你吃个饭吧,请你吃饭……别误会,不是大年三十、初一、初二这种日子,我们肯定要走亲戚的。我是说,初三或者之后,找一天,我请你吃饭。毕竟是过年,你一个人在北京,无亲无故的,作为老同学,也得表示一下不是？"飞速思考之后,谢成章终于把刚才的想法说了出来。

"好啊！有人请客吃饭，当然是好的。"秦湘悦抿嘴一笑，爽快地答应了。

"好，那就初二联系吧，你这两天要是有什么需要帮忙的，尽管吩咐！"谢成章压抑住心中的激动。

"谢谢你！"给谢成章打完电话，秦湘悦觉得心情舒畅多了。

而谢成章那边，心中也乐开了花。他左思右想，想出了一个主意，于是拨通了王兼的号码："喂，拜年。在余姚了吧？"

"唉，别提了。没回去，在折腾公司的事情呢，你要是不给我打电话，我估计也会打给你。今年不是我的本命年，为什么这么背呢？"王兼有些垂头丧气。

"怎么了？出什么事了？"谢成章心中一沉。他原本的小心思是，象征性地邀请一下王兼和顾违，而他们俩大概率不会在北京，这样，他就可以毫无心理负担地跟秦湘悦单独吃饭了。否则，万一之后什么时候同学聚会提起这件事情，他会被喷死。可没想到，王兼居然还在北京。

"过年期间找一天聊聊吧，电话里说不清楚。"王兼显然没有什么谈兴。

"嗯。这样吧，我也约一约顾违。另外，秦湘悦也在北京呢，我们四个一起吃个饭。"谢成章心想，反正也没法单独跟秦湘悦吃了，干脆全部一起叫上。

"别叫顾违！"王兼突然大声叫道，把谢成章吓了一跳。不过，他很快就放低了音量："算了，随你便，叫他也行吧……能见到秦湘悦，那我肯定会来的。"

谢成章挂掉跟王兼的电话后，立刻打给了顾违。顾违的状态和王兼差不多，的确也留在北京，而且，一开始也对跟王兼吃饭表达出了强烈的抵触情绪，但很快态度便软了下去，只是仍旧一副意兴阑珊的样子，也就听到秦湘悦也出席时才略微兴奋了一点。

这下热闹了，他们仨居然都留在北京过年了，而且，似乎有大事要发生……谢成章有些迫不及待了。

大年初三的同学聚会，谢成章选在了一家火锅店，订了一间小包房，恰好可以坐下四个人。他早早就赶到那里，心情复杂地等着其他三人到来。

"新年好啊。"秦湘悦最早出现，看到她，谢成章既高兴，又有那么一丝遗憾：如果脸皮厚一点，不叫那两个电灯泡就好了……

"感谢你请我吃饭，大过年的，耽误你陪家人啦。"秦湘悦笑道。

"好了好了，我们就别再客套了，你能赏脸过来，我觉得很荣幸呢，平时哪有机会跟你吃顿晚饭。"

"你少来。这些年你请过我吃晚饭吗？请都没请,怎么还怪我不来?"秦湘悦佯装生气,转而问道,"怎么把王兼和顾违也叫上了？说真的,毕业之后我都没见过他俩。"

"这不我多此一举嘛,正好给他们拜年时嘴欠多问了一句,没想到他们俩都没回去,你说我是不是要尽尽地主之谊,不然以后他们说我重色轻友怎么办?"谢成章自嘲。

"听说他们合伙创业去了,我还挺好奇的。"

"王兼你也知道,他在学校时心思就挺活络的,一直想自己做点跟天罡卫星导航系统相关的事情,后来也的确是那么去做的。顾违其实是被他拉下水的,本来跟我一样,都去了中宇航,结果架不住王兼软磨硬泡,硬是过去跟他做了合伙人,帮他管技术和产品。"

"原来是这样。我们这些同学里最后就剩我们几个还在干跟卫星导航相关的事情,很多人都转行了。"

"是啊,这个行业是个小众市场,虽然潜力很大,不过,到底何时释放,怎么释放,我们都还在摸着石头过河。"

两人正你一言我一语地聊得热闹,就见门口进来一个大个子,不是别人,正是王兼。他第一眼就看到了秦湘悦:"哟！秦大美女！拜年拜年！正月里就有幸能见到你,今年我的运气肯定会好得爆棚！"

"王总,看你这意气风发的样子,我才应该沾沾你的运气。"秦湘悦也笑道。

王兼似乎是才注意到谢成章:"哟,你也在啊？刚才我只顾着看美女了,没跟你打招呼,我的错！"

"你小子,见色忘义,别忘了这顿饭是谁请的！"谢成章板着脸道。

"息怒,息怒,待会儿我自罚三杯！"王兼笑着坐了下来,端起桌上的茶杯,大口喝了一半,催促道,"菜点了吗？你还别说,我是饿坏了,这大过年的,外面很多店都关门,这两天我自己在家煮面都要吃吐了,多亏你请客,帮我打打牙祭。"

"嘿,你就不能注意注意形象吗？而且,顾违还没到。"

"那小子啊……不等他了,给他留点残羹冷炙就不错了！"一提到顾违,王兼的火气就上来了。

"好了好了,我不知道你们之间有什么问题,但是,今天我们老同学聚会,就别再闹别扭了好吗？有什么都拿出来说说,让我和秦湘悦给你们把把脉,你们呢,也就相逢一笑泯恩仇。大过年的,不要把不愉快带到新年去嘛。"

正说着,顾违风尘仆仆地进来了。他迅速环视包间,目光在秦湘悦脸上停留片刻后,冲着她和谢成章微微笑了笑,低声说了句"新年好",压根就没去看王兼。王兼见顾违并没有主动打招呼,也把视线移到一边,嘴巴撅着,一副不情愿的样子。谢成章见状,连忙站起身来招呼:"顾违,顾总,我们也好久不见了!拜个年!"然后冲着王兼说道:"今天我们几个难得聚一聚,尤其是请到了秦湘悦,大家都很高兴,我们一边吃火锅,一边叙旧!"

谢成章说完使劲朝王兼使眼色,王兼见状,不情愿地把头转向顾违:"你也来了。"

"嗯。"顾违这才对着王兼点了点头。

没多久,热腾腾的火锅和配菜就都端上来了,还有一瓶二锅头。

谢成章看着秦湘悦,那意思是:你也来点?

秦湘悦笑着点了点头:"行,给我一点吧。"

"还是湘妹子爽快!"

谢成章招呼另外三人倒酒,然后把自己的酒杯也满上,端起来,一饮而尽:"祝大家新年好!我们同学几个毕业后快五年没聚了,今晚确保吃好喝好!"

"干!"

王兼和顾违也饮尽了杯中酒,秦湘悦则轻轻抿了一小口,然后五官都挤到了一块。

几杯酒下肚,一开始有些拘谨的氛围终于消散,王兼和顾违的话也稍微多了起来。谢成章见时机差不多了,便怂恿道:"王总,顾总,你们俩不互相敬一杯?合伙创业不容易啊!听说这些年打开了局面,不给我们的秦大美女汇报汇报?"

秦湘悦也趁机敲边鼓:"对啊,我还真是很想学习学习呢!平时经常跟企业打交道,很佩服搞企业的,更何况你们还是我同学!"

顾违有一些犹豫,但王兼倒放开了,主动举起杯:"来吧,顾总,来一杯,我们求同存异,都是为了公司好!"

顾违这才举起杯,与王兼略微碰了碰,然后闷着头一口干掉。

"来吧,跟我们说说,你们现在什么情况?有什么心事说出来嘛!大过年的,有什么过不去的坎?"谢成章忍不住发问,他实在不想再把疑问憋在心里。

"你让他先说吧。"顾违冲着王兼撅了撅嘴。

面对谢成章和秦湘悦的目光,王兼皱了皱眉,又自己干了一杯,像是下定决心似的,狠心说道:"好吧,简单点说,我们天星展讯遇上瓶颈了,但是,对于下一步怎么走,我跟顾违的观点完全不一致。为此,我们已经吵了好几次,但谁也没法说服谁!"

顾违也叹了口气,不服输似的也自己喝光一杯,点了点头:"我们要散伙了!"

"喂喂,大过年的,别说这么不吉利的话!"谢成章听完,急了。他没想到自己这两个好兄弟竟然如此直接。

"对,能不能再仔细说说呀?你们做到今天,应该挺不容易的,为什么要散伙呢?"秦湘悦也感到意外。原本,她心中那块中欧哥白尼合作可能要散伙的石头就压得她喘不过气来,现在一听说同学的公司也要散伙,更是十分敏感。

王兼和顾违这才像竹筒倒豆子一样,把他们的事全部吐露出来。

谢成章和秦湘悦听得十分入神,时而点头,时而皱眉。

原来,两年多以前,他们的天星展讯趁着天时地利人和,终于找到了天罡系统民用应用领域的切入口——渔业,然后一鼓作气,拿下了舟山渔场和东部沿海各省不少的渔场业务,后来更是在广东进一步扩张,与本地企业海汐导航平分秋色。

可是,就在这个过程中,他们此前的员工刘实带着几个主力工程师出走,集体加入了海汐导航,成为后者在舟山渔场反攻的主力。他们原本与舟山渔场签订了五千台设备的长期协议,但因为并非绑定,导致一半的市场被海汐导航夺走。

这两年,有越来越多的企业加入竞争,可在这个关键当口,王兼与顾违对于公司下一步怎么发展,却产生了严重分歧。

"你们给说说,天罡应用的市场已经到了顶,GPS还来抢地盘,面临这样的局面,我们是不是应该换个思路,不要只盯着天罡应用了,趁现在还有点闲钱,赶紧发展GPS的应用?毕竟GPS的市场比天罡不知道大多少,而且国内厂家与国外厂家的差距还十分明显,我们如果可以与一些还没进入中国市场的国外领先厂商签署独家代理协议,岂不是可以很快利用这个差距占据中国市场?然后用其中赚来的钱,找一个合适的时机再切回天罡应用。到今天,天罡系统在天上都没几颗卫星,我知道它迟早会发展成全球覆盖的系统,但在那之前,我们不能等啊!"

王兼的脸已经有些泛红,一半因为火锅的热气,另一半则是拜二锅头所赐。

谢成章和秦湘悦都没有说话,而是转头看着顾违。

"天罡系统发展缓慢,我们当然不能等,但是,不能因此就放弃搞天罡啊。去做GPS代理是一条容易赚钱的路,但是,我们要做正确的事情,而不是容易的事情。什么是正确的事情?解决目前我们天星四产品中关键部件国产化的问题!

"知道为什么天星四一直没法再往前发展了吗?核心的芯片和模块都是采购国外的,想再提升性能,就得去买更好更可靠的芯片和模块。别人卖不卖另说,光供应链的成本和费用就已经远超我们参与市场竞争所能承受的了!

"如果我们咬牙去买这些更加先进的零部件,搞出个天星五来,或许从性能指标上可以甩竞品几条街,但价格也要贵很多,这样能卖得出去吗?卖不出去怎么办?降价?可是一降价,我们就卖一套亏一套,这又怎么办呢?

"所以,将现有资金投入到核心技术的研发中去才是我们的唯一出路。我们自己设计和生产芯片、模块,这样未来不但我们的供应链会更安全,成本也会大幅下降。更重要的是,我们还可以卖这些芯片和模块给其他厂商,到时候,海汐导航会不买?想想华为,当年程控交换机只能靠进口的时候,多少钱一台?他们自己搞出来之后,又多少钱一台?差距好几十倍!"

顾违也完全一扫刚进来时的闷声不响,口若悬河,思路清晰,带着非常强烈的感情和说服力,把谢成章和秦湘悦都听呆了。他们认识顾违以来,从没发现他的思路这么清晰,口齿如此伶俐。尤其是谢成章,他看到的,根本不是之前所认识的那个顾违。他一直以为,在公司里,王兼统管全局,顾违只是在技术和产品上提供强有力的支持,但现在一看,顾违的成长超出了他的想象,顾违已经完全可以跟王兼分庭抗礼。

"来,我敬你坚持自己的想法,虽然没法说服我。"王兼听罢,苦笑了一下。这套说辞,显然他已经听过不少次了。

顾违举杯与他相碰,两人再次一饮而尽,之后都没有说话,背靠在椅子上,盯着眼前热气腾腾的火锅发呆。

谢成章明白自己得跳出来了:"首先,我代表天罡办给你们道歉,当然,他们不一定让我代表……天罡系统的发展赶不上你们的步伐,拖了你们的后腿。不过我恰好也是天罡系统的一分子,也得替我们的客户天罡办说句话。你们觉得天罡系统发展慢,上天快十年了也才只有几颗星飞着,我们中宇航的卫星也卖不出去,慢不慢?慢!慢得跟蜗牛一样!但是,他们有很好的规划。去年天罡二代的第一颗卫星已经发射,我毫不怀疑,到了2012年,我们的覆盖区域将会扩大到整个亚太地区!天罡三代也在构思了,目标是在2020年完成全球覆盖!怎么样?三步走计划,每一步都在稳步推进呢!"

"哼,三步走,三步走,我们都知道,但是,我们公司可没法等到2020年。"王兼撇了撇嘴。

谢成章笑道:"这个得怪秦湘悦了,他们搞的中欧合作把我们好些骨干都拉去做哥白尼项目了,耽误了天罡的进展。"

他半开着玩笑,试图将王兼和顾违的对立情绪再度缓和下来。

"喂,喂,谢成章,哥白尼怎么就影响天罡了?欧盟搞他们自己的,天罡办在进度上比不过人家,怪谁?的确,我们有不少优质企业去参与哥白尼项目了,包括你们中宇航,可是,天罡办可没人去啊,他们作为系统的总体设计方,不应该受到任何影响。"秦湘悦笑着辩解。

"虽然天罡办没有受影响,但是我们中宇航受影响了啊!比如说,本来我们今年就可以研发出新一代天罡载荷和卫星,支持天罡办的系统升级和扩展,结果骨干都去了哥白尼项目组,耽误了进度,那天罡办的卫星部署会不会受影响?当然会啦!"

谢成章这么一说,王兼和顾违的注意力果然都转移了,一下子忘了两人之间的分歧。

"好,你说得有道理,不过,国际合作这条路肯定得走,不能闭门造车嘛。"

"咦,之前你不是还跟我说你担心中欧合作会黄,怎么今天开始捍卫起来了?"

谢成章一边笑一边看着秦湘悦,他现在就是想让大家趁着酒意把心里话都说出来。同学之间难得聚一次,就不要设防了,更何况,他是真心希望通过自己的努力,能够弥合王兼和顾违之间的分歧。

"唉,你既然这么问,我也就不瞒着大家了。现在,我们和欧盟之间的确就一些关键问题产生了分歧。我为什么要留在北京过年?就是因为欧盟那边来了一堆材料,领导让我仔细分析分析,年后肯定少不了要跟欧盟谈判,不,吵架……"

"哦?真的吗?原来哥白尼合作遇到麻烦啦?"

王兼听罢倒是来了精神。虽然哥白尼项目与他没有什么关系,不过,他一直都听说哥白尼系统是目前最先进的全球卫星导航系统,计划在2012年建成运营,从公司的发展角度来说,他不能不考虑进入这块市场。现在,如果中欧合作遇到问题,整个系统的建设势必也会受影响。

"对,欧盟似乎不太愿意兑现他们之前的承诺,把哥白尼系统的部分所有权开放给我们。"秦湘悦抿了一口酒。

"这个在我看来太正常了,谁都想把核心的东西抓在自己手上,凭什么掏了钱就要享受所有权?整个系统的顶层设计、星座设计、性能指标设计可都是欧盟自己搞出来的。"顾违在旁边冷不丁插了一句。

这话让大家都有些啼笑皆非,谢成章赶紧敬了顾违一杯酒:"佩服顾总时刻都在考虑自主性!"

这一点,谢成章的确深受触动,他们天罡卫星载荷系统部又何尝不是如此呢?

"话虽这么说,但协议就是协议,既然签了协议,就要认账,总得有契约精神吧?他们欧洲人不是号称最遵守契约精神的吗?"秦湘悦冲着顾违回应道。

"哼,对我有利的时候,我就遵守契约;对我没好处时,我就找借口撕毁契约。

他们欧洲人几百年来不都是这么干的吗?"顾违不以为然。

"我完全理解你的情绪,不过,国际合作可不能这么感情用事。我还没有把具体的情况分析清楚,没准接下来这段时间,还得请各位同学帮我分析分析呢。"秦湘悦十分自然地规避了与顾违的继续讨论,举起酒杯敬桌上的同学们,"尤其是你,谢成章,你们中宇航在哥白尼计划中方参与项目中的表现到底如何,我回头肯定会向你请教。"

"这个好说,随时欢迎!"谢成章一口气干掉了杯中酒,然后趁着醉意又满上一杯,站起身来对大家说道,"敬2008!今年一切都会好起来的!"

正是清晨时分,秦湘悦匆忙下了出租车,小心翼翼地小步快跑,往眼前的友谊宾馆会议厅而去。她很久没穿正装和高跟鞋了,生怕自己一不小心摔倒。

进入会议厅前,她不自觉往旁边扫了一眼,门前的树上隐约长出了一丝新绿,不再是光秃秃的树干。

春天到了……她的心境不由得被一种清新和欢快充满。

然而,即将开始的会议主题却很沉重。

欧盟代表团从今天开始,将与科技部卫星业务中心以及不少参与中欧哥白尼合作的中方企业开会,就春节前发来的各项材料进行澄清、讨论和谈判。

昨晚,国际合作处的所有人都加班到深夜,将材料理顺,张衿又把今天的会议策略与立场向大家做了最后的宣贯。

"欧洲人这次很狡猾,刻意在春节前给我们发材料,让我们没法安心休假。这个春节刚过没多久便火急火燎地跑来,想速战速决!不过,我们的原则很简单,要按双方高层领导人签署的协议精神行事,不论有什么理由,都不能推翻这个框架。换句话说,框架内的事情,我们有充分的灵活性,什么都可以谈,但如果要超出框架,则免谈。当然,也不是说不能谈,只不过,我们的授权只到此而已,如果他们希望突破框架,我们只能向上级领导汇报。"张衿总结道。

欧盟的人很快也都到了,带队的是欧洲空间局哥白尼项目国际合作负责人沙维·匹诺蒂,来自西班牙,四十来岁,中等身材,总体保养得不错,看上去很有精神,一头褐发整齐地向后梳着,透露着精明。高耸的鼻梁上戴着一副细框眼镜,留着短短的胡须。

同行的另外三人,一个是跟匹诺蒂同龄、身材却有些发福的法国人杰瑞米·皮凯,是他的副手;一个看上去三十岁出头的意大利人托尼·耶罗,在团队中负责技术;还有一个三四十岁的中国女人林枫雪,在欧盟驻华代表团科技合作处工作,负责本地支援、对接和翻译。

这几个人秦湘悦都见过,过去的几年,她就一直在跟他们打交道。

待他们坐定,张衿开始了会议:"匹诺蒂先生,各位,欢迎来到北京,这是我们2008年的第一次会面,谢谢你们不远万里过来。过去的几年,我们的合作十分愉快,我相信,今年我们一定可以更进一步。"

"张先生,我们感到很荣幸,能够在美好的春天再次见面。我一直很喜欢来中国,尤其是今年,我们一定要让哥白尼项目取得更好的进展,这样……夏天我再过来的时候,就可以觍着脸皮让您为我们弄几张北京奥运会的开幕式门票了。"

不得不说,匹诺蒂十分擅长营造开场气氛。不过,随着会议的进行,气氛逐渐变得凝重起来。秦湘悦能够清晰地感觉到自己的呼吸开始变急促,胸口的压力也在增大。

欧洲人有备而来,将框架协议解读得十分细致。

"双方领导人签署的框架协议原则必须要遵守,这一点,我们与各位完全一致。但是,魔鬼在细节里,当我们仔细去审读协议中的每一章每一节的时候,才不安地发现,我们欧盟的哥白尼系统被暴露在很大的风险之中。"

匹诺蒂说完,他的几名团队成员也纷纷帮腔,增加细节。

张衿冷静地盯着他们,等他们把话全都说完,才用不疾不徐的腔调回应:"我理解你们所说的风险。所有的项目都有风险,更何况哥白尼这样一个雄心勃勃的、全球最先进的卫星导航系统。所有的国际合作也都有风险,尤其是中欧之间的合作,毕竟我们相隔万里,有着不同的社会制度和文化背景。不过,谈及风险的时候,有一点我们不能忽视,那便是,风险的来源到底在哪儿?尤其是最大、后果最严重的风险来自哪儿?刚才,匹诺蒂先生和您的团队介绍了这么多,无非是想说,参与哥白尼合作的中方企业提供的产品无法满足哥白尼系统的需求,从而可能导致哥白尼系统性能指标无法达标而出现延误,我总结得正确吗?"

尽管表现得波澜不惊,张衿内心却十分紧张,正在绞尽脑汁思考反击的方法。他们在内部演练时,料想欧盟会从这个角度切入,也构思了一些粗略的反击策略,包括质疑他们只是臆测,只是因为文化差异而对中方企业不够信任等等,他们原以为,通过这种方式,会让双方进一步审视各自的立场,但没想到,今天只是这一轮谈判的第一次会议,他们竟然就如此单刀直入。而且他们提供的数据非常翔实,尽管没有中方企业在场,他以自己多年的经验判断,如果这些数据都是真实客观的,欧盟的主张并非没有道理。所以,他此刻只能采用拖延战术,通过一些场面话,将问题抛回给对方,来争取一些思考时间。

"张先生,我不能说您的总结是错误的,毫无疑问,它简化了我们的观点,我可以认为您的简化基本正确。"匹诺蒂十分狡猾,并没有费口舌解释。

张衿沉默了,正当场面要朝着对他不利的局面演化时,一个动听的女声从他身边响起:"所以,匹诺蒂先生,您认为如果中方企业提供的产品无法满足哥白尼系统的需求,就会成为你们项目延误最大的风险,对吗?"

秦湘悦适时地站了出来,因为她发现刚才张衿在描述这个对方抛出来的风险时,并没有加上假设,这样一来,有可能会让对方误以为他认可了"中方企业提供的产品无法满足哥白尼系统的需求"这样一个假设条件。所以,她决定首先把这个假设条件强调出来。

"秦小姐,你的话便有点曲解了。请注意,我们的观点是,这件事情已经发生了,而不仅仅是一个假设,这也是为什么今天托尼会跟我们一起来到北京。你也看到了,他刚才提供了非常详细的数据,这些都是无可辩驳的。"匹诺蒂微笑着回应。

秦湘悦也笑着:"哦?谢谢匹诺蒂先生的提醒。首先,我想指出,数据的详细程度是一回事,数据能够反映什么问题,以及数据的客观性则是另一回事。我们都知道,数据像一个任人打扮的小姑娘,可以展现出各种不同的面孔。"

听到这里,匹诺蒂歪着头笑了笑,仿佛在赞赏秦湘悦的表现。

"再者,如果我们愿意退一万步,假设耶罗先生提供的数据都是准确的,我们中方企业提供的产品和子系统没有满足哥白尼系统的性能需求,我也不认为这算什么大的问题,它对于哥白尼项目的进展影响微乎其微。"

秦湘悦有意停在这里,她知道对方会沉不住气。

张衿此刻有些感激地看着秦湘悦,又有些诧异。在他们的演练中,并没有这样的安排。

"小秦,你这是什么意思?"匹诺蒂尚未回答,林枫雪就按捺不住了,直接用汉语问道。

"林姐,我的意思是,哥白尼项目面临的风险和困难有很多,先不说你们认为中方企业不能满足你们的要求这件事到底是不是真的,即便是真的,也不会是哥白尼项目的头等风险,甚至连前三都排不上。"秦湘悦客气地回答。

匹诺蒂这时才开腔:"有意思。秦小姐,可以说得更明白一些吗?如果这样大的问题都不算我们的风险,什么才是呢?"

尽管依旧努力保持着风度,但匹诺蒂此时的神情已经不如刚才那般轻松。

秦湘悦心中冷笑,双手一摊:"最大的风险,您肯定比我们更清楚,不是吗?"

"我们西方人喜欢直来直去,请你把话说清楚!"

从匹诺蒂的语气中可以嗅出一丝丝恼怒,这正是秦湘悦想要的,她这时才缓缓问道:"请问,你们欧盟有多少个成员国? 是不是都参与了哥白尼计划呢?"

听见这句问话,匹诺蒂脸色一白,嘴巴半张,一时说不出话来。

他旁边的几人,包括林枫雪,也都呆住了。他们显然都没想到,秦湘悦会问出这个问题,也敢问出这个问题。

在过去的几年里,秦湘悦更多是一个支持者的角色,在张衿和崔静旁边打下手,所以他们一直没怎么把她这样一个年轻的女人放在眼里。

张衿猛然明白了秦湘悦的用意,他十分激动,但又刻意压抑自己心中的惊喜,显得依旧面沉似水。旁边的杨红英和马小杰则没有弄明白秦湘悦到底想干什么,有些诧异地盯着她。

会场上的所有人都沉默了,匹诺蒂如坐针毡,咬了咬牙打破僵局:"秦小姐,我很尊重你,不过,我不认为这个问题与我们今天讨论的议题有相关性。"

"好,那我收回我问题的前半句,后半句总归与哥白尼项目有关了吧?"

匹诺蒂脸上的肌肉抽搐了一下,狠了狠心,回答道:"是,我们欧盟的成员国都参与了哥白尼计划,它是我们欧洲的骄傲,也是目前全球最先进的卫星导航系统。"

"那是自然,不然我们中国也不会投资加入,对不对?"秦湘悦笑道,"欧盟是一个大家庭,自然也不会落下成员国中的任何一个。"

匹诺蒂的脸色有些难看,他盯着秦湘悦,一句话也没有说。

"小秦,我不知道你问这个问题的用意是什么,也不知道你刚才这么说跟我们今天的主题有什么关系。"林枫雪赶紧跳出来继续帮匹诺蒂渡过这难堪的时刻。

秦湘悦决定不再卖关子:"好吧,如果你们真的没有意识到我的问题意味着什么,以及跟我们今天的主题有什么关系,那我就说得更加明确一点。哥白尼计划,哪怕中国不参与,也有你们欧盟的所有成员国参与,每一个成员国都会做出贡献,也都会主张回报。试想一下,把一块比萨饼分成27份,是不是不太容易? 而在哥白尼这样的复杂项目中,如何平衡和协调27个主权国家的利益与诉求,我相信不会比分比萨饼更简单吧? 如果你要问我,哥白尼项目最大的风险是什么,我相信这就是。"

这段话一出口,仿佛一阵寒风,凝固了整个会场的空气。

张衿憋住想要喝彩的心情,尽量让自己的呼吸平缓。而匹诺蒂和他的团队成员此刻一个个都目瞪口呆,面色惨白,只有林枫雪的脸涨得通红。他们每个人都感到了秦湘悦的话对他们立场的无情打击,可是,没有一个人有反驳的能力。

过了好一会儿,皮凯才强打着笑容回应道:"秦小姐,我认为你刚才的话有失公允,充满了臆测和偏见。我们欧盟有自己的组织方式和行事流程,你对它的攻击是充满恶意的,我恐怕要抗议了。"

秦湘悦摊了摊手:"很遗憾,你们会认为我基于事实的描述是对你们的攻击,但那并不是我的本意。我只是希望双方基于事实,把各种风险因素都拿到桌面上来,然后一起分析,到底哪些才是真正关键的。要知道,我们也投资了巨款到哥白尼项目的合作中,我们也不希望看到它延误,在这一点上,我们的利益是一致的。所以,当我们发现项目有延误的巨大风险时,当然有责任指出来。比如,我们之前的投资是基于整个哥白尼系统能够按照你们此前计划的,在2012年建成并投入全球运营这样一个前提做出的决策,作为投资方,我们自然希望投资回报等财务指标可以实现我们的目标。如果因为欧盟方面导致项目延误,从而导致我们不得不追加投资的话,我想,我们有权利跟你们探讨因为延误造成的额外投资双方应当怎样共担,而不是自然地认为中方会承担全部,对不对?"

这番话一出,皮凯也闭上了嘴,会场又陷入一片静默。

"秦小姐的观点十分有趣,而且我们今天也是第一次听到,我建议我们先搁置这个议题,谈谈别的吧,毕竟这次我们特意来到北京,要讨论的不仅仅是这一个议题。"匹诺蒂毕竟经验丰富,迅速恢复过来,并且试图转移焦点。

"好啊,只要我的领导觉得没问题。"秦湘悦也觉得可以见好就收,并没有继续穷追猛打,而是看了张衿一眼。

张衿心领神会,这才开腔:"没问题,匹诺蒂先生,先把这个议题搁置吧。"

刚才憋了这么久,终于可以说话,他实在无法压抑语气中的喜悦之情。其他人听到此时,也不得不对秦湘悦刮目相看。

当天的会议结束,送走匹诺蒂他们之后,张衿带着团队留下来总结。

"小秦,你今天的表现太棒了!我们会前准备的时候没见你抛出这个角度,是有所保留吗?"张衿笑着问道。

"不,张处长,我这纯属即兴发挥。当时觉得他们欺人太甚,于是想,与其自辩,不如他打他的,我打我的,直接去攻击他们的软肋。说实话,我并不知道哥白尼计划会不会因为欧盟成员国内部的'分赃不均'而延误,我只是凭直觉,认为它不会按照计划如期完成。"

"很好,很好,多亏你这个灵光一现,我们今天总体来说还是站住了立场。不过,我们虽然暂时没让欧洲人占到什么便宜,但还真得跟中宇航等几家单位好好沟通沟通,看看人家拿出的那些数据到底是否真的站得住脚。如果我们的产品真的满足不了他们的需求,这也是一个麻烦事。"张衿严肃地说道。

"是的,我也这么认为,打铁还需自身硬,我可不想咱们费了半天劲,最后发现是自己的工作没做好。"秦湘悦十分赞同。

"这样,我回去就嘱咐崔静,让她来统筹,争取这两天就拿到各家单位的反馈。红英、小杰、小秦,你们要好好支持崔处长。我也会去向领导汇报一下今天的情况,也让他们直接去联系各家单位的领导层,让他们引起充分重视。"

张衿开始布置任务。他此刻已经把刚才的喜悦抛至脑后,反而心中有些隐隐的担忧。他在体系内浸淫多年,深知有些单位会为了门面和宣传效果,大张旗鼓地去参加类似于哥白尼这样曝光度高的项目,但在具体实施过程中,又因为重视程度不够,或者能力不足而掉链子。

崔静让杨红英和马小杰一组,汪菲和吴坚一组,分别去跑另外两家哥白尼项目的中方合作单位,她自己则带着秦湘悦在第二天一早来到了中宇航总部9楼。

许庆良在办公室热情接待了她:"崔处长,真是稀客啊!你能过来关心关心我们,真是太难得了!请坐,想喝点什么?"

"许部长,您太客气啦。平时我来得少,给您道歉。"崔静笑着打招呼。

"别这么说,我们万分欢迎你们来指导工作!"

两人坐下寒暄几句后,崔静迫不及待地进入正题:"许部长,我今天过来是因为这几天欧盟哥白尼的人来了,在跟我们就合作的各项工作进行沟通和谈判。他们来者不善,意图也很明显,就是想推翻之前让中方拥有哥白尼系统部分所有权的承诺。"

"是吗?太过分了!"许庆良看上去义愤填膺。

"而且,他们带来了不少数据,想证明包括中宇航在内的中方参与单位提供的产品或者子系统都不能满足他们的需求,想以此为借口,将中方在哥白尼系统建设中,无论是空间段还是地面段所做的贡献全部抹掉。"

崔静不动声色,尽可能清晰而简洁地把情况介绍完毕,然后盯着许庆良。就见许庆良眉头一皱,嗤之以鼻:"纯属胡说八道!别家单位我不敢说,我们中宇航和我们载荷系统部肯定不会掉链子!我们受卫星导航事业部的委托,代表事业部和中宇航参与这个项目,从一开始就很重视,调集了很多优势兵力去干这事儿,可以说,本来我们的主业是天罡卫星的载荷,现在连天罡的工作都受到了影响。"

秦湘悦听着他们的对话,心中依然存在一些顾虑:不重视一件事情,自然做不好,但重视一件事情,就一定能做好吗?恐怕也未必。毕竟,她始终认为,天罡系统的载荷水平相比哥白尼，肯定是存在代差的，中宇航一直在做天罡载荷，现在一下子想参与哥白尼的载荷工作，哪怕不是提供整个载荷系统，而只是贡献其中一部分子系统，甚至相对独立的小产品，从技术能力和经验上来看，估计都是有差距的，而这种差距恐怕很难仅仅靠投入资源和高度重视就能弥补。

秦湘悦向崔静投去一个眼神，许庆良见状，再次强调："我刚才说的句句属实，你们也可以去我们部门打听打听，哥白尼目前绝对是最高优先级。这话我可不敢公开说，因为我们应该把天罡放在第一位，但也不介意在这里告诉你们。另外，如果你们觉得需要更高层领导的重视，我们可以约一个时间，请张处长带队，我把刘总，甚至冯总请出来，让他们也表个态。"

"哪里哪里，我们毫不怀疑您和中宇航对哥白尼项目的重视程度。"崔静连忙解释，"也非常感谢你们的支持，有了这样的支持，我们在面对欧盟时，腰杆也能挺起来。"

"你们在前方为国家争取利益，我们在后方对你们的支持自然责无旁贷！"许庆良最后表态。

从许庆良办公室出来后，秦湘悦觉得似乎拿到了自己想要的，却又似乎什么都没拿到，欧盟提供的那些数据依然无法验证。

"小秦，你再去跑跑载荷系统部的几个组，摸一摸更加具体的情况。我去见见其他几个部门的人，咱们分头行动。"崔静布置下了任务。

"好的，崔处长。"秦湘悦赶忙答应下来。

于是，谢成章就在办公室门口看到了一个美丽的身影。他一愣，揉了揉眼睛，才发现自己没有出现幻觉："什么风把你给吹来了？"

"哈哈，今天跟领导过来拜访你们许部长，顺便看看老同学。"秦湘悦轻声说道，走进办公室，然后把门关上。

谢成章见状，赶紧问道："看来有重要的事情？"

"嗯，刚从许部长那儿出来。"

"没说我坏话吧？"

"哪能呢？"秦湘悦笑笑，"长话短说，我今天过来是带着任务的。我们领导让我了解一下你们执行哥白尼项目的情况，尤其是对欧洲那边发过来的项目需求到底有没有满足。"

谢成章想了想，回答道："这个我还真不清楚，我目前只负责天罡。许部长是怎么跟你们说的呢？"

"那就算了，你忙你的，回头我们再聊，我再去别处转转。"秦湘悦也不想在谢成章这里逗留太久,"你们许部长倒是给我们领导打包票说你们很重视哥白尼,铺了很多资源在上面,还说甚至比天罡还重视。"

听到这里,谢成章抿了抿嘴,然后才回答:"我们铺多少资源在哥白尼上,其实最终还是要看你们的指示,以及国家的大局。还记得过年期间咱们聊过的吗?"

说完,他意味深长地看着秦湘悦,秦湘悦明白了他的意思,点了点头:"不用太久的,我们这段时间保持联系吧。"

送走秦湘悦,谢成章陷入了沉思。

他有些矛盾,只站在他的工作范围内和角度上来说,他是不希望事业部和集团公司过多地把资源铺在哥白尼项目上的,毕竟天罡现在也处于发展的关键阶段。天罡二代的部署已经开始,他们有限改进后的载荷在新一代天罡星座里的后续表现如何,就看这两年。而载荷国产化之路更是漫长,如果能够在天罡二代结束时实现部分关键部件国产化,就已经是不错的进展。但这一切,都需要资源投入,而资源又是有限的,如果给哥白尼的多了,给天罡的自然就少了。

可是,如果站在更高的角度来看,假如中欧合作和哥白尼计划是更高层面的战略,那么中宇航和卫星导航事业部,以及他所在的载荷系统部,肯定都要支持,即便这样意味着对天罡支持的减弱。

第10章
奥运行动

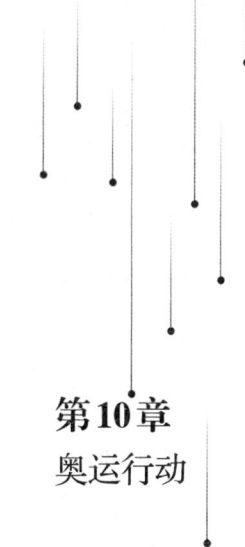

  因为还有事情要交代,崔静让秦湘悦跟她回一趟办公室,进门就看到张衿正在伏案工作,桌面烟灰缸里的烟蒂横七竖八地躺着。

  崔静皱了皱眉:"您怎么抽了这么多?"

  "下午还要跟欧洲人谈判呢,得赶紧根据昨晚跟领导们汇报得到的指示把材料再理一理。"张衿抬起头,黑眼圈十分明显,看样子昨晚熬了个大夜。

  "哦?领导什么指示?"

  "他们十分认可小秦昨天提出的那个思路,我们要紧紧抓住欧盟内部协调问题才是哥白尼项目延误最大的风险这一观点,不能被他们牵着鼻子走。"

  说到这里,张衿扭头看向秦湘悦:"我特意跟他们说,这个思路是你的原创。"

  秦湘悦脸一红:"谢谢张处长。"

  张衿点了点头,又看回崔静:"你们去中宇航调研的情况怎样?他们可是我们这么多合作单位中最重要的一家,也是直接参与哥白尼卫星载荷相关工作的,其他几家只是参与地面段或者是测试设备的工作。"

  "许部长挺支持我们工作的,向我保证说他们载荷系统部把哥白尼项目放在第一位。不过时间紧,我们没有往深里聊。"崔静答道。

  "哈哈,这倒是有些出乎我的意料。"张衿转了转眼珠,"不过很多时候,不能光看人家说了什么,还要看人家做了什么。"

  "嗯,所以我让小秦再去跑了跑下面,我则去拜访了卫星导航事业部下的其他部门。好在这几年合作下来还是认识了不少人,得到的反馈也是比较一致的。"

"那我就放心了。等他们几个回来吧,我们再议一议,你们先忙你们的。"

"好。"崔静答应下来,招呼秦湘悦到她的办公桌前坐下,开始吩咐后续事宜。

等一切交代完毕,秦湘悦起身告辞,只是快走到门口时,终是没忍住,转过身来,对着办公室里的两位领导道:"张处长、崔处长,我还是觉得有必要再深入调研一次。尽管中宇航给我的感觉还是比较放心的,但今天上午我们得到的更多的是他们的承诺和保证,而关于技术能力和交付物的指标,其实我们是没有时间,也没有足够的经验去做判断的。也就是说,如果欧洲人要较真,我们还真没有做好百分百的准备。"

"没问题啊。我跟崔处长已经想好了,领导们也给了指示,这次欧洲人只待几天时间,我们完全可以在坚持我们思路的同时也表现出足够的灵活性,留下行动项去验证他们的数据。"

"明白!"

目送秦湘悦离开后,张衿和崔静对视一眼:小秦啊,你还是年轻……不过,我们再观望观望形势吧,或许再过一段时间,这样的深度调研就没有开展的必要了,什么东西,都还是要抓在自己手上啊……

正式升任组长的这几个月来,谢成章是一天比一天忙碌。这天下午,他正在听取部门同事的汇报,突然就感到一阵晃动。不过众人都并未多想,会议继续进行。等到了晚间,谢成章回到家,正在房间里回复邮件,就听客厅里突然传来一声惊呼:"地震了!"他吓得一跃而起,站定后静止了两秒钟,使劲感受周遭的动静,发现没有任何异样,这才走进客厅:"妈,什么地震了?我怎么没感觉?"

"不是咱们这儿,是汶川!"母亲一边喊,一边指着电视。

谢成章顺着母亲的手指看过去,电视上的画面让他瞪大了眼睛。

"四川汶川发生7.8级地震,周边地区,包括成都都震感强烈……"播音员正在播报地震的消息。

"原来下午那阵晃动不是错觉!"谢成章脱口而出,有些担忧,"震级不低啊,怕是会伤亡惨重……"

"我之前去那附近玩儿过,那里都是山区,现在这么一震,一塌方,路估计都被毁掉了,救援人员可怎么进去哟。"母亲也面露忧色。

谢成章看着电视画面。播音员面色凝重,背景只有四川地图,地图上标注出了汶川的方位,并且以它为圆心画了几个醒目的红色同心圆,象征着地震区域,除此之外,什么画面都没有。新闻说地震发生在下午两点半左右,可是几个小时过去了,竟然没有地震核心区的现场画面!

看来损毁的确很严重啊……谢成章想着,突然眼前一亮:在这种情况下,只要有先锋队能够进入震中区域,利用天罡接收机,岂不是可以把现场的情况第一时间发出来了吗?地震后,电信网络肯定都断掉了,要保持跟外界的联系,只能靠卫星,天罡卫星无疑可以发挥巨大的作用!

想到这里,他连忙给韩飞雪打电话:"飞雪,看新闻了吗?四川地震了!现在一点现场的实时画面都没有往回传,那里地形又复杂,搜救工作想必极难展开。咱们天罡系统不是还有一个短报文通信功能吗,我觉得是它发挥作用的时候了!"

"我们正在开会讨论呢……"电话那头的韩飞雪回答道,"你说得没错,我们刚刚接到支援请求。震区的地面通信基础设施全部被摧毁了,所以目前无法得知具体的情况,似乎只能靠天罡的短报文通信功能了……"

韩飞雪简单交代了一下目前的情况就挂断了电话,立刻返回会议室。

"谁的电话?"刘波正在紧张地主持会议,看韩飞雪进来,忙问道。他生怕是震区又出了什么变故,现在他们在跟时间赛跑。

"小谢,提醒我们用短报文呢。"

"这小子!"刘波笑了笑,"还用得着他提醒?我们天罡系统是干什么的?不就是在关键时刻发挥作用的嘛。"

会场上的人都笑了起来。

"嘿嘿,小谢也是有责任心嘛。"田长翼也在一旁笑道。

"这个我知道。来吧,我们赶紧把后续的安排确定一下……"刘波将会议的主题拉回正轨,"目前我们的第一支救援部队已经出发,徒步强行军进入汶川县城。但这一路险象环生,他们何时能够抵达还是未知数。现在的核心问题是要尽快将处于震中地带的茂县的真实情况传递出来,不能让它成为一座孤岛。"

"咱们的王牌空降部队准备派出一个先遣小分队,携带通信、引导、侦察等装备盲跳进入震区。他们连命都可以不要,咱们可不能眼睁睁看着他们去冒险!"

"所以我们必须争分夺秒,将接收设备准备好,调整到最佳工作状态,并且在他们出发之前,送到他们的手中!"刘波斩钉截铁地说。

过去的二十多年间,王兼从未主动抽过烟,一般只有在过年的时候才会被抽烟的长辈不由分说地塞一根,抽一口得呛上半天。

而这一次,他却自己跑到楼下的便利店买了一包。他甚至不知道要买哪一种,面对琳琅满目的烟盒,他最终选了一款看着最顺眼的。

回到房间,他点燃了一根,皱着眉狠狠吸了一口。如往常一样,他剧烈地咳嗽起来。只不过,他将自己埋在烟雾中,强迫自己吸了第二口。

一根抽完,他又点上第二根。慢慢地,那股强烈的不适感逐渐消失,他似乎可以与焦油和尼古丁的混合物在咽喉和肺部产生的各种冲击共存,而随着烟雾弥漫在房间里,他觉得自己的痛苦也减轻了。

"五年之后,我们再看谁是谁非!"

沉浸在满屋的烟雾里,他脑海中反复回响着顾违夺门而出时给他撂下的这一句话。

"你还是要提防有一天他会跟你分家,毕竟防人之心不可无!"

父母几年前的那句话也同时从记忆深处泛起来。

"我费尽心思让你加盟,我当年冒了那么大的风险借钱给你开发天星四,我对你的任何要求都毫无保留地满足,我让你只需要专注在产品和技术上,你却不支持我的发展思路,要自立门户!顾违,你这个忘恩负义的混蛋!还五年之后,哼,明天你就会被市场教训得连妈都不认识!"

王兼恶狠狠地盯着眼前的烟雾,眼里要喷出火来,而且恨不得这火焰烧进烟雾里,仿佛顾违就藏身其中。

几个月前,他和顾违就天星展讯的下一步发展战略产生了分歧,即便两人在谢成章和秦湘悦的见证下一起吃了顿火锅,矛盾也并未消除。

他认为,天罡应用的民用市场已经到头了,渔业市场趋近饱和,其他领域又没有真正的客户,即便有,也被GPS牢牢把控着,完全没有天罡翻身的余地。

在这样的情况下,公司应该大胆切入GPS市场,将国外的先进产品引进来,这样才能实现可持续发展。

"公司不是慈善机构,如果不能持续赚钱,我们干吗要开公司呢?而且,那可不仅仅是一个设想,我已经在跟几家美国GPS接收机厂家洽谈了,其中那家Harin公司,你也知道,是一家很有名的GPS接收机生产商,却一直没有进入中国市场,现在对这片市场非常看好,我在积极跟他们对接,目前进展真的很好。"

可是顾违却认为,天罡系统发展虽然缓慢,但一定是有未来的,在这个等待期,不能转投GPS,而是应该沉下心去搞研发,把供应链国产化,同时掌握核心的芯片和模块技术,只有这样,才能将天星系列接收机的成本降下来,从而未雨绸缪,在天罡应用市场真正到来时,能够提供低成本的产品占领市场,还可以把自己的芯片和技术卖给其他接收机厂商。

两人吵了这么久,还是无法达成一致,只能选择分家。

今天下午，顾违离开了公司，还带走了不少技术骨干。

到这个时候，王兼才意识到，天星展讯的核心竞争力到底是什么。在那一瞬间，他有一丝丝后悔，但很快就丢弃了这个毫无根据的想法。

取得商业成功才是公司的目的，现在明显到了市场饱和点，难道不应该切换赛道去搞GPS吗？那个市场多大啊！专业市场几乎都在用GPS，大众市场就更不用提了，光车载导航一个应用就抵得上渔业总量的好几十倍！找一家国外的好GPS产品代理，不愁发展不起来！至于走掉几个搞技术的，无伤大雅，可以再招嘛！

他忙着安抚留下来的员工，现场发奖金，并且向他们许诺正在进展中的计划将会让公司利润快速增长："我们与美国Harin公司的代理谈判进展很顺利，你们就等着数钱吧！"

然而，并肩作战了四五年，一朝说散就散，那种撕裂的伤痛岂是几句自我承诺的话就能抚慰的？当夜幕降临，王兼回到住处时，那些暂时被下午的忙碌和喧嚣压制住的情绪全部涌了出来，像洪水一般把他淹没。他就像一个不会游泳的落水者，在其中挣扎、扑腾，极力维持着自己的身体不会被快速淹没，从而窒息而死。他只能寻找救命稻草，于是，他想到了香烟。

转眼间，一包烟已经抽了一半。王兼觉得自己的神经和感知有些麻木了，疼痛似乎得到了缓解。他知道这是幻觉，于是，他打开了电视机，想让自己分分心。

"天罡系统在汶川地震救灾当中发挥了作用！"

听到这句话，他惊得差点跳起来，认真地把这段新闻看完，才了解到，就在他和顾违忙着分家的时候，四川汶川发生了7.8级大地震，将近十个小时过去，当地的救援人员才有限地接近震中，一路上还余震不断。在整个过程中，所有的地面通信全部中断了，首批救援人员通过天罡接收机，利用天罡系统的短报文功能，将震区的形势第一时间发给外面的世界。

又是短报文！王兼不禁感慨。没想到，给天星展讯带来第一桶金的渔业应用也好，还是今天的救灾也罢，天罡系统的短报文功能都发挥了奇效。

他关掉电视机，房间里的烟雾也已经消散了许多，但香烟的味道挥之不去。他觉得有些恶心，赶紧起身去开窗通风。

晚风从窗户外面吹进来，直灌入王兼的肺部，驱散了那里淤积的烟尘，一股沁人心脾的清新从内而外将他穿透。他如饥似渴地大口呼吸着，才发现，这才是真正的救命稻草，而不是桌上放着的剩余的半包香烟。

王兼如梦方醒，快步走到桌边，抓起香烟和打火机，扔进垃圾桶。

他的心，终于归于平静。

"好了,王总,我们Harin最好的产品,全都是你的了。"

"深感荣幸,彼奇先生,我相信中国市场不会让Harin和您失望的。"王兼冲着坐在桌子对面的一个美国老头一笑,在代理协议上签下了自己的名字。

美国老头叫迈克尔·彼奇,是美国Harin公司国际业务销售副总裁。他身材矮胖,脖子粗短,那颗秃头像是被肩膀挤出来的一般,动作却很灵活,眼神也很犀利,表情控制十分自如,一看就是久经商场的老手。

经过几个月的谈判,王兼成功拿下了Harin公司几款大众应用的热销GPS接收机在中国的独家代理权。其中最火爆的一款是H180型车载GPS导航仪,重量轻,体积小,可靠性高,启动快,操作起来十分智能,在地面网络辅助导航支持下,可以实现米级的定位精度。

能够获得这个机会,王兼感到十分侥幸,毕竟天星展讯不是一家大公司,但用彼奇的话来说:"我们选择合作,更多的是看跟谁合作,而不是跟什么平台合作。中国的GPS市场目前高度碎片化,并没有一个绝对垄断的势力,我们为什么不去选择一家有良好前景的合作伙伴呢?更何况,我跟您本人也十分投缘,我相信我的选择是正确的。"

送走美国人之后,王兼叫来了杜小美:"我们赶紧开始大力推广H180,我需要一个营销方案!"

顾违走后,王兼下定决心,原来投入在研发和产品上的钱,现在要用来做市场和销售,让Harin公司的拳头产品成为天星展讯源源不断的现金牛。

王、顾分家时,杜小美十分坚定地站在了王兼这边,她对王兼无比忠诚。而王兼也将她提拔为销售总监,全面负责新的天星展讯公司所有的市场营销和产品销售活动。

"小美,好好干,我希望你能够在一个月内拿出一整套营销方案出来,我们要赶在北京奥运会之前好好造势。"王兼盯着杜小美的眼睛说道。

"放心吧!"杜小美拿着H180型车载GPS导航仪端详了起来。

"外观设计的确精美,细节比我们的天星四要好不少。"

这是她的第一印象,同时忍不住抬头望向办公室的墙壁。那儿贴了一张天星四的宣传画,只不过,这款产品要暂时进入天星展讯的存储间了。

心中滑过一丝遗憾,杜小美把注意力重新拉回到眼前,熟练地启动这款导航仪。

启动速度很快,屏幕的尺寸比市面上的GPS车载导航仪要略微大一些,屏幕完全点亮后,精良的人机界面设计和颜色搭配,以及屏幕本身的色泽表现,都无比惊艳。

很快,杜小美便把销售团队召集起来:"王总要求一个月内把推广营销方案做出来,我觉得他对我们太仁慈了,我希望两周之内完成,然后在后两周开始正儿八经实施!"

"小美姐,哪有你这样的?一般都是老板要求一个月,我们还价一个半月,最后定为五周完成,不是吗?"

"就是,两周之内完成,也太强人所难了吧……"

销售团队成员全是年轻人,平时也没有什么上下级观念,总体来说,他们是很佩服杜小美的,只不过这一次,在他们看来,杜小美的要求有些过于苛刻了。

"少废话!你们要知道,这是我们天星展讯的凤凰涅槃之战!王总押了几乎全部身家在这款产品上,跟Harin公司签了非常激进的代理协议,用来交换较低的产品价格。我就这么说,H180这款产品,从性能表现上来看,就应该至少比竞品贵上20%,而我们有了较大的价格腾挪空间,就具备了用闪电战去占领市场的前提条件。如果达不到保底的销量,后果也是很严重的,我们得赔一大笔钱给Harin。可以说,这是一次对赌,但是,我坚信我们可以赌赢,我希望你们也一样!"

于是没人再吭声了。

"各位,从现在起,我需要你们彻底忘记天星四、天星三,忘记我们过去打天罡市场的那一套。GPS市场是完全不一样的,有更广阔的容量和更加瞬息万变的局面,我们不能再像过去那样按部就班地前进,甚至还时不时期待着有天罡办和一些主管部门来推一把。现在我们面临的是一个个的人,我们除了用最直击人心的方式打动他们来买我们的H180之外,没有别的路可走!"

杜小美后面这段话变得更加高亢和激昂,整个团队鸦雀无声。

"小美姐,那……我们就赶紧开始吧,只有两周时间的话,一分一秒都不能浪费。"一个小伙子怯生生地回答。

杜小美扑哧一声,冲着他笑道:"没错,开干吧!"

她按照这些年自己的经验和不断学习的市场营销理论,开始将工作进行分解,并且逐步下发给每一个人,给他们定好了指标和截止日期。

当这一切完成时,已经夜幕降临,但杜小美并没有感到疲倦,她一边盯着伏案工作的团队,一边飞速思考着:文案、节奏、宣传、演示、展览……每一个环节似乎都已经覆盖到了,还有什么可以做呢?

突然,她脑海中闪过一个主意,眼前一亮,赶紧站起身,往王兼的办公室走去。

王兼果然也还没有下班。对于他来说,根本无所谓上班和下班,整个公司都是他的，他恨不得一天24小时都能够输出。

"王总，我有一个想法。"

"哦？小美，来，说说。"

王兼正在低头研究一家国际知名的市场分析公司刚刚发布的全球卫星导航市场研究报告，正在感慨GPS的绝对垄断地位，就被杜小美打断了思路，不过，他并没有生气。

"关于H180产品的推广，我在想，我们能不能请一个形象代言人？您想想看，衣食住行是人的基本需求，凭什么其他领域都可以有形象代言人，只有'行'没有？H180不就是为了方便人们驾车出行吗？"

王兼盯着杜小美，抿着嘴仔细思考，没过多久就一拍大腿："没问题，我支持你！谁说GPS接收机不能请形象代言人呢？"

"太好了！"杜小美激动地叫出声来。

"别激动，小美，你打算请谁呢？"王兼笑着问道。

"我还真想到了一个人选，不过……我不确定您有没有本事请到。"

"别卖关子，赶紧说！"

杜小美眨了眨眼，说出了一个名字，是一个运动员。

"为什么呢？"王兼问。

"他可是万众瞩目的明星，全国人民都期待他在奥运会上的表现呢，有他在，还愁吸引不了眼球吗？"

"这一点我认同，还有吗？"

"还有，他个子很高，站得高看得远，就像GPS导航一样，能精准选择适合的道路……哈哈，开玩笑啦。反正，我如果看到他代言的GPS导航仪，肯定会买！不过，我得先有一辆车……"杜小美狡黠地眨了眨眼。

"哈哈哈，我懂了。放心，H180大卖之后，你一定会有一辆车！"

"谢谢老板！那……怎么去搞定代言人，就靠你啦。"杜小美冲王兼笑了笑，退了出去。

这个主意倒是挺天马行空的，但也很有创意。不过，要怎样才能搞定代言人呢？王兼靠在椅子上，开始琢磨这个问题。

之后的两周，王兼在网上做了不少研究，越来越佩服杜小美的眼光。她想找的这个代言人形象好，情商高，专业强，又非常平易近人，此前代言过几款运动产品，销售额都上了一个新台阶。

这天，王兼收到了一封来自杜小美的邮件，标题是《奥运行动》。他看了看时间,已经是晚上十点半了。他没想到这么晚了杜小美还在加班,连忙打开邮件。

这是一份做得十分上心的营销方案,王兼一边看,一边不住赞叹,越发觉得自己当初选择杜小美的决定十分正确。

在方案中,杜小美先对国内的GPS车载导航仪市场做了全面分析,并且将重点放在北京市场。她认为,起步阶段,天星展讯要重点突出,将好钢用在刀刃上,充分利用北京奥运的历史性机遇,把所有的资源全部聚焦于北京市场的推广,不要眼红于北京之外的任何一块区域,要有定力。

"传统的营销经验认为,得三北者成诸侯,得京沪者得天下。但在这个领域,我们只要能够确保北京市场的份额,就足以成为诸侯。北京的汽车保有量有几百万,我们哪怕只拿到10%,也够吃好些年了。更何况,以H180的性能,我认为占据20%的市场都不成问题。"

这个开篇让王兼无比兴奋,他迫不及待地继续往下看。

接下来,杜小美将竞品分析、新进入者分析、竞争壁垒等内容阐述得十分清楚,用了不少如波特五力模型等经典的战略和市场分析工具。再往后,便进入客户画像、痛点分析、产品对标、定价策略、营销预算、推广方案、执行计划等一系列领域,一环扣一环,逻辑清晰,数据翔实,非常具有说服力。

看完整份报告,已经过了十一点,王兼却一丝困意都没有。他还沉浸在杜小美这份报告所呈现出来的美好前景中,但很快,他便注意到报告中最后的那句话,又仔细读了一遍,显然是特意写给自己的。

"万事俱备,只欠东风,东风就是搞定我们的形象代言人。如果无法解决这个问题,前述所有的分析都有可能是空中楼阁,效果一定会大打折扣,而如果能够成功让他代言,前景会比报告中描述的更加广阔。"

王兼正为这事发愁,又想去楼下便利店买烟,但刚起身便控制住自己,使劲摇了摇头。就在此时,他的脑海中灵光一现:他们那位未来的代言人好像还代言过一个叫强盛的运动器材品牌,如果他没记错,强盛跟王叔叔有些关联!

王叔叔是他父母的朋友,跟乔叔叔一样,也表示过如果王兼以后需要什么帮助,尽管找他。于是,只犹豫了一会儿,王兼便拨通了王叔叔的电话。

"王叔叔,我是王兼,实在抱歉,这么晚打搅您,不过,我有件急事想请教一下。"

电话接通后,王兼有些后悔,自己不应该大半夜打扰别人。

"哟,王兼哪,没事没事!我睡得晚,现在还在外面应酬呢。"

王叔叔倒毫不介意,电话里传来喧闹声和难听的歌声,听上去像是有人在扯着嗓子吼《向天再借五百年》。

王兼忍了忍,让自己尽量不要笑出声来。自从前几年这首歌火了之后,似乎一众老板都很喜欢唱。大概是因为,如果有钱赚,谁都想活得长吧?

他稍微平复了一下情绪,大声说道:"您也要注意身体啊!我就是想问问,您上次是不是说强盛公司跟您有些关系呀?"

"是啊,我是强盛的几大股东之一,不过平时不怎么管。"

"太好了!那您认识他们家的代言人吗?"

"算认识吧,不过不是很熟,怎么啦,你要找他签名?"

"签名我自然是想的,不过,我更想请他给我公司的产品代言。"

"啊……你小子!"王叔叔这才反应过来,哈哈大笑,"你们高科技怎么想到找他代言,因为他个子高吗?哈哈。"

"嘿嘿,算是其中一个原因吧。我们做了分析,非他不可,具体原因电话里我就不多说啦,回头我回家的时候当面向您汇报。长话短说,您能帮我联系到他吗?"

"联系他干什么?我们跟他的经纪人很熟啊。"王叔叔胸有成竹,"他自己又不处理这些事情,你这个傻小子。"

"哦哦……"王兼恍然大悟,转而欣喜若狂,"那简直太好了!就拜托您啦!"

"没问题,你等我两天,我让人跟他的经纪人聊聊。"

"谢谢王叔叔!回去请您喝酒!"

"别高兴得太早,人家不一定接你们的代言,你能开出什么条件呢?"王叔叔问得十分直接。

"这个……"王兼有些不好意思,咬了咬牙,还是说了出来,"不瞒您说,我们是小公司,现金肯定有限,没法全部给现金,所以……我想用股份来补充。"

"股份?哈哈哈!"王叔叔笑道,"你哄小孩呢?王兼,我跟你说,找代言,主要是靠钱砸,或者有别的利益,用财务术语讲,叫现金等价物。但是像股份、期权这一类玩意儿,你哄谁呢?要怎样才能变现?必须要被收购,或者上市才行,你们公司有这样的前景吗?或者说,你能讲好故事,让他们相信你们有这样的前景吗?我把你当侄子看,所以说得比较直啊。"

"这个我也想过,王叔叔,但是,我们只有这样的条件……而且,我坚信我们的股份总有一天会很值钱的。"王兼有些委屈,却又很坚定。

"唉,你们就不能换个人吗?"

"非他不可,换别人的话,还不如不请代言人呢。"

"你还真犟。这样吧,我去替你跟他们说说,你回头把你们公司的介绍发给我,我给你一个邮箱。记住,写得越详细越好,同时要提炼出几个关键的卖点。"

"嗯嗯,没问题,谢谢王叔叔!"

挂了电话,王兼这才捧腹大笑起来,刚才背景里的那副破嗓子让他实在难以自已。笑过之后,他满心欢喜地回到电脑前整理材料。

完成所有的事情之后,王兼兴奋了许久才最终入睡。之后的两天,他都在忐忑中度过,好几次想给王叔叔发短信询问进展,但还是忍住了。

到了第七天,王兼实在耐不住性子了,把手指放在了王叔叔的电话号码上面。正当他准备摁下去的时候,一条短信发了过来:"后天有时间去厦门一趟吗?跟对方见一面。"

进入酷夏,北京的气温一下就升了起来,大街小巷到处都是奥运的预热宣传,随处可以听到《北京欢迎你》。

顾违在街边漫无目的地走着。他刚在元器件批发市场里逛了一上午,一无所获。此时,他已经被烈日炙烤得汗流浃背,却毫不在意,仿佛外面的世界不复存在。当他路过一个公交站台时,无意中瞥见站台上的广告牌,广告牌上的图片抓住了他的眼球。

竟然是一款GPS车载导航仪!顾违连忙驻足察看,可是,看着看着,他的脸色开始变得铁青——这款名叫"瞰我畅游"的GPS车载导航仪竟然是由天星展讯代理的。

顾违攥紧了拳头,眼里喷出恶狠狠的光,恨不得把这个广告牌砸掉:我的天星二、天星三、天星四呢?你们现在竟然为他人做嫁衣裳!

这时来了一辆公共汽车,车门一开,下来好几个人。顾违赶紧控制住自己的情绪,尽管看不到,他也能够想象,刚才自己的表情一定十分狰狞。

然后,他离开站台,急匆匆地走过了好几条马路,上了一辆公交车,又坐了好些站,才终于到了他租住的地下室。

推门进入自己那间狭小的房间时,他才反应过来自己还没吃午饭。不过,他也顾不得那么多,先去冲了个澡,把浑身的汗洗掉,顿时觉得清爽多了。

没待多久,他又离开房间,走出地下室,走过两条马路,到了一栋写字楼前。

这栋写字楼一看就有一些年份了,只有八层楼高,楼顶用十分古老的方式挂着一块牌匾:双柏大厦。大厦的整体风格像极了大学宿舍,外立面陈旧,门脸也不气派。大门口旁边的墙上贴着五颜六色的标志牌,上面全部是一行行字,都是入驻公司的名字,顾违的公司就是其中一家。与王兼分家之后,他带着十几个工程师来到这里,成立了星宿源公司,重新开始。

顾违已经不想再去回忆那个时候。多年的好兄弟、好室友、好同学,就那样冰冷以对,什么恶毒的话竟然都脱口而出,毫无顾忌。

在加入天星展讯的时候,他从未想到,自己以为的亲密无间、并肩作战,有一天会发展到这般田地。他知道自己与王兼的性格始终是不兼容的,可是,他曾一度认为,两人可以互补。

面对王兼的愤怒,他并没有过多辩解。他一直不喜欢辩解,他始终认为,道不同,不相为谋。从小到大,他都面临着轻视与忽略,如果不是鲤鱼跳龙门到了空天大学,他此时可能如同一粒尘埃一般飘荡在城市的街头,风里来雨里去,无依无靠,无着无落,又或者像一颗麦穗,埋没在老家的田里。

他感激王兼对他的知遇之恩,也觉得自己应该支持这个室友的想法,可是,他过不了自己这一关。天星展讯的天星系列产品,自二代以来,凝结了他的心血。现在,王兼为了赚钱,想将其抛弃另起炉灶,对于顾违说来,简直像把自己的孩子卖了一般,这是他无论如何都不能接受的。

今天是周末,顾违推开公司的门,发现里面竟然还有五六个人在加班,这让他有一丝感动。

"顾总,怎么样?"一个小伙子迎上前来问道,正是黄韬。

当年他发现刘实出逃,第一时间飞到广州向王兼汇报。后来,在与海汐导航争夺舟山市场的过程中,黄韬也发挥了很大的作用。王兼做梦也没想到,顾违离开的时候,黄韬竟然也要走。

"对不住了,王总,我还是更加认同顾总的理念,天罡接收机始终是要走核心部件国产化的,关键技术不能老攥在外国人手中。"黄韬满怀歉意地向王兼告别。

顾违自然对他委以重任,几乎把他当作自己的副手来用。可是,面对黄韬的问题和充满期待的眼光,顾违却无奈地摇了摇头:"还是没有找到合适的替代品。"

黄韬抿着嘴,没有说话,现场其他几个工程师也沉默了。

"你们几个回家休息吧,大周末的,不用这么拼命!"顾违冲着他们道。

众人收拾东西离开了公司,只剩下顾违与黄韬两人。

"要不要去国外找找看?"黄韬抛出一个问题。

顾违紧皱眉头:"如果这样,我们何必走出这一步呢?继续走天星四的老路不就行了?"

"那倒也是。"黄韬点了点头,"没事的,顾总,我相信你的选择是正确的。说实话,这么多年,我发现客户的诉求其实很简单:便宜、耐造。这些专业用户和个人用户或者大众用户不太一样,他们对于外观、大小、重量等指标并不太敏感,但也正因为如此,如果我们可以把这些细节做出改进,就足够把我们和竞争对手区分开来了。"

"哈,听上去跟我的思路并不相同。"顾违勉强笑道。

他不像王兼那样擅长表达和处理人际关系,自从成立星宿源,搬到双柏大厦后,他其实并没有真正与黄韬交过心。

"你听我说完嘛。这样做的基础是什么呢?是把核心关键技术真正掌握在我们自己手上。只有这样,长远来看,成本才可控,我们才能够去做我刚才说的精雕细琢的事情。根据我的经验,别看这些事情似乎很简单,其实很费钱,成本不低的!"

顾违这才听明白了黄韬的逻辑,不禁佩服他的缜密。

"黄韬,我这人不太会说话,不过,我真的很感谢你选择跟我走这条路。就像你现在看到的,这并不容易,我已经找了好些半导体元器件批发市场了,都没有看到合适的替代品。哪怕是我们自己研发芯片和模块,总归也要找一找基本型的。如果能够找到不错的,甚至可以通过顶层架构来确保整个芯片集可以发挥出较高的效能,而不需要每一颗芯片都具备很高的性能。"

"要不我们去深圳找找?华强北的电子市场可是全国有名的。"黄韬突然想到这一点。

"嗯,好主意……"顾违嘴上回应着,心里想的却是差旅成本问题。

"这样吧,我先跟我在广东的朋友联系一下,问问他们这方面的信息,毕竟海汐导航在广东还是做得挺大的,估计也会有供应链本地化的需要吧。等我了解了更多的信息,我们再去,怎么样?"黄韬看出了顾违转瞬即逝的窘迫。

"太好了!"顾违如释重负。

"话说回来,顾总,我其实有一个情况要汇报一下……"黄韬有些犹豫。

"说!"

"今天有两个小伙子辞职……杨坚和宋国平。"

顾违愣了一下,苦笑着摇了摇头:"唉,双向选择嘛,跟着我搞了两个多月都没什么进展,我要是他们,估计也待不住了。不过,连辞职都周末来,看起来新公司希望他们上班的心很迫切啊。既然他们俩辞职了,我也不瞒着,他们俩走,影响还是有限的,虽然我现在一个人都不想失去。假若有一天,黄韬,你要是也想走了,不用怕伤害我,尽管说。"

"不,不,你放心好了,顾总,我会支持你的!"黄韬坚定地回答。

"谢谢你。"

顾违听到黄韬的表态,心情总算稍微明朗了一些。不过,刚才在公交车站台上看到的天星展讯的广告却像钉在他眼前的画一样,挥之不去。他使劲摇了摇头:那家公司已经跟我没关系了!

"什么?王兼和顾违分家了?"听到消息,谢成章大吃一惊,"他们俩居然都不跟我说!"

"我也是前几天在街上看到天星展讯的广告,才去问了问王兼,没想到他告诉我他和顾违已经分道扬镳了……"秦湘悦在电话那头解释道,"那广告真的很显眼,感觉在北京大街上到处都是,你没注意到吗?"

"我平时都不注意这些……他俩这是什么时候的事情?"

谢成章十分郁闷。他自认为最要好的两个室友出了这么大的事情,自己竟然不知道。

"我没问那么细,应该有一阵子了。不过,你也不用往心里去,他们肯定是忙着消化各自的情绪呢,干吗跟你说呢?再说了,过年我们吃火锅时不都已经试着协调了嘛,他们没听,还是分了,估计也觉得没脸找我们吧。"秦湘悦帮他分析。

"好吧,我姑且听你的。"谢成章发现自己跟秦湘悦说话似乎越来越随意了,"我再给他们一点时间,如果他们还在那儿装死,到时候肯定要罚他们喝一顿大酒,我会叫上你见证的!"

"哈哈,没问题。不过,其实我今天给你打电话不是要说这个。"

"哦,有何指示?"

"不是指示,是求助。"

"还有我能帮你的事情?"

"当然有……帮我找份工作吧。"

"什么?"谢成章瞪大了眼睛,仿佛秦湘悦就站在他面前似的,"你辞职了?"

"还没有。只不过……"秦湘悦顿了顿,"哥白尼计划的中欧合作彻底停掉了。"

"什么?"谢成章受到了第二次冲击,"你是说我们不跟欧盟玩了?"

"是的,已经板上钉钉了。"秦湘悦平静地回答。

"看来女人的第六感果然很灵……"谢成章想活跃一下气氛,"可也犯不着辞职吧?就算哥白尼不合作了,其他对外合作项目也还是有很多呀,我记得你当初可是准备了很久才考上科技部的。"

"话是这么说没错,但就我在哥白尼项目上这么多年的感受来看,我越来越觉得还是应该为我们自主的天罡项目出一份力。"秦湘悦并没有接茬,而是语气平缓却严肃地把她的考虑说了出来。"

"你们卫星业务中心或者科技部其他下属单位,甚至部里,难道就没有别的跟天罡有关的工作吗?科技部可是多少人削尖脑袋都进不去的呢,你付出了那么多,真能说放弃就放弃?"

"其他部门或单位或许也有机会,但一个萝卜一个坑,谁知道坑什么时候出现呢?我可以选择在这个岗位上混个一年半载,找到机会再动,但我不知道这个期限会是多久,我真心不想把宝贵的青春浪费在等待上面。"

秦湘悦似是经过了深思熟虑,此时态度十分坚决,谢成章便也不再劝:"你想好了就行,我会帮你留意的。"

"那就多谢了。不过你也不要有什么压力,我自己也在看呢,还有其他朋友帮忙。"秦湘悦的语气恢复了平静。

挂了电话,谢成章让自己放空了一会儿。他需要一点时间来消化这通电话里的信息:王兼、顾违分家,中欧合作中止,秦湘悦想找份新工作,每件事都不小。而仔细思考下来,似乎也只有第三件事情,他兴许真的能帮上一点儿忙。

这时,桌上的固定电话响了,他一看号码,是许庆良办公室打来的,连忙接了起来:"许部长好!"

"小谢,来我办公室一趟。"

"好的!"谢成章赶紧起身,快步往许庆良办公室走去。

办公室的门开着,许庆良坐在里面,眼睛盯着电脑,瞟见谢成章走进来,便道:"把门关上吧,来,坐。"

"许部长,有什么事情吗?"

"是这样,我年底就要退休了,组织上决定由曾丰来接替我的位置。"

谢成章没想到许庆良这么快就要退休了,不过曾丰接任倒是显而易见的,他一点儿都不意外:"您放心,以后我会全力支持曾部长的工作的。"

"嗯。"许庆良端起茶杯抿了一口。

"可是……"谢成章还有问题要问。

"可是什么?"许庆良微笑。

"您用不着特意告诉我曾部长接您的位置吧……"

"哈哈哈,你小子!"许庆良放声大笑,"当然,叫你过来,也是想告诉你,哥白尼项目的中欧合作明确中止了。"

"我刚刚也听同学说了这事。"

"所以,老涂要回来了。"

"老涂！"

谢成章脑海中突然闪现过一张曾经很熟悉,现在却又有些陌生的脸庞。那并不是一张讨喜的脸,却让他印象无比深刻。

"曾丰接任部长,副部长的位置就空出来了。老涂在事业部工作的时间比较久,各方面都很熟悉,又在哥白尼项目上积累了不少国际合作经验,是副部长最合适的人选。"许庆良说着又是一笑,"当年是我告诉你老涂要离开的消息,现在他回来了,就还是由我来说吧,哈哈。"

谢成章听到这个确认,一瞬间觉得比自己升职还开心。他永远忘不了,几年前老涂带自己去1203院参加唐院士的讲座,结束后回总部时在车上那怆然的语气和神情。

看着谢成章的反应,许庆良十分欣慰,缓缓说道:"好了,继续支持好你老领导的工作吧。"

"没问题！"

在等待曾丰接替许庆良成为中宇航卫星导航事业部载荷系统部部长的倒计时中,谢成章一点都不敢怠慢。在中宇航浸淫了五年的他已经知道,越是在这样的关头,越是不能放松,不能出任何差错。

终于,一切尘埃落定,而涂安军也兑现了当年的诺言,回归天罡系统,再次出现在谢成章面前。他依旧是那副胡子拉碴的形象,但胡茬已经有一些花白,头发倒是没什么变化——原本也没剩下多少了。

"涂部长！"谢成章连忙起身,眼里满是惊喜。

这几年他们各忙各的,逢年过节也只是打个电话问候两句,很少有机会见面。从许庆良处得知老涂要回归的消息后,他曾经想过请老涂吃饭,但因为一直在1203院和各大合作单位跑,就又耽误了。

"你小子,当初我怎么教你的？叫我老涂！"涂安军板着脸,"还有,这么久都不联系我,过河拆桥吗？"

还是熟悉的配方。谢成章心底的石头落了地,笑着回答:"老涂,你当初可是去干了哥白尼,跟天罡是竞争关系,我联系你干什么？刺探情报吗？"

"哈哈哈！"涂安军这才笑开了花,重重地拍了拍谢成章的肩膀,"哥白尼没什么意思,还是回来干我们自己的天罡过瘾！之后继续好好干！"

之后的一整天,谢成章都待在涂安军的办公室里,公的私的一股脑儿都汇报了出来。

加入中宇航之后,谢成章见过很多领导,每个人都有自己的风格,但涂安军无疑是对他提携最具体、影响最深的那一个。

"老涂,你觉得哥白尼和天罡最大的区别是什么?"这是谢成章最关心的一个问题。

涂安军赞许地看着自己的得意门生:"我就猜你会关注这个。但是,三言两语说不清楚,以后的工作中我们慢慢交流。简单说来,欧洲人在卫星平台、载荷和部件的设计与布局上,还是有不少可取之处的。他们有很多绝活,比如说原子钟,目前看来,除了美国,就是欧洲。虽然我们也在追赶,但还是有差距的。

"另外,他们的设计理念,有些跟我们常规的想法不太一样,可是仔细深究,却发现有他们的道理。我们未必会将这些理念用在天罡卫星上,毕竟系统级的设计就不同,但可以开拓我们的思路……"

谢成章认真地听着,又结合秦湘悦时不时给自己的一些信息,虽然没有亲身参与过哥白尼项目,倒也了解了不少。一瞬间,他甚至有那么一点点小遗憾:如果当时我也去了哥白尼项目,会不会能够增加不少阅历呢?"

"好了,哥白尼项目已经是过去式,专心干天罡吧!"涂安军像是又看出了他心中所想,给他定了定心思。

这天,是与天罡办的例行会议,谢成章一早便带着团队成员前来。

"小谢,这么热的天还过来,我们很是感动啊。"韩飞雪笑道。

"这都是应该的。说起来,我感觉这几天你们的节奏明显加快了嘛。"

"那当然。你估计也知道,哥白尼项目彻底停掉了。我是说,我们跟欧盟合作的所有项目都停掉了,国家现在是真的下了百分百的决心大力发展天罡系统,我们的春天真正到来了。"

"是啊,这可是件大事。之前我们中宇航也很纠结,到底是支持哥白尼还是天罡,两个都很重要,但毕竟我们的资源是有限的。现在好了,不用多想,我们会把所有的资源都铺到天罡上来。"

"那就好,我们还等着你们进一步改进载荷呢,唐院士对目前天罡载荷进口器件过多这点不太满意,说天罡二代只有十几颗卫星,但等到天罡三代,真正要实现全球覆盖的时候,我们会部署三十颗卫星,如果到那个时候,还在关键器件上依赖进口,会造成非常大的安全风险。"

"嗯,我们理解。"谢成章感到肩上的担子的确不轻。

"天罡系统的搭建,从来不仅仅是我们天罡办一家的事情,我们要依靠你们。"田长翼在旁边补充了一句,"不然像欧盟那样,每个成员国都想分一杯羹,这个利益协调起来,难度可不是一般大,进度延误真是一点也不奇怪。"

"哥白尼要延误?2012年建成不了了?"谢成章一愣,秦湘悦并没有告诉他这个。

"是啊,所以说,还是要先做事情,再做宣传。天罡办最近就要成立一个国际合作部门……"

"天罡办也要搞国际合作了?"谢成章觉得自己听到了一个重要消息,插嘴问了一句。

"什么叫也要?我们一直在搞国际合作啊,哪能闭门造车呢?只不过之前的重点不在这里,所以没有专门成立部门去做这个事情,现在天罡二代要覆盖亚太地区,要走出去了,三代更是要覆盖全球,都需要国际合作的。"

"准备设置几个人呢?具体是怎么个流程,面向社会公开招聘吗?"谢成章迫不及待地问道。

"干吗,你想来啊?"韩飞雪看他这么积极,不由打趣。

"嗐,不是我,是我一大学同学,现在在科技部卫星业务中心的国际合作处,经验很丰富。"

"科技部的啊,人家愿意来吗?"田长翼问道。

"就是,她犯得着来我们这里吗?"韩飞雪也不解。

"两位老兄,是这么回事,她之前一直负责哥白尼项目的中欧合作,现在合作中止了,她不就没事干啦?与其后面又被安排去负责其他项目,还不如来干咱天罡呢。而且她也是学卫星导航的,科班出身,不管从专业、工作经验,还是目前的时机上来说,我觉得都是很合适的人选。"

"行啊,到时候具体章程出来了我发给你,你先让你同学准备好简历。"

"没问题!"对于这个意外收获,谢成章很是惊喜。如果秦湘悦能顺利通过天罡办的面试,自己就可以经常跟她打交道了。

第11章
深渊

新年刚过,涂安军带着谢成章来到1203院,胡双清和周慧已经在会议室里等候了。

"大家新年好,我代表冯总、刘总和曾部长,向宋总、胡总还有周慧你们问好。"涂安军上来先客气了一番。

胡双清笑道:"新的一年,我们会继续做好支持总部的工作,大家都是老朋友了,你们有什么要求,或者我们有做得不够到位的地方,尽管提。"

"哪里,胡总太谦虚啦,1203院可是我们中宇航的中坚力量,也是我们卫星载荷的核心单位。这次你们能够攻克铷原子钟改进型这个难题,把我们的原子钟指标进一步提高,真是给我们所有人最好的新年礼物。"

谢成章也看向胡双清:"胡总,还记得几年前,也是在这间会议室,您决定要在1203院进行原子钟的工程化和产品落地,然后把它放上天罡二代第一颗卫星。没想到,现在你们连改进型都研发出来了,真是了不起!"

"嘿嘿,还不是因为你们一直对我们很关照嘛。"胡双清笑道。

"胡总,您说得太客气了,我觉得是因为他们一直拿着鞭子在我们后面抽,让我们不敢有一丝懈怠。"周慧在旁边开玩笑。

她的话说完,大家都笑了,会议室里充满了欢乐的气氛。

待到笑声渐息,胡双清才用严肃的口吻说道:"各位,成绩刚才都汇报了,不过,依旧还有不少需要进一步优化的地方,我们还是要争分夺秒地去改进,让它可以跟着下一颗卫星上天,再赶上后续卫星双国产原子钟的构型,不辜负天罡办和唐院士的期待。"

"嗯。另外,我也提醒一句,铷原子钟可不是终点,胡总,还有氢原子钟和铯原子钟呢。"涂安军道。

"你看你看,刚说抽鞭子,这鞭子就来了。"周慧打趣。

大家又笑了。

"不,我们中宇航跟你们一样,一起承受这鞭子,一起扛,你们的事情就是我们的事情,放心吧。"这次涂安军倒没有笑,而是十分认真地回应。

"我来给大家介绍介绍吧。"

胡双清说着开始介绍1203院刚刚改进成功的新一代国产铷原子钟,谢成章认真听着,心中充满了喜悦,自己几年前开始持续推动的事情,今天终于看到了新的成果。而且他坚信,只要继续按照这个正确的方向推动下去,他们的天罡载荷一定会更加自主可控。

突然,手机振动起来,他低头一看,是秦湘悦。

"不好意思,接个电话。"谢成章一边打招呼一边接通,"喂,我在开会。"

"有紧急的事情,耽误你两分钟可以吗?"电话那头的秦湘悦语气十分急迫。

此前她过五关斩六将,成功通过了天罡办的面试,入职刚成立的国际合作中心,成为业务主管,负责早期的团队组建。中心主任暂由刘波兼任,因为在天罡办看来,天罡系统的国际合作主要还是在空间段,无论是天罡卫星的信号频段在国际电联的申请与维护,天罡导航信号制式与其他几个卫星导航系统的兼容和互操作,都跟空间段相关。试用期过后,刘波充分感受到了秦湘悦的能力,很快放手,给予她最大限度的授权。

谢成章很少听到秦湘悦用如此紧急的语气跟自己说话,意识到问题估计不是一般的严重,赶紧悄声对涂安军道:"不好意思,有件急事,我出去接一下电话。"

"嗯。"涂安军点了点头。

"发生什么事情了,湘悦?"一出会议室,谢成章就忙不迭问道。

不知道从什么时候开始,他再也不称秦湘悦为秦大美女之类的名号了,而是直接叫她的名字,一切都是那么自然而然,他甚至完全没有察觉。

秦湘悦对此一点都不在意,对谢成章的称呼也很自然地过渡为"成章":"成章,为了保护天罡的频段,我需要你的帮助!"

"保护频段?我们前两年发射天罡二代第一颗卫星时不是就已经把它占住了吗?况且两个月后就要发第二颗了。"

"话是没错,不过,欧洲人也不是那么容易对付的,他们提出了不少主张,我现在正在日内瓦跟他们谈判呢。"

"国际长途啊……那我们长话短说,需要我干什么?"

"我待会儿给你发封邮件,里面有一个清单列出了需要中宇航提供的支撑材料,你帮我填一填吧!"

"没问题!两年前,我们在最后关头保住了频段,现在,靠你们啦。"

"放心,战场上都没丢掉的,外交场上我们能让步吗?"秦湘悦笑道。

王兼看着眼前最新一期的月度销售报表,抑制不住心中的喜悦。他放下报表,冲桌子对面的杜小美笑道:"小美,我实在是太开心了,没想到才一年不到,我们居然能够实现这么多的业绩增长,再这样下去,我都有信心A股上市了!"

"是啊,王总,当初你的决定真是明智,GPS的市场容量真是比天罡要大太多了。有大海不来寻找机会,非要在鱼塘里折腾,这不是有病吗?"

杜小美最后这句话有些影射顾违的意思,王兼并没有顺着这个方向展开聊,只是满脸笑意地看着杜小美:"不,你也厥功至伟,出了请形象代言人的点子,要是没有代言人,我想我们的量恐怕不会有这么大。"

"老板如此夸我,我也就毫不客气地接受吧。"杜小美倒是当仁不让。

"好了,小美,是我兑现承诺的时候了。你赶紧去考驾照吧,汽车会有的,而且别忘了给它装一台我们自己的'瞰我畅游'。"

"报告老板,驾照我早拿到了,就等你这句话呢。"杜小美激动得跳了起来。

"好啊,销售任务这么繁重还能抽空去考驾照,说明工作量还不够饱和。"王兼打趣。

"老板,你就饶了我吧……"杜小美冲王兼做了鬼脸,急忙退出他的办公室,"看车去喽!"

王兼长呼了一口气,把双手枕在脑后,抬起头看着天花板,眼神却似乎要穿透它而直接看到天上去。

签下美国Harin公司的拳头产品,杀入正处于混战的GPS车载导航仪市场,借助奥运会的东风,请运动员当代言人,他的天星展讯完美地把握住了机会,牢牢地占据了30%的北京市场,并且将知名度扩展到全国,乃至海外。

每年春节之后,准确说是年终奖发放以后,就会进入换车的高峰期,而今年这段时间,他们的产品更是在短短三个月内销量环比实现50%以上的增长。

更何况,当时做天罡市场,客户都是一个个的组织或者单位,回款周期至少长达两三个月。而现在,"瞰我畅游"的目标客户主要是一个个具体的车主,几乎是一手交钱一手交货。不论是通过线上电话销售还是线下渠道销售,回款速度都提高了不少。

利润和现金流的表现同步大幅上扬,这在王兼创业六年来还是第一次出现,如果不是在办公室,他现在一定已经手舞足蹈了。

待到这股兴奋劲过去,王兼才站起来,走出办公室。放眼望去,办公区域已经挤满了人。过去一年,虽然顾违带走了十几个人,但随着"瞰我畅游"的大卖,王兼又招了不少人,后续如果再要进人,肯定坐不下了。王兼决定等租约快到期就去跟物业谈扩容的事情,如果这里不行,就去找更宽敞的地方。

王兼志得意满地穿过办公区域,不时与员工点头打招呼,他能感受到一种充满了斗志的氛围。他下楼去小卖部买了一包烟,来到一处僻静的角落,点上一根。他已经很久没抽烟了,但今天,他突然浑身放松,那是久违的成功后的喜悦带来的轻松感,让他觉得自己置身空中,可以做任何事情,于是,他突然又想抽烟了。

王兼正吞云吐雾,忽然想到一个主意,咧嘴笑了笑。

他掏出手机,在通讯录里找到了那个名字,摁了下去。

没过多久,电话接通了,但那头的人并没有马上说话,而是迟疑了两秒钟才发出一声带着犹豫和疑惑的"喂"。

"顾总啊,快一年没联系了吧!我向你汇报一个好消息,天星展讯今年到现在为止,销售额已经破亿,这可是过去六年从未实现过的高收益。这才五月呢,今年还有七个月,我都迫不及待地想跳到年底看看今年能赚多少钱了,创历史新高肯定是没悬念的,哈哈。这个时候,我实在是忍不住想跟你分享一下这个喜讯,多亏你前些年给公司打下的基础。同时我也想告诉你,虽然你不在公司了,但天星展讯依然能够站在巨人的肩膀上继续成功!"

王兼一口气说了很多,电话那头却十分安静。王兼忍不住了,正准备追问,就听见顾违总算开腔了:"王总,恭喜恭喜,你们天星展讯取得这么好的业绩增长,还能够想到我,我也感激不尽。"

顾违的话不多,语气也很平淡,但在王兼听来,十分不过瘾。他原本希望顾违的反应能更加激烈一些,不管是质疑也好,嫉妒也罢,总归,他希望有一些冲突,这样,他就有机会进一步摆事实,向顾违证明自己当时决定的正确性了。可没想到顾违却一副事不关己的样子,连称呼天星展讯都用"你们"来强调一遍。

"好说好说,嘿嘿,听说你新成立的公司叫星宿源,在双柏大厦,对吧?找机会我来拜访拜访你这个老同学,也看看我们有没有合作的机会。"王兼把话题引到顾违的公司上,他十分好奇,顾违现在到底混得怎么样。

"谢谢,不过,没有什么合作机会,我们走的是不同的路,你也不用特意来一趟……"顾违的语气依旧十分平淡,但这段话没有说完,到了最后收尾的时候,顾违不再发出声音,然后挂断了电话。

不知怎的,王兼总感觉顾违在努力控制自己的情绪,而到最后,实在控制不了了。他吸了一口烟,在烟雾中,眼前居然浮现出顾违在电话那头攥紧拳头泪流满面的样子。可是这一次,他并没有幸灾乐祸,反而产生了一种不祥的预感。他掐灭了烟,拦住路边一辆出租车:"去双柏大厦……对,就是新江桥东南角那个!"

双柏大厦就在顾违租住的地下室附近,那一带王兼算是比较熟悉,可是这次,他却觉得这一路无比遥远。

给顾违的这通电话,他的目的达到了,憋了一年的气总算排解出来了,他就是想亲口告诉顾违:"我是对的,你是错的!"

可是,顾违的表现,说话的语气,以及最后那段没说完的话,让王兼莫名感到很难受。他与顾违认识已经接近十年,大学时就是室友,顾违短暂地去中宇航工作一段时间后,就成了他的创业伙伴和亲密战友,他对顾违的性格太了解了。

顾违不是那种轻言放弃的人,而且性格很激烈。正常状态下,他在了解到天星展讯取得的进展后,不可能表现得如此波澜不惊,除非……哀莫大于心死!

怀着一颗忐忑不安的心,王兼总算到了双柏大厦。他给司机甩下一张百元大钞,然后跳下车:"不用找了!"

双柏大厦实在是破旧,有些斑驳的外墙,阴暗的大堂,大堂没有前台,形形色色的人就在这里自由地出出进进,形形色色的公司标牌如同狗皮膏药般贴在门口,王兼在其中找到了位于3楼的星宿源。他走到电梯间,稍微等了一会儿,电梯还没下来,他干脆就冲进了旁边的楼梯间,一口气跑上3楼。

3楼似乎入驻了好几家公司,王兼沿着走廊快速扫视着。就在他看到"星宿源"三个字的时候,也看到了一个熟悉的身影:"黄韬?"

"王总?什么风把您吹来了?"黄韬正满心焦急地从公司里走出来,刚到走廊便撞见了王兼,他吃了一惊,又有些不好意思。毕竟,王兼和顾违分家时,他选择了顾违。

"待会儿再聊,我来找顾违,你先带我去!"王兼顾不上叙旧,而是急促地命令。

"顾总啊……我也在找他呢,他刚才还在的,但转眼间就不见了。"黄韬的眼神有些疑惑。

"什么?刚才还在?那他会去哪儿?"王兼急了。

"我也不知道……我有些担心他,他这几天情绪不太稳定,公司成立快一年了,我们的产品还没有研发出来,眼见着天星系列的老本都要吃完了……王总,当着你的面,我也就不隐瞒了,产品研发没进展,光投入,没产出,公司一直在亏,员工也走了好几个,唉。所以顾总他一直很郁闷,最近这两天表现得更加暴躁。不过,刚才他接了一个电话,突然一下子就变得很平静,脸上也没什么表情,只是脸色十分惨白,我看到之后,于心不忍,想跟他聊几句,但手头上临时有个事,一忙完,再去找他,他就不见了,问员工,也没人知道他去哪儿了,所以我才跑出来找,这不就碰见你了嘛。"

王兼心中暗想:都快一年了,如果一直亏本,那可非同小可,更何况星宿源的钱就是当时分家时的那些,家底也不厚……想到这里,他问道:"我刚才从楼下上来并没有看到他。这栋楼除了那几部电梯和楼梯间,还有别的通道吗?"

"没有了,这个商务楼比较老,设施都陈旧了,即便是楼梯间,也时不时被消防的人警告,说太窄太小。但有什么办法呢?"

王兼脑海中猛地闪现出一个念头,继续问道:"那……你们商务楼顶楼是封闭的还是开放的?有天台吗?"

"好像是有个天台可以上去的……"说到这里,黄韬脸色一变,盯着王兼吞吞吐吐地问道,"您……您是说……"

"来不及了!赶紧!"王兼马上转身,往楼梯间奔去。

黄韬愣了一愣,也赶紧跟上。

顾违一步一步走完最后几级台阶,麻木地打开那扇满是铁锈的门。

眼前是双柏大厦顶楼的天台,说是天台,更像是上天随意往这栋商务楼顶层扔了几块水泥,拼凑成了一个不算平整的场地。

地面有些泛黄,并没有太多人来过的痕迹,只是零星散布着几根烟屁股,几处用于晾晒衣物的铁架已经被锈蚀得面目全非。

顾违从那扇门一出来,就觉得传入耳朵的噪声一下大了起来,自己也因此稍微清醒了一些。

我这是在干什么?他睁大眼睛看着四周。

相比四周动辄十几二十层的大楼,这栋八层商务楼像是一株毫不起眼的小草。可是,阳光依旧洒在这座不起眼的商务楼顶端。

按理说已经是初夏,可顾违竟然觉得有一丝发冷。

我这一年都在干什么?一事无成!当初说要自研芯片和模块,芯片和模块在哪儿呢?什么都没有!投了这么多钱,一点水花都看不见!公司一直在亏钱,我能做些什么？昨天，债主已经第二次来催我还钱了。离开家乡到北京这些年，不光没赚到钱，还背了债，我拿什么去见父母？什么都没有！早知这样，我当时干脆不考大学，就在家里种地，或者出来打工，这么些年兴许还能积累一点钱……

顾违面无表情地想着，像一具僵尸般，一步一步往天台的边缘挪动。正当他的视线里出现楼下路边的修车店招牌时，身后传来急促的吼声："站住！顾违，你想干什么？！"他转过头，就看到了王兼的身影。

王兼也看见了这个男人脸上的惨白和麻木，蓦然间觉得无比生气："你这个懦夫！想跳楼是吗？你跳啊！跳下去就一了百了了！什么国产天罡芯片，自主知识产权，全都见鬼去吧！"

紧跟着王兼的黄韬听到王兼的怒吼，站在通往天台的那扇门前，呆住了。尽管王兼背对着他，他也能感受到王兼此刻的愤怒。而在过去这些年，他从未见过王兼有如此表现，即便当年自己在珠江边把刘实无故离职的事情告诉他时，他也没有如此强烈的反应。

王兼狠狠地盯着顾违，在距离他三米左右的地方停下了脚步，并没有继续前行。盛怒中，他还残存着一丝理智，生怕自己某句话让顾违会错意，然后纵身一跃。

顾违此时已经完全转过身来面对着王兼，他的后脚跟距离天台的边缘不到五十厘米，那儿有一个不到他膝盖高的石头栏杆，如果他决定结束自己的生命，无论是王兼，还是那个石栏，都无法阻拦。

不过，王兼的激将法似乎起到了一点作用，顾违的脸色一开始是惨白的，然后发青，紧接着慢慢泛红："王兼，你不要以为自己赚了点钱就了不起！给我打那个电话是什么意思？炫富吗？给美国人当买办，赚点代理费，很光荣是吗？很了不起是吗？现在又跑过来看我的笑话！"

王兼听了倒不生气，这正是他想要的效果。他的气略微消了一些，但依然装作十分愤怒的样子回击："你这就是嫉妒！不要跟我扯什么国产，什么买办，赚钱就是硬道理，我一没偷二没抢，规规矩矩赚钱，还赚大钱！不像你，活在乌托邦，以为光搞搞研究就行了？你倒是先研究出来啊！"

"你怎么知道我研究不出来？你的天星二、天星三和天星四不都是我搞出来的？现在赚了点钱，就开始不知道自己几斤几两了？"

"你都要跳楼了还怎么研究？变成鬼了还怎么研究？我信你个鬼！"

黄韬见王兼和顾违两人在那儿你一言我一语地对骂，一开始还有些紧张，但很快就反应了过来：王总这是刻意用激将法拖住顾总呢！

于是，他悄悄从门口走上天台，弓着身子，绕了一大圈，靠着杂物的遮掩，贴着边来到了顾违侧面不远处，屏住呼吸，蹲在那里，死死地盯着顾违的动作。

顾违完全没注意到黄韬的行动，只顾着回应王兼："燕雀安知鸿鹄之志！你就扎在钱眼里吧，五年以后，十年以后，你再看看，别以为可以永远躺在美国人的产品上睡大觉！"

"哼，要考虑五年后十年后，你得先过了今年吧？一会儿就要死了，你还跟我说五年后飞黄腾达的事情，这不是扯淡吗？"

"我怎么就过不了今年了？"

"怎么就过不了？你不是要跳楼吗？还有，你那公司都亏成什么样了心里没数？这是要活过今年的样子吗？"

王兼这句话像是压死骆驼的最后那根稻草，把顾违最后的一点抵抗也压垮了。他双目失神，跪倒在地，双手扶着天台粗糙的水泥地板放声大哭。

王兼向黄韬使了一个眼色，两人迅速往前跨了几步，来到顾违身旁，把他围住。直到这时，王兼心中的石头才落了地。他轻轻扶着顾违的肩头，一句话也没说，不由得想起当年两人在舟山渔场为用户排故时的情景。那时，他们刚刚从出海的渔船上下来，顾违晕得不行，趴在地上吐得七荤八素，姿势跟今天差不多，让他有股揪心的疼。

顾违趴在地上哭了良久才慢慢止住眼泪，他觉得浑身无力，努力想爬起来，半途却又跌坐在地上，身子往后一靠。

黄韬连忙从背后扶住他："顾总，没事了，没事了……"

顾违听到黄韬的声音，转过脸一看，顿觉羞愧万分，却又没有什么劲去挣脱。

"得了，别逞强了，你这条命算是黄韬给的，要不是他告诉我，我都不知道你跑这里来玩跳楼了，这个小兄弟，你可得好好待他，不然，我现在就让他跟我走！"王兼毫不客气地说道。

他深知，在这个关头，越刺激顾违，就越能激起顾违的求生欲。安抚是没有用的，对付顾违这样的男人，只有让他感到肉痛，才能让他知耻而后勇。

"哼，你别以为这就完了，才过了一年，你只不过是暂时领先而已，我不会让你得意太久的。"顾违盯着王兼说道，然后转过头向黄韬道谢："谢谢你，我知道你不会跟他走的，对吧？"

"嗯，顾总，我还要支持你实现你的梦想呢。"黄韬赶紧表态。

王兼夸张地叹了一口气："唉……真是羡慕你有黄韬这样的兄弟。好好干吧，我等着你把我比下去的那一天。"

顾违听了,眼神空洞,一句话也没说,过了半晌才挤出来一句:"活着又有什么意思呢?公司已经没钱了。黄韬,你也另谋高就吧,我对不住你的信任。"

王兼阴沉着脸,盯着顾违的眼睛:"你什么意思?又要想不开了?"

"不是我想不开,是现实让我没有别的选择了……"顾违把头低了下去。

"他说的是真的?"王兼盯着黄韬问道。他已经看出来了,在顾违这家新公司里,黄韬一定是顾违极度依赖和信任的人,所以,公司的情况,黄韬一定知道得最清楚。

"嗯。"黄韬无奈地点了点头。

"好吧……顾违,你小子给我听着。如果是钱的问题,我可以借给你,你给我安心去搞你的研究,去实现你当时的想法,有种就做出东西来,别再给我玩今天这套了!"

"黄浦江边的阳春三月,与长城脚下的还真是不一样。"

谢成章站在外滩边一家酒店的二层露台上,心中生出无限感叹。

俯瞰阳光下温柔流淌着的江水、岸边如织的游人,以及对岸高耸的东方明珠和它身后那一片钢铁森林,当然,最醒目的还是仍在建造中的上海中心,这一切,都让谢成章产生了一丝不真实的感觉。

上海中心将是中国最高的建筑,而此时谢成章的心情也达到了人生的巅峰。

今天晚些时候,他将在这个酒店里,迎娶自己的新娘——秦湘悦。

十一年前,当他在空天大学的校园里见到这个美丽的湘妹子时,从未奢望过会有这么一天。很长一段时间,他对她都是远远观望,默默欣赏,未敢有任何非分之想。工作之后的头几年,两人有了一些接触,每一次他都觉得十分开心,可也仅此而已。随着了解的加深,他发现秦湘悦在他心中的位置越来越重要。如果说,她曾经只是一个偶尔浮现、遥不可及的倩影,逐渐地,她变成了有血有肉的具象,念及她的一颦一笑、一嗔一恼,他都会怦然心动。可是,即便如此,他也完全不知道要如何去表达自己的感受,而她,似乎对此也浑然不觉。

他只记得,不知不觉中,两人对彼此的称呼就变成了"成章"和"湘悦",而自从去年他们联手合作,又一次保护了天罡卫星与哥白尼卫星频段之争中天罡的利益,两人的关系又更进了一步。

那天,当秦湘悦满怀喜悦地从日内瓦凯旋时,他特意请她在簋街一家重庆火锅店用晚餐:"巧克力火锅吃腻了吧?尝尝地道的重庆火锅!"

在热气腾腾的雾气中,在那朦胧的笼罩之下,谢成章看着许久不见的秦湘悦,竟愣得发痴了。

那顿饭之后，两人的关系似乎更加亲密起来，谢成章终于在一次拜访天罡办之后，把秦湘悦叫了出来。两人沿着高峰时分的西三环走了五百米，谢成章沉默了一路，终于在走到一家家具店门口时，小声道："做我女朋友吧。"

秦湘悦一愣，然后抿了抿嘴，答应了。

之后的事情，自然水到渠成。与他所了解的身边的情侣们所经历的类似，两人如胶似漆，天天粘在一起，谢成章把秦湘悦带回家见父母，自己也跟着秦湘悦到上海见她的父母。那一次，他被未来的岳父大人和岳父大人的朋友们灌得烂醉如泥，直接瘫倒在酒店门口的花坛里，吐得昏天暗地。

秦湘悦的父母在早几年就已经把业务重心转移到了上海，长沙的老总部被降级为湖南业务的分公司，他们的社交圈也以上海为主，这次女儿出嫁，自然坚持要在上海办一场。

忆及这些往事，谢成章觉得眼前有些模糊，不知不觉中，眼眶里竟然有了泪珠。他正用手去拭，身后传来一个美妙的声音："怎么哭啦？"

谢成章回头一看，不是别人，正是他的新婚妻子。他连忙尴尬地笑道："哈哈，这里风有点儿大，眼睛不太适应。"

"哦，我还以为你这是出嫁时留下的幸福之泪呢。"秦湘悦微微笑着，眼里满是戏谑。

"这……还真是出嫁，不光是出嫁，还是远嫁呢，从千里之外的北京而来。"谢成章也顺竿爬。

"哈哈。"秦湘悦被逗乐了，用手轻拍了一下谢成章，然后缓缓走上前，与谢成章并肩站着，望向黄浦江，"成章，你在想什么呢？"

"我在回忆我们之间的那些往事。"谢成章充满爱意地看着秦湘悦，然后眨了眨眼，表情略微有些严肃，"其实我还在想，王兼和顾违会不会来。"

"应该会吧，我们邀请了他们，他们又是你的室友，这些年关系一直都不错。"

"可是他们还没和好呢……自从知道他们分家，我就一直尝试约他们见面，但王兼总是出差，顾违也老说没空。我也不闲，而且后来不是还跟你……好上了嘛，就更加没时间管他们了，只能在电话里简单聊两句，谁知顾违还差点做傻事……虽然前阵子给他们发了请柬，但我也不知道他们之间到底如何了，还愿不愿意相见。"

"哦，跟他们见不上面怪我啰？"秦湘悦噘着嘴假装生气。

"我哪敢怪老婆大人！"谢成章脱口而出，说完之后，他一愣，显然还没有习惯对秦湘悦的这个新称呼。

"放心吧,去年那事,顾违只是一时想岔了,王兼不是及时赶到了嘛,他俩肯定散不了。"秦湘悦安慰他,"不过我还是挺佩服顾违的,他真的一直在研发自主的天罡接收机核心技术。"

"这不也让公司差点活不下去……以前他搞技术研发是因为有王兼帮他赚钱,现在自己干,光砸钱搞研发怎么行呢?"

"王兼去拓展GPS市场,想必他们之前的存量市场都让给顾违了,再加上借的钱,至少保证个温饱应该是没问题的吧。"

"嗯。我是希望他们都好,天罡要搞好,光靠你们和我们可不够啊。"谢成章看着秦湘悦。他们恰好四目相对,在彼此的眼里都看到了耀眼的光。

参加完谢成章和秦湘悦的婚礼回到北京后,王兼是一肚子气:顾违这小子居然没来!难道是怕我催他还钱吗?

谢成章和秦湘悦作为主人,对于顾违的临时缺席虽然感到遗憾,却也理解,王兼反而气不打一处来。他很难受,对顾违十分不满,却又为了顾及好友伉俪的面子而不能表现出来,还少不了去喝酒应酬、插科打诨、活跃气氛,虽然满脸堆笑,心中却在骂娘,直到杜小美呈上最新的月度销售数据才抚平了他的不忿——又创新高。

"王总,不是我膨胀,以咱们这个势头发展下去,再过一年就能上市啦!"杜小美眼里满是期待。

"怎么,那辆MINI开得还不过瘾,想换辆更高级的?"王兼笑道。

"那当然啦,怎么能只满足于一辆MINI呢?再说了,还要买房呢!"

王兼正想说点什么,办公室进来一个中年女人,神色有些慌张:"王总,抱歉打扰了,我们收到了Harin公司的一封律师函!"

来人是天星展讯的法务杨晴,王兼听到她的话便是一惊:"律师函?"

"是的,他们想终止与我们就'瞰我畅游'产品的合作,也就是他们的H180型号GPS车载导航仪在国内的独家代理权。"

"什么?!"王兼站起身来,一把从杨晴手中抢过那封信函,仔细读了起来。

他的英语水平并不算很高,但信里的内容还是看了个八九不离十,大概意思就是:天星展讯公司在与Harin公司签署了针对H180型产品在中国市场的独家代理权之后,连续两年都没能达到独家代理的条件,因此,按照协议条款,Harin公司将在90天之内结束对天星展讯公司的独家授权,将有权把产品授权给中国市场的其他厂商。

"这帮混账！我们哪里没达到条件了？每年的销售额都那么高,而且还在迅速增长,远超协议里的数！"王兼的肺都要气炸了。

"王总,息怒,息怒,我现在也在研究中,已经找了外部律所擅长国际贸易领域的律师协助,听听更加专业的意见。"杨晴赶紧安抚老板。

天星展讯目前只有杨晴一个法务,遇到具体的事情,再向专业的律师事务所咨询,这样可以最大限度地节约成本。

"好,你们好好分析分析,最晚明天就要给我一个专业意见,我要跟这帮美国人好好论一论！"王兼气冲冲地离开办公室,留下满脸愕然的杜小美和杨晴。

王兼回到住处,把门狠狠关上,打开窗户,看着外面那片低矮的厂房,深呼吸了几下,让自己稍微平静下来。

他大概能回忆起那份代理协议的主要内容,毕竟当时自己是全程参与谈判的,关键的商务条款和数字他都是经过仔细斟酌的,而从这两年多的表现来看,自己当时的"对赌"是正确的。

怎么会有条件没有满足呢？王兼越想越觉得疑惑,决定先缓一缓,下楼去买点吃的,再拎几瓶啤酒上来。

正下着楼,电话响了,王兼一看,居然是顾违,他接起来,劈头盖脸骂道："你小子也知道给我打电话？我还以为你又跳楼了呢,连谢成章的婚礼都不去！"

"钱肯定会还你的,包括利息。"电话那头的顾违声音却很冷静,一点要跟王兼吵架的意思都没有。

"你……"王兼感觉自己的气无处发泄。好不容易遇上顾违,恨不得吵一架,却像一拳头打在了棉花上。

"我跟你打电话不是为了吵架的,我是想告诉你一件事情。"顾违的语气依旧很平缓。

"说！"王兼没好气地回答,他也不想再发难。

"美国的Harin公司这段时间在找我们,问我们愿不愿意成为他们在中国的产品代理,被我们拒绝了。"

"什么？"王兼的头脑一下子冷静下来,连忙跑下楼梯,拐到街角的僻静之处接着问道,"Harin找你们了？"

"骗你干什么？我隐约记得你曾经跟我说过,你们是他们在中国市场的独家代理,所以,想提醒你一下。"

"我们不是他们所有产品线的独家,只是H180型GPS车载导航仪的独家。"王兼纠正道,他还抱有一丝幻想,觉得Harin公司不至于那么阴损。

"我知道啊,他们找我们代理的就是那款H180,据说已经在全球卖疯了,属于他们的爆款,当然也包括中国市场。"顾违还是一副事不关己高高挂起的语气。

"既然如此,你们为什么不接?"

"哼,当年伯夷叔齐宁愿饿死也不食周粟,我们星宿源只专注于天罡接收机,不会去碰GPS的,如果要碰,当年我干吗从天星展讯出来?"

"你要不要这么清高?我可提醒你,搞企业、办公司跟搞科研不一样,你的公司要生存,怎么样才能生存?赚钱!"

"我知道,钱我会还你的……也多亏了你借的钱,我们才能继续研发,所以我也想告诉你Harin公司这个动向,他们既然连我们这种小公司都找了,肯定也找了不少其他的卫星导航企业,我不想你被蒙在鼓里。"

王兼这才恍然大悟,再联想到下午杨晴带来的消息,一瞬间全都明白了:"顾违,多谢你告知我这个消息,先不聊了。不过,你小子这次没去参加谢成章的婚礼,这事我是不会放过的!"

"我只是想提醒你,两年前我们选择了不同的道路,到今天为止,我都坚信我的方向是正确的,而且,Harin这事一出,更加坚定了我的判断。"顾违并没有理会王兼,就像一台不由分说的轧路机,直接从王兼的自尊心上轧过。

挂掉电话后,王兼内心久久不能平复。他感激顾违在这个时候提供的消息,却又恼怒于顾违那副自以为是的态度。当然,这些终究都没有在他脑海中盘旋多久便已封存在记忆深处,他的整个思绪全部放在了眼前跟Harin的关系之上。

他买了一些熟食和啤酒,带上楼大快朵颐,暂时忘却烦恼,然后早早上床,翻来覆去了两个小时才昏昏睡去。

第二天一早,他便来到公司,等待着杨晴的出现。

接近中午时分,杨晴风尘仆仆地快步走进他的办公室:"王总,不好意思,上午去律所了,刚聊完回来。"

"没事,先缓一缓,坐下慢慢说,先喝口水。"王兼说着给杨晴递过一瓶矿泉水。

杨晴的确满头大汗,也顾不上面对老板的仪容,扭开瓶盖,大口大口地喝了几口,才小心地把瓶子放在桌上,开始说话:"王总,情况都弄明白了,我们跟Harin签署的协议本身应该说没有什么漏洞……"

听到这里,王兼点了点头。他一开始最担心的就是这个。

"不过,对于一些关键条款的解读存在发挥空间,或者说,Harin的理解跟我们的不一样,如果按照他们的理解,他们是有权终止跟我们的独家代理协议的。"

杨晴这才把一句话说完。

王兼皱了皱眉："比如说？"

"比如授予我们独家代理协议的那几个前提条件，除去我们都很关注的销售额、销售数量等之外，还有一条：'如果Harin公司通过第三方数据、分析和证据得知，天星展讯的市场占有率低于20%，将有权出于保护自身商业利益的原因，暂停或者终止授予天星展讯的独家代理权。'"

"这有什么异议呢？"王兼愤怒得一拍桌子，把杨晴那瓶水差点震翻，"我们现在的市场占有率早都超了！"

"昨天我也是这么认为的，但当时还没有咨询外部律所，所以没敢贸然给您建议。今天跟他们聊过之后，他们的经验更加丰富，认为针对这句话，Harin公司可以将它诠释为'天星展讯在中国整个GPS市场的占有率低于20%'，因为GPS车载导航仪只是GPS应用市场的一部分，尽管我们在这个细分领域的确符合要求，但如果把其他领域都算上，是肯定到不了20%的。更何况，那些行业里比较知名的第三方数据分析公司或者咨询机构大都是美国公司，而且基本都跟Harin有着长期合作关系，让它们出具一份证明天星展讯在整个GPS市场的占有率达不到20%的文件简直易如反掌。"

王兼只觉得脑袋里嗡的一声，他紧闭嘴唇，两只眼睛瞪着桌面，双手微微颤抖着，半响没说出话来。

"我跟他们把协议翻来覆去看了好几遍，最终的确没有发现可以约束对方做出这种解读的描述。在协议的开头，虽然限定了协议的适用范围仅仅是H180型GPS车载导航仪，也留了一个口子，提及双方可以视情况扩大独家代理协议的覆盖产品范围，却的确没有明确这个'市场占有率'所对应的分母到底是怎样一个范围，名词定义中也没有对'市场占有率'进行定义。"

"市场占有率，市场占有率，这么显而易见的名词还要怎么定义？他们让我们代理GPS车载导航仪，难道我的市场占有率还要把飞机和轮船上的GPS导航设备考虑在内吗？"王兼从牙缝里挤出这么几句话。

"他们会不会是不想诚心合作了？咱们看错了人？"杨晴小心翼翼地说道。她知道王兼在这个过程中一直都是亲力亲为，花费了大量心血，现在要承认选错了合作伙伴，等于让王兼打自己的脸。

"不用觉得，就是这样！"王兼斩钉截铁地下结论，根本没去关注杨晴的语气，"Harin公司就是看到中国市场已经被打开了，被激活了，不想再在我们这棵树上吊死了，想广撒网，迅速扩大市场占有率！"

见老板并没有介意,反而赞同自己的观点,杨晴也点了点头,然后问道:"那接下来我们该怎么办呢？我觉得没有必要再外聘律所了,他们的收费按小时来,还挺贵的。"

"你说得没错！事实明摆着,不用再浪费这个钱和精力！你有什么建议呢？"

"从法律的角度,无非是四种。

"第一,友好协商,协商不下来就申请仲裁,实在不行上诉,但这整个过程十分费时费力费钱,真要到了仲裁和上诉的地步,还要打国际官司,周期短不了。

"第二,提出更改商务条件,在保留独家代理权的前提下争取对协议进行修订,使得他们占据更有利的位置。无利不起早,他们或许会同意,但这样是以损害我们的利益为代价的,而且到最后也未必可行,很可能会回到第一种情况。

"第三,就是真的同意终止独家代理合作,成为他们的非排他性代理,这样一来,我们的利益肯定也会受损。

"最后一种,就是同意终止独家代理合作,也干脆一了百了,合作也都终止了。不过,这样一来,他们可能会索赔。当然,终止独家代理合作是他们首先提出来的,在这一点上,他们未必能占到什么便宜。"

杨晴一边喝水一边分析,王兼则频频点头,同时脑子在全速运转。等杨晴说完,他又沉默了几秒钟,眉头紧锁,眼睛里满是不甘心的光。最终,他缓缓地道:"好了,毕竟产品是人家的,人家要撤,我们也没辙,就走第三条路吧,非独家就非独家,不纠结！"

杨晴听罢一愣,然后才回答道:"好的,王总,那我就照您的指示去办。"

目送杨晴离开办公室,王兼的眼里简直要喷出火来。

经过一晚上和一上午的思索,就在刚才,他在内心深处做出了一个决定。

当谢成章回到家时,已经是晚上九点了。

自从天罡二代建设全面提速以来,七点前回家已经成为奢望。好在秦湘悦在天罡办,对他的工作完全理解。

两人婚后的小窝买在北四环,北京奥运会之后,这里的房价噌噌上涨。

望着窗外的点点灯火和依然繁忙的北四环,谢成章喝了一大口水,然后回到餐桌边。

秦湘悦已经帮他把饭菜热好了:"赶紧吃吧,下回加班再这么晚,干脆在单位吃完再回来,不用非回家吃饭。"

她看着谢成章有些疲惫的眼神和瘦削的脸,心中一阵心疼。

"不,不,老婆做的饭菜最好吃,嘿嘿。"谢成章一边笑,一边扒了一口小炒肉。

他觉得秦湘悦的手艺简直好极了,几道湖南家常菜让他百吃不厌,比外面任何饭馆的都好吃。所以,只要不是晚上有应酬,他都会争取回家吃饭。

看着他狼吞虎咽的样子,秦湘悦坐在一边关切地道:"吃慢点,又没人跟你抢。"

"真是饿死我了。"谢成章依然如故,一边扒饭一边叹了一口气,"今天真是太耗费我的脑细胞了。"

"哦?还在为载荷国产化和原子钟改进操心呢?"

"不是,这都是老大难问题了,而且也不是一朝一夕能成的,我们还是有耐心的,日拱一卒,总归能够完成目标,只要你们别老催我们。"谢成章笑道。

"我今天还刚跟刘总聊过呢,他说现在天罡就是在跟哥白尼赛跑,虽然咱们的频段已经占据了先手,但这只是起跑,终点还是建成全球运营系统并提供服务,这个目标,我们要到天罡三代才能实现了。不过,哥白尼似乎也不太顺利,因为内部彼此扯皮,加上频段被我们抢先,士气也受了一些打击……不管怎样,我们当然有耐心,但也并不意味着对你们没有要求……"

"你看看,刚才我还说别催我们。"谢成章抗议。

"没催没催,我哪敢催老公。"

"不敢不敢,甲方的要求,我们当然要照办。"谢成章抹了抹嘴。

谢成章和秦湘悦有时候回忆起这些年的点点滴滴,经常觉得好笑:两个人竟然一个进了中宇航,一个进了天罡办,还都是骨干,更巧的是,一个是乙方,一个是甲方。在家里,两人常常用这样一种关系开对方的玩笑。

"哈哈,我可没要求,都是唐院士和刘总的要求,是全国人民的期待好吗?"秦湘悦反击。

听到这话,谢成章靠在椅背上,身体放松下来,眼睛从秦湘悦脸上挪开,再次望向窗外,若有所思地说:"是啊……想当年还在空天大学的时候,我就对天罡系统格外着迷,真没想到有朝一日还能亲身参与。还有两年,天罡二代就要建成了,接下去就是天罡三代了……老婆,我们真是幸运,可以在最好的年纪参与这个项目,而且亲眼见证它的建成。"

秦湘悦没有说话,而是充满深情地看着谢成章。然后,她站起身,走到谢成章旁边,用手将他轻轻揽入怀中:"嗯,不容易啊。"

"中欧哥白尼合作那几年,中宇航不是也派了好些人去吗?就有那么几个,学习了一些先进的东西,便看天罡系统各种不顺眼,挑三拣四,颐指气使的。还有人放话,应该讲究市场规律,让天罡系统自生自灭。"谢成章陷入了回忆。

"啊？这么极端?"秦湘悦大吃一惊。

"不怪他们。那个时候,国际合作的确是一条充满鲜花和掌声的道路,而且看上去很美好,我们用金钱换取先进的经验和技术,对方则进入我们的市场,在此之上,我们还拥有哥白尼系统的全部使用权和部分所有权,我敢说,我们航天人过去几十年就没遇上过如此平等的国际合作,所以,大家被冲昏头脑也很正常。"

"嗯。"秦湘悦点了点头。

"不过欧洲人最终还是露出了马脚,或者说獠牙,让我们清醒过来了。我算是看明白了,只有你真的有什么的时候,人家才愿意和你在那个领域平等合作。你不是说哥白尼前阵子直接找到你们,想跟天罡合作吗?"

"哥白尼的确找过我,都是一群老熟人了。站在我的角度,天罡系统与哥白尼的合作是未来必须要走的路。当然,这种合作是平等地实现兼容和互操作,从而惠及全球用户,跟当时我们合作共建哥白尼系统是两码事。"

"你说的这种国际合作当然好,也有越来越多的人认识到,只有自己先把天罡建成、建好,才什么都好谈,跟哥白尼也好,GPS也罢。"

"好了,都过去了,何必再想。"

"嗯,不想了,还是继续专注研究我的天罡吧。"谢成章抬起头来,把下巴贴在秦湘悦胸前,从下往上盯着她美丽的脸。他的眼里开始出现一些波动,然后站起身,一把将秦湘悦打横抱了起来。

第12章
新朋与旧友

"看起来,我们依然有不少关键部件依靠进口啊……"涂安军盯着谢成章递过来的报告,皱了皱眉头。

早在几年前,涂安军还在哥白尼项目上时,谢成章就已经开始在牵头天罡卫星载荷国产化事宜了,这是一项长期事业,却又非常重要,不能三天打鱼两天晒网。从目前的情况来看,虽然铷原子钟已经实现了国产化,性能在几次改进后,也已经实现了双国产钟构型,但精度更高的氢原子钟和铯原子钟依然需要进口。其他不少关键部件也仍然无法实现进口替代,国产的产品虽然已经做了出来,稳定性等关键指标仍然没法过关。

"是的,我跟周慧姐他们这两周会去咱们事业部的下属单位和合作单位跑一跑,看看他们的下一步计划。这个报告里的情况都是这段时间我们让他们自己报上来的,但我觉得有必要实地看看。"谢成章十分认真。

"嗯,必须要现场调研,"涂安军深表赞同,"该出差就出差。"

"明白。"

"对了,这个你替我去一下吧。"涂安军拿起办公桌上的一个信封递了过去,谢成章打开一看,发现是一封国际卫星导航博览会开幕式的邀请函,地点就在北京。跟许多展会一样,头两天是专业展,来的都是行业内人士。

本次展会的主题是卫星导航,因此中宇航以卫星导航事业部为主体参展,不过展台上依然放置了整个集团公司的不少亮点产品,比如载人航天器、运载火箭模型等,让参观者流连忘返。开幕式结束后,谢成章在中宇航的展位待了一会儿,微笑看着来展台的访客,时不时见到几个熟面孔,打打招呼,寒暄几句。

正在这时,斜后方传来一个声音:"不好意思,打扰一下。"

谢成章循声看去,只见一个外国男人站在那儿看着自己。他身材中等,微微发胖,长着一张方方的大脸,深蓝色的眼珠十分显眼,棕黄色的头发随意搭在额头上,显得有些凌乱。

"您在问我?"谢成章诧异于这个外国男人标准的普通话发音。

"是的,抱歉,打扰您了,请问您是中宇航的员工吗?"外国男人问道。

"对,有什么需要帮忙的?"谢成章连忙回答。

"太好了,我叫尼克,是 StarBit Consulting 的创始人。我们公司是一家做市场分析和战略咨询的企业,专注于高科技行业,包括航空航天、医疗器械、智能汽车等。总部在美国,在全球都有分支机构,目前正考虑进入中国市场,打算寻找合作伙伴,看到贵公司是中国航天领域的绝对领先者,想看看有没有机会合作。"

这个叫尼克的人一口气自我介绍了一大串内容,谢成章又一次被他的汉语水平折服,这是他这么多年来遇上的汉语说得最好的外国人。

"尼克先生,我虽然是中宇航的人,但不确定自己是不是适合跟您探讨这个问题的人,我们公司有专门的国际合作部门。"尽管十分佩服尼克的汉语水平,谢成章还是比较谨慎,也不愿意去揽事情。

"那……方便问问您是负责什么领域的吗? 这是我的名片。"尼克热情地递上名片。

"哦,我在卫星导航领域,并不负责国际合作……谢谢,我叫谢成章,但是我没有带名片。"谢成章接过名片,有些不好意思地回答。他平时还真没有带名片的习惯,因为日常工作中经常打交道的人都已经十分熟稔。

"没关系,没关系。"尼克笑道,"谢先生,您负责卫星导航,那简直太巧了,我今天恰好带着几份我们公司对全球卫星导航市场的分析报告,可以送给您,您要是遇上贵公司国际合作部门的同事,也拜托转给他们看看,如果你们有兴趣,可以随时跟我联系。"

说完,尼克从身后的背包里拿出几本彩印的报告递给谢成章。

谢成章稍微迟疑了一下,还是接了过来。他瞥了一眼封面,设计得十分精美,一个大大的 GPS 星座若隐若现。

"谢谢。我会跟同事说一说你们的想法,如果有需要,他们会跟您联系。"

"那就太感谢您了,我先去别的地方转转。"尼克朝他点了点头,然后转身离开了中宇航的展台。

下午谢成章回到办公室，整理公文包时又看到了尼克给的报告，他想了想，还是翻开来看了看。不得不承认，这份报告制作的精美程度超过了他此前读过的所有报告，头几页简练的文字和丰富的配图，很快就让他完全沉浸进去了。

这份报告全名为《全球卫星导航市场和产业分析——21世纪的第二个十年》，顾名思义，它非常详细地分析了全球几大主要的卫星导航系统的发展现状、性能指标、市场规模和下一步计划，投射了未来十年的预测，十分宏大，内容全面，数据翔实，甚至还包括了天罡系统的介绍。

"天罡卫星导航系统是中国自主建设的卫星导航系统，目标是发展为全球系统，目前正处于第二阶段，预计2012年建成，其第三阶段也已经在规划中，计划2020年建成，到那个时候，就可以实现全球覆盖……

"天罡卫星导航系统的痛点主要包括市场应用规模偏小，在被GPS主导的各个细分领域中都没有占据什么优势，除了少数几个专业领域，如渔业……

"除了应用之外，天罡卫星导航系统的建设者们雄心勃勃，希望可以用国产的载荷替代进口产品，但客观地说，国产载荷的质量、可靠性和性能等指标都达不到进口产品的水平……"

尽管关于天罡系统的篇幅不多，但这些介绍却字字句句都说到了点子上，让谢成章无比吃惊：这帮美国人竟然对天罡的进展和存在的问题了解得如此清楚！但很快，他的注意力便被GPS、格洛纳斯和哥白尼的介绍吸引过去了。相比天罡那单薄的两页，这些系统的介绍篇幅要多很多，尤其是GPS，用了整整三十页。

谢成章一字一句地读着，越读越觉得肩上的担子重，心中也像是多出了一块石头。他放下报告，闭上眼睛，半躺在椅子上，皱着眉头，试图让自己稍微缓一缓，可眼前却不断浮现出报告里那些极具视觉冲击力的图片、GPS那令人眼花缭乱的应用场景，以及二代和三代GPS先进的性能参数，挥之不去。

谢成章知道天罡和GPS有差距，但这些年来，没有哪次像现在这样，有如此直观的认识。

这个差距，是两页和三十页的差距，是定位精度20米和5米的差距，是地面辅助增强系统基站数目几个数量级的差距，是市场规模成百上千倍的差距……可以说，从空间段，到地面段、用户段，天罡系统和GPS的差距是全方位的。

我们从20世纪80年代末提出"双星定位"的构想到现在，过了二十多年。从天罡一代的部署到现在天罡二代紧锣密鼓的建设，也已经过了十年。我们一直认为我们取得了长足的进展，可是跟人家比起来，还是差得很远。

不过毕竟人家是20世纪70年代就上天了的，我们天罡一代比他们晚了二十多年,而我们的天罡三代却将跟他们的三代几乎同期建成,虽然性能指标等方面还有差距,但不也是一个十分了不起的成就吗?

等到谢成章抬起头来时,阳光正从窗口斜射进来,让办公室变得很是敞亮,他的心情也跟着好了很多。他下定决心要多跟国际咨询机构沟通,不能闭门造车,要多多了解外面的动向。于是他当即给尼克打了个电话,尼克十分高兴和热情:"下回我请您用晚餐,我们边吃边聊吧。"

几周后的下班时间,谢成章步行到中宇航总部大楼附近的一家粤菜馆,尼克已经在靠窗的一个半封闭的小隔间里等他了。

"谢先生,您好,谢谢您来赴宴。"

"尼克先生,不得不说,您的汉语水平真的很高。"谢成章笑道。

"不敢当不敢当。不瞒您说,我是在中国汉语大学学的汉语。"尼克谦虚地回应,"我建议我们就用'你'相称吧,算是迁就一下我们西方人,如何?"

"没问题,哈哈。"谢成章觉得氛围还挺轻松的,"你太谦虚了,很懂中国文化。而且,我很佩服你。我拜读了你们的报告,学到了不少东西,没想到你不光业务能力强,汉语水平还这么高。"

"过奖了。我们志在全球市场,而中国市场又是这样重要,这样不容忽视,我学习汉语也是应该的。我们这两年的工作重心就是打入中国市场,所以……我们十分希望可以与贵公司合作。"

"这个没问题。"谢成章听到尼克把话题往业务上引,不由得略微增加了一点防备,毕竟国际合作不在他的职权范围之内,他可不想让自己国际合作事业部的同事感到不快,"我已经把你的联系方式给了我们国际合作事业部的同事,我个人觉得你们的报告十分专业,我相信他们会做出正确的判断,然后跟你们联系的。"

"那就太感谢了。谢先生,既然谈到这个,方便问一问,你在中宇航卫星导航领域主要负责什么吗?"

"哦,我主要负责卫星载荷的系统总体。"谢成章简单地介绍了一下自己。

"原来是谢总,失敬,失敬。"尼克低头表示恭敬。

"不用这么客气,叫我名字就好。"谢成章连忙让尼克打住。

"不,谢总负责的卫星载荷系统总体是卫星的核心,非常重要,认识你很荣幸。那我可得再好好介绍一下自己和我们公司。"

"好的,请讲。"谢成章饶有兴趣。

"我叫尼克·托雷,来自堪萨斯州。虽然我是美国人,但你可以从我的姓氏判断,我的祖上来自意大利。我在大学本科的时候有幸参加了一个中美交流项目,在中国汉语大学读了一个学位,也有机会学了汉语,回到美国后就创立了这家StarBit Consulting咨询公司。就像在上次展会上向你介绍的一样,我们公司目前的业务覆盖好些行业,以高科技行业为主,自然也包括卫星导航。

"我一直认为,咨询是一份高技术和高智力含量的事业,而且有其天生的保密性,所以,我们公司一直都比较低调,我们的客户都是通过参加展会等方式发展而来,我本人和我们公司的高管也都会亲自与客户交流、沟通,让客户充分理解我们的业务模式和能够带来的价值。所以,我们虽然没有刻意宣传,却能够维持十分稳定的客户关系,并且通过口碑来获得新客户。

"接下来,我们的工作重心会放在中国市场。我本人在北京学习过,自认为相比其他外国人,甚至绝大多数的外国人来说,都要更了解中国文化一些。中国文化中,发展业务首先要建立感情、建立连接、建立关系,关系到位了,业务也就到位了。所以,我和我的高管团队今年会在中国待很长时间。我也不讳言,中宇航是我们重点发展的目标客户,所以,谢总不要烦我以后常常骚扰你就好,哈哈。"

听到尼克依然一口一个"谢总",谢成章在心中暗笑:没错,你的确比大多数外国人都更了解中国文化,不过,哪能第二次见面就把自己的意图说得如此直白和赤裸裸呢?但他转念又想:这又何尝不是这帮外国人的策略呢?他们打着"西方人就是直接"的幌子,直截了当地提要求,而我们也往往配合着这样一种思维定式,觉得外国人简单粗暴地表达要求就是他们的文化习惯,可以理解,而我们自己要是这样做,便是不懂规矩,不注重方式方法。

不过,不管怎样,谢成章觉得尼克和StarBit Consulting咨询公司还是有可取之处的,中宇航还真有和他们合作的基础,所以,他也笑了笑:"没问题,欢迎联系。不过,就像我刚才说的,我们之间的合作不是由我负责。"

"没关系,我理解。我没有那么功利,我只是觉得,你是我在中宇航认识的第一个人,也算是一种缘分。对公的业务,我自然会与贵公司的国际合作事业部谈,咱们之间,我觉得更多是认识一个朋友吧。"

"嗯,没错,幸会,幸会。"谢成章再次惊异于尼克的汉语造诣和对中国文化的理解。当然,他也不介意多认识一个朋友。

两人谈兴都很浓,不知不觉间,饭菜都上齐了。尼克还点了一瓶红酒,服务员也已经体贴地将红酒倒入醒酒器里端了上来。

尼克示意服务员倒酒,然后向谢成章举杯:"为了友谊。"

"为了友谊。"谢成章也抿嘴笑道,举杯与尼克相碰。

两人都一饮而尽。

这时候,谢成章才感到一丝后怕:刚才这哥们儿都没问我喝不喝酒,就自作主张地帮我把酒倒上了,仿佛我们不是第一次吃饭喝酒,而他对我的习惯已经了如指掌一般,我竟然也毫无防备地跟他干了杯……这家伙真是个人精!

"谢总,原谅我再次提到合作……我知道跟你们的正式合作需要跟你的同事对接,不过,我们公司未来几个月会在中国办几个行业研讨会,也包括卫星导航,地点还没有定,但多半不会在北京,我们也想尽量选一些比北京更加有趣和好玩的城市,吸引更多的潜在客户与合作伙伴参与。到时候,我可以邀请你吗?"

酒过三巡、菜过五味之后,尼克的脸略微有些发红。他们喝酒的速度并不快,一瓶红酒到目前为止还没喝到一半,对谢成章来说,这点量根本不算什么。他毫不犹豫地回答:"当然,只要我有空。我也期待可以去学习学习。"

"那太好了,等我们的安排定了之后,一定邀请谢总光临!"

说完,两人碰杯,各自轻轻抿了一口,又继续把话题扯开了。

饭后回到家,谢成章觉得今天的晚餐十分到位,吃得不错,喝得也不多不少,加上尼克丰富的行业背景和阅历,这都让他感到十分舒服。

"老婆,我认识了一个新朋友,是美国一家咨询公司的创始人……"

一到家,谢成章就迫不及待地跟秦湘悦分享。秦湘悦静静地听他说完,并没有马上回答,而是陷入了沉思。

"你要去哪儿啊?"两个月后,见谢成章在收拾行李,秦湘悦问道。

"哦,还记得上次跟你说的那个美国咨询公司的创始人吗?他们在昆明办了一个卫星导航研讨会,邀请了行业内不少人参加,也请了我。"

"我还以为他是个骗子,没想到来真的啊。"秦湘悦笑道。

"你有时间可以看看他们上次在卫星导航展会上给我的那份行业研究报告,能写出那样的报告来的,就不可能是骗子。"谢成章一边叠衣服,一边往书架方向指了指。他已经把那份报告拿了回来。

"好,好,知道啦。去多久?"秦湘悦不是第一次被推销这份报告,只不过,她在天罡办负责国际合作,每天的事情和经手的报告已经够多了。

"明早去,下午开始,住一个晚上,后天上午还有半天,然后就回来啦。怎么了,舍不得啊?"谢成章往秦湘悦跟前凑了凑。

"哼,谁稀罕。"秦湘悦笑着撇了撇嘴,然后正色道,"不过呢,我还是想提醒你,跟外国人打交道总归要多个心眼。你负责的可是咱们国家的天罡卫星载荷,虽然不是顶级机密,也算是核心机密了,可别忘了保密。"

"老婆大人提醒得是,放心吧,我肯定会注意保密的。"谢成章瞧着她的样子,觉得可爱极了,凑上去就亲了一口。

到昆明后,谢成章发现除了自己以外,中宇航国际合作事业部的同事也接到了邀请,行业内不少国际知名企业的中国区高管和员工也都悉数到场。

总的来说,这个研讨会规模不大,一共也就几十个人,但讨论的议题质量很高,谢成章也是第一次有机会接触到如此多的卫星导航,尤其是GPS相关外企的同行。经过交流,他大开眼界,而那些企业对中宇航也是仰慕已久,能够与谢成章和他的同事们交流,他们也感到十分新鲜。

"还是应该多跟外面接触接触,开开眼界呀……"回北京的飞机上,谢成章忍不住感慨。

飞机刚落地,谢成章就收到了尼克的短信:"谢总,希望你顺利落地。这次多谢来昆明捧场,我们后续还会安排类似的活动,诚挚邀请你继续参加。"

"当然,最感谢的是在你的牵线之下,我们这次跟贵公司签署了一份合作备忘录,很荣幸能够为中国航天的领军企业提供咨询服务。"

"好说,好说,也感谢你们举办这么有意义的活动。"谢成章爽快回复。很快,他便又投入到了紧张的工作中去,一时忘了尼克和这家咨询公司,而尼克也没有再联系他。

"国辉,你再跟周慧姐他们把除了原子钟之外的思路理一理。除了1203院之外,其他院所,还有中科院那边的合作单位都很给力,我们先集中精力把难度稍微小一点的攻下来,然后集中优势兵力攻关氢原子钟和铷原子钟——原子钟是个持久战!"

听完张国辉的又一轮汇报之后,谢成章深感欣慰。在张国辉离开他的办公室之前,他鼓励了张国辉几句,然后低头看了看表,已经接近晚上六点半。

到家又要七点半了吧,结婚这一年来,自己还真没怎么好好陪过湘悦……想到此处,谢成章摇了摇头,马上收拾公文包,准备下班。

这时候,他的手机响了,是尼克打来的:"谢总,打扰啦,好久不见,最近怎么样?"尼克的声音永远那么热情。

"都挺好,你呢?"谢成章受到感染,尽管有些疲惫,也提高嗓门回复道。

"我也一样,一切都很不错。目前我们正在跟你们在上回合作备忘录基础上谈具体的合作内容,进展也十分不错,所以想给你打一个电话,表示感谢。"

"没什么,不用这么客气。"谢成章再次惊异于他的情商,"如果我们最终真能达成具体的合作,那也是双方互惠的,我们也能从你们那儿学到不少东西。"

"谈到这个,如果我们真能为中宇航做点什么,肯定备感荣幸。同时,我其实有一点小事情想请教……"尼克的语速稍微慢了下来,语气里充满了诚恳。

"哦,有什么我能帮忙的吗?"谢成章一边爽快回答,一边在心中开始提高警惕。他不是第一次遇到这样的情形,很多时候,别人就是打着"帮个小忙""解决个小问题"的幌子,向他打听一些敏感信息。

"好,谢总是爽快人,我就直说了。"尼克的语气听上去有些漫不经心,"是关于天罡系统的。我们看到媒体报道,天罡二代明年就要建成,并且服务可以覆盖整个亚太区,目前的进展还顺利吗?"

这倒是没什么好隐瞒的,谢成章这么想着,便回答道:"谢谢关心,都挺顺利的,明年我们应该就能享受到天罡二代的服务了。"

"真是令人激动的消息!"尼克的声音传来,听上去也十分兴奋。

"是啊,尼克先生,你们进军中国市场的决定不会错的。"

"那……容我再多问一句,天罡二代之后呢? 天罡三代的规划目前顺利吗?你可能也看到了,我们上次的那份报告引用的信息还是去年的,那时候,我们了解到,天罡三代将在2020年实现全球覆盖……"

"没问题,我很有信心。"谢成章脱口而出。他觉得这也没什么好隐瞒的,天罡系统分三步走的计划已经是公开的信息。

"太好了!"尼克似乎也感同身受。

"还有其他的问题吗?"谢成章打算结束这个电话。一方面,他已心生警惕,另一方面,他也想早点回家。

"不好意思,谢总,再打扰两分钟。"尼克顿了顿,"不是问问题,而是邀请。去年昆明研讨会之后,我们收到了很多正面评价,也做了不少复盘和反思。这几个月我们陆续在中国其他几个城市举办了类似的研讨会,但规模都比较小,所以没有邀请你和中宇航,更多的是探讨如何改进,让研讨会办得更好。

"现在,我们觉得已经可以举办一次大规模的行业研讨会了,而且不仅仅针对中国市场,而是覆盖整个亚太,恰好也给明年天罡二代实现亚太覆盖做预热和宣传,想邀请你参加。"

"听上去对我们天罡系统来说确实是个不错的宣传机会。时间、地点呢?"谢成章不得不承认,尼克的沟通能力和把握人心理的水平十分之高。

"既然是面向亚太,我们打算放在新加坡。时间嘛,下半年,9月或10月吧。秋天这个季节很好,用中国人的话来说,叫秋高气爽,到时谢总一定要来捧场啊。"

"新加坡啊……"谢成章心里一紧。

如果要出境,那就是完全不同的情况了。在这一瞬间,谢成章已然做出了决定。

"是的。谢总考虑考虑吧,我就不多打扰了。"尼克感觉出了谢成章的防备,便适时挂了电话。

谢成章回到家时,秦湘悦正坐在餐桌边,刚刚把碗筷摆好:"回来啦?放下东西就赶紧过来吃吧。"

"哟,老婆还等着我呢?"

"我也加了一会儿班,只不过比你早一点回来而已,刚好可以一起吃饭。"

"你不用这么辛苦的。"谢成章心疼道。

"谁让你这么喜欢吃我做的饭呢?"秦湘悦笑笑。

两人边吃边聊,谢成章把天罡近期的情况说了说,秦湘悦连连点头:"太好了,今天唐院士才召集我们开了会呢,刘总、何总等人也都在。我们把天罡二代的进展做了回顾,唐院士特意强调,要开始规划天罡系统与GPS、格洛纳斯和未来的哥白尼系统的兼容性和互操作性,当天罡系统达到全球覆盖能力时,可以与这几大主要的全球卫星导航系统一起为人类服务。"

"唐院士真是胸襟宽广,我们有他这样的总设计师,真是幸事啊。"谢成章感慨道。

"是啊,据说他的老师计势飞院士也是如此,我们航天人的精神就是这样一代代传承下来的。"

"所以,听上去天罡二代和三代的进展都还挺顺利的?"

"嗯,二代没问题,按原计划明年覆盖亚太基本可以实现,但唐院士关注的,除了刚才这一点之外,其实还有两点。"

"哪两点?"谢成章问道,尽管他心中已经猜了个八九不离十。

"第一点就是天罡载荷的进一步国产化,尤其是核心器件国产化。"

"嗯,这也是我这两年的工作重心。"

"第二点,就是天罡三代的全球部署计划还有一些关键问题需要解决。比如,我们跟美国和欧洲不一样,他们在海外有很多军事基地,可以用来建立卫星地面站,我们却没有这样的条件来建立天罡系统地面段,如何在这样的限制下依然实现天罡系统的全球覆盖,这是唐院士和我们天罡办需要考虑的问题。"

"听上去,天罡三代的挑战不小啊……"谢成章深知地面段对于卫星导航系统的重要性。

"好啦,急也没用,我相信我们可以找到解决方案的。"

"对了,老婆,上次那家美国咨询公司又联系我了,说要在新加坡办一个行业研讨会,邀请我参加,我没答应。"谢成章想到下班前尼克的电话,决定第一时间告诉秦湘悦。

"又是那家公司啊……"秦湘悦的表情凝重起来,"老公,你说既然他们跟中宇航已经在谈正式的合作协议了,为什么还一直邀请你这个没有直接关系的人参加各种活动呢?"

"我也觉得十分蹊跷。"

"我在想,这个尼克,和他身后这家咨询公司,会不会在中国除了做业务之外,还有别的目的。第五纵队你知道吧?"

"我明白你的意思。"谢成章点点头。

第五纵队这个词最早来源于1936年的西班牙内战,指军事力量之外,用于对敌人进行渗透的潜在力量,这股力量可以通过制造谣言让人们产生焦虑,从而引起恐慌、激化矛盾、引发社会对立等,也可以进行广义的经济和商业间谍活动。

没过几天,谢成章又收到了尼克的短信:"谢总,新加坡研讨会的时间已经定了,我们会给你发一封正式的邀请函,用于办签证,期待你的光临!"

"谢谢邀请,这次我就不参加了,祝你们的研讨会圆满成功。"谢成章稍微斟酌了一下,如此回复道。

尼克没有再回复这条短信。

谢成章很快便继续投入繁杂的日常工作,带着团队去了中宇航下属的好几家在京单位调研,还去了上海等地,连续考察了不少天罡卫星载荷的供应商和潜在供应商。每考察一次,他对整个行业生态和供应链的了解便深入一分,一方面对行业的进展感到欣慰,另一方面对一些关键领域的差距有了更加清醒的认识。

不管尼克和他的咨询公司到底有什么更深层的目的,通过与他们的接触,以及参与那些研讨会,谢成章的确发现不论是中宇航,还是他们天罡卫星的整个国产产业链上的企业,除去技术、产品经验与积累同国际先进水平仍有差距之外,在经营理念、管理理念、管理工具、工程流程以及最佳实践等多方面都有需要改进的方面。简单地说,差距是全方位的,而不仅仅是技术和产品。但是,意识到差距也是好事,没有势位差,又哪来的势能呢?

又是下班时分,谢成章收拾好公文包,正准备离开办公室,桌上的电话铃响了。他快步走回桌边,一看号码,是曾丰的内线,赶紧接了起来:"曾部长好!"

"小谢啊,这会儿有时间吗?到我办公室来一下。"

"好的!"谢成章把公文包放下,拿了记事本和笔便径直出门,去往曾丰办公室,到了门口,见门开着,曾丰正站在书柜前寻找着什么。

"曾部长,我到了。"谢成章敲了敲门。

"小谢,来,坐,把门关上。"曾丰笑着打招呼,同时从书架上抽出了一本书。

等到谢成章坐定后,曾丰也回到了他自己的座位上坐下。

"小谢啊,有一阵没有聊了,最近工作怎么样?"曾丰一边把书放在桌上,一边漫不经心地问道。

"最近在忙着出差和调研,有一阵没来向您汇报了。"谢成章小心回答着,瞥见曾丰刚取下的那本书的封面,心中一紧。

那是一本薄薄的书,封面十分简洁,以红色和白色为主,书名是几个刚劲的黑色大字:保密手册。他连忙收回目光,重新望向曾丰。

曾丰似乎没有注意到谢成章这个瞄书的动作,听完谢成章的回答,语气开始变得热情起来:"哦,辛苦了。没关系,把工作忙好要紧,至于汇报,有老涂在呢,我放心,哈哈。"

"我这阵子去调研还真有不少心得,如果您这会儿有空,我可以简要汇报一下。"谢成章连忙回答。

"好啊,说说看。"

于是,谢成章把最近的情况简要地向曾丰说了说,还把涂安军的一些指示也做了汇报。他深知这样的重要性,分管领导的指示,一把手有权知道。

果然,曾丰听了十分满意,频频点头:"很好,很好。天罡载荷的国产化,尤其是关键器件的国产化,是我们载荷系统部,乃至整个事业部,甚至集团公司都非常看重。继续努力,争取早日达到所有关键器件都不需要进口。天罡系统是我国的战略基础设施,安全性和独立性至关重要!"

"放心吧!"谢成章坚定地道,"曾部长,您今天叫我过来,是想了解一下这一块工作的进展吗?"

"其实还有一件重要的事。"曾丰这才把那本《保密手册》举起来递给他,"最近集团公司在开展新一轮的保密教育,我们部门的每个专业组组长都是重要责任人,领导要求我们直接做一对一的宣贯,所以呢,我就把你叫过来了,咱俩聊聊。你把这本书拿回去学习学习,回头公司还会给全体员工培训。"

"好。"谢成章没再多说什么,双手接过,起身离开。

深夜的北京,整个城市都进入了熟睡,双柏大厦3楼的灯光却依然亮着,从窗户里透射出来,映照在马路上。

顾违满眼血丝地盯着面前桌上摆放着的那台天罡接收机,已经不记得是第几次像现在这样,浑身疲惫却又满脑子兴奋地盯着自己的作品。

但这一次,跟以往都不一样。

这是他真正意义上的亲生孩子,不是天星二、三、四甚至五,而是星宿一。

当离开天星展讯,带着自己的追随者们决心做一个艰苦而孤单的创业者,专注地走自主研发之路时,他把新公司命名为星宿源。

顺理成章地,星宿源的产品,自然应该属于星宿系列,天上有二十八星宿,他想从星宿一开始,一直做到底。

眼前,第一个星宿即将诞生。

当最后的测试成功信号显示在屏幕上时,顾违激动得颤抖着双手,瞪大了眼睛,缓缓看过去,反复确认,然后猛地站起身,挥舞着双手:"啊!啊!啊!"

他感觉自己压抑多年的委屈和闷气全部都宣泄了出来,直到把嗓子喊哑,才慢慢放下双手。不知不觉中,他的脸颊上已经满是泪痕。

在他身后,黄韬和几个技术骨干默默地站着,一动不动,他们的眼眶里也充盈着泪水。等顾违的情绪平复下来,他们才一拥而上,与顾违抱成一团。

"大家回去好好睡一觉吧,这些天……不,这几年,大家都不容易……我真不知道该说什么好,恨不得把心掏出来给你们……我们的理想,终于要实现了。"顾违依旧有一些哽咽。

"顾总,我们真心为你感到高兴,真的!"黄韬也动情地说,"我们一起拼了这么久,等的就是今天,我们也一直相信,今天一定会出现,你才应该是那个需要好好睡一觉的人。"

"不,我还有些工作要收尾,你们先走吧!"顾违十分坚决,"明天晚上我们好好庆祝庆祝,一醉方休!"

黄韬知道顾违的脾气,但还是问道:"不需要我留下来帮忙吗?"

"不用,你们都赶紧回去睡觉吧,待会儿我来锁门。"

"嗯,好的。"

顾违等团队的人都离开,听到他们的脚步声消失在电梯间后,再一次忍不住伏案大哭起来。这一次,他没有像刚才那样克制,他自己也不知道到底是在哭还是在号,在这个时刻,他只觉得全身上下都不属于自己,仿佛飘浮在半空中,随着云朵四处游荡,然后不住地上升、上升,直到大气层之外。然后,他看见了近在咫尺的天罡卫星,它们正安静地在轨道上运行着,庄严而神秘。

这是支持天罡二代的接收机！第一款纯国产的天罡接收机！顾违忍不住在心中呐喊，然后抬起头来，稍微擦了擦眼睛和脸庞，理了理满头油腻的乱发，站起身走到窗边，推开窗户，一股夜晚清凉的空气钻了进来。

双柏大厦是老旧的写字楼，窗户还能打开，这一点顾违特别喜欢。他也去过那些高档写字楼，却十分不理解为何这些写字楼全部都无法自主开窗。

再过几个小时天就要亮了，顾违这时候才把大脑完全放空，又在窗边驻足了一会儿，才关上窗，把星宿一小心翼翼地收好，锁进柜子里。

他环视四周，公司里显出从未有过的安静，所有人的桌面都有些凌乱，却显得格外有生机。

辛苦你们了……顾违默默念叨着，走到门口，关灯、锁门、下楼，从已经空无一人的街道慢慢走回自己的地下室。

他已经无数次在深夜孤身一人回家，早就习惯了，不知为何，今天他觉得这座城市格外温柔。

顾违再次醒来的时候，已经接近中午。正当他睡眼惺忪地洗漱时，手机响了。他含着牙刷瞟了一眼，立刻放下牙刷，匆匆擦了擦嘴，接起电话。

"顾总，休息得如何？"是黄韬打来的。

"很充分，很舒服。"

"哈哈，我们就猜是这样，所以一直没跟你联系。"

"为什么？有事情随时打我电话啊！或者直接来我这儿敲门也行，你们又不是没来过！"顾违有点儿紧张。

"别急嘛，我们只不过是到了公司发现你不在，所以猜你还在睡觉。没有什么大事需要惊动你，就两件事情。第一，星宿一今天是不是就要送到合作单位去做各项专项试验了？"

黄韬这话还没说完就被顾违打断："这不是废话吗？赶紧安排！"

"哦，是，好的……"黄韬小声回答，"按照以往的惯例，不是要在调通后再放一天吗？"

"那是在天星展讯时的臭毛病！现在我们一天都不能浪费！"

"嗯，明白，我马上安排。"

"好，第二件事情呢？"

顾违不放心，他生怕又是一件类似的事，可不能浪费时间。自从他真正成为公司的所有者以来，顾违对时间的感觉比之前更紧迫，在天星展讯时，虽然他也算联合创始人，毕竟不是大股东，出了什么事总还有王兼扛着。

"嘿嘿,今天晚上顾总打算去哪里请客呢?"黄韬的笑从手机里传来。

对顾违来说,播种的艰辛有多痛苦,收获的喜悦就有多痛快。到了天罡二代建成的2012年年底,他的星宿一接收机已经卖出了一万台。

看着财务呈上来的报表,顾违瞪大了眼睛。他这辈子都没见过这么多钱,尽管它们都只是数字而已。

他依稀记得,在天星展讯的时候,也没有哪一年有如此多的收入,而即便如此,那个时候他和王兼都已感到十分幸福了。

感谢天罡二代……他由衷想道。

"顾总,这些都只是账面数字,从现金流的角度,我们还要把订单的钱收回来,才算真的落袋为安。"见顾违表现得十分激动,财务提醒道。她知道自己的老板是一个技术狂人,平时的运营基本都交给黄韬打理,所以想提醒一下他,收入确认是一回事,收款又是另外一回事,很多时候,如果客户比较无赖或者遇到了资金周转困难,拖欠货款不付的情况也是有的。

"哦,哦,我知道。"顾违心不在焉地点了点头,满脑子想的都是天罡二代。

他的确应该感谢天罡二代的建成。相比天罡一代,天罡二代的卫星总数从3颗增加到14颗,覆盖范围也扩展到亚太区域,大大增加了服务范围,天罡应用的区域自然也就扩大了。渔业用户,尤其是要去近海捕捞的用户,之前对天罡一代接收机有顾虑,现在完全没有了。更不用说很多渔业存量用户经过几年,恰好进入一个升级换代的周期,星宿一的诞生与这个时机完美契合。

相比同类天罡接收机,星宿一是唯一支持天罡二代系统的,顾违夜以继日努力抢得了先机,这已经是巨大的代差优势,更何况,星宿一的性能也不差,并且是纯国产的供应链,若是有售后维修或者更换零部件的需求,星宿源的反应也非常迅速,于是迅速积累起了良好的用户口碑,从而口口相传,让星宿一成了沿海渔民的必装产品。

"天时地利人和,谁说天时不如地利,地利不如人和? 我看星宿一打开局面,全靠天时!"顾违不止一次地感慨。

财务走后,顾违忍不住给谢成章打了一个电话,迫不及待地告诉他星宿源的好消息,并且半开玩笑地感谢谢成章为星宿源做出的贡献。

"感谢我什么呀?"谢成章明知故问。这几年顾违与他时不时会通电话,谢成章非常高兴看到顾违终于还是坚持住了,从楼顶天台的边缘走了回来,一步一步走向光明。

"没有你们给天罡提供载荷,天罡办怎么建设天罡二代系统?没有天罡二代的加持,我们星宿源的星宿一怎么可能卖这么好?你说我应不应该感谢你?"顾违还当真了。

"嘿嘿,我知道,我只是想再听你表扬一下。"谢成章嬉皮笑脸地说道,很遗憾顾违看不到他此刻的表情。

"好吧,好吧,你赢了。"顾违有些啼笑皆非,不过还是控制住情绪,认真地邀请,"等我忙完这阵,请你吃饭表示感谢。"

"那可说好了,而且得贵一点才行。"

"你这个老北京,只要别让我请满汉全席就行。"

"哈哈哈。"谢成章笑了一会儿,转而收起笑容,调整了一下呼吸,稍微顿了顿,才缓缓地继续说道,"我觉得吧,你还应该请一个人。"

顾违一愣,立刻明白了谢成章的意思:"你是说王兼?"

"嗯,没错。"

顾违抿了抿嘴,半晌没有说话,谢成章倒也不急,静静地在电话那一头等着。

"你说得对,我是应该叫他。"又过了几秒钟,顾违回答。

"好,那我等你消息!"

结束与谢成章的通话之后,顾违在手机通讯录里找到了那个久违的名字。

他已经记不清楚上次与王兼联系是什么时候了,两年前自己提醒他美国Ha-rin公司有异心的时候,还是更靠后一点的时候?

面对王兼,他总是有一种复杂的感情。感激自然不用说了,从中宇航辞职加入天星展讯,以及在人生最低谷时雪中送炭,都是天大的人情。但与王兼在理念上的根本分歧又让他难以抚平心中的不快。在他看来,王兼放弃天罡之后这些年所做的一切都是饮鸩止渴,哪怕赚再多的钱都没有用,终归是给别人做嫁衣裳。更何况,他一直都还不起王兼的钱,还主动去找王兼,岂不是自取其辱?

好在现在总算可以还上了,虽然订单的收款还没完成,但如果不出意外,几个月之内,他就可以还钱了。这个念头给了顾违通话的勇气。

"喂?"几声铃声之后,王兼的声音响起,带着几分疑惑,几分惊喜。

"王兼,好久不见……"顾违迟疑了一下,说出一句毫无悬念的话。

"哼,你小子,我还以为你死了呢!"王兼笑着骂道。

顾违只觉得脑袋被轰地一冲击,心中那道芥蒂和枷锁似乎一下就被冲破了。

"你怎么不说话?说真的,即便你不给我电话,我也想给你打个电话呢。"王兼忍不住追问。

"我没有别的意思,就是想告诉你,钱……我很快就能还上了,连本带利。"顾违冒出这样一句。

"哼,这都几年了,利息你打算还多少?"王兼立马反问。

"这个……"顾违一时语塞。

"好了好了,不跟你开玩笑了,看在你主动给我打电话的分上……"王兼这才笑道,"当然,主要还是多亏你上次给我打的那个电话,提醒我Harin公司的小心思,让我如梦方醒,后来暂时接受了Harin的无理要求,只做他们的非独家代理。当时我立刻下了决定,一定要做我们自己的GPS车载导航仪!去年我们自己的产品出来后,马上就跟Harin终止了合作,现在已经抢占了一些他们的市场,我相信他们会后悔的,迟早有一天会退出中国市场。"

听到王兼这番话,顾违感到十分欣慰,这种愉悦的感觉甚至可以跟星宿一开发成功时的那种感觉相提并论。他提醒道:"你看,连GPS的设备你都发现要自己做,那天罡呢?是不是更应该如此?"

"嘿嘿,我这不也在慢慢转型,仔细思考嘛。"

"好吧,过几天一起吃饭,到时候再详聊,我把谢成章也叫上。"顾违这才把这通电话的正题抛出来。

"哟?看来果然阔了嘛,都可以请客吃饭啦!我一定来!"王兼很是高兴。

第13章
星间链路

"我们仨多久没有坐到一起啦?"谢成章无比感慨。

顾违和王兼两人虽然精气神都还不错,但在社会上摸爬滚打了这么多年,岁月的蚀刻和冲击非常明显地在他们的脸上和发际线上留下了痕迹。

"还是谢成章保养得好啊。"王兼冲着顾违感慨道,"你看我们,感觉比他要老上五岁。"

"五岁?那是你,我估计得老十岁吧!"顾违一脸正经,"我都开始掉头发了。"

"我们大学毕业十年不到就成这样了,以后还怎么娶老婆?看看谢成章,已经抱得美人归啦。"王兼一副羡慕的表情。

"对了,你怎么不把秦湘悦叫上?"顾违听到这里,问谢成章。

"你也没请她呀。而且,我们的婚礼你都不来,她对你有意见。"谢成章笑着回答,王兼听了,忍不住也乐了。

"这我确实得赔罪。"顾违举起酒杯。

"嗐,开玩笑呢,她出差去了。"谢成章举杯回应。

三人在火锅的腾腾热气中聊开了。

"时间过得真快,想想上回我们跟秦湘悦一起吃火锅,已经快五年啦。那次你们两个还在闹分家,现在是真的分了。不过,看到你们都挺了过来,越来越好,我还是挺开心的。"谢成章夹了一片毛肚,边涮边说。

"是啊,说实话,我那时候恨你恨得牙根都痒。"王兼抿了一口酒,冲着顾违说道,"你小子真是固执得令人发指。"

"哼,我对你才是有一肚子火呢,要不是看你雪中送炭,我都不想理你了。"顾违反唇相讥。

"我对你何止是雪中送炭,那可是再造之恩好吗?哪个傻瓜会动不动就要跳楼啊?"王兼也不示弱。

"好了好了,过去的事情就别提了嘛,喝酒,喝酒。"谢成章笑着打圆场。

三人一起干了一杯。

"好了,说点正经的。我现在觉得顾违的想法并没有错,只不过,时机有点儿早。"王兼决定把话题引向他一直想讨论的领域。

"早?当时如果不做,怎么赶上天罡二代这趟车啊?"顾违不同意。

"唉,我知道你不同意,但你能不能听我说说?"王兼有些无奈,"那个时候完全抛开已有产品搞全产业链自研,风险太高,相当于一架高速飞行的飞机在半空中换发动机。"

本来王兼还想补充一句:"你当时不就要破产了吗?要不是我出手相救……"但考虑到顾违的自尊心,他把这句话咽了回去。

"王兼这个说法我倾向于同意。顾违,"谢成章插话,"我站在局外人的立场来看,那时候天星展讯的发展已经形成了一个惯性,突然180度转弯,动静太大。"

"你……好吧,看在天罡二代的分上,我就不跟你们争了。"顾违轻轻一笑。

"不,不,我们都得感谢天罡办,感谢唐院士,你们都不知道我有多崇拜他,他真的就是天罡星本身一般的存在。天罡系统三步走的战略,当时我还觉得太慢,现在看起来,真稳当,说今年建成天罡二代就建成了,这么看起来,2020年建成天罡三代也没什么问题。"谢成章感慨道。

"你也不用谦虚。"王兼也凑上来,"没有你们中宇航提供的天罡卫星,天罡办和唐院士也是巧妇难为无米之炊。没有你们的卫星载荷,卫星不就是个空壳子吗?嘿嘿。"

谢成章道:"唉,说实话,压力真不小,而且……我们现在还没法做到所有关键部件的国产化。进口的基本都是垄断的,价格一年比一年高,还一个个牛得不行,我们这甲方做得很窝囊……"

"毕竟是空间段的东西,多少还是比应用段的要复杂点吧。"王兼和顾违都如是表示。

"说真的,你们下一步打算怎么发展?上回你们吵得不可开交,是因为还没分家,现在分家了,接下来都可以按照自己的想法行事,我倒是挺有兴趣听听的。"谢成章对两位好友的未来很感兴趣。

"你先说吧。"王兼冲着顾违挤了挤眼。

顾违瞪了王兼一眼:"我还能怎样?继续把星宿一的市场做大,至少在天罡渔业领域占据垄断地位吧,然后再跟着天罡系统的部署步伐逐步升级啰。我为什么要把公司叫星宿源?就是想搞出二十八代产品来,一直搞到星宿二十八!在这个过程中,要是能够进入大众市场,那就算真正把局面打开了。"

"进入大众市场?你是指……"谢成章忍不住问道。

"比如手机芯片、汽车电子芯片,现在我们星宿一的芯片只是用于接收天罡信号,而且只适用于专业领域场景,比如渔业。我在想,如果能够兼容GPS和其他的卫星导航星座,还能够满足大众市场的需求,那岂不是有很好的前景?"

顾违真是个天生就只知道干事情的人……谢成章心中暗自感慨:只有谈到产品,谈到技术,他才滔滔不绝……

王兼这时候笑了笑:"哈哈,你不怕这个思路被我学去了吗?要知道,我们现在从某种意义上说,可以算是竞争对手。不过,我佩服你的野心,大众市场的芯片现在基本被高通、博通等厂商垄断了,想进去,谈何容易?"

"我知道难度很大,甚至是高不可攀,可是,就是因为如此,我才想去试试。"顾违的回答很坚定,让谢成章肃然起敬。

但王兼并没有被打动:"顾违,我佩服你的勇气和韧劲,在这一点上,你一直以来都是我们仨中最强的。不过,我们都是做生意的……不对,是公司的经营者。"说到这里,王兼换了个说法,生怕"做生意"这三个字让顾违感觉受到了侮辱,"既然是经营一家公司,那就要盈利,就要适应市场的变化,满足市场的需求,解决市场的痛点,否则,就不是公司,而是慈善机构。你自主发展天罡芯片和天罡接收机这条路,已经闯过了最艰难的关隘,目前看来是走对了,这一点,我毫不怀疑。但是,如果你想把这个思路拓展到大众市场上去,要跟高通、博通他们硬碰硬,我可以断言,毫无胜算。现在全球有上亿部手机装着他们的芯片,他们支持GPS的芯片,你要如何切入?中国市场吗?他们的芯片卖几百块一片,你什么时候才能够做到这样的成本?需要投入多少钱才能做到?"

王兼说到这里,决定不再保留自己的意见。他真心不认为顾违可以做到大众市场上去,也不忍心让自己的同学陷入那个黑洞。

听完王兼的话,顾违没有马上回答。他皱着眉头,低下头,喝了一口闷酒。

灯光下,谢成章看着顾违头顶有些稀疏的头发,突然感到很难过。他打心底里是赞同王兼的,可是又有些怪他把话说得太绝,于是开腔:"你说得那么头头是道,你的思路呢?刚才顾违可是把他的想法和盘托出了,你呢?就不要保留了吧。"

说罢,他举起杯敬了王兼一杯。王兼喝完,擦了擦嘴:"大家都是这么多年的老同学了,我不保留,就算被顾违这小子给学了去,以后把我打败了,我也不后悔。"

谢成章笑了:"有这么严重吗?赶紧说!"

顾违则依旧低头不语。

"嗯,我所思考的,可能比顾违要更宽一点。就像我刚才说的,他的思路并没有错,除了跟高通、博通正面竞争这一点以外。不过,那样的发展只是线性的,而且终将会遇到天花板,到那个时候,就会出问题。所以,我从几年前开始,不,是从跟他分家之后不久,就进入了GPS市场,开始代理Harin公司的产品。在那段经历中,我学到了很多,感受过销售额的大幅增长,也遇到了许多之前从未考虑过的问题,比如独家代理权的突然中止,比如越来越多的非业务层面的事情。我领悟到,光靠自己是不行的,必须要借助外力,才能及时扩展实力,为更加高速的发展打下基础。所以,我这两年引入了外界资本和资源,开始研发我们自己的GPS接收机,虽然芯片依然是买的进口货,但至少掌握了整机和模块级的能力,现在已经开始酝酿股份制改造。如果说以前的天星展讯是我一人的公司——当然,顾违也占据很重要的地位——那现在,新的天星展讯已经是一家股权结构更加复杂、拥有相对完整的公司治理结构的企业。不瞒你们说,我们计划在未来三年内上市,利用更广泛的资源和资金去实现爆发式的发展。"

王兼一口气说了很多,然后喝了一口茶润润喉咙。见谢成章和顾违都没有立刻反应,他又补充了几句:"我也是跟Harin公司那样的国际知名企业打交道之后才去反思,才发现商业世界的规则很多,工具也很多,我们之前都想得过于简单,一方面自己很累,另一方面,也不足以把潜力充分发挥出来。我以前一直觉得自己是空天大学毕业,科班出身,又在国内的市场上摸爬滚打多年,已经是个专家,可是,不得不说,商业世界不存在一条孤单的河流,所有的河流都是交叉汇集的,如果只在自己眼前这条河上打鱼,不去看更加广阔的江河湖海,迟早有一天,你自己眼前的河都会被外来的渔船占据……"

听完王兼的话,谢成章如醍醐灌顶,大开眼界。自己平时在天罡卫星载荷这一亩三分地里吭哧吭哧地耕作,从没考虑过这些事情。当然,他也不需要去考虑。可是,如果自己想在事业上更上一层楼,难道就不应该去思考这些问题吗?

"王总,听君一席话,胜读十年书啊。"他再次举起酒杯朝王兼敬过去。

王兼一边喝一边谦让:"唉,都是我的一些感悟,跟兄弟们分享分享。"

他特意偷眼看向顾违,想看看自己的话对他有没有触动。

顾违终于抬起头来,面色凝重,眼神里有些迷茫。他看了一眼王兼,没有说话,只是举起了酒杯。

王兼再次倒上一杯,与顾违碰了碰,两人默默喝完。

顾违这才叹了一口气:"王兼,我不想承认,但是,我认为你说得有道理。不过,你扩了股,融了资,上了市,到底是为了什么呢?仅仅是赚钱吗?"

王兼一愣,暗自佩服顾违:他一下子就抓住了事情的本质!于是也认真地回答:"你问得很在理。我是不是为了赚钱?当然是。但是,我又不仅仅是为了赚钱。如果说很长一段时间我都把赚钱作为第一目标,经过跟Harin公司的合作,见识过像他们那样的大企业可以如何飞扬跋扈、呼风唤雨之后,我已经下定决心,要把天星展讯也做成那样的企业,不是为了跟他们一样,而是为了可以硬气地与他们分庭抗礼。从产品发展的角度来看,我们肯定会继续把天星展讯的GPS接收机做大做强,把Harin和其他一些国外的厂家赶出中国市场,在合适的时间点,我们也一定会切回天罡系统的产品……"

王兼说到这里顿了顿,满脸严肃:"到那个时候,顾违,我们就要并肩作战了。我有预感,我们会有那么一天。"

看着杜小美提交的最新一期市场简报,王兼皱了皱眉。

经过融资和股改,此时的王兼已经是天星展讯股份有限公司的董事长兼CEO,而杜小美也被他提拔为分管销售和市场的副总裁。

"看起来,我们没有任何机会了吗?"他感慨道。从这份简报来看,包括高通、博通等欧美知名芯片厂商已经在开发支持天罡系统的手机芯片了。自从去年天罡二代正式建成并运营以来,他们一点时间都没有浪费。

"你觉得他们什么时候可以把这样的芯片推入市场?"王兼问道。

"我个人判断,这件事情今年就会发生,这些厂家有非常成熟的体系和丰富的经验,从本质上来说,天罡系统和GPS系统并没有区别,信号制式和频段或许有差异,但都是卫星导航信号,如果他们已有的芯片可以支持GPS或格洛纳斯的话,再兼容一个天罡,根本不需要重新设计芯片,只要在已有的设计上改进就可以。而且,我听说,前两年这些厂家其实就已经在酝酿了,等天罡二代开始向亚太播发信号,天罡办公布天罡信号的接口控制文档和标准后,理论上他们就可以立刻开始研发兼容天罡的芯片了。"

"嗯,跟我的判断差不多。"王兼点了点头,眉头依然没有舒展,"我们近期得开个战略会,把未来的方向定一定。"

"好的,看你的时间。"杜小美看着王兼有些愁容的脸庞,心中不是滋味。

杜小美离开后，王兼双手托着脸颊，坐在桌前，眼睛盯着桌面出神。

几个月前与谢成章和顾违吃火锅的时候，尽管他把顾违走向大众天罡芯片的路拍死了，但在他心底，其实多少还是与顾违有一样的想法。面对广阔的个人手机和汽车市场，谁会不动心呢？只不过，这真的是一场幻想啊！

几天后的战略会上，天星展讯的董事会和管理层齐聚一堂，经过一整天的激烈讨论，大家终于达成了一致。结束的时候，王兼清了清嗓子："各位，我们今天做了一个十分重要的决定，天星展讯在可以预见的将来，不会进入天罡或者GPS芯片的大众市场，原因很简单，我们没有任何机会。

"几个月后，在新出的智能手机上，不管是苹果也好，三星也罢，哪怕是国产手机，我们就能看到高通、博通的芯片已经兼容了天罡，这个市场会被他们迅速渗透，就像是一次对现有手机芯片格局的复制一般。

"我知道，这个决定会影响我们公司未来的估值，对于我们上市的定价也会有不利的影响，毕竟资本市场的想象空间会小很多。但是，这也是一个负责任的决定，我不希望未来天星展讯被骂是骗子公司。

"不过，在放弃这个市场的同时，我们也将进入一个新的市场。其实它并不是新的市场，几年前，我们曾经从那里退出过……这就是天罡市场。随着天罡二代的运营，连国际厂商都想要来分一杯羹，我们作为中国企业，还不守好自己的主场，就太说不过去了。我们的目标，是抢夺GPS在国内专业市场领域的市场份额，而且，是所有的专业市场！我再强调一遍，不是只有渔业、测绘、天文、水利、气象，或者其中的一两个，我要所有的专业市场！"

整个会议室鸦雀无声，然后响起了一阵掌声："GPS要来抢我们的大众市场，我们就抢他们的专业市场！"

会后，王兼打通了顾违的电话："还记得上回吃火锅的时候我们说了什么吗？"

"你那天说了那么多，又喝了不少酒，我怎么记得你指什么？对了，钱已经还给你了啊，刚刚打出去。"

"我不是来讨债的，兄弟，我是想告诉你，我们也要进军天罡了。"

顾违一愣，然后答道："挺快嘛，也算是拨乱反正了。"

"我说过我们会并肩作战的，现在，这个时刻到来了。"

"好啊，好啊。说到这，我也向你学习，开始接洽一些投资人了。随着天罡二代上天，感觉我们这个领域越来越受市场关注了。"

"这就对了，要借力打力，不然累死你。不过，控制权也很重要。总之……遇到什么情况拿不准的，尽管联系我。"

"好,不跟你客气。"

挂上电话,顾违长舒了一口气,他觉得很久没有像现在这样轻松过。一方面,他的欠账终于还上,另一方面,王兼竟然听了他的劝,真的把业务转回天罡了。

尽管都是多年的同学和朋友,但顾违敏感地认为,在自己的钱没还清之前,不应该跟王兼联系。而即便那次在谢成章在场的情况下,三人都把话说得很开了,他也依旧心存芥蒂,总觉得在王兼面前有些抬不起头来,尽管王兼并没有表达过任何催促之意。

那次之后,顾违十分深刻地检讨了自己的膨胀,庆幸自己进军大众卫星导航芯片市场的念头被王兼及时掐灭,也开始考虑怎么让公司更上一层楼。而过去的几个月,证明了王兼的劝告和他自己的决定都是正确的,至少到现在为止是如此。

王兼终于要回到天罡市场了!专业市场这么大,除了渔业之外,却几乎都被GPS完全垄断着,我们要一起终结这个局面。农村包围城市也好,小米加步枪也罢!顾违给自己鼓劲,但一瞬间,他突然想到了一个场景,眼神里闪过一丝复杂的光。

飞机略微颠簸着往上飞去,二十分钟后,稳稳当当地进入平飞状态。

谢成章觉得周遭安静了下来,除了发动机的轰鸣声,他什么也听不到。机舱里十分安静,乘务员还没有开始提供服务,大多数的乘客都在默默地干着自己的事情,或者闭目养神。谢成章把遮光板拉了下来,让自己处于暂时的黑暗中,正好可以认真思考一些事情。

这次他是去桂林参加中宇航卫星导航事业部的一个内部会议,要把整个中宇航的卫星业务做一个全面梳理,天罡卫星是其中重要的一部分。集团公司领导也很重视,彭君会亲自参加。

冯子健刻意将会议地址放在桂林,一是桂林相对比较僻静,事业部毕竟有不少保密业务,会议不宜放在北京或者上海那样的大城市进行,大城市鱼龙混杂,间谍网络也更加成形;二 也是给参会的人一点小福利,让大家可以在会前会后稍微体验一下桂林风光,放松放松。

当谢成章把这次会议的要点都梳理好的时候,感到一阵困意袭来,于是在座位上沉沉睡去。等飞机平稳地降落在桂林机场,谢成章下了飞机,从行李转盘上取到行李,往机场大厅出口处走去时,突然发现路边有一个熟悉的背影。

这是一个外国男人,正在与一个中国男人谈话,看上去两人已经聊到了尾声,没一会儿便挥手道别。那个中国男人的背影在谢成章看来也十分熟悉,但当他看清外国男人的侧脸时,猛地一惊:这不是尼克吗?!他觉得整个人都要凝固了,自从自己拒绝去新加坡参会之后,他就再也没有联系过尼克。神奇的是,尼克似乎十分默契地也没有再给他打过电话。

谢成章不禁想:这也太巧了,如果尼克真的只是一家商业公司的创始人,在我婉拒一次邀请之后,难道不应该继续热情地跟我保持联系吗?除非……他非常敏感,而且所图更多,而这些更多的东西都不能让我有任何被强迫提供的感觉,只能"自觉自愿"地提供。这些东西,毫无疑问,不会是简单的天罡二代或者三代何时完成部署……

谢成章继续往前走,看着那个中国男人钻进一辆黑色的轿车,而尼克也在路边上了一辆乳白色的越野车。

这是什么情况?尼克为什么会出现在这里?他是来旅游的吗?如果是来旅游的,为什么会跟我可能认识的人聊天呢?如果不是来旅游的,又是来干什么的?谢成章心中充满了疑惑,往出租车等候区而去。

正在这时,乳白色的越野车停在了谢成章面前不远的路边,车窗降了下来,露出了尼克那张熟悉的脸。

"谢总,世界真小,没想到居然在这里看到你,要不要搭一程?"尼克此时把墨镜推到了脑门上方,盯着谢成章,似笑非笑。

谢成章已经来不及思考尼克是怎么发现自己的,更不能假装没看到尼克,于是只能往前走了几步到车边,挤出一个笑容和惊奇的表情:"尼克先生,好久不见!我也没想到会在桂林遇见你!"

他试图简单打个招呼就混过去,并没有去够尼克捎他一程的橄榄枝。

"哈哈,是啊,很巧,我正好跟几个朋友来这儿旅游,就在车上看到一个熟悉的身影,仔细一看,果然是你,所以就过来问问你要去哪里,要不要送你。"

尼克的回答天衣无缝,但在谢成章看来,则更加可疑:如果是来旅游的,刚才在路边跟那个中国男人道别又是什么意思?而且那人我多半还认识。

不过,他并不打算在这个话题上纠缠:"谢谢你的好意,祝你玩得开心,我不赶时间,就不耽误你了。"

"是吗?那好吧,我走了,回头再联系。"尼克示意司机开车,最后意味深长地看着谢成章,"不过呢,谢总,我无意冒犯,但在我们道别之前,我想说的是,你看上去不太愿意继续参加我们组织的活动,我不知道原因,但我还是劝劝你,要睁眼看世界,别只盯着你的天罡,要认清楚你们跟世界先进水平的差距,只有知道差距,才知道要如何追赶,否则就是坐井观天、画地为牢。我们公司显然可以提供这样的经验和辅助,而你放弃了我们。"

还没等谢成章回答,尼克就关上了车窗,乳白色的越野车径直往前开去。

我们天罡系统怎么轮得到你来说三道四?谁说我们不知道差距,不知道要如何去弥补差距?我们的辛苦,你又怎么看得到?谢成章愤愤地想着,越想越气,忍不住掏出手机,想给尼克打个电话理论几句,甚至把他叫回来。但就在这个时候,谢成章的手机响了,是秦湘悦打来的。

"喂,老婆。"他连忙走到人少的地方,也顾不上去排队了。

"顺利到了啊。"

"嗯,在等出租车呢。"

两人聊了几句后,谢成章忍不住把刚才遇见尼克的事情说了出来。

"你们居然这样都能遇上。"秦湘悦也很意外。

"是啊……关键是,我觉得他不是来旅游的,而是跟我们事业部这次在这里的会议有关。"

"如果我们之前的推断是正确的,那很有可能。而且,他最后跟你说的那段话,让你生气的那段话,在我看来,像是激将法,故意刺激你,让你主动找他,这样一来,就可以继续影响你,继续钓着你这条鱼。"秦湘悦帮他分析。

谢成章猛然醒悟:"你说得太有道理了!说真的,刚才我正准备给他电话好好理论几句呢!如果不是你的电话打进来,没准这时候我已经上钩了。"

"我说我刚才怎么有些心神不宁呢,所以才给你打个电话,哈哈。"

两人又闲聊了几句,谢成章嘱咐她在家注意休息,然后挂掉了电话。

此时,他已经完全从刚才那种失重且躁动的情绪中摆脱出来,秦湘悦的这通电话如同及时雨一般,让他整个人都清醒冷静了下来。但他转而又陷入担忧:如果尼克真是间谍,那刚才跟他聊天道别的那个人又是谁呢?如果是我认识的人,就有可能是像我一样被他接近的人,或者……已经被他发展成了内鬼?

到了中宇航一家兄弟单位的招待所,谢成章办理了入住手续后,刚进房间,就接到了他们事业部副总经理刘万山的电话。他很奇怪刘万山为什么会在这个时候找他,不过也只是犹豫了一下,很快接起:"喂,刘总。"

"小谢啊,到桂林了吧?"刘万山的声音充满了关心。

"刚到,这会儿在招待所呢。"谢成章恭谨地回答,"刘总找我有什么事吗?"

"听老曾说,你是要在这次会上发言的几个业务骨干之一,很不错啊,准备得怎么样了?"

"差不多了,准备一会儿再顺一顺。"

"那正好,你来我房间吧,我帮你看看有什么需要调整的。"刘万山说着报了他的房间号。

谢成章正打算趁这次领导们都在,在发言中呼吁事业部能将原子钟攻坚克难的优先级提一提,充分调动整个中宇航的力量,一起到1203院去搞集中攻关,此时见刘万山有意指导,忙道:"好的,现在就过来。"他挂了电话,带上笔记本电脑就去敲了刘万山的房门。

"小谢啊,这刚下飞机就开始工作,真是辛苦了。"刘万山打开门,一边招呼他进来,一边往房间里走去。

"不辛苦,本来我也有事要跟领导们汇报呢……"谢成章关上门转过身,正准备向刘万山详细说明,就看到了他的背影,愣住了。

"怎么不过来坐?"刘万山扭过头,看到谢成章依然站在门口,有些奇怪。

谢成章的脚像粘在了地上一般动弹不得,不一会儿,突然捂着肚子蹲了下去,然后吃力地抬起头,挤出声音道:"对不住,刘总,我突然肚子疼,可能是吃坏了东西,怕是顺不了发言稿了……要么我先回房间,晚些时候再来?"

说完,谢成章又把头埋了下去,确实是十分痛苦的样子。

"哦,那好,你赶紧回房间休息吧,身体要紧。"刘万山十分关切地说道。

"谢谢刘总!"谢成章听罢,立刻转身,佝偻着身子开门,离开了刘万山的房间。他偷偷地扭头看过去,确认自己已经不在刘万山的视线范围之内后,才直起身子,一溜烟跑回自己房间,迅速把门锁上,把笔记本电脑往床上一丢,自己也重重躺了上去,这才长舒了一口气,觉得心脏依然跳动得厉害,半天才缓过劲来。

怎么会?怎么会是他?谢成章睁大眼睛,回忆着刚才刘万山的背影。这个背影在他的眼帘中形成一个定格,进入他的记忆,与他不久前在机场看到的那个中国男人的背影竟然完全重合!他的脑海中闪过了无数种可能性,但不管是哪一种,都让他感到不可思议,所以他只能临时改变主意,先找个借口回房冷静冷静。

这件事情非同小可,而且一切只是自己的猜测,并没有确凿证据,贸然说出去怕是欠妥。在桂林这几天,人多眼杂,也不适宜说这事,还是先安心准备明天的发言稿吧……谢成章这样想着,便快速起身,打开了笔记本电脑。

目前天罡卫星载荷的国产化任务已经取得了不错的进展,应该说,除了最顶尖的氢原子钟和铯原子钟,其他关键的载荷器件都已经实现了国产化。

谢成章的眼前开始浮现宋帆、胡双清、周慧等人的脸。

这些年他们也没有一刻松懈,氢原子钟和铯原子钟这个难关却依然没有完全攻克下来,可见有多么不容易。天罡二代已经顺利运营,三代也已经开始部署,时间越来越紧迫了,不可能等卫星都造出来之后,我们才攻克载荷的难题吧?该呼吁的还是得呼吁,是冲刺的时候了!

当谢成章把讲稿更加有条理地整理好时,已经是夜幕降临,他这才感到饿了。这时电话响了,他一看,竟然是刘万山打来的,于是连忙接通:"刘总好。"

"小谢啊,肚子怎么样了?"

"哦,哦……"谢成章赶忙让自己的声音显得虚弱一点,"谢谢刘总关心,拉了一下午肚子,现在整个人都虚脱了,也没法来找您,真是不好意思……"

"你们这些年轻人,在大城市待久了,不习惯外面的环境吧?"

"是啊,缺乏锻炼……"谢成章一边应付着刘万山一边琢磨:他打这个电话只是来慰问慰问我的吗?

正想着,就听刘万山轻描淡写地道:"小谢啊,下午叫你过来也是想问你,你觉得载荷系统这个领域在国际合作方面有什么突破口吗?"

听到这个问题,谢成章猛地打了一个激灵,不禁想:怎么找我打听这些,难道他知道我跟尼克曾经打过交道的事情?

短暂的停顿后,谢成章继续用无力的声音回答:"我觉得国际合作事业部的同事应该比我更有发言权,不过,我还是挺支持国际合作的,只要合作的条件有利。"

刘万山并没有再继续追问,听上去对他的回答还比较满意,便又嘱咐了两句,就挂上了电话。

谢成章皱了皱眉头,不知道刘万山的葫芦里到底卖的什么药。

这时候,肚子再度提醒他,该吃饭了。

唐克坚盯着眼前的世界地图陷入了沉思。

他刚刚结束与刘波、何雷等人的会议,秦湘悦也代表国际合作口参加了。

这个会议开了整整一天,连午饭都是在会议室吃的盒饭。

他们讨论的主要议题只有一个:如何让天罡三代实现全球覆盖,并且保证有足够的完好性、可用性和精度。

根据唐克坚的设计,在天罡二代的基础上,天罡三代整个星座将由30颗卫星组成,数量与GPS和哥白尼等其他全球卫星导航系统相似,只要这些卫星全部发射入轨并且正常运行,往地面播发信号,可以说,全球覆盖的目标就实现了。但怎样才能保证它能够被大家信赖,从而使用呢?

卫星导航信号从卫星发出后,到达地面之前,强度会有所衰减,还会受到电离层、对流层等大气层的干扰,更不用说很多卫星都不是同步卫星,信号在传输过程中会发生多普勒频移。在这些因素的作用下,如果没有地面站等地面段的基础设施对信号进行修正和校准,这些信号是难以被信赖的,无论是在导航、定位还是授时上,都发挥不了作用。

可是,因为历史原因,欧美都有大量的军事基地,可以在全球建立哥白尼和GPS的地面站,用以组成地面段,顺理成章地为天上的卫星提供充分的支持,而天罡系统不具备这样的条件。

"我们没有海外基地可以用,情况就是这么简单。"唐克坚平静地说。

"刘总,看来你的卫星得更加耐造才行。"何雷笑着对刘波说道。

"我们可以通过国际合作解决这个问题吗?"秦湘悦轻轻问道,"跟友好国家签合作协议,借用他们的地方建站,我们支付租金。尽管要实现全球覆盖,我们应该也不用把地面站建在每一个国家,只要在一些关键地点建站就行了吧?比如,南美我们可以建在阿根廷……"

"小秦,你的想法不错,但是太理想化。天罡系统是我们国家的战略基础设施,可是要指挥我们的导弹往哪儿打的,如果地面站放在别的国家,你觉得我们会放心吗?"刘波很认真地回答。

秦湘悦恍然大悟,点了点头:"刘总说得是。"

"嗯,海外建站可能性不大,地缘政治风险太高。小何说得不错,我们得在卫星上下功夫。"唐克坚点评道,"不过,我们的时间不多了。中宇航已经开始为第一颗、第二颗天罡三代卫星设计载荷,对吧?"他看了看刘波。

"是的,他们在问我们要需求,说最后的需求没定,他们没法定型投产。"

"可以理解,这不能怪人家,是我们自己还没完全想清楚。"

他们跟会上的人一起讨论了一天,最终还是没有具体思路。

唐克坚在脑海中回放着白天的场景,轻轻地叹了一口气。

偌大的世界,在国境之外,我们竟然找不到一处可以安心建站的土地……看来只能去浩瀚的天空里寻找解决方案了。他回到办公桌前,铺开一张干净的白纸,从桌角的笔筒中取出一支笔,在纸上写画起来。

"唐院士,您的晚餐。"

背后的门推开了,他的秘书给他送来了晚餐。

他已经决定今天必须得找出个思路,否则就不回去。

大致方向肯定是建立一种空中互联机制,让天罡卫星可以不需要与地面站互动就能够完成对信号的改进。但是,这个机制要如何设计呢?

其实前几年,唐克坚就已经在思考这个问题了,只不过,他相信大家的智慧加起来肯定比他一个脑袋好使,所以今天花了一天时间充分讨论,最后发现,除了秦湘悦,大家的想法跟他也大同小异,而秦湘悦在了解利害关系后,也支持空中互联方案。更加准确地说,应该叫星间链路方案。

首先,可以肯定,这个链路一定是通过无线电实现的,不可能真在太空里的卫星之间拉几根线。既然是无线电,就意味着需要定义它的传输频段,每一颗卫星上的载荷都得具备接收和发射功能,如果不光要实现点对点的链接,还要实现卫星在太空中组网,载荷就还得有路由功能,这样一来,天罡三代的卫星载荷铁定要更新设计。更新设计后的天罡载荷肯定比二代更重,这就意味着火箭发射计划也要做相应的调整……真是牵一发而动全身。

唐克坚扒拉着晚饭,大脑却没有丝毫懈怠,依然在飞速运转。当他把饭吃完时,心中已经有了大体的框架和主意。过去几年他一直在构思、推敲,现在,终于要落实到真正的设计中了。他激动地在白纸上把灵感全部写下来,不一会儿,整张白纸就写满了,图文结合,非常清晰。

尽管坐落在北京郊区昌平,夜晚的1203院也有着一种安静中的火热,昏黄的路灯下,院里的道路上并没有多少人在行走,但那些科研楼的窗口全部都透出灯光,人们正在热火朝天地工作着。

谢成章在院子里漫无目的地踱步。他已经在那些亮着光的大楼里待了一整天,连吃晚饭都没有出来过,现在真要好好换换气了。他使劲深呼吸,让新鲜空气全力刺激肺里和脑袋里的疲惫,把它们卷裹出来,扔到一边去。

从桂林回来后,谢成章便又被派来驻扎1203院,跟周慧他们开展集中联合攻关,更加无暇去想刘万山和尼克的事。

"天罡办已经正式明确,三代的星座将全面采用星间链路技术方案解决地面段无法在海外布站的问题,为此,他们要求我们对载荷进行全新升级,时间紧迫。小谢,他们都在看着我们和1203院呢。红梅院长那边,冯总也已经跟她打过招呼了。"涂安军对他严肃地说道。

秦湘悦也告诉他,唐院士已经最终拍板,天罡三代的星座将采用星间链路方案实现所有卫星的互联互通。

谢成章已经预料到桂林的会议之后,重担会压上肩,但他原本想的是原子钟的升级攻关,现在却发现还有一个支持星间链路的载荷升级。

这倒并不是出乎意料的要求,他和同事们此前也讨论过星间链路的可能性,所以,在进行天罡二代载荷设计的时候,他们已经预留了一些灵活性。也多亏当初的提前规划,使得现在天罡办的需求真的到来之时,他们没那么被动。

但是,当星间链路和原子钟两个问题缠绕在一起时,事情就变得复杂起来。

采用星间链路这种方式对于卫星载荷的要求无疑更高了,现存的全球卫星导航系统中,GPS和格洛纳斯也是有星间链路存在的,但更多是锦上添花的作用,而哥白尼压根就没有这个设计,主要原因都是欧美在海外建站不存在问题,而俄罗斯的国土面积又足够大,所以,他们可以靠地面段解决很多问题。

因此,原子钟就更加不能出错了,一旦略有偏差,导致星间链路连接的卫星不能"对表"的话,整个信号的精度等性能就会相差很大。

如果继续采用进口原子钟,这个风险相对可控,毕竟进口的更加稳定,可是,现在天罡二代已经建成,天罡系统越来越成为和欧美竞争的系统,如果原子钟一直从别人手里购买,不怕一万,就怕万一,在未来的某一天,别人突然断供,整个天罡系统就会陷入混乱,而且到那个时候,卫星都已经在天上飞了,不可能像换汽车轮胎一样,轻而易举地就能把它们替换掉。

如果说此前国产铷原子钟还能够胜任的话,在星间链路的新要求下,氢原子钟和铯原子钟必须得跟上了,毕竟,这两种原子钟的性能要更好。

这也是谢成章从桂林回来后到今天为止的心病。之前晚饭时,从测试楼里传来的消息是,最新一次测试又失败了。

"没事,我们已经不是第一次遇到这种情况了,这么精密的器件,哪能一帆风顺就研制好呢?"胡双清安慰谢成章。

"胡总,不要这么说嘛,毕竟我们的老大叫宋帆,我们当然希望能够一帆风顺。"周慧打趣道。

大家都笑了。

可是,自嘲也好,乐观也罢,问题还是要解决的,在此之前,谁也没法在心底真正放下那份沉甸甸的责任。

这重量压得谢成章有些喘不过气来,他不禁想起几年前为了抢先发射天罡卫星占据频段时的通宵冲刺,那时候,也是在这个院子里。

更早的时候,同样是在这个院子里,他毫无头绪地踯躅着,直到碰见唐克坚,而唐克坚的一番话让他豁然开朗。

现在,他又一次在这里走来走去。他的脚下,应该留下过无数前人和现在同事们的足迹,他们或者步履匆匆地从一栋楼到另一栋楼,从设计到集成,从集成到测试,从测试到交付,又或者只是将自己放空,没有目标地四处走动。

可是对于现在的谢成章来说,尽管头脑清醒了很多,放空却是不可能的。他的脑海里全是氢原子钟的设计和试验,各种图纸、公式、假设、演算、程序和参数。他虽然不是技术团队的,每一个环节却也都参与其中,因为他知道,在这个时候,与1203院的兄弟姐妹并肩作战意味着什么。

兜了几圈之后,谢成章提起精神,重新回到设计楼。1203院给他和总部来的几个人安排了一片单独的办公区域,他在其中有一个半开放的办公室。说是办公室,其实就是一张稍微大一点的办公桌,旁边竖起了一面毛玻璃墙而已。此时,这里没有人,但灯还亮着。谢成章刚刚坐下,就见曹晶晶慌慌张张地闯了进来。

"怎么了?"谢成章问道。从他认识曹晶晶开始,这个学姐就一直是一副看透一切却又与世无争的样子,交给她的活总能不打折扣地完成。但她似乎对工作以外的东西没有任何追求,下班就回家,从来不参加任何没有必要的单位活动。

"我刚从测试楼回来,他们把失败的根因找到了,很严重!"

"别急,慢慢说,有多严重?"谢成章看着有些惊慌的曹晶晶,平静地问道。尽管他在听到这句话之后,心猛地往下一沉,却不能让自己的情绪表现在脸上。

看到谢成章的样子,曹晶晶像是吃了一颗定心丸,缓缓说道:"很可能是我们的氢原子钟抗热和抗辐射性能不够,才导致测试一直过不了。"

谢成章知道这句话意味着什么。氢原子钟必须在严苛的环境中运行数十年才能支持整个卫星载荷,乃至整个天罡卫星的全生命周期活动,而太空中的温差很大,宇宙辐射也很多,如果针对这两项的防御能力不够,整个原子钟的性能和寿命都将受到极大影响。

见谢成章没有多回答什么话,似乎在思考着,曹晶晶也就没有接着说话。

"抗热和抗辐射性能不够,这个结论已经下了吗?"谢成章这时才问道,语气依然十分平静。

"宋总和胡总都在,他们都这么认为。"

"性能不够的原因是什么?是设计本身出了问题,还是材料的表现没有达标,抑或有其他原因?"谢成章皱了皱眉。

"现在他们还在排查呢,所以我赶紧过来找你。"

"好,我也马上过去看看,但愿不是设计问题。"谢成章像是在安慰自己。

如果真是设计问题,那麻烦就大了,整个天罡卫星的载荷都要重新设计,这可不是开玩笑,这就意味着,头几颗天罡三代卫星的交付肯定会推迟,天罡三代系统的部署启动时间也将会延误,虽然经过补救,对于2020年建成天罡三代的最终目标可能不会有全局性的影响,却注定会让已经排好的火箭发射等准备工作全部泡汤,损失不可谓不小。

"那,要向老涂他们汇报吗?"曹晶晶也意识到了问题的严重性。

"不用,我先过去看看。"

两人一前一后离开临时办公区,往测试大楼疾步走去。

测试大楼的门此刻半开着,里面透出明亮的灯光。两人刚走到门口,就听见里面传来一个急促的声音:"赶紧联系太原所和汉中院!马上!"

谢成章一愣,他听出来了,那是1203院总设计师宋帆的声音。

太原所和汉中院都是中宇航的下属单位,虽然不属于卫星导航事业部,却有义务为事业部提供支持。他们的番号分别是1506所和1327院,都是基础材料研究单位。

听到这话,谢成章觉得自己悬着的心稍微有地方安放了——应该只是材料的问题,而不是设计。他一个箭步跨进房间,只见偌大的测试大厅里,身着熟悉的中宇航工装的同事们还在紧张地工作着,他们有的围着那套为天罡三代第一颗卫星准备的载荷系统,有的在各色测试设备四周,盯着运转中的测试数据。靠近另一个门的角落里,已经有一小队同事在收拾仪器设备,看上去准备离开。

谢成章很快找到了宋帆和胡双清,同曹晶晶一起走到他们身后。

"宋总,胡总,有什么需要帮忙的吗?"谢成章打招呼。

两人转过头来,稍微吃了一惊。胡双清说道:"你们居然还在院里?我还以为你们都回去了呢。你们在这里已经连续待了这么些天,本来我晚饭前就跟他们说先让你们回去休息,明天再来,不急这一个晚上。"

"胡总,1203院的同事们都这么辛苦,没日没夜地干,我们当然得并肩作战了。我们没法提供具体的技术支持,但帮大家协调资源,当当劳力,还是可以的。我刚才听晶晶说,咱们氢原子钟的问题原因找到了?"

"是啊……我们连续十几天对问题进行反复分析、追踪、溯源、比对,再请宋总来把脉,今天终于找到了:我们原子钟的抗热和抗辐射性能没有达到设计标准,需要更换材料。好在整体设计目前看起来没有问题。"

胡双清一边回答谢成章,一边看向宋帆,宋帆微微点了点头:"是的,我虽然没有百分百的把握,但根据经验,应该是这个原因。"

"宋总真是定海神针。"谢成章笑道,"我刚才在门口其实听到了,咱们要向太原所和汉中院求助?"

"是的,本来我们载荷上有不少材料都是兄弟单位提供的,原子钟恰好分别是他们给的抗热和抗辐射材料。"

"好,那我马上去向领导们汇报一下,请他们出面跟两家单位的领导协调,让他们把这件事提到最高优先级处理。"

"那太好了!"胡双清眼睛一亮。

"嗯,我也会跟红梅院长打声招呼。"宋帆也表态。

"你们回去休息吧,反正现在也要等太原所和汉中院的反馈。"胡双清仍坚持让谢成章和曹晶晶回去。

"那好吧,两位也注意身体,明早见。"谢成章这次没有坚持。

他带着曹晶晶离开测试大楼,慢慢地往临时办公室走去。

"你为什么还是一副心事重重的样子?"曹晶晶注意到,路灯下谢成章的神情并没有放轻松。

"你也知道,氢原子钟这种精密的载荷部件,一旦进行开盖测试,要恢复其设置,从而达到标准状态,需要做好几天的校准,而且……我们的日频率波动度等测试还没有做完,这些测试都是动辄需要十天半月的,根本不可能靠堆资源压缩工期。现在,这个问题已经成为关键路径上的关键问题了!"

第14章
柳暗花明

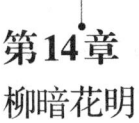

短暂的一夜之后,谢成章又回到了1203院。

这些年来,有多少像自己一样奋斗在一线而疏于顾家的中宇航人呢?路上,谢成章脑海中浮现出这个念头,不由得心生感慨。

他离开大学校园的时候,从未想过自己会成为中宇航卫星导航事业部的中坚力量,亲自参与天罡系统的卫星载荷设计,亲临西昌卫星发射中心见证天罡卫星的发射,当然,也从未想到秦湘悦最终会成为自己的妻子。

这些年,每一年他都感觉到自己的生活发生了积极的变化,尽管始终很忙碌,经常披星戴月回家,也为很多难题夙兴夜寐,但不论是他自己,还是身边的同事,似乎都乐此不疲,大家都觉得很有奔头,觉得等待着他们的是一个光明的未来。他时常觉得,自己和身边的同龄人应当感谢这个时代。

他的前辈们难道不比他们努力、勤奋、聪明和专注吗?可为什么天罡系统搞了那么多年,一直都没什么大的进展,而在过去这十年,却一步一个脚印,稳步前进呢?难道不是因为时代大势裹挟着每个人奋勇向前吗?

2008年北京奥运会,2010年上海世博会、GDP超越日本,2012年天罡二代按计划完成部署和实现全功能运营,时代正在迈过一个又一个的里程碑,自己则有幸成为其中的一分子。

想到这些,天罡载荷氢原子钟所面临的这些问题,似乎都没那么让他焦虑了。

然而,就在几天之后,谢成章又遭受到了新的残酷阻击,因为氢原子钟的抗热和抗辐射性能问题依然没有解决方案。

深夜,他坐在1203院的临时办公室里焦急地问张国辉:"你是说,到现在为止,太原和汉中那边都还没有消息?"

"没错,我刚从测试大楼过来,大家都很焦虑。"

"好的,辛苦,你去休息吧。"

"嗯,你也早点休息。"

张国辉走后,房间里只剩下谢成章一个人。他站起身,从办公桌后走出来,在有些局促的公共区域来回踱步。他越走越快,却毫无头绪。他想到了很多种可能性,最差的情况便是:太原所和汉中院的同事们在经过几天的分析后,发现目前的设计要求没法通过材料改进满足。这样一来,接下去的路只有两条:要么去寻找国外厂商,要么更改设计。不管是哪种结果,周期都不会短。而如果真要去国外寻找解决方案,别人愿不愿意提供不说,不就等于把好不容易建成的国产能力荒废到一边了吗?那大家这几年的心血岂不是要白费?!

想到这里,谢成章只觉得一阵热血往头上涌,浑身都被一股难以名状的迫切感灼烧着,身体不由自主地颤抖起来。他快步走到墙边,想着如果撞上去就能将灵感撞出来的话,他愿意一试。

"小谢?"一个刚劲的声音带着一丝疑惑从门外传来,将谢成章的情绪拉回到理智的边界线内。

谢成章满脸苍白地转过头,见一位精神矍铄的老人正站在临时办公室门口,双手背在身后,紧紧盯着自己,脸上神情十分严肃。

谢成章不敢相信自己的眼睛,使劲揉了揉,脱口而出:"唐院士!"

唐克坚一步跨进房间,两步便走到谢成章面前:"小伙子,你怎么了?"

"唐院士,我……"谢成章觉得羞愧万分,难以启齿。

"这么扭扭捏捏做什么?说!"唐克坚不容分说地道。

"还不是为了天罡载荷的事情。您可能也知道,我们为天罡三代设计的载荷出了一些问题,到现在都没找到解决方案,眼看着交付和发射时间一天天临近,我这心里是真着急呀……"谢成章把心中的苦闷倒了一通才反应过来,"对了,唐院士,您怎么会在这里?"

"既然天罡载荷遇到挑战了,那我们天罡办也不能置身事外呀。"唐克坚笑道,"而且不光是我一个人,你们冯总和红梅院长已经分别飞到太原和汉中去了,他们会亲自拜访1506所和1327院。"

谢成章眼前一亮:"那太好了!有冯总和红梅院长出马,一定会带来好消息的!多谢唐院士!"

"不用谢我。"唐克坚摇摇头,"我听说之前你在内部会议上作为代表发言时,还将原子钟的问题大力呼吁了一番,你们冯总很是重视,回来后就在中宇航内部四处奔走。如果没有你们的推动,光靠宋帆他们去拱,恐怕领导们也没那么快重视起来。虽然我负责天罡系统,但我也知道,在整个中宇航,天罡系统并不是最重要的。"

"您不能这么说。您还记得吗?好些年前,我们张总亲自把您请到1203院来,强调卫星导航业务对于中宇航的重要性,强调天罡系统的重要性。那次您做了一个讲座,让我印象十分深刻。"谢成章立刻解释道。

"哈哈,那我就放心了。不说了,小谢,我刚才四处溜达,心中也在想一件事,不妨跟你讲讲,看看你有什么见解。"

"您尽管吩咐!"谢成章受宠若惊。

"天罡三代的星间链路,你是怎么看的?"

"这可是我们天罡系统的独创啊,也是您的绝妙设计!"谈到这个话题,谢成章的佩服之情溢于言表,"我们受限于境外地面站的建设,只能让卫星在太空中彼此对表,彼此验证啦。"

"星间链路并不是我们的独创,"唐克坚摆了摆手,轻描淡写地说道,"只不过我们将它的作用发挥得比较充分罢了。"

"对,对,我就是这个意思!在别的系统那儿,它只是个配菜,在天罡这儿,可是绝对的主角。"

"你这小伙子,就知道拍马屁。"

"嘿嘿。"谢成章笑道。他的心情被唐克坚的几句话彻底点亮,刚才那股郁闷劲儿已经被甩到了九霄云外。

"说点实在的。小谢,虽然我们只见过为数不多的几面,但我对你还是很看好的。"唐克坚鼓励道。

听到这句话,谢成章觉得整个人都飘了起来。这可是当面被院士表扬,还是天罡系统的总设计师!

事实上,他考虑过星间链路的问题,也时常跟秦湘悦交流,还真有一些想法,只不过,他觉得自己的想法肯定十分浅薄,不好意思在天罡系统总设计师面前说出来。

见谢成章有些不好意思,唐克坚笑道:"没事的,有什么想法尽管说出来,咱们聊聊。"

"好,那我就班门弄斧了……"谢成章略微组织组织了语言,"不同的天罡卫星之间通过星间链路互联,我觉得,必须得每颗星都联上,这样可以形成一个完整的网络,也可以避免万一某一个链接中断,对应的卫星被孤立。"

"嗯,很好,我们也是这么想的。"唐克坚微微点了点头,很赞许谢成章的言简意赅,"还有吗?"

"还有的……我觉得就有些异想天开了。"谢成章还是有些迟疑。

"说,我就想听异想天开的!"唐克坚反而产生了兴趣。

"我的想法是,我们国家每年发射那么多颗卫星,有气象卫星、遥感卫星、天罡导航卫星等,既然都在天上,载荷也大多数是我们中宇航设计的,那有没有可能在天罡系统建立星间链路的时候,把星间链路设计得更有开放性?"

"哦? 继续说。"唐克坚饶有兴致。

"就是说,我们的其他卫星也能跟天罡卫星通过星间链路互联,这样一来,我们的卫星就可以在天上形成一张大网。只不过若是如此,我们对天罡载荷的设计可能还要做一些修改……唐院士,我真不是为了给我们中宇航揽活啊,哈哈。"

"就怕你不揽活!"唐克坚笑道,"很好的想法。"

过了一会儿,唐克坚的神情恢复了严肃,双眼看着门外的夜空,仿佛在回忆,又仿佛在思考:"再艰苦,再困难,我们也要坚持下去。有时候就是熬,熬到头就否极泰来了……"

谢成章静静地看着唐克坚的侧脸,岁月在这位老人的脸上留下了许多风霜,却无法改变他那倔强的眼神。

这时,唐克坚转过头来:"小谢啊,要不要现在陪我去外面散散步?"

"好啊,求之不得。"谢成章连忙答应。

两人在1203院的院子里缓缓走着,唐克坚一开始并没有说话,而是把手背在身后,双眼直视前方,看上去十分轻松的样子。

"唐院士,您会在这里待多久? 也住在宿舍里吗?"谢成章打破了沉默。

"嗯,没错,我也住那儿,至于待多久……后天吧,我相信到时候你们冯总和红梅院长会带来好消息的。"

两人在院里绕了一圈,谈谈工作,谈谈生活。

最后,唐克坚道:"走,我们再去测试楼看看吧,抗热和抗辐射性能问题暂时没办法解决,我们去看看其他测试的情况。"

"好的。"谢成章不由得佩服唐克坚的精力。

两人一前一后走进测试楼,一进去就迎面碰上了胡双清。他一眼看到两人,把眼睛都瞪圆了:"哎哟,唐院士,小谢,你们这么晚了还过来?"

"你不也还在嘛。"唐克坚笑道。

"这是我们的分内之事啊。"胡双清满脸笑容,"宋总前脚刚走,他说您早些时候来过,后来就走了,我还想着去找您呢。"

"有什么好找的,院里我都来了多少次了,还怕我丢了不成?"

"您可是天罡系统的总设计师,国宝级人物,我们当然要照顾好。"胡双清连忙回答。

"没事,不用担心。"唐克坚没有再继续这个话题,"其他测试的情况怎么样?"

"还行,虽然也发现了一些问题,但总的来说都能够解决。"

"那就好,辛苦你们了。"唐克坚点了点头。

此时的测试楼里依然有不少人在加班,他们都沉浸在自己的世界里,对唐克坚和谢成章的到来毫无察觉。唐克坚也刻意压低了声音跟胡双清说话,不想打扰他们。等又稍微向胡双清了解了些具体情况后,唐克坚打算离开。

"唐院士,您回去休息吧,我再待一会儿。"谢成章表示。

就在唐克坚要走出测试楼时,迎面走过来一个人,他看到唐克坚,先是愣了一愣,然后大声打招呼:"唐院士!真是踏破铁鞋无觅处,得来全不费工夫啊!"

这一嗓门下来,声音回荡在空空荡荡的测试楼大厅里,引起了不少人的注意。

"唉,你这个宋大嗓门,怎么一直都不改呢?"唐克坚定睛一看,来者不是别人,正是1203院总设计师宋帆。

"嘿嘿,刚才还在到处找您呢,结果一进来就碰上了,所以心情很是激动啊。"宋帆笑道,"您这是要走?"

"对,我就过来看看有什么需要我帮助的,听上去胡总都搞定了,我们就安心等待冯总和红梅院长的好消息吧。"

"有您在,还有什么搞不定的!"宋帆说着眨了眨眼,"对了,唐院士,既然您来了,我倒是有一个不情之请。"

"你小子葫芦里又卖什么药?"唐克坚意味深长地看着他。

"没什么药,就是想请您给大家讲几句。您看,他们现在都知道您来了。"宋帆朝四周看了看,发现不少同事正远远地看着他们。

"嗯,好吧。不过,我就简单一点,不耽误大家工作。"

"没问题!"说罢,宋帆清了清嗓子,又大声喊道,"大家先停一停手上的工作,耽误几分钟时间!今晚,我们很荣幸请来了天罡系统的总设计师唐院士。请到他可不容易啊,机会难得,我们请他给大家简单讲几句,怎么样?"

富有感染力的语言在音量的加持下,像是军号,又像是战鼓,所有人都异口同声喊道:"好!"

宋帆满意地往前走了几步,扶着唐克坚往大厅中央走去。

唐克坚看着眼前天罡三代卫星的载荷,心中感慨:再熟悉不过了……很明显,这最新一代的确比以往的要更加优化,中宇航不容易。

他沉吟了一会儿,开口道:"刚才宋总告诉我,你们不只是来自1203院,甚至不仅仅来自北京,而是来自五湖四海的中宇航下属单位。你们为了同一个目标聚在这里,在这样一个深夜并肩作战,加班加点,为了保证天罡三代空间段部署的顺利启动,大家辛苦了!我代表天罡办感谢大家的付出!"

唐克坚慷慨激昂,句句都是肺腑之言。

一阵掌声之后,他继续说道:"天罡卫星导航系统是我们天罡人,乃至航天人几十年的夙愿,从计势飞院士在20世纪80年代提出'双星定位'理论开始,我们就一起合作。尽管走了不少弯路,我们还是成功完成了天罡二代的部署,实现了亚太区的覆盖和服务。这一切,与大家的贡献是分不开的,不光是1203院,还有91所、1506所、1327院……我可以说出一长串名字,甚至,不仅仅是你们中宇航,还有中科院等好些单位,都在天罡系统的建设中扮演了重要角色。现在,我们来到了最后的攻坚阶段——天罡三代,意味着还有最后几块硬骨头要啃,自主氢原子钟和铯原子钟就是其中最硬的两块!我很高兴,我们很快就要把它们啃下来了,相信等冯总和红梅院长回来,一定可以带来好消息!

"你们给天罡办设计的卫星,给天罡三代设计的卫星,都将支持星间链路,这个星间链路,将使我们天罡三代不光可以实现全球覆盖,还能够提供媲美其他卫星导航系统的精度、完整性和可用性。尽管还要等几年,这一刻才会到来,但是,过去几十年我们都挺过来了,最后几年,也不过是弹指一挥间!我期待在2020年跟大家一起庆祝天罡卫星导航系统完全建成!"

唐克坚的话音还没完全消失,便被又一阵掌声淹没。

谢成章站在他的身后,与大厅里的人一样,都被唐克坚的话深深打动,被唐克坚的风度与赤子之心折服。

在这个深夜,在灯火通明的1203院测试楼大厅里,每个人的身上都发出了熠熠光辉。

王兼使劲嘬了一口烟,然后把烟屁股狠狠地摁灭在烟灰缸里。

他已经很久没有抽烟了,但现在,他忍不住复吸起来。

身处北国之城哈尔滨的一家连锁酒店,他坐立不安,好几次想拨打电话,却又忍住了。明天上午，本地一批用于精密农业领域的天罡卫星导航接收机集采活动就要开标，但王兼此刻却没来由地有些慌张。

这是天星展讯A股上市以来，他最忐忑的时刻。如果这一单拿不下来，就意味着黑龙江那肥沃的黑土地上运行着的精密农业机械几年之内都不会装上天星展讯的天罡接收机——王兼绝对不能接受这一结果。

如果这一单丢掉，无法满足市场预期，公司股价肯定会受影响，自己的身家也将缩水。而他之所以忐忑，是因为竞争对手中有顾违的星宿源。

两人分家后，他的天星展讯在头几年转去做GPS市场，然后才慢慢转回天罡市场。顾违的星宿源则在自主研发天罡接收机的道路上艰难起步之后，一直跌跌撞撞，直到前两年才开始进入稳定增长期。

这些年，两家公司一直都处于相安无事的状态，即便天星展讯回归天罡市场之后，他们也是各自进攻各自的专业领域，跟其他几家卫星导航厂商一块，逐步把GPS厂商挤出了中国市场，让越来越多的专业领域用上了天罡的接收机。

然而，市场容量总是有限的，他们不得不短兵相接，现在，这一刻终于到来。

项目启动的时候，王兼给顾违打了一个电话，试图让顾违不要参与："兄弟，你们就好好经营渔业、测绘和智慧城市建设这些领域不好吗？精密农业交给我吧。"

不过，这话一说出去，王兼自己都觉得有些好笑：哪有这么做生意的，难道我是诸葛亮吗，靠一张嘴就能说退百万雄兵？

果然，顾违听了，平淡地回答："兄弟归兄弟，业务归业务，你们上市了，财大气粗，不急这么一单两单的，我们现在正是冲刺上市的紧要关头，可不能丢单。"

"上市了业绩压力才大。"王兼苦笑。

"你是站着说话不腰疼。另外，就算我退出了，你也不能保证就一定中标啊，又不是只有我们两家竞争。万一我退出了，你也没中，岂不是亏了？"

"你……"王兼一时语塞。

既然软的不行，那就只能来硬的了。王兼带着团队提前好些天就来到了哈尔滨，从方方面面充分做工作，他是踌躇满志，志在必得。

然而，在真要做出决定的前夜，他却有些情怯了。顾违这个对手，与他这些年遇上的所有人都不一样。顾违是技术驱动型的，而且无比坚定，认准的事情哪怕天塌了地裂了也要干。星宿源的自主天罡接收机已经发展到星宿三，从性能上来说，的确是目前市场上最好的。这一点，王兼不得不承认。

很多时候，无论如何营销，如何搞关系，最终还是架不住一个简单质朴的道理：产品过硬才行。这才是王兼此刻心中没底的根本原因。

在房间里踱了几步之后,他还是做出了那个决定。

几天后,王兼浑身轻松地坐在出租车里,与杜小美一起往哈尔滨机场赶去。

"小美,我们又下一城,今年的业绩目标估计没问题了。现在这帮分析师都是秃鹫,只知道提高预期,吊市场的胃口,却让我们跑断了腿!"王兼骂骂咧咧。

"是啊……那个,王总,虽然咱们这单亏了,但收入目标还是达到了的,今年的奖金……没问题的吧?"杜小美问了她目前最关心的问题。

"不光有奖金,还有分红,少不了你的!我这次回北京就去找CFO讨论。"

就在这时,一阵急促的手机铃声响起,王兼接了起来,热情地打招呼:"喂,顾总。"他知道顾违打这个电话的目的。

"王兼!你这个不仗义的,竟然玩价格战!"顾违在电话里骂了起来,连杜小美都听见了。

王兼一副胸有成竹的样子:"顾违,商场如战场,胜败乃兵家常事,既然参与竞争,就要愿赌服输。这个项目开始的时候,我跟你打电话了吧?让你退出,你不愿意。当时你要是退出了,又何必浪费这段时间的精力和感情呢?你们前期投入也不少吧?"

"你……我们的星宿三明明比你们的性能要好上一大截,而且专门针对低温和高寒地区做过设计优化,特别适应这里的环境,我们可是用它打败了好几家GPS厂商的!"

"顾总,"王兼不紧不慢地道,"你也不是第一次竞标了,客户是否选择一个产品,不是只看性能指标的。"

"王兼!你这样有意思吗?杀敌一千,自损八百!"顾违依旧在电话那头吼道,听上去无比愤怒。

"顾违,我们已经认识这么多年了,你知道我是不达目的不罢休的,而且,你我也并非敌人。竞标本来就有输有赢,价格战更是一个常用的手段,这次这一课,我给你上,总比别人给你上要好。"王兼的音调依然不高,却透露出一股坚决的意味。

顾违不再回应,直接挂掉了电话。

"那个顾违是怎么回事?你对他可算是不错了,当年他要分家你就跟他分家,后来他要破产了,想不通要跳楼,也是你关键时刻把他救下来,还借他一笔钱渡过难关。再说我们也是在规则范围内行事,靠价格取胜,他怎么能这么说你?"杜小美愤愤不平地在旁边说道。

她刚进天星展讯时,从见顾违第一面起,就对这个男人没有什么好印象。在她眼里，顾违太学究、较真、缺乏人情味，偏偏王兼还像供一尊佛似的供着他。后来他根本不顾公司的资金状况，非要搞自主研发，才导致跟王兼分家，让王兼消沉了好一阵。现在，他又如此粗暴地对待王兼，而且还是在输了之后，更让杜小美觉得顾违简直不可理喻。

"小美，没事，都是十几年的老同学了，说话冲了一点。"王兼道。

其实，顾违的心情他可以理解，毕竟星宿源正在冲刺上市，丢掉这一单，还是挺肉痛的。而让他最纠结的是顾违为什么会情绪失控成这样。

两人最近这两年时不时还是会打个电话互通有无，互相比一比在各自专攻的卫星导航专业应用领域是怎样跟GPS接收机厂商正面竞争，又怎样把他们打败的。王兼觉得当年他们一起去校外网吧打游戏，结盟共同对抗敌人的感觉又回来了。

"王总，别想了，随他去吧，道不同，不相为谋，反正你们已经分家这么多年了，而且，我们还赢了，干吗跟失败者一般见识？"杜小美在旁边劝解。

"失败者吗？"王兼心中回味着这个词。

他并不认为顾违是个失败者，相反，顾违相当成功：没有任何社会关系，白手起家，虽然九死一生，依旧搞出了星宿系列的天罡接收机，无论是性能还是自主化程度，都是国内这个领域的公司里最高的。光凭这一点，王兼就服顾违。他甚至相信，虽然有这一挫折，顾违的星宿源上市也只是个时间问题。

"嗯，不想了，我们还是聊点儿开心的吧。回北京后我要请大家吃顿大餐庆祝中标，你给策划策划。"王兼冲杜小美笑笑，决定先不去管顾违。

杜小美也笑："请问有预算上限吗？"

"没有。"

"太棒了，我们做销售的，就喜欢没有预算限制的！"杜小美高兴得眉飞色舞。

两人你一言我一语地聊着，不久就到了机场。

哈尔滨机场的人并不多，他们顺利地办好了登机手续，到了贵宾休息厅候机。

王兼坐下，随手拿起一张当天的早报，头版新闻马上吸引了他的注意力。

这是一篇关于国家几大部门联合发布《推动共建丝绸之路经济带和21世纪海上丝绸之路的愿景与行动》的报道，内容不多，却已经足够抓住王兼的眼球。他反复读了两遍，一个灵感突然从脑袋里冒出来。他打了一个激灵，瞪着眼睛，仿佛生怕这灵感消失在半空中：为什么不能循着"一带一路"的轨迹走出国门呢？

王兼像播放电影一般把这句话在脑子里回放，直到记住了每一个字。他两眼放光，忍不住冲坐在身边的杜小美道："小美，想不想出国？"

杜小美正在聚精会神地看手机,被王兼的话吓了一跳,然后反应过来:"出国?你是想请大家出国庆祝中标吗?也行啊,不过……即便请我们出国,大餐也是逃不掉的!"

"不是,你就知道吃。"王兼笑着说,"想不想去开拓海外市场?"

"海外市场?"

"对啊,毕竟天罡的覆盖范围已经扩展到亚太和更加广阔的区域了……看看这个。"王兼说着,把报纸递给杜小美,并且指着头条新闻。

"'一带一路'?"

"对,这是国家的倡议,我们完全可以将'一带一路'沿线国家跟现在天罡的覆盖范围做一个对比,凡是有重合的地方,难道不是我们应该关注的市场吗?而且,我们还不是一叶孤舟出海,我们是跟着国家队一起出海,是一整支船队!"

这时杜小美才明白,原来王兼说的是这个意思,她也感到十分激动:"这简直太让人兴奋啦!可以边开拓市场边旅游吗?"

"我只看销售数字,数字达标了,别说旅游,你嫁到国外去我都没意见。"

王兼这句话原本是想开个玩笑,却发现杜小美的脸色忽然变得有些难看。

另一边,顾违则陷入了深深的痛苦之中。这次他没去哈尔滨现场坐镇,没想到竟然输了。输掉这一单,今年上市的目标就有点儿悬了。

此时的他,跟几年前,甚至一两年前的那个顾违早已经不一样了,那个曾经只专注于技术和产品的顾违已经永远留在了他的记忆中。

如果他是一个杯子,那么此前杯子里装满了技术和产品,他毫不犹豫地倒掉了它们,变成了一个空杯,然后来者不拒地把新学到的金融、市场等新鲜理念与知识装进去。他深深地知道,如果推迟一年上市,意味着什么。

当时王兼给他打电话,他就气不打一处来:你现在都已经上市了,就不能考虑考虑我?就算没有达到市场预期,股价不过就跌个一两天,你们再赢几单不就又回去了吗?账面的浮亏或者盈余永远都有改变的余地。

他更没想到,自认为各项准备工作都已经做得十分充足,竟然还是输给了王兼,因为王兼使出了价格战这样原始的七伤拳。

他认定是王兼偷走了自己的胜利果实,于是决定,在向王兼发泄出他的愤怒之后,两人绝交。

只是,决定容易,决定之后,他的痛苦并没有减少半分。

他走到阳台上,睁着布满血丝的眼睛看着窗外的风景,没有言语一句。

前几年,他终于逃离了那间地下室,搬进了一个正常的居民小区,并且选择了一个高楼层。当他第一次站在阳台上俯瞰周边的时候,觉得心情豁然开朗了,不由得怀疑,当初如果咬咬牙早点从地下室搬出来住在这种视野开阔的地方,会不会可以早点走上正轨?

顾违此刻情绪十分低落:丢掉这一单,我要从哪儿去找回啊?

虽然天罡在专业市场的应用在顾违他们多年的耕耘下已经得到了长足发展,但毕竟是专业领域,总市场容量有限,项目虽多,每一个却都不算太大,这次哈尔滨的精密农业项目从金额上看,已经算是中等规模了。

这几年也会出现千万级甚至几千万级的大项目,但那些都需要分给好几家,没有一家能够独吞,一方面招标方有掌握话语权和议价权的考虑,另一方面,天罡领域的公司,哪怕是已经上市的天星展讯,整体规模也都不算大,没法一次承接几千万级的大项目。

阳光下,小区里出来活动的人不少,一派生机勃勃的景象。不知不觉间,顾违感到胸中那口闷气消散了不少。

只能有几个方向:第一,在现有的各专业领域继续深挖新项目;第二,开辟新的专业领域……

想到这里,头顶上一架飞机飞过,白色的身躯在阳光下闪闪发光,很是精神。

"新的领域……飞机!民航!"顾违激动地小声叫着。

但很快,他的念头就打消了。

天罡系统的性能目前还没法支持民航应用。毕竟涉及生命安全,而且民航的各项适航标准一向严苛,这也是为什么目前全球的民航飞机用来接收卫星导航信号的接收机绝大多数依然是GPS的,连格洛纳斯的都很少,更别提还在建设之中的哥白尼。

新的专业领域,如果民航不行的话,还有别的吗?顾违继续思考。

实在想不出来……那就先看看第三条路吧。除了深挖现有领域潜力,寻找新的领域之外……寻找新的地域?寻找新的地域!顾违眼前一亮,定住了。

"我怎么没早点想到?!"他一拍脑袋,马上从阳台跳回室内,抓起手机,拨通了星宿源上市承销商负责人华蓉的电话。

"顾总好。"电话里传来一个成熟的女声。

"华总,我有两个消息,一个好一个坏,你想先听哪一个?"

"呵呵,顾总,你也学会卖关子了。我是一个积极主义者,先听坏的吧。"

"我们刚丢了一个几百万的大单。"

"哦,几百万呢?一百万还是九百万?"华蓉听上去倒不慌不忙。

"中间吧,五六百万。"

"嗯,那是有点儿可惜。"

"会影响我们上市吗?"

"现在说不好,因素很多呀,你也不用那么急。"华蓉安慰道,"现在,告诉我好消息吧。"

"好消息就是,我打算拓展到海外去。天罡二代已经稳妥覆盖亚太,三代也在紧锣密鼓的建设之中,我们为什么不主动出击呢?"

电话那头的华蓉听完顾违的描述,稍微思考了一会儿,才缓缓回答:"是个好主意,我们可以把你这个思路跟国家的'一带一路'倡议结合起来,应该会是受市场欢迎的题材。"

太阳快要落山了,它不情愿地把最后一丝余晖洒向大地,洒在宽广温和的湄南河上。

夕阳中,湄南河显得更加温柔,波澜不惊地缓缓流淌。岸边的郑王庙散发出低调而闪耀的金色光芒,70多米高的尖塔默默俯瞰着两岸众生,充满慈悲。

在这空旷的平静之下,岸边的大街小巷拥出了无数的人,他们或骑着简陋的摩托车或徒步,挑着担子、推着推车,吆喝着、躁动着,迅速占领着路边的好位置。

曼谷的夜生活开始了。

两个东方面孔的人此时在岸边慢悠悠地走着,男的身材高大,一看就很是聪明精干,女的中等身材,一头短发,五官精致,英姿飒爽。两人都是三十多岁的样貌,此时看上去心情都不错,表情十分放松。

他们正是王兼和杜小美。

"小美,把这一单签下来,我们算是正式在泰国市场站稳脚跟了,恭喜你!"王兼一边走,一边朝杜小美看了一眼,眼神里充满了赞许。

"多谢王总支持,还亲自飞过来。"杜小美抿嘴一笑。

"那必须的,攻下曼谷市场意义重大,湄南河上的渔船从此也要装上我们天星展讯的天罡接收机啦。"

"嗯,的确不容易,我们前两年只能去海边的小城市,量小还费神,如果不是开发了一个本地代理网络,我非得累死不可。"

"你这个方法很对,农村包围城市。"

"'一带一路'沿线的国家大多都是发展中国家,但发展中国家的人也有追求过上发达国家那样生活的自由啊,也有享受天罡服务的自由啊。"

"哈哈,小美,你的觉悟越来越高了。"

"不,都是王总你的战略方向指得正确。还记得我们从哈尔滨回北京时你定下的思路吗?"

"咱俩就没必要互相吹捧了吧。"王兼笑着打断了杜小美。

两人相视一笑,继续往前走着,肩膀时不时微微触碰。

"今晚怎么安排呢?难得可以休息休息。"杜小美问道。

"你看看曼谷,多有活力,我们找个风景好的地方吃晚饭,看看湄南河的景色,然后去坐游船吧,我听说湄南河两岸的夜景很美。"王兼建议。

"好啊。"杜小美点头。

不知不觉中,街上的人多了起来,两人一边不时躲避着拥挤的人群,一边扫视着路边的餐厅。

突然,王兼注意到一家看上去门脸比较高档的餐厅门口聚集着几个中国人模样的人,从穿着来判断,不像是游客,在满大街的拖鞋短裤中十分显眼。这群人中有一个美女,身材修长,面容姣好,一头乌黑的长发很难不吸引他的目光。

他看过第一眼,觉得有些眼熟,便又定睛一看,不由得愣住了。

"你看谁呢?"杜小美在旁边问道。她注意到了王兼的眼神和表情,心底泛起一股微微的醋意。

"我……"王兼一时语塞,他还不确定那个女人是不是她。

就在这个时候,那女人恰好转过头来,一眼就看到了挺拔于人群中的王兼,也愣住了:"王兼?"

"秦湘悦?"

他们都不敢相信自己的眼睛。多年老同学,在北京都已经许久未见,竟然在异国他乡的街头碰上了!

这时,王兼才赶紧向杜小美解释:"那就是秦湘悦,我跟你提过的,我的大学同学,现在是谢成章的老婆,在天罡办负责国际合作。"

然后他不由分说拉着杜小美的手,往秦湘悦那边快步走去。

秦湘悦也跟身边的人嘱咐了两句:"你们先进去吧,我碰到一个朋友,聊几句再进去。"

王兼三步并作两步走到秦湘悦跟前,杜小美也跟在他身后,刚才心里的醋意已经消失。当她看到秦湘悦时,不禁涌出一股羡慕:好美好有气质的女人!

"真是好久不见了,什么风把你吹到泰国来了?"秦湘悦热情地打招呼,然后看着杜小美,俏皮地小声问王兼,"女朋友?老婆?"

杜小美一听,害羞地把脸转了过去。

王兼一个劲摆手:"不、不是,同事,同事,我们来开拓业务的。"

"哦……"秦湘悦意味深长地看了王兼一眼,"开拓业务?你们的业务做到泰国来了?不错嘛。"

"这不是乘着你们天罡三代建设的春风嘛,再借着国家'一带一路'这个大势,都是托你们的福,托时代的福,嘿嘿。"

"好事情,好事情,我们的企业也终于出海了,我这次回国就向唐院士、刘总还有各级领导汇报汇报,让他们也开心开心。"秦湘悦喜笑颜开。

"那就多谢老同学啦,帮我们多多美言几句……你呢,来这儿干什么?我看你们穿得都挺正式的,有什么活动吗?"

"我们也是为天罡而来,跟东盟谈天罡合作的事情,今天开了一天会,大家都想出来放松放松。"

"那太好了,期待你们好好合作!东盟十国的市场潜力很大,我们先在泰国站住脚,其他国家迟早也会去的,有你们把上层建筑搭好,我们这些企业就省心多了。"王兼深受鼓舞。

"这也是我们的目标,跟'一带一路'上的国家建立好国际合作关系,我们搭台,企业唱戏,让泰国人民也享受到天罡系统价廉物美的服务。"

"真是功在千秋!"王兼赞叹,然后告辞,"那我就不打搅你们啦,我们北京再聚,到时候把谢成章也叫上。"

"没问题,我等下就跟他说在曼谷街头碰到你了。"秦湘悦笑道。

"好嘞,那……我们也去觅食了。"王兼风趣地说。

秦湘悦忽然压低声音,凑到王兼身前道:"你确定你们只是同事吗?我看这女孩挺喜欢你的。"

"你……"王兼有些窘迫,迎着秦湘悦调侃的目光,赶紧跟她说再见。

之后,王兼与杜小美并肩继续往前走,两人刻意避开拥挤的人群,往湄南河岸边走去。一路上两人都没有说话,当湄南河的河水已经近在眼前时,人群的喧闹被他们抛在身后,他们可以闻到河水的味道,以及完全沿河而建的各色排档里时不时飘来的香料味道。

王兼突然站住脚,扭头看着杜小美。她的脸在岸边昏暗的灯光和游船上闪耀的霓虹灯下,看得不十分真切,但她的双眸却闪闪发光。

王兼不是不知道杜小美对自己的心思。跟她说话时,他能感受到她眼神里的欣喜和火热。对于他交代的任何任务,她都毫无保留、不打折扣地完成。在工作上,她把天星展讯的整个销售和市场活动管理得井井有条,几乎不让他操半点心。

"怎么啦?"杜小美疑惑地问道。

"小美……"王兼鼓足了勇气,像是河边的纤夫卸下千斤重负一般使劲吐出几个字,"做我女朋友,好吗?"

第15章
新的征途

当清晨的阳光从酒店窗帘的缝隙中投射进来的时候,王兼刚刚醒来。

他看了看身边依然熟睡的杜小美,产生了一种强烈的虚幻感。他把手探了过去,轻轻搭在杜小美的脸颊上,一股真实的温热顺着手指传了过来。

王兼只记得,昨天晚上,在湄南河温柔的流水声中,杜小美的那一声"好"更加温柔,却十分坚定。在剩下的时光中,他们仿佛一对已经相恋多年的情侣,充满了默契与爱意。他甚至感慨,一层窗户纸竟然有如此大的魔力吗,竟然可以将他们彼此倾心的情愫隔绝数年?

王兼转过头去看着杜小美长长的睫毛,眼里全是柔情蜜意。他不忍心惊扰她的好梦,轻手轻脚地从床上爬起来,悄悄地把行李收拾好。

他中午就要坐上飞机返回北京,杜小美则要继续待上几天,跟本地的销售团队讨论和制定下一步的泰国市场营销策略。

当他把行李箱合上,蹑手蹑脚地走到卫生间去洗漱时,杜小美也醒了。

"你要走了吗?"她慵懒地问道。

"嗯,你再睡会儿吧,昨晚没睡好。"

"等你走了之后我再睡吧。"杜小美说着便翻身下床,穿上拖鞋走到王兼身前,目不转睛地看着他。

王兼使劲将她抱住,两人又温存了一会儿,王兼笑道:"我得洗漱了,飞机可不等我。"

"好吧……"杜小美佯装生气,"一路平安,北京见。"

傍晚时分，飞机顺利降落在北京首都国际机场。

当起落架触地时，王兼迫不及待地打开手机，给杜小美发了一条微信："我落地了。"

"那就好，好好休息，过几天见，想你哦。"杜小美迅速回了一条语音。

当王兼拖着行李箱从机场到达层走出来，马上要踏上出租车时，他的头顶上，出发层，一个男人正风尘仆仆地从出租车上下来，正要远行。

他在出发层的集合点稍微等了几分钟，便看到两个熟悉的身影出现在出发大厅里，向他走过来。其中一个是中年妇女，保养得很好，妆容精致。她身边跟着一个年轻小伙，身材颀长，透着精明。

华蓉看到面前的人，笑着打招呼："顾总，久等了。"

"没事，华总，我也刚到。这位是？"顾违问道。

"他叫张齐，是我们团队的骨干，芝加哥大学经济学院的高才生，在华尔街也干过几年，别看他年轻，并购经验很丰富。"华蓉介绍道。

"张齐，幸会！"顾违伸出手去。

三人寒暄了几句，便一起往值机柜台走去。

"我们的人前几天已经去了，就等咱们了。"顾违向华蓉介绍。

两年前，他的星宿源在华蓉与其团队的通力支持下，有惊无险地成功上市，因此顾违对华蓉非常认可。没过多久，华蓉便跳槽去了另外一家券商的投行部门，负责并购业务，顾违还一直与她保持着联系。去年，经过几个月的仔细考察，他决定收购美国一家做高精度GPS导航接收机的小企业。这家公司规模不大，却在高精度导航定位领域有几样独家绝技，他们的算法与GPS的地基增强系统配合，可以大幅提高GPS接收机的定位精度达到厘米级，这对于正在开拓专业应用市场的星宿源来说，无疑是十分具有吸引力的。

对于大众用户来说，定位精度到米级，甚至十米级，就基本够用了，街角的餐厅隔着一条马路就能看到。但对于专业应用来说，尤其是精密农业、测绘、地调等领域，定位精度自然是越高越好。

所以，他再次聘请华蓉和她的团队作为并购顾问全程参与。过去的几个月，他们与合作的律师事务所和会计师事务所一起完成了尽职调查和前期准备工作，并购的关键条款也都沟通得八九不离十，这趟过去美国，就是为了将并购最终敲定，签订合同。顾违十分重视这次并购，这不但是他们星宿源成立以来的第一笔并购，还将为他们目前的星宿系列产品带来更高的技术护城河。

自从公司上市以后，他就提拔黄韬为公司的总经理，自己只担任董事长，但依然兼任首席技术官。顾违坚信,不管公司发展到何种规模,自己对技术这块都不能放手。黄韬已经带着团队成员及会计师事务所、律师事务所的代表提前几天飞去了美国,他则和华蓉团队最后出发。

"顾总,我们到美国之后,在签订合同前,还有一些细节需要确认,所以,我让张齐前几天已经跟你的团队、律师和会计师代表们取得了联系,并且在保密的前提下,让他们把资料发给我们先看起来。"华蓉不慌不忙地给顾违更新信息。

"还是我的华姐靠谱。"顾违赞叹。

"得对得住你的信任哪。"

这倒是华蓉的真心话。当初帮助星宿源成功上市,完成承销任务之后,她本想利用那个机会在公司内部更上一层楼,没想到自己辛辛苦苦,果子却被别人摘了。当她去向主管领导申冤时,那个秃顶老男人却暗示要潜规则她,她这才一怒之下跳槽到了现在这家券商,不再做承销业务,转而做并购。她没想到,顾违在并购的时候还想着她。这笔并购如果成功,将是她在新公司做的第一笔上市公司并购,意义重大。

"别客气,我们是互相支持。做业务嘛,本质上是交朋友,大家都坦诚相待,互相信任,朋友才能做得长久。"

顾违对华蓉说完这句话,心中咯噔了一下。他不敢相信这样的话会从自己嘴里说出来,至少几年前他是不可能说的。而这一瞬间,他的脑海中竟然浮现出了王兼的身影。

飞机降落在俄克拉何马城时,已经是晚饭时分。顾违和华蓉他们从芝加哥入境,再从那儿转机到这个位于美国中部的城市,他们要并购的那家公司就位于俄克拉何马城的郊区小镇。

他们租了一辆车,直接从机场开到大部队驻扎的酒店,办理好入住手续之后,随便吃了一点儿晚饭,顾违便租了酒店的会议室,召集所有人开会。

"顾总,路上还顺利吗?"黄韬已经完全适应了时差。

"挺好的,入境和转机都很平顺。"顾违笑了笑,"大家都坐好吧,我们把情况过一过。"

"好的!"

华蓉、张齐与大家打过招呼,也各自落座。

黄韬已经准备好了简明扼要的材料,一页页投射在幕布上,向顾违做汇报。

会议室里十分安静,顾违仔细盯着每一个单词。这次并购由于目标是美国公司,为了方便起见,从一开始,他就要求全部的书面工作语言都是英语,尽管他自己的英语水平很一般。

现在看来,这个要求是正确的,外聘的券商、律师事务所和会计师事务所派出的代表都有很强的英语能力,日常与美国公司沟通完全不成问题,而对于他的团队,也是一个难得的提升英语能力的机会。

当黄韬完成他十几页的介绍时,顾违点了点头,心中十分欣慰。这个当年义无反顾追随他出来的小黄,现在跟着自己一起,都成长了。

"我没有什么问题,几个关键点都写得很清楚,价格、条件、技术转移,而不是技术授权,等等,非常感谢大家这几天的努力,辛苦了。"

说完,顾违看了看华蓉和张齐:"华总,你们有什么建议吗?这里只有我们仨没看过这材料。"

"我没什么建议,前几天跟黄总他们已经沟通过好几轮了。"张齐回答得十分干脆。

"我倒是有几个问题……"华蓉若有所思地说,"第一,我们后天开始跟对方见面讨论,明天他们有什么活动安排吗?"

"没有,怎么啦?"黄韬有些奇怪地问道。

"没有就好。"华蓉缓缓地点了点头。

"华姐,你有什么顾虑吗?"顾违也有些好奇。

"没什么,这是我第一次做海外的并购案,在国内的并购案里,有时候被收购方会在收购的最后关头搞一些可能会影响收购方判断的事情,比如一些接待活动,所以我才有此一问,不想让这样的事情影响我们的判断。当然,没有是最好的,大家公对公,后天直接谈。"

"原来如此!"顾违心中暗自称赞华蓉老到。

"明白!多谢华总提点。"黄韬也十分佩服,"第二个问题呢?"

"第二个问题,就是我没有看到应急预案,材料里全部是我们自己的立场。"

"华总您有所不知,这些条款和内容,除了关键的价格之外,全都是我们前期跟对方沟通协调,达成一致的。"黄韬连忙解释道。

"我知道,但万一他们在谈判桌上临时改变主意呢?"华蓉问道。

"这个……"黄韬愣住了。

"所以,我们需要理出哪些是我们绝对不能让步的条款,哪些是可以让步的,把应急预案想好,万一出现对方临时变卦的情况,我们得灵活处理,用我们可以让步的条款去保护我们的核心诉求。"

"太对了！"顾违大叫一声，"正好明天我们没有安排，一起商量一个应急预案出来。"他直接就下达了命令，黄韬表示收到。

华蓉又提了几点细节上的建议，会议便结束了。

经过一天的精心准备，他们信心百倍，期待着第二天的最终谈判和合同签署。

签约当日，他们与对方公司在另外一家酒店的会议室会面，这是顾违强烈要求的，尽管对方公司一再强调，为了节约成本，完全可以在他们公司的会议室会面。

"顾先生，非常感谢你们万里迢迢来到俄克拉何马，也感谢你们对我们公司有兴趣，经过前面这几个月的友好协商，我想，我们非常接近达成协议。"对方公司的CEO说道。

这是一个典型的美国公司CEO，中年白人男子，身材高大，精力充沛，满脸泛红光，眼神里透露着精明和攻击性。

"谢谢斯拉普先生的招待，跟你的看法一样，我们也认为目前双方已经具备开展全新合作的基础，这次过来，我们希望跟贵公司一起翻开新的篇章。"顾违这句话已经准备了许久，他既不想显得很急迫，又不想显得毫不关心。

毫无疑问，斯拉普和他的开场白为双方的谈判奠定了一个良好的基础。

按照议程，双方开始针对每一项内容进行仔细的回顾和敲定。

每确认一项，双方律师事务所的代表就在旁边的房间里同步更新合同文本并进行条款评审与对表。

一天的时间很快就过去了，除去中途休息，他们没有人走出酒店，连午餐都是订的比萨外卖。到了第三天早上，顾违和所有人的精力都几乎耗尽了。

从前两天的进展来看，对方公司的人似乎并没有如同此前那样急迫地想要出售了。顾违记得他们刚开始接触的时候，斯拉普在一次晚餐后，诚恳地看着他的眼睛道："顾先生，只要价格合适，我们随时可以成交。"

然而，在谈了这么久，所有的因素全部都趋于稳定的时候，斯拉普似乎有些待价而沽了。在时差和劳累的双重作用下，尽管顾违觉得精疲力竭，却依然保持着最基本的警醒，时刻在提醒自己：必须得盯紧，千万不能功亏一篑！

今天终于进入最核心的价格和收购标的范围的确认环节，今天之内，他必须结束战斗，否则这次来美国将无功而返。

斯拉普也知道这一点，但同样，如果这次无法成交，他的公司也卖不出去，短时间内，他也没法找到新的买家。

这是一场拉锯战和心理博弈。

一大早,顾违便喝了一大杯咖啡,与团队一起精神饱满地开始最后一天。

他们走进会场之前,顾违走到华蓉身边,小声说道:"华姐,拜托你多多把关,我会把精力放在一些关键条款和内容上。"

"放心吧。"华蓉朝他使了个眼色。

顾违又来到黄韬旁边,拍了拍他的肩膀:"今天是关键的日子,星宿源到底是起飞,还是继续在低水平线上挣扎,就看今天了。"

"我明白,顾总。"黄韬点了点头。

他是顾违这些年最信任的人,他也的确对得住顾违的信任。他深知,顾违对对方公司那几项核心技术简直如痴如醉,那恰好是目前星宿源难以突破的领域,如果收购成功,他们就会进一步巩固在天罡接收机领域的技术领先优势,而顾违又是技术第一的拥趸。

从第一分钟开始,会议就进入了紧张的氛围之中。

对方公司果然提出,对于此前达成一致的一些条款要重新讨论,因为"几个月间发生了很多条件的变化"。

顾违绷紧了神经,仔细审读着对方在幕布上投射出来的PPT,虽然只有一页内容,却列出了几项他们想修改的要点。

竟然想把技术的转移偷换成技术的授权?!顾违敏锐地注意到了最后一点。他分明记得,他们此前谈定的收购内容包含对方公司那几项关键算法的完整转移。所谓转移,就是所有权的转移,也就是说,收购交割完成后,这些算法就完全归星宿源拥有,不再是对方的资产,如果对方要使用,需要向星宿源申请,在获得许可后还得支付使用费。

而授权,就完全是另外一回事了,哪怕完成了收购,算法的所有权也依然在对方的母公司处,星宿源只有使用权,而这个使用权到底是那种无条件、不可撤销的,还是被安插了很多终止条件的,顾违不得而知,眼前的PPT上也没有写这么细。但无论如何,这是一个可以说能动摇此次收购根本的动作。

老子要的就是你们的算法所有权,我才能进一步开发、改进,跟我的技术融合,光一个使用权给我有什么用?顾违心里冒出一股无明火,一下就精神了:"我想了解一下,你们写在上面的'技术授权'是不是笔误?我记得一直以来我们谈的都是'技术转移'。"他尽量压制着自己的愤怒,决定先问清楚。

斯拉普微微一笑,眼睛眨了眨:"顾先生问得好。这并不是笔误,经过仔细考虑,为了促成我们的交易尽快达成,我们做了这样的调整,建议向贵公司出售之后,算法的知识产权以授权方式提供给贵公司,而不是转移。当然,我们会明确写清楚这个授权是永久性的,我们的母公司保证,贵公司的使用和业务不会有任何问题,永远不会。"

"好,谢谢确认。那我问一句,如果美国政府在某个时间点对这些算法的授权进行出口管制,你们还能继续授权吗?"顾违冷冷地问道。他已经怒不可遏,但依然在极力控制自己的情绪。

"这……"斯拉普没料到顾违会问得这么直接,"恐怕不能,我们没法对抗政府的政策,这个属于不可抗力,我们在合同里也会非常明确地写出来。"

"好,既然是这样,我们的收购算什么呢?我要求把并购价格下降一半到900万美金。"顾违忍不住了。

黄韬、华蓉和其他人都吃了一惊,没想到顾违会如此冲动。

在应急情况演练时,他们讨论到了转移变授权的可能性,但当时的应对措施是据理力争,用以往的书面纪要来主张立场,甚至可以威胁取消收购。他们没想到,顾违会采用这样的方式。尽管觉得很解恨,但一旦你提出了价格,就意味着,你准备好去谈价格了。这样一来,会让对方觉得我们非要今天谈定合同,会让他们有恃无恐!

"你这是对我们的侮辱!"斯拉普听完,大声回应道,"900万美金就想购买卫星导航领域最美妙的高精度算法?"

"你不要偷换概念!如果是真正的购买,我们当然愿意按照此前的约定,以1800万美金左右的价格成交。但是,什么是真正的购买呢?你去4S店买一台车,当然是希望把车开回家后,这台车就不再是4S店的了,哪怕有一天4S店跟你说,对不起,我们不能再卖给你车了,你依然可以开这台已经买回的车,所以,所有权的转移才是真正的购买。按照你们现在变卦后主张的使用权,那就不叫真正的购买,只是打着购买幌子的长期租赁罢了。既然不是真正的购买,我们为什么要花真正的购买价格呢?当然要打折扣。而且,考虑到各种风险,打个五折已经是很好的了。"顾违这次的发言十分激烈,他没有再克制自己的脾气。

会场上的人都呆住了。黄韬和华蓉他们认可顾违的逻辑,也很快明白,顾违的确是想今天敲定。只不过,他们还是担忧,对方会利用这一点。

为了转移对方的注意力,华蓉开口:"各位,请允许我打断一下。斯拉普先生,请问你们推翻之前技术转移的决定,改成技术授权,这背后的原因是什么?"

华蓉的表情十分诚恳,语气也不疾不徐,她的介入,让会场上的气氛缓和了一些。斯拉普冲她笑了笑:"华小姐,你问了一个好问题。我承认,此前我们讨论的方式是技术转移,但是,就如我刚才所说,为了成交,我们建议采用授权,一方面不影响星宿源公司达成他们的并购目标,另一方面,也会让交易更容易达成。跟顾先生一样,我们也希望尽快达成交易,我们的母公司与现金并没有仇恨。"

"临时变卦可不会让交易更快达成。"华蓉不卑不亢地回答。

"请理解,即便今天我们签署了协议,贵公司的并购也要接受美国政府的审查,获得批准后,交易才算是正式完成。如果是技术转移,获得批准的难度和进度都会很受影响,这也不是你们想要看到的吧?"

"我需要休会!十分钟之后继续吧。"听到这里,顾违坚定地说。经过华蓉的协调,他的气也消了不少,但在听到对方的理由之后,他认为需要先内部讨论一下。

"好,我尊重你的决定。"斯拉普表示同意。

回到旁边的小会议室,顾违看着自己的团队,尤其是律师事务所的代表:"他们说的是真的吗,我们的并购还需要美国政府的审批?为什么之前我不知道?"

律师事务所的代表是一个年轻的小伙子,叫叶诚澄,看上去有点儿紧张:"顾总,我们此前了解到的情况是,并不需要。这个领域的并购活动不涉及美国国际贸易合规性审查的目标范围。"

"那为什么他们这么说?"顾违逼问。他现在的心情已经差到了极点。

"别急,顾总,我觉得有两种可能性。"黄韬见状赶紧打圆场,"一种就是,对方说的是事实,那也好办,我们马上去确认一下,是不是美国的政策有了一些新的变化。第二种嘛,有可能是对方反悔了,不想转移技术,或者想坐地起价,就拿美国政府出来说事。"

"我同意黄总的判断。"华蓉也补充道。

叶诚澄感激地看着他俩。

顾违沉默了一阵,然后斩钉截铁地说道:"不管是什么情况,今天我的目标很明确,要么以技术转移为前提完成这笔并购,要么老子不买了,回去潜心钻研个几年,我就不信搞不出媲美他们的高精度算法。没有中间路线,没有只存在技术授权的并购,这样风险太大,对方随时可以以各种不可抗力为借口断我们的路。至于价格,我们可以谈。"

说完,他又补充了一句:"这不是在跟大家商量,这是决定。"

黄韬从顾违的眼神里又看到了那股熟悉的狠劲,但华蓉、张齐和叶诚澄心中都咯噔了一下:完了,如果真的黄了,我们前期的投入岂不是打了水漂?

他们作为星宿源的并购业务外协机构,无论是券商、律师事务所,还是会计师事务所,都是要做成项目才能拿到全部服务费的。

"都清楚了吗?"顾违见大家有些沉默,追问道。他需要确保思想统一。

"清楚了!"所有人都回答道。

接下来的谈判,顾违也慢慢看出来了,对方更多是以美国政府为借口试图坐地起价,叶诚澄与国内连夜确认的美国最新政策也证明了这一点——尽管卫星导航相关的算法可以被划分为被严格审查的那一类别,却也因为其跨行业性可以被划归到另外一个不需要严格审查的类别,关键看如何操作。

既然这样,就谈一个价码吧。

相比华蓉,顾违对于溢价支付多少有着更高的容忍度,他很感激华蓉替他着想,但他看得更远。如果为了一两百万美金让这个交易黄掉,自己要付出的时间成本,以及错失一次产品升级的机会带来的潜在市场损失,都要远远大于这个数。

当斜阳即将没入地平线的时候,顾违和斯拉普终于就所有的条款都达成了一致,包括价格。星宿源将以1950万美金的价格收购对方全部产品线、高精度算法和几十名职员,这1950万美金全部以现金方式支付给对方的母公司。

双方的律师团队紧锣密鼓地进行所有合同的最后审查、校对和对表,当一切都完成时,已是深夜。

"全部都是你的了。"双方签字后,斯拉普面带疲惫的笑容,与顾违紧紧握手,顾违也终于第一次露出笑容。

与顾违一样,谢成章最近的心情也很不错。

当年,在终于搞定氢原子钟问题之后,他便被提拔为载荷系统部副部长,而涂安军则被平调入了基础能力中心担任副主任,负责体系建设,虽然依然是重要岗位,但毕竟远离项目、远离型号,这也意味着,他多半不会再回来了。

这一次,谢成章没有像之前那么羞涩,请涂安军好好吃了一顿饭,两人都喝了不少酒。

后来,经过几次细致的观察,谢成章向组织上反映了尼克和他的那家咨询公司的疑点,让他们关注与这家公司的合作。一年后,刘万山因为涉嫌与境外势力勾结被查办。

天罡三代的进展这几年也是渐入佳境,一步一步全都踩在计划点上,两年后的全球组网和覆盖看起来十拿九稳。与此同时,天罡办的星间链路设计也越来越成熟,在中宇航和中科院下属单位的共同努力下,载荷设计面临的挑战一一得到解决。

谢成章靠在沙发上,静静回忆着当时攻坚克难的时刻。

"你在想什么呢?"秦湘悦注意到丈夫一直半躺在沙发上发呆。

"我在回忆咱们最艰苦的几年。现在看看,还好当时坚持自主设计,自主研发,自主生产,否则,现在我们还不知道会处于怎样的被动局面呢。"

"是啊……"秦湘悦也深有感触,"那些年国际合作非常容易,各个国家也都很开放,愿意共同探讨,共同解决问题,这两年真是越来越难。全球化的时代怕是要过去了,我觉得未来没准会更加严峻。"

谢成章若有所思:"从成本上来看,各个地区发挥各自的优势,一起去做一件事情,肯定比各自干各自的要省钱,但是国际合作最大的风险就是地缘政治,而且这种风险很难预测,也不好掌控。在这样的情形下,就一定要做好最坏的打算。从十几年前开始,我就在推动咱们关键部件的国产化,现在真是到了开花结果的时候。除去原子钟和星间链路等,这些年我们攻关成功的领域还有很多,没有一件是容易的。

"我最大的感悟是,技术自主这条路是最难走的,也是回报最大的。万事开头难,这件事则是难上加难。可是,一旦咬下了头几块硬骨头,形成了一个态势,之后的事情就会慢慢变得简单,就像滚雪球一样,一开始让雪球滚起来需要使用不少力气,但当它累积到一定规模时,你都不用去管,它就可以飞速滚下去。"

听到这个比喻,秦湘悦眼前一亮,正准备给丈夫一个赞许的拥抱时,门铃响了。她赶紧从沙发上跳下来,穿好拖鞋往门口走去:"应该是他们来了!"

就在不久前,谢成章在与顾违的电话中才得知自己的两个好友已经老死不相往来很久了。在公司相继上市后,王兼和顾违就变得更加忙碌。前些年,他与他们还偶尔打打电话,互相聊聊彼此的动向,得知他们很多时间都在国外,或者忙着并购,或者忙着开拓海外市场。而随着升任副部长,他自己的工作量也剧增,很多与业务没有直接关系的事情占据了他大量的时间。所以,三人已经很多年未聚会了。

谢成章在得知这个消息之后非常着急,抽空与两人各打过好几通电话,苦口婆心地劝解,却发现两人其实并没有什么深仇大恨,只不过因为几年前在哈尔滨的一次竞标中,王兼通过价格战赢了顾违。之后,双方在几次国内的招标中也有相遇,各有胜负。在他看来,这一切都应该是过去时,于是约了两人今晚来家里聚聚。两人开始还各找理由推辞,但架不住谢成章坚持,最终还是答应了。

"王总,好久不见!快进来!"秦湘悦打开门,只见高大的王兼站在外面,手里提着一个纸袋,"你这是?"她不解地问道。

"我第一次登门拜访,总不能空手来吧?"王兼笑了笑,把袋子递给秦湘悦,"放心,就两瓶红酒,今晚我们就喝掉。"

"你这小子!"秦湘悦把纸袋接了过来。

"王兼,你今晚是准备住我家了吗?我们这地方小,可住不下你!"谢成章也走了过来。

"就两瓶红酒而已,还是我们三个人喝,你觉得可以让我喝倒吗?除非你家里也有存货。"王兼已经脱了鞋,把门轻轻地关上。

"我不是人吗?"秦湘悦在旁边插话。

"哦,对对对,你的酒量也不错,那我们是四个人。"王兼连忙做出鞠躬道歉的动作,让大家都笑了起来。

"顾违那小子还没到?"王兼一边跟着他们走进客厅一边问。

"我催他一下。"谢成章让他坐下。

"不急,那小子你催他没用,他只听他自己内心的声音。"

秦湘悦扑哧一笑,调侃道:"你们还真是相爱相杀,我怎么觉得你才是最了解他的人呢?"

王兼瞪了她一眼。

这时,门铃又响了。这次是顾违,与王兼一样,他也拎着一个袋子。

"你们这是商量好的?"秦湘悦一边请他进来,一边笑着问道。

"商量什么?"

"王兼刚才也拿了一个袋子来,你这袋子里不会也是两瓶红酒吧?"

"我没有那么矫情,我带了两瓶我们河南的杜康,而且是陈酿。"顾违一本正经地回答,声音却传到了客厅里。

王兼看了一眼谢成章:"好了,今晚看来得在你们家打地铺了。"

秦湘悦也笑得合不拢嘴,同时心里暗想:顾违的气质跟几年前有了很大的变化呢,整个人似乎明显放得开了。

顾违走进客厅,看见谢成章,点了点头,然后把目光放在王兼身上,冷冷地说:"我看不起你,我们这么多年没聚,竟然只带红酒。"

王兼一愣,然后一边笑一边站起身朝顾违走来,往他胸口砸了一拳:"一来就想打架吗?"

然后两人拥抱在一起,谢成章在旁边看着,先是一惊,然后无比欣慰:两个人要和好,必须得有一方迈出第一步,如果他们两人都不愿迈出第一步,只能自己一人一条腿把他们往中间拉扯,可是这样也只能缩短距离,最终还是要看他们。现在看来,顾违的确是变了,变得更通人情。

虽然抱是抱了，顾违还是冷冷地盯着王兼："今天你必须多喝一点，自罚三杯是起码的。"

"嘿嘿，这不没影响你上市嘛，怎么还是那么苦大仇深？"

"说得轻巧，你不知道那时我多么需要那个单子。"

"可是现在回头看，那个单子对你们俩都没那么关键，至少不像你们当时以为的那样，对不对？"谢成章适时打个圆场。

两人好不容易冰释前嫌，他可不想节外生枝，毕竟顾违这小子本性难移。

就在这个时候，门铃又响了。谢成章一愣："还有谁？"

秦湘悦转身过去开门："是我叫的外卖。早就料到你们要喝酒，哪能没有下酒菜呢？"

"老同学真是太周到了！"王兼拍马屁。

"少来！待会儿喝两杯之后，跟我们好好交代交代曼谷那个女孩。"

"你……"王兼觉得有些害羞。他没想到这么几年过去，秦湘悦还记得自己和杜小美在曼谷街头与她偶遇的事。

他今晚过来，原本也想过要不要带杜小美，但考虑到毕竟是谢成章组的局，主要目的是要让他和顾违和好，最终还是作罢。

"哎哟，她不说我都忘了，这你今晚可逃不掉啊！"谢成章连忙补刀。

"不要转移主题，"王兼摆了摆手，"今晚不是让我跟顾总叙叙旧吗？"说着，他看了一眼顾违。

"我跟你有什么旧好叙的？都是些尔虞我诈的商场竞争。曼谷这事是新的，我要听新的。"顾违板着脸回应。

"你们……"王兼被噎得说不出话来。

很快，酒菜摆好，四人坐定。在柔和的灯光下，谢成章觉得十分激动。在顾违的建议下，他们直接上了杜康。

"来，为了朋友，为了天罡，干！"

千言万语全部汇聚在这短短的几个字中。

大厅里的气氛紧张到了极点。

"十、九、八、七、六、五、四、三、二、一，点火！"

屏幕上，长征三号乙运载火箭在发射架上稳稳地腾空而起，以雷霆万钧之势直刺长空。二十多分钟后，卫星成功与火箭分离，进入预定轨道。

雷鸣般的掌声和欢呼声席卷整个大厅，所有人都控制不住自己的情绪，热泪盈眶,还有人不由自主地高声唱起歌来。

谢成章也是其中一员,他分明觉得自己的眼眶也湿润了。

他第一次来到这里,是为了见证天罡二代第一颗卫星的发射,而现在,天罡三代最后一颗卫星也成功进入轨道,这就意味着天罡三代完成了组网,整个星座全部建成,天罡卫星导航系统从此正式成为覆盖全球的卫星导航系统。

他与战友们拥抱着、痛哭着,在这个时刻,他宁愿称呼这些与他并肩作战多年的同事、客户和合作伙伴为战友,也完全忘记了自己作为个体的存在。

他们是一个强大的集体,攻下了一个又一个山头,突破了一重又一重阻碍,终于在今天攻陷天王山,从此可以俯瞰全球,傲立东方。

不知道狂欢了多久,当他独自站在发射大厅一角,暂时远离与他一样狂喜的战友们时,他又感到了一丝落寞。

未来很长一段时间我都不会回到这里,或者,即便回来,也不再是见证天罡卫星的发射了。伴随我青春的天罡系统已经建成,我最宝贵的二十年献给了她,这二十年无论如何也回不来了……

这时候,又一阵掌声打断了他的思绪。他抬头一看,发现唐克坚在一群人的簇拥下走了过来,看上去是要走到大厅正中间去。

当唐克坚路过他身边时,稍微放缓了脚步,对他道:"小谢啊,开心吧? 我们终于做到了!"唐克坚脸上充满了喜悦与慈祥,眼眶也有些湿润。毕竟,这是他的毕生心血。

"我太高兴了,都不知道要怎么说!"谢成章大声回答道。

刚说完,他觉得鼻子一酸,眼泪似乎又要流出来。

唐克坚与那群人已经走到了大厅中央,大厅里的人非常有默契地安静了下来,没过多久,刚才热闹无比的大厅已经安静得只能听见呼吸的声音。

"感谢大家这么多年的辛劳! 我宣布,天罡卫星导航系统最后一颗组网卫星已经准确进入预定轨道,太阳能帆板展开到位,卫星状态正常,此次发射任务取得圆满成功!"

大厅里又一次爆发出暴风般的掌声,谢成章这才意识到,这个时刻才是真正的圆满时刻。卫星在太阳能帆板没打开之前,是不能认为已经发射成功了的。

当晚的庆功宴上,谢成章喝得烂醉如泥,与每一个人拥抱,到最后,大家都不知道喝的是酒,还是眼泪。

秦湘悦也见证了这次发射,离开西昌的时候,谢成章嘱咐她:"我去趟成都参加一个天罡应用研讨会,王兼和顾违也会去,你回家后好好休息。"

"嗯,放心吧,见到王兼他们,代我问好。"

这个研讨会是一个月前在成都举办的中国卫星导航年会的后续讨论,专门聚焦天罡系统的应用,原本邀请的是载荷系统部部长曾丰,曾丰有事在身,让谢成章代为前往,因此,谢成章还挺重视。

中国卫星导航年会由天罡办主办,每年一次,选择在不同的城市召开。今年,为了配合天罡组网成功,特意选在了距离西昌最近的大城市——成都。

曾几何时,这个年会更多是天罡办、中宇航等相关单位的自娱自乐,影响力并不大,关注的人也少。但随着天罡系统的建设,最近几年获得的关注越来越多,很多国际知名企业、高校与学术机构也参与进来,今年更是因为天罡系统即将圆满建成引起了更加广泛的关注。

从西昌到成都四百多公里,谢成章不赶时间,便接受了安排,坐车走高速公路过去,当他抵达时,已经是晚饭时分。

入住会务组安排的酒店之后,他开始在微信群里联系王兼和顾违。

"到成都了吗?"

"还在路上,从重庆坐高铁过来,刚在那边办完事。"王兼回复道。

"我估计深夜才到,航班晚点了,还在北京等飞机呢。"这是顾违。

"真是两个大忙人……"

谢成章原本打算约两人一起吃晚饭,现在看来,吃夜宵都够呛。谢成章又跟秦湘悦稍微聊了几句,报了个平安后,便早早睡去。

距离成都不远便是都江堰,道教名山青城山就坐落于此。

青城山并不高,却很秀美清幽,绿树成荫,流水潺潺,木亭与道观隐藏在山中各处,引得游人不住寻访,流连忘返。

在一处小型瀑布之下,小涧旁边,有一家古色古香的茶馆,茶馆门口竖着一面旗子,上书:毓秀茶香。

由于此时未到暑期旅游旺季,又不是周末,茶馆里的游客并不多。午后的阳光下,茶博士和店小二们有些百无聊赖。

且不说大厅里,就连临溪的那几间半封闭的雅座也没有坐满。

最角落的那间雅座里此刻坐着三个中年男人,围着桌上热气腾腾的茶杯,就着满桌的干果小食,正在热烈地聊着。

"这里真是人间仙境啊!要我说,还是神仙懂得享受,净选这样的山水佳处,我们北京哪有这样的好地方!"谢成章品了一口茶,感慨道。

在刚刚结束的天罡应用研讨会上，由于太忙，他与王兼和顾违没有机会碰上面，于是便约了两人偷得浮生半日闲，来青城山游览游览，之后再回北京。

"唉，上市之前，我想着把股票卖掉就提前退休，找一个这样的地方好好享受人生，可没想到，上市之后的这些年，自己却越来越忙，身不由己地往前走，根本放不下。"王兼深有同感。

"原来你上市是为了提前退休啊，这么多年，果然还是没变。"顾违冷冷地说。

"喂，你又开始唱高调啦！当年迫不及待要赚钱的可不是我！"王兼反唇相讥。

"是，我那时是穷，可是，我赚了钱之后也没你这么没出息，现在都恨不得尽快把星宿七弄出来，正愁怎么筹钱呢，而且给老家设立的扶贫基金会也正是需要钱的时候，今年年底要全面脱贫。"

"发家了也不忘本，顾违，我佩服你。"谢成章举起茶杯，冲着顾违眨了眨眼，抿了一口。

王兼哼了一声，也自顾自喝了一口茶。

"王兼，我倒是劝你，如果真想早点退休，就今年把股票全部卖了，否则，再往后，我们估计又要短兵相接，到时候，我的星宿七可比你们的产品要好上一大截。"顾违说这句话的时候十分严肃，没有开玩笑的意思。

"什么情况？你们这几年不都把业务做到海外去了吗？这听上去，又要开始内卷？"谢成章一愣。

"国内的专业市场前几年就基本被我们国内的天罡接收机厂家瓜分完毕了，增量已经很少，所以，我们前几年才会互相厮杀。这两年的确大家都在向外扩张，彼此之间融洽了很多，毕竟蛋糕足够大。不过，我觉得，天罡的民用市场已经遇到了瓶颈。"顾违的表情依旧十分认真。

"说来听听？"谢成章觉得还是没完全明白。

"首先，天罡的民用市场目前无论在国内还是国外，都只能看准专业领域，比如最早开始的渔业，然后就是精密农业、交通运输、气象测报、通信与金融授时、电力调度、水文监测、救灾减灾、公共安全等，这些领域的特点就是必须要使用专业的天罡设备，所以，它是有上限的。

"而在国内，天罡已经几乎触及了这个上限，也就是说，哪怕国内的这些专业领域一台GPS接收机都不再购买，也没有太多新领域可以产生天罡接收机的需求了，除了正常的新旧替代之外。而海外，迟早也会有这么一天。"

"海外市场那么大，哪能那么快饱和？"

"海外市场主要还是以发达国家为主，但让这些发达国家放弃已经用得十分顺手的GPS,转投天罡,谈何容易？这不仅仅是出于商业考虑,很多时候会涉及政治。在现在的国际环境与地缘政治之下,我们要进入发达国家市场更是难上加难,就算进去了,估计也很快会上制裁名单。"顾违说着说着,眉头就皱了起来。

"原来是这样。"谢成章恍然大悟。这些年他把全部精力都放在天罡卫星的载荷上,还真没仔细分析过天罡的应用如何落地。

"但还有大众市场呢。"他还是不甘心。

"大众市场？大众市场就更艰难了,而且还不是靠我们就能搞得定的。"

王兼这时接过了话茬。虽然刚才被顾违戗了两句,但他不得不承认,老同学说的句句在理。

"现在的大众市场基本等于智能手机市场,可能未来几年还会加上智能汽车。手机和汽车的芯片基本被欧美那几家厂商垄断了,他们早就推出了支持天罡信号的芯片,而这些芯片又被全球几乎所有的手机厂商和汽车厂商采购。"

"也就是说,哪怕在国内,只要你用任何一款主流手机,都已经可以支持天罡定位,只不过,芯片不是国产的。"

"所以,不管我的天星展讯也好,顾违的星宿源也罢,还是其他几家国内卫星导航的上市企业,比如海汐导航之类,面对这样一种大规模垄断,都没办法破局,除非我们研发出可以用于手机和汽车的芯片,但那样做,对资金以及技术、市场的要求,要比我们现在开发专业接收机芯片的要求高很多。"

王兼说完这番话,三个人都沉默了,只听到溪水的潺潺声和山涧里时不时传来的鸟鸣声。

"所以啊,我劝你退休算了,干脆把天星展讯卖给我。"顾违这会儿反而有心情跟王兼开玩笑了。

"呸！你想流芳百世吗？没那么容易。"王兼啐了他一口。

谢成章也觉得有些好笑,但却真实地感受到,尽管已经取得了世俗意义上的巨大成功,这两位老同学身上还是背负着沉重压力。

对他自己来说,又何尝不是如此呢？曾丰再过两年便要退休,目前看来,他非常有希望接任载荷系统部部长的位置,届时,他的责任只会更加重大。

虽然天罡系统已经完成了全球组网,但GPS现代化工程,全新的GPS三代卫星也在快速替代GPS星座里那些老旧的卫星,等这些替代在几年后完成时,全新的GPS星座将在性能上大幅改进。

这是一场长期的赛跑,没有谁愿意在这个时候打盹。

不过,好在他也好,自己的两个老同学也罢,都正值壮年,而他们各自的团队里,年轻人也在不停涌现。

　　眼前的青城山已经秀绝西蜀不知道多久,被赋予文化内涵也有好几千年,几千年来,这片大地上发生过多少跌宕起伏的故事,而它,不还屹立于此吗?

　　这时,又是顾违开腔说话:"咦,我发现,你们俩,一个姓王,一个姓谢。"

　　"你才发现吗?"王兼怼了回去。

　　"不,让我想起一句诗来。"

　　"什么诗?"谢成章问道。

　　"旧时王谢堂前燕,飞入寻常百姓家。"

　　"这又是什么意思?"

　　"曾经只能服务于那些专业领域的天罡系统,现在是不是可以越来越广泛地应用于大众了? 这算不算'飞入寻常百姓家'呢?"

　　"没想到你小子还能说这种双关语呢!"

　　一阵清朗的笑声从茶馆里传出,掠过瀑布,往山间更空旷的区域飘去。